MIDNIGHT *blue*

Titre original : Midnight Blue
Photo de couverture : ©GettyImages/PeopleImages
Couverture : Ariane Galateau
Pour la présente édition :
Collection dirigée par Franck Spengler

34-36 rue La Pérouse
75116 Paris
www.hugoetcie.fr
Collection New Romance® créée par Hugues de Saint Vincent,
dirigée par Arthur de Saint Vincent
Ouvrage dirigé par Sylvie Gand

ISBN : 9782755648072
Dépôt légal : juin 2020 par Liberdùplex

L.J. SHEN

MIDNIGHT blue

Traduit de l'anglais (américain)
par Charline McGregor

Hugo Poche

NEW ROMANCE®

PLAYLIST

Gimme Shelter – The Rolling Stones
Daddy Issues – The Neighborhood
Lovesong – The Cure
Young God – Halsey
An Honest Mistake – The Bravery
Cigarette Daydreams – Cage the Elephant
One – U2
Shake the Disease – Depeche Mode
What You Know – Two Door Cinema Club
Do Re Mi – Blackbear
April – Deep Purple
London Calling – The Clash
Handsome Devil – The Smiths
Brainstorm – Arctic Monkeys

Comment ça va,
votre âme, aujourd'hui ?

« Voici mon secret. Il est très simple : on ne voit bien qu'avec le cœur. L'essentiel est invisible pour les yeux. »

Antoine de Saint-Exupéry,
Le Petit Prince

À Amanda Soderlund
et Lin Tahel Cohen

PROLOGUE

ALEX WINSLOW PLONGE ENCORE : CONDUITE EN ÉTAT D'IVRESSE ET POSSESSION DE COCAÏNE.

Par Beth Stevenson, du *Daily Gossip*

Le chanteur britannique Alex Winslow a de nouveau été arrêté mardi soir pour conduite sous influence et possession de cocaïne. L'artiste de vingt-sept ans a été relâché de la prison de Lost Hill en Californie après une nuit derrière les barreaux. Une nuit durant laquelle, selon nos sources, il a fait swinguer les verrous et a gravé les paroles de sa chanson *Wild Heaven* sur les murs, à l'aide d'un feutre bleu que lui avait offert une employée de la prison éprise de lui (le même feutre qu'il a utilisé plus tard pour apposer un autographe sur la poitrine de ladite policière.)

En plus d'avoir été pris avec trois grammes de cocaïne dans la boîte à gants de sa Cadillac vintage couleur azur, le bourreau des cœurs est aussi accusé d'avoir tenté d'user de ses charmes pour se tirer du pétrin, lorsqu'il a été forcé de s'arrêter sur le bord de l'autoroute de la côte Pacifique, une bouteille de whisky quasi vide sur les genoux.

Apparemment, le détenteur de douze Grammy Awards a adressé son fameux sourire à cent millions de dollars à l'officière de patrouille, une mère de trois enfants âgée de quarante-trois ans, et lui a lancé : « OK, ma belle, tu me mets en cabane, mais je te jure que cette nuit, c'est moi qui te passerai les menottes. »

L'interprète de *Man Meets Moon* avait déjà été arrêté peu glorieusement, il y a de cela huit semaines, pour avoir donné un coup de poing à Steven Delton, propriétaire du site web *Simply Steven*, et pour avoir dérobé un Grammy Award. Winslow s'était rué sur scène pendant la cérémonie, au beau milieu du discours de son compatriote, le chanteur britannique William Bushell, qui recevait le prix du meilleur album. Après lui avoir arraché la statuette des mains et allumé une cigarette, Winslow s'était ensuite lancé dans une diatribe :

« Non, mais vous rigolez ? Levez la main, ceux qui ont vraiment voté pour ce branleur sans y avoir été incités par une gâterie. Allez. Putain. Cet album, c'est de la musique d'ascenseur. Pire, de McDonald's. Sans vouloir offenser McDonald's. Il n'y a même pas un morceau créatif dans tout son album. En fait, si la créativité croisait ce type dans une allée sombre, elle s'enfuirait en courant et en hurlant au meurtre. J'embarque cette beauté avec moi. Alors mon pote, c'est pas très cool quand on te vole ce qui t'appartient, pas vrai ? Ben ouais, hou-hou. Ça s'appelle la vie et c'est une leçon que tu m'as apprise. »

Jadis amis proches et même colocataires à Londres, Bushell et Winslow se sont brouillés il y a deux ans, à cause de la nouvelle it-girl, la top model people Fallon Lankford. Depuis, les ex-comparses sont qualifiés d'ennemis jurés. Les deux Britanniques ont fait parler d'eux après plusieurs coups de sang. Il semblerait que le dernier album en date de Winslow, *Cock My Suck*, qui n'a atteint que le neuvième rang des classements des meilleures ventes et en a disparu rapidement, faisant de lui le pire de sa carrière, ait jeté son auteur dans les turpitudes de l'alcool et de la cocaïne.

Peu après l'annonce officieuse de l'arrestation de Winslow, *Simply Steven* avait fait paraître un article intitulé : « Alex Winslow : la fin d'une ère. » D'après nos informations, M. Delton envisagerait d'attaquer Winslow en justice, après que ce dernier l'a frappé au visage en réponse à une question concernant le nouveau petit ami de Fallon Lankford, Will Bushell.

Quelques heures après sa seconde libération, Winslow a présenté des excuses par la voix de son agente de toujours, Jenna Holden :

« Alex Winslow est profondément désolé d'avoir été l'auteur de plusieurs actes répréhensibles dont il a honte. Il souhaiterait présenter ses excuses à l'officière qui l'a arrêté, ainsi qu'à son époux, à ses enfants et à l'église locale dans laquelle elle effectue du bénévolat. Winslow reconnaît un comportement hors de contrôle qui ne peut plus être passé sous silence et, pour l'amour de ses proches, de ses fans et le sien propre, il a décidé d'intégrer un centre de désintoxication de l'État du Nevada. Nous vous demandons de bien vouloir respecter son intimité pendant ces journées où il va livrer une bataille très personnelle contre ses démons. »

L'ancien attaché de presse de Winslow, Benedict Cowen, qui a rompu son contrat avec le chanteur quelques jours après son esclandre aux *Grammy*, n'a pas souhaité commenter.

Commentaires (1 937)

xxLaurenxx

Il a complètement pété les plombs. Même s'il est toujours super sexy.

Pixie_girl

Mec, de la musique de McDo ? Claaaaasssse. Le dernier album de Winslow était tellement nul que j'en ai eu des saignements d'oreilles pendant deux semaines après l'avoir écouté.

Cody1984

#laissezAlextranquille

(Je déconne, il va s'arranger pour faire un doigt d'honneur dans un magasin quelconque, si on ne garde pas un œil sur lui.)

James2938

Ce type est un psychopathe. Ça se voit d'ailleurs très clairement à travers son œuvre.

BellaChikaYass

Entièrement d'accord… M'enfin je me le taperais bien qd même ;-)

xxLaurenxx

Moi aussi ! Mdr

Pixie_girl

C'est triste, mais moi aussi.

James2938

Tant mieux, pq c'est pas le genre de type qui pourra vous offrir plus qu'un petit coup vite fait. Ce mec, c'est des mauvaises nouvelles sur pattes.

LITTÉRALEMENT.

CHAPITRE 1

INDIE

Six mois plus tard

Tac. Tac. Tac, tac, tac, tac, tac.

Les semelles de mes chaussures martèlent le sol de granit tel un canari insistant. Je dois enfoncer les ongles dans mes cuisses pour empêcher mes jambes de tressauter au rythme de mon cœur affolé, cet imbécile.

Tais-toi, mon cœur.

Calme-toi, mon cœur.

Arrête de t'emballer, mon cœur.

Il n'y a pas de raison de paniquer. Pas une seule raison. Pas la moindre.

Ce job, je vais le décrocher.

Je lève la tête et adresse mon plus beau, mon plus enthousiaste sourire à la femme assise face à moi.

– Quand nous avons fait paraître cette annonce pour le poste d'assistante personnelle, nous… enfin nous… Quel est le mot ? Eh bien, disons que nous avons… menti.

Elle referme son MacBook d'un geste sec et tambourine de ses ongles manucurés sur le couvercle. À l'un de ses doigts osseux, elle arbore une bague qui a dû coûter assez pour acheter une bonne moitié de mon quartier en plein essor.

Je déglutis et passe la main sur ma jupe crayon un peu minable. D'ailleurs, ce n'est même pas la mienne. C'est celle de Natasha, la femme de mon frère, et elle est bien trop lâche à ma taille. Les seuls employeurs potentiels qui me rappellent, ce sont les chaînes de restauration pour lesquelles je n'ai pas besoin de porter de tailleur, du coup j'ai dû improviser. Je coince mes chevilles maigrichonnes sous ma chaise, épargnant à mon interlocutrice la vue de mes Oxford argent, une touche de ma personnalité que j'ai oublié de camoufler.

Tout dans le bureau de cette femme transpire l'excès. Son bureau, blanc et luisant, les sièges en cuir couleur albâtre et le lustre de bronze qui dégouline au-dessus de nous comme de l'or liquide. Le panneau « Hollywood » s'affiche à travers sa baie vitrée, dans toute la gloire de ses belles promesses brisées. Si proche qu'on voit même la poussière accrochée aux lettres blanches. Son lieu de travail est de la taille d'une salle de bal. Il n'y a pas une once de couleur ou de personnalité dans ce bureau, et ce n'est pas un hasard.

Jenna Holden. Agente toute puissante des plus grosses stars de Hollywood. Propriétaire de JHE Group. Elle n'a pas le temps pour ce qui est personnel. Encore moins avec les gens comme moi.

– Vous ne cherchez pas une assistante ?

Mon sourire forcé s'efface. Ce boulot, j'en ai besoin comme Mark Wahlberg avait besoin de montrer ce qu'il avait vraiment dans le pantalon dans *Boogie Nights*[1]. À savoir, vraiment très, très besoin. En l'espèce : je vis avec mon frère, sa femme et leur gosse et si fort qu'ils m'aiment, je suis sûre qu'ils aimeraient légèrement mieux ne pas avoir à partager leur deux-pièces avec une bonne à rien avant-gardiste de vingt et un ans. Mon seul moyen de transport est ma bicyclette, ce qui à L.A. revient à aller d'un point A à un point B à dos de tortue.

– Je recherche… quelque chose. (Jenna baisse le menton et hausse un sourcil finement épilé.) Qui implique une forme d'assistance.

Ma patience est suspendue à un fil, prête à sauter du bateau. J'ai faim, j'ai soif et ce job, il me le faut. Il me faut un job, n'importe lequel. L'été a été très dur et les postes les moins qualifiés ont déjà été pris d'assaut par des adolescents boutonneux. C'est la troisième fois que je viens chez JHE pour ce mystérieux travail ce mois-ci. D'abord, je suis passée entre les mains de la fille des RH qui m'a

1. Film de 1998 racontant l'histoire d'un jeune homme qui devient une star du porno.

fait poireauter quarante minutes parce que son rendez-vous pédicure avait pris du retard. Ensuite, l'assistante personnelle de Jenna m'a tellement bien passée sur le grill que je suis ressortie comme si je revenais tout juste d'un camp d'entraînement de l'État islamique. Enfin, j'ai rencontré la super agente en personne et maintenant, elle me dit que, depuis le début, je me suis fourvoyée ?

– Dites-moi, Indigo, vous avez lu la description du poste avec attention ?

Elle se cale contre le dossier de son fauteuil et noue ses doigts. Elle porte un chemisier amidonné rentré dans un pantalon de velours noir et arbore un petit sourire satisfait. Ses cheveux blond champagne sont attachés en un chignon si serré qu'il semble douloureux, et mon crâne me picote rien que de voir comme la peau est tirée à la racine.

– Assez attentivement pour vous la répéter par cœur.

– Ah oui ? Dans ce cas, allez-y, je vous en prie.

Je sens mes narines se dilater. Et je décide de jouer le jeu une dernière fois avant de ramasser mon sac et les restes de mon ego pour m'en aller.

– « Poste d'AP : résilience, responsabilité, patience et résistance. Non-fumeur, PAS DE DROGUES, don pour les arts et la vie. Si vous tourbillonnez sur les lignes de la tradition, que vous prêtez une grande attention aux détails et ne rechignez pas à travailler de longues journées et des nuits interminables, c'est vous que nous cherchons. Accord de confidentialité nécessaire, le casier judiciaire sera vérifié. »

Je pousse vers elle un exemplaire de mon formulaire de candidature, le tapotant du bout du doigt.

– C'est moi. Sans les tourbillons – je suis encline aux migraines. À présent, pourriez-vous m'indiquer pourquoi je suis ici ?

– Ce que je cherche, c'est une sauveuse. Une nounou. Une amie. Vous êtes ce que j'ai trouvé qui s'approche le plus de la perfection, mais franchement, votre embauche va s'apparenter à une transplantation d'organe. Nous ne saurons si vous êtes compatibles qu'une fois que vous serez en place.

Je cille, la contemple comme si elle était une créature mythologique. Si c'est une plaisanterie, alors j'ai officiellement perdu mon sens de l'humour.

Elle se lève et commence à faire les cent pas, les bras croisés dans le dos.

– J'ai un client. Non, pas un client. L'un des noms les plus en vue de l'industrie musicale de cette décennie. Il a trempé dans des eaux troubles récemment et maintenant, il a besoin d'un bon seau d'eau propre pour laver un peu son nom. Les drogues, les femmes, un ego de la taille de la Chine… j'en passe et des meilleures, il a tout faux. Votre job ne consistera pas à réserver des vols ou à lui faire son café. Il a déjà un arsenal de gens qui s'en occupent. En revanche, vous serez présente quand il partira en tournée. Vous veillerez à ses besoins émotionnels. Vous vous assurerez qu'il ne sniffe pas de la cocaïne en loge ou ne sorte tard, ni ne rate un concert. Vous serez là pour le prendre par la main et l'entraîner à l'écart s'il se fourre dans une querelle avec un journaliste ou un paparazzi. Votre boulot, en un mot, sera de le garder en vie et en forme pendant trois mois. Vous vous sentez à la hauteur du défi ?

Ses paroles, aussi sincères qu'acérées, se plantent dans ma peau comme des dents.

Une sauveuse. Une nounou. Une amie.

– Ça fait… pas mal de responsabilités. On dirait que ce quelqu'un est dans un sacré pétrin.

– Pétrin, c'est son deuxième prénom, ce qui fait une partie de son charme et la raison pour laquelle j'ai un comprimé de Xanax dans mon sac à tout instant.

Elle part d'un rire amer. *Trop d'infos, trop d'infos, trop d'infos.*

– S'il n'est pas en capacité de partir en tournée, pourquoi il y va ?

– Il était censé la commencer il y a six mois et a annulé pour des raisons personnelles. S'il se rétracte encore, il devra s'acquitter de trente millions de dollars auprès des producteurs. L'assurance ne paiera jamais, vu que la cause de l'annulation, c'est qu'il nageait dans assez de cocaïne pour en recouvrir une pièce montée.

Je tape encore un peu du pied contre le sol luisant, mâchonnant ma lèvre inférieure. Jenna a cessé de bouger. Elle est désormais plantée devant moi, sa fine ceinture Prada dorée scintillant comme une éclipse triste.

– Trois mois sur la route. Jet privé. Meilleurs hôtels du monde. Si, par quelque miracle, vous avez réussi à rester accrochée aux restes de votre innocence dans cette ville et tenez à les conserver, je vous déconseille le job. En revanche, si vous avez le cuir épais et le goût de l'aventure, sachez que ce… ce poste changera votre compte en banque, votre carrière et votre vie.

Elle a l'air sérieuse. Inquiète. Chacune de ses paroles est pesée et vient se poser lourdement sur ma poitrine.

– Vous signerez un contrat de confidentialité. Ce que vous verrez, vous l'emporterez dans votre tombe. Et vous serez payée comme une reine.

Comme une reine ? Qui parle comme ça ? Les gens du showbiz à L.A. Voilà qui.

– « Comme une reine » ? je répète.

– Cent mille dollars par mois le temps de votre contrat.

Boum.

Boum.

Boum.

Trois battements se sont écoulés avant que j'inspire à nouveau, me rappelant soudain que je dois respirer.

Quelque part au loin, j'entends les employés de bureau glousser près du distributeur. Une imprimante qui crache ses feuilles. Une cuillère qui cliquette dans une tasse. Je me mordille la lèvre de plus belle, comme toujours quand je me laisse dépasser par mes nerfs.

Trois cent mille dollars.

Trois mois.

Tous mes soucis financiers… envolés.

– Qui est-ce ?

Je lève les yeux, la voix aussi fragile qu'une coquille d'œuf. Est-ce que ça importe ? Pas vraiment. À ce stade, ce pourrait bien être Lucifer en personne, je l'accompagnerais quand même dans une interminable tournée en enfer. Les factures de Natasha et Craig s'empilent. Ziggy a besoin d'une opération des oreilles. Chaque hiver, mon neveu pleure et hurle de douleur dans son lit. On doit lui nouer des chaussettes autour de ses petits poings pour l'empêcher de se griffer les oreilles jusqu'au sang. On n'a même pas les moyens de lui acheter un nouveau lit, et ses jambes potelées ne cessent de se coincer entre les barreaux de son berceau. Cette offre, elle ne se refuse pas. La seule difficulté, ce sera de quitter ma famille, mais même ce départ s'accompagnera d'une bonne dose de soulagement. Mon frère n'est pas la personne la plus agréable à fréquenter qui soit, ces temps-ci.

En plus, je sers de baby-sitter au petit Ziggy, deux ans, depuis qu'il est né. Cette personne-là, c'est censé être un grand garçon. Ça ne peut pas être bien compliqué, si ?

– Il s'agit d'Alex Winslow, m'informe Jenna.

Évidemment, la réponse à ma question est : si, c'est quasi impossible.

Winslow est une star énorme. Toutes les stations de radio diffusent ses chansons jusqu'à m'écœurer, comme s'il était la seule personne de ce continent dotée de cordes vocales. Mais ce qui me tracasse vraiment, c'est son côté arrogant et fier de l'être. Alex Winslow se met dans les embrouilles comme s'il s'agissait d'un sport olympique et qu'il tenait à faire la fierté de sa patrie, raison pour laquelle il a réussi à se bagarrer avec à peu près tout ce qui a un pouls à Hollywood. C'est de notoriété publique, même pour qui tâche d'éviter les potins comme la peste, ce qui est mon cas. Où qu'il aille, une nuée de reporters et de fans palpitantes le suivent. Je serai détestée à la minute où ses fans me repéreront. Les paparazzis le filent comme son ombre partout, hormis aux toilettes. J'ai lu une fois dans un magazine people, lors d'un rendez-vous chez le dentiste, qu'une fille avait dû fermer son compte Instagram après avoir fait la fête avec Winslow parce qu'un site du dark net avait mis une récompense sur sa tête. Ils avaient collecté vingt mille dollars pour prédire la date de sa mort ; « que votre prédiction se réalise est entièrement optionnel » qu'ils disaient.

Dernier point mais pas des moindres : Winslow est le chanteur populaire le plus anticonformiste de Hollywood. Il n'y a pas si longtemps, il a été arrêté pour conduite en état d'ivresse. Or moi, je hais, je méprise et j'abhorre les drogues et l'alcool. Bref, en gros, notre « transplantation d'organe », comme Jenna l'a qualifiée, a toutes les chances d'avoir pour résultat deux victimes et un échec retentissant.

Je me prends le visage entre les mains et lâche un soupir.

– Normalement, c'est le moment où vous dites quelque chose, là.

Les lèvres cerise de Jenna tressaillent. Je m'éclaircis la gorge et me redresse sur ma chaise.

Alors voilà, c'est maintenant que tu enfiles ta culotte de grande fille et que tu t'assures qu'elle reste au sec pendant trois mois, malgré le fait que ce type ressemble à Sean O'Pry en plus sexy.

– Je promets de le garder sain et sauf, mademoiselle Holden.

– Bien. Oh, et je vais vous conseiller autre chose afin d'être bien au clair avec ma conscience : ne tombez pas amoureuse de lui. Il n'est pas du genre à se ranger.

Sur quoi, Jenna agite une main et fait défiler l'écran de son téléphone, avant de poser le pouce dessus pour lancer un coup de fil.

– Je ferai de mon mieux.

Les muscles de mes mâchoires se contractent tandis que je ravale un ricanement amer. Alex Winslow est beau à la manière d'une tempête : de loin, quoi. À l'instar d'un ouragan, il a le pouvoir de vous balayer, de vous détruire, deux choses pour lesquelles je suis trop occupée pour les envisager : ma priorité, c'est la survie.

– Si votre « mieux » est suffisant, eh bien vous devriez survivre. Je vais demander à mon assistante d'imprimer la paperasse. Des questions ?

Puis elle balance quelques instructions au bout du fil à l'assistante susmentionnée, avant de se diriger vers la porte.

– Et on part quand pour cette tournée ? je lui demande par-dessus mon épaule, les ongles enfoncés dans l'accoudoir.

– Mercredi.

– C'est dans deux jours !

– Douée en calcul mental, ironise-t-elle. Voilà un plus inattendu. Je vais chercher les contrats. La tournée est intitulée : « Letters from the Dead[2] ». Elle est censée ressusciter sa carrière. Je reviens de suite.

Je m'en souviens, de cette chanson. Elle m'a accompagnée toute mon année de terminale, quand les choses me semblaient aller de travers et de façon définitive.

L'amour est une imposture
Pardon si je suis trop dur,
Tu m'as demandé de croire,
Comme si c'était pas la mer à boire.

La porte refermée, je me détends un peu sur mon siège et souffle une mèche bleue retombée sur mes yeux. Un rire hystérique me monte dans la gorge et essaie de se frayer un passage.

2. Lettres de l'au-delà.

Je vais me faire trois cent mille dollars à traîner aux côtés de la plus grosse rockstar au monde pendant trois mois. Je lève les yeux et le lustre m'adresse un clin d'œil malicieux.

Que je prends comme un signe.

CHAPITRE 2

ALEX

Mon âme se meurt.

Et je n'exagère pas.

Mes derniers espoirs, mes rêves, ils sont en train de s'écouler de moi avec mon sang sur le sol poisseux, sali de cendres de cigarettes et de traces de sexe de femme. Mon portable vibre, c'est un SMS, m'obligeant à décoller mon regard du plafond.

Inconnu : Salut Alex !

Moi : Photo du cul/photo des seins/
photo du visage.

Inconnu : ???

Moi : Tu as eu mon numéro.
Donc celui ou celle qui te l'a donné
t'a aussi dit que je ne sextote pas
sans avoir vérifié le matos
au préalable.

Inconnu : C'est Elsa, du Brentwood
Club. Vous êtes censé y faire
une apparition ce soir pour la soirée
de collecte de fonds destinée
aux enfants souffrant d'autisme.
Je voulais vous contacter
personnellement
afin de vous témoigner ma gratitude…

Ce soir, je fais un truc gratos ? Pourquoi est-ce que je fais un truc gratos ce soir ? La plupart des soirs, je ne fais même pas des trucs pour de l'argent. En réalité, ça fait longtemps que j'ai rien fait. Du tout.

Qu'ils aillent tous se faire foutre : Blake, mon manager, et puis Jenna, mon agente, et aussi ma vie, pour m'avoir obligé à quitter ma chambre, mon sanctuaire, mon espace personnel. Et Elsa, qu'elle aille se faire foutre aussi, elle qui connaît mes vraies couleurs : cinquante nuances de connard.

– Hé, Waitrose ! Un nouveau cas social.

Je jette mon portable à Lucas, qui l'attrape au vol en grognant. Strictement parlant, Lucas est mon batteur, donc couvrir mes arrières ne fait pas partie de ses attributions. Mais Lucas, surnommé Waitrose comme la chaîne de supermarché chicos que ses nouveaux moyens financiers lui permettent de fréquenter, est une vraie crème avec les gros bonnets, tout le monde le sait. Moi, je déteste les gros bonnets. Ils me sortent par les yeux. Parce que quand t'es une rockstar et que tu te fais un max de tunes, tout le monde veut un morceau du gâteau. Un gâteau que tu as préparé, toi. Avec des ingrédients que tu as achetés, toi. Or les gros bonnets, ils s'en fichaient pas mal de moi, quand j'étais assis jour et nuit à la sortie de la station de métro King's Cross avec Tania, ma guitare acoustique, que je faisais la manche, et que je fourrais de pauvres démos dans les mains de tout le monde pour les voir balancer dans la première poubelle venue. Ils n'étaient pas là non plus, les gros bonnets, quand je frappais aux portes sous une pluie battante, que je suppliais dans le froid et la neige, que je parlementais, que j'argumentais, histoire qu'on m'écoute. Pas là non plus lorsqu'on m'a hué trois années d'affilée à Glastonbury, quand je faisais la première partie de groupes plus connus, quand on me jetait des canettes de bière presque vides pour rigoler ou qu'une fille bourrée dégueulait sur ma seule paire de chaussures, en essayant de me dire que je ressemblais à un faux Morrissey.

Ils n'étaient pas là quand j'ai vendu mon âme à d'autres gros bonnets, qui me trouvaient un vrai talent mais voulaient « du cool, du court, de l'accrocheur, avec un truc ! », que j'ai creusé pour le leur donner. Je vous l'ai dit, mon âme se meurt.

À moins qu'elle appartienne juste à d'autres. Quoi qu'il en soit, il m'en faut une autre. Hélas, c'est l'une des rares choses que mon argent ne peut pas me payer.

Je hais tous les gens avec qui je travaille. Les compagnies de disques, les producteurs exécutifs, les mecs des relations publiques, les huiles du marketing, les grosses boîtes qui m'utilisent comme tête de gondole, bref, à peu près tous les connards qui sont venus me demander une augmentation parce qu'ils se croyaient tellement, tellement indispensables à la marque Alex Winslow. Flash info : c'est moi, la marque.

C'est moi qui ai acheté les ingrédients.

C'est moi qui ai préparé le gâteau.

Alors c'est moi qui vais le bouffer, ce putain de gâteau.

Tout entier. Jusqu'à la dernière miette, et je lécherai même la crème.

Moi.

C'est ma réticence à partager, entre autres raisons, qui m'a collé cette étiquette de trouduc patenté dans les médias. Dire que je m'en fous comme de ma première chaussette verte, c'est faire insulte aux chaussettes vertes. Les tabloïds ne sont pas mes amis, et le jour où j'inviterai un paparazzi à me prendre en photo, il gèlera en enfer et Katy Perry sortira une chanson audible. Je suis resté « Célébrité la plus aimée des fans » trois ans de suite, et ça c'est sincère, ça c'est réel, ça c'est vrai. J'adore mes fans. Plus que j'aime l'argent, la gloire ou les filles qui viennent avec.

– Mec… Je n'en reviens pas que tu aies essayé de sextoter avec la présidente d'une ONG. Une quinqua. T'as pas honte ?

Lucas me pousse l'épaule de son pied, les pouces déjà furieusement occupés sur mon écran tactile pour présenter des excuses profondes et sincères en mon nom. Je ne sais même pas pourquoi. Au point où on en est, mon image est aussi saine qu'une zone de guerre serbe. Waitrose souffle son mécontentement, mais il nettoie quand même après mes conneries. C'est en partie pour ça que je le garde parmi mes employés.

Je ne l'aime pas. Je dirais même que je le tolère tout juste, après tout ce qui s'est passé il y a deux ans.

On est tous affalés sur mon canapé en velours auburn. Je dis « mon », mais en réalité, il appartient au *Chateau Marmont*. Je réside dans cette chambre style « cottage » chaque fois que je suis à Los Angeles, ce qui, je vous l'accorde, correspond à sept mois dans l'année, pourtant je refuse d'appeler l'endroit ma « maison ». L.A., c'est un peu comme une prostituée de seconde zone : elle accepte tout le monde, elle est moins jolie que la moyenne et, une fois sur place, tu te rends compte qu'il y a trop de circulation et que ceux qui sont passés avant ont laissé un sacré bordel. Ajoute à ça la pollution et les starlettes aux dents blanches qui en ont après toi : elles sont prêtes à tout prendre, que ce soit ta queue, ta réputation ou ta carte Amex Black. Il te reste quoi, en fait ? Ma définition toute personnelle de l'enfer.

J'allume une autre cigarette et fais défiler les chaînes. Émission de téléréalité. Émission de cuisine.

Émission de relooking. Émission sur les people. Des gars qui rénovent une maison et que ça fait chialer à la fin. Une nana faussement bronzée qui pique une crise à propos de ses invitations de mariage, imprimées sur la mauvaise teinte de rose. Je jette la télécommande à travers la pièce. Elle s'écrase contre l'écran plat, qu'elle fend dans un style toile d'araignée. Personne ne cille.

Alfie, mon bassiste, lâche un pet, puis dit :

– J'ai envie de me gratter le cul, mais je suis trop crevé pour bouger.

– Et moi j'ai envie de baiser, mais je suis trop crevé pour me traîner jusqu'au bar de l'hôtel, ajoute Blake, allongé.

Il n'a d'yeux que pour une fille en réalité, mais c'est la mauvaise.

– Je suis sûr que Lucas se ferait un plaisir de te rendre ce service. Se faire baiser, c'est son sport national, ricane Alfie, à qui Blake répond par une pichenette à l'oreille.

Qu'est-ce qui a bien pu les fatiguer ? Je n'en ai pas la moindre idée. Car en ce moment, on collectionne les heures de sommeil comme s'il s'agissait de machines à écrire hors d'âge. Avec soin. Avec complaisance. En prévision des trois mois à venir, qui seront rudes.

J'attrape mon portable, vu que Lucas a réussi à éteindre un énième feu que j'avais allumé, et déroule la liste de mes contacts. J'ai eu quelques dizaines de nanas à L.A., mais ne tiens pas à les inviter à boire un verre et/ou dîner, ce qui leur pose un problème. Elles nourrissent toutes plus ou moins des espoirs de célébrité, donc elles aspirent à se promener main dans la main avec moi au *Grove* ou que je leur caresse la joue avec adoration à l'*Ivy*. Hélas, je préfère me masturber à la paille de fer plutôt que de leur permettre de réaliser leur rêve de carrière, ce qui rend ma vie sexuelle à peu près aussi excitante qu'un mur peint en beige. Je ne donne pas dans la groupie, je respecte trop mes fans, et ça implique en général que je me résigne à ce que j'appelle « les Compromis », à savoir les jolies serveuses du bar du Chateau, des trentenaires avec carrière déjà assise, plus quelques touristes de passage qui se fichent pas mal de qui je suis. Ce ne sont pas toujours les plus jolies, mais au moins, elles ne me donnent pas l'impression d'être le produit en plastique que je suis devenu sous l'insistance de ma maison de disques.

La sonnette retentit. Peut-être que Dieu m'a entendu et envoyé un sexe féminin sur pattes. Encore un truc que je serais prêt à payer cher mais qui ne s'achète pas… Note à moi-même : chercher « chatte portative » sur Google. Car ça, apparemment, ça existe.

– On attend quelqu'un ?

Alfie se racle la gorge et envoie son glaviot dans un cendrier sur la table basse. Cet enfoiré a la classe d'un vieux maquereau.

Je continue à dérouler mes contacts sans prêter attention à lui.

– Mec… (Allongé perpendiculairement à moi, Lucas me plante un pied dans le torse, encore, tout en usant de l'une de ses baguettes pour se gratter sous son tee-shirt.) Tu es trop célèbre pour répondre aux questions maintenant ? C'est qui, à la porte ?

– La Grande Faucheuse. Ou Jenna. Ce qui revient au même.

Je prends une goulée de Coke – la boisson, pas la drogue, hélas –, le doigt en suspens au-dessus d'un nom sur mon écran.

Fallon.

Va te faire foutre, Fallon.

Et je vais m'en charger. De la baiser, j'entends. Encore. Mais cette fois à quatre pattes, après qu'elle se sera fait tatouer mon nom sur la cheville comme une entrave, en punition de ce qu'elle a fait. J'ai une liste longue comme le bras de trucs que je veux de Fallon Lankford, et elle va me les donner parce que, tout au fond, elle m'aime encore. Je suis gravé sur son visage. Ce visage qui n'a cessé de se modifier au fil des années pour se conformer aux standards hollywoodiens : lèvres plus gonflées, nez plus petit, cils plus longs. Je me rappelle la fille derrière le masque, et elle était accro à moi. Le problème, c'est qu'elle était encore plus accro à la gloire.

Blake se lève et se dirige vers la porte à grandes enjambées. On dirait qu'il s'en va à la guerre, chaque muscle de son corps tendu par ses nerfs à vif. Blake et Jenna n'ont jamais été d'accord sur rien et je ne vois pas l'intérêt de les forcer à s'entendre. Je perçois des murmures en provenance de l'entrée. Des grognements, des soupirs, puis le rire métallique de Jenna, celui qu'elle émet quand elle a envie de vous cracher au visage. Quelques secondes plus tard, ils entrent tous les deux, suivis d'une troisième personne.

Une fille.

Une fille que je ne connais pas.

Encore une putain de baby-sitter.

Elle pénètre dans l'appartement, ou plutôt elle flotte sur le parquet sombre et brillant, la teinte dorée des nombreuses lampes illuminant son visage en forme de larme. Et moi, je ne pense qu'à une chose : le temps qu'il va me falloir pour me débarrasser d'elle. Elle est… bien. Pas mon style. Jenna choisit toujours des pas suffisamment mignonnes pour que j'aie envie de me les taper illico, mais assez quand même pour que je les tolère. Celle-ci est largement plus petite qu'un être humain normal. Une sorte de Poucette, la peau mate, la poitrine plate et un petit nez pointu. Elle a de longs cheveux bleu pâle (si j'avais voulu une hipster, j'en aurais tirée une au sort parmi les milliers de fans hurlantes qui essaient de se frayer un chemin backstage) et je ne sais pas trop ce qu'elle porte, mais je ne vois pas comment quelqu'un de sensé aurait pu payer pour ces fringues. Une robe orange vintage aux poignets lâches, avec des broderies aux motifs floraux, qui couvre à peine des genoux cagneux. Et si vous vous demandez comment je sais, moi, ce que peuvent bien signifier ces termes, eh bien sachez que votre serviteur sans âme pose pour les campagnes d'Armani et de Balmain afin de financer son addiction à la cocaïne qui ferait passer Charlie Sheen pour un boy-scout.

Bienvenue dans mon bordel perso, la Nouvelle. Ta route va être chaotique, à compter de maintenant.

Je reprends une gorgée de mon Coca, puis grince des dents. La Nouvelle sera de l'histoire ancienne d'ici une semaine max, comme les autres baby-sitters qui ont accepté le poste avant elle. Je vais m'en assurer. Mon pouce a failli appuyer sur le nom de Fallon, juste failli, avant que je remette mon portable dans ma poche en fronçant les sourcils.

Pas maintenant.

Pas ici.

Pas devant tous ces branleurs.

Jenna, casse-couilles numéro 1 de toute l'Amérique du Nord, croise les bras et me gratifie d'un regard capable de congeler l'enfer et les régions voisines.

– Bonjour, Alex. Tu continues le festival des pets sur le canapé ou est-ce que tu vas venir saluer ta nouvelle employée ?

Je respecte Jenna. C'est le seul gros bonnet qui n'irait jamais demander une faveur sexuelle ou une séance photo ni un putain de poney pour son anniversaire. Raison pour laquelle j'ai accepté au départ qu'elle m'attache les services d'une nounou pour la tournée « Letters from the Dead ». Un poste qui était censé être attribué il y a deux mois, quand j'ai quitté la désintox, mais évidemment, il a fallu que je fasse démissionner les neuf premières, en larmes, plus une qui a déménagé dans un autre état, histoire de mettre un peu d'espace entre nous. J'avais espéré qu'à la huitième, Jenna abandonnerait l'idée, seulement Jenna n'est pas du genre à abandonner quoi que ce soit.

Le truc, c'est que je suis une sacrée tête de mule moi aussi.

À contrecœur, je lève mes fesses du canapé et me dirige vers elles.

– Pour info (Je tire sur ma cigarette, recrachant la fumée par les narines tel un taureau enragé.) c'est Alfie, le responsable de l'odeur douteuse. Il ne sait pas résister à la nourriture mexicaine quand il vient à L.A.

– Tu l'as dit bouffi, rigole Alfie depuis la banquette, ponctuant sa phrase d'un rot. Des tacos pour la paix dans le monde ! Je devrais lancer une ONG.

J'offre ma main à la Nouvelle. Je mesure un mètre quatre-vingts et quelques. Elle, un mètre cinquante et rien. Elle m'arrive pratiquement à la braguette, ce qui aurait pu être pratique, sauf que je ne veux rien avoir affaire avec elle. Levant la tête, elle croise mon regard. Ses yeux, d'une teinte de bleu différente de celle de ses cheveux, sont sombres. Et sauvages. Profonds comme un riff bien écrit.

Pas complètement vides. Tant mieux pour toi, ma belle.

– Alex Winslow.

– Indie Bellamy.

– Tu t'appelles Indie ?

Je l'envisage des pieds à la tête. Sa minuscule main moite essaie de serrer ma grande paume froide.

– Indigo. Comme la couleur.

– Pas vraiment mieux, j'ironise.

Elle a officiellement perdu mon attention cependant, et ayant jeté le mégot encore allumé par la fenêtre ouverte, je m'appuie contre le mur, tout en me creusant les méninges. Qu'est-ce que je voulais demander à Jenna, déjà ? Un truc concernant une pub que j'ai tournée au milieu de l'année. Versace ? Pepsi ? Comme si ça faisait une différence.

– Ravie de vous l'entendre dire. J'attendais impatiemment et non sans une certaine angoisse ce que vous penseriez de mon prénom.

Elle est encore là.

Elle est encore là et elle m'a répondu.

Qu'est-ce qu...

Jenna bouge dans ma vision périphérique, tirant son portable de son sac Hermès et tendant le bras entre nous deux, l'appareil à la main.

– Vous deux, faites donc connaissance, mais pas trop bien et surtout sans quitter vos vêtements. J'ai un coup de fil à passer. Je reviens.

Ses talons ponctuent son départ d'une série de tac-tac sonores jusqu'au patio.

Le regard d'Indigo est toujours accroché à mon visage, façon toutou. Je lui retourne un œil noir, parce que je suis un salopard et parce que les duels de regards sont apparemment mon domaine de compétence, ça et le harcèlement sexuel sur quinquas présidentes d'associations caritatives par SMS interposés.

– Hé…

Je me penche, les lèvres tout près de l'oreille de la Nouvelle. Elle ne frissonne pas, contrairement à la plupart des nounous. Une réaction qui me prend légèrement au dépourvu, mais pas assez pour me détourner de ma mission.

– Tu veux que je te raconte un secret ?

La Nouvelle ne répond pas, ce que je prends comme une invitation à continuer.

– Je mouille mes draps la nuit. Toutes. Les. Nuits. Avec le stress de la tournée et tout ça, je pisse partout. Parfois, ça se mélange avec ce que laisse la dernière fille que j'ai mise dans mon pieu. J'ai pour habitude de demander à mes assistantes de faire mon lit parce que, contrairement aux employés d'hôtel, elles signent un contrat de confidentialité. Tu penses que tu peux gérer ça, pitchounette ?

Je me redresse pour observer son expression. C'est le moment où leurs yeux s'écarquillent, où leur mâchoire se décroche et où leur visage blêmit, en général. Pas celle-ci. Le sourire de la Nouvelle est radieux et aussi mielleux qu'un diabétique de type deux.

– Monsieur Winslow, je serai ravie d'aller vous acheter un paquet de couches pour adultes. En fait, je pense qu'elles vous iraient à la perfection, vu votre comportement.

Où Jenna a-t-elle dégoté cette fille et comment vais-je parvenir à la renvoyer avant mercredi dans le trou à rats d'où elle vient, pour qu'elle n'embarque pas à bord de l'avion avec nous ? Un sourire narquois aux lèvres, le coude toujours appuyé contre le mur, je passe mes doigts calleux dans mes cheveux longs.

– Tu as la moindre idée de ce dans quoi tu t'embarques ?

J'ai abandonné le ton narquois. Car le jeu a pris fin à la minute où elle a fait preuve de culot.

– Ben oui, en fait, m'assure-t-elle en avançant d'un pas. Je suis en train de me tirer d'une grosse galère financière, alors sachez que vos pitreries, je m'en contrefiche. Il me faut cet argent. Je vais supporter ces trois mois et vous garder sobre, quoi qu'il advienne.

– Tu ignores ce que ce « quoi qu'il advienne » peut bien couvrir. Du coup, à ta place, j'éviterais les promesses à tout va.

Ses prunelles scintillent de façon exagérée. Celle-là, elle commence à me faire perdre patience.

– Eh bien si, je vous fais cette promesse. Vous allez m'attaquer en justice, monsieur Winslow ?

Ne me tente pas, la Nouvelle.

Je m'approche d'une grande enjambée qui efface l'espace qui nous séparait et, désormais, ses petits nichons effleurent mon ventre. Dans ses yeux, je lis assez de détermination pour mettre le feu à l'hôtel. Je suis à deux doigts de la balancer à mains nues par la fenêtre quand saint Lucas, à savoir Waitrose, surgit derrière moi et tend un bras vers elle, la sauvant d'une mort certaine.

– Lucas Rafferty. Batteur.

Il lui sert son sourire ultra-bright du frangin encore plus beau que Brad Pitt. L'expression méfiante de la Nouvelle se liquéfie illico en un sourire et elle libère sa main de la mienne pour serrer celle de Lucas. C'est à ce moment que je me rends compte qu'on se serrait la main depuis trois minutes. OK, donc la Nouvelle est chelou aussi.

Bien joué, Jenna. Tu viens de te commander un sac-poubelle et un scandale dans les tabloïds pour Noël.

– Indie.

– Des parents hippies ?

Le petit rire de Waitrose doit lui faire fondre les entrailles. Lucas a une grande capacité à charmer les filles, il ferait mouiller sa culotte à une agrafeuse, et même s'il ne laisse planer aucun mystère sur sa vie privée, elles se jettent toutes à son cou. L'ironie du truc, c'est qu'il ne les mérite pas, ces nanas.

Elle hausse les épaules.

– Non, juste pragmatiques. Ils m'ont appelée Indigo à cause de la couleur de mes yeux.

Une rougeur lui envahit le cou, qui grimpe sur ses joues et s'installe à la racine de ses cheveux comme une couronne. Je secoue la tête et m'éloigne vers la table où je m'appuie d'une hanche pour m'envoyer une poignée de crackers.

– La couleur des yeux des bébés peut changer jusqu'à l'âge de quatre ans, lui fait remarquer Lucas dans mon dos.

Ils concourent pour l'oscar de la conversation la plus chiante du monde ? Parce que là, je leur donne mon vote.

– Disons qu'ils étaient assez risque-tout, alors.

Son rire musical emplit la pièce.

– « Étaient » ?

– Ils sont morts. (Pause.) Accident de voiture.

– Désolé de l'apprendre.

L'accent chic de son école privée résonne à mes oreilles et me regonfle d'une nouvelle bouffée de rage. Rouge, la rage. Il a vraiment l'air dégoûté, ce con.

Moi non plus, je ne suis pas particulièrement ravi d'apprendre que la Nouvelle est orpheline, mais le truc, avec Lucas, c'est qu'il a réellement, littéralement mal pour elle, à l'instar des enfants avant qu'ils grandissent et que la vie les endurcisse. Lucas, c'est l'être humain le plus désagréablement honnête que j'aie jamais rencontré. À ma connaissance, je suis la seule personne au monde avec qui il a des problèmes. Ce qui, pourrait-on dire, en dit long sur mon niveau de saloperie ou ma capacité à me faire apprécier. Ou pas.

Jenna revient de la terrasse et fourre son téléphone dans son sac. Son sourire m'indique que si j'essaie de dire non à l'embauche de la Nouvelle, elle va lâcher le pauvre type que je suis sur le bord de la route. Il existe d'autres agents, aussi importants et puissants qu'elle, mais il n'y en a qu'une capable de payer la caution de l'abruti que je suis à trois heures du matin, un soir où j'ai décidé de jouer tout seul à *La Fureur de vivre* face à une voiture de police sur la Pacific Highway et où j'ai fini bavant sur le sein d'une prostituée dans une cellule. Je ne peux pas toujours compter sur mon batteur, mon manager et mon bassiste pour tirer la chasse, surtout quand je merde avec le sens du spectaculaire qui me caractérise. J'aime mes amis comme d'autres aiment leurs animaux de compagnie : avec férocité, mais sans attendre de réciprocité. Quant à ma famille… eh bien, là, c'est une autre histoire, dans laquelle je n'ai pas envie de m'embarquer.

– Coucou, m'interpelle Jenna.

Je lui réponds par un vague hochement de tête.

– Dis donc, elle parle celle-ci, je lui dis en désignant la fille d'un mouvement du menton.

– La dernière ne parlait pas et n'a pas survécu quatre jours dans le poste. Il fallait que j'essaie autre chose.

Mon agente hausse les épaules et je tire sur ma millionième cigarette de la journée en détournant mon attention, d'elle comme du reste de l'univers : mon passe-temps favori depuis que je suis sorti de désintox.

– Je peux te dire quelque chose ? (Jenna réapplique son rouge à lèvres rouge sang devant un miroir de poche qu'elle tient au niveau de son visage.)

– Le bonnes manières, ça ne te va pas au teint.

Sa question en suscite d'autres dans mon cerveau de petite brute agressive.

– Tu devrais commencer à réfléchir à ton prochain album, Alex, poursuit-elle. *Cock my Suck* n'a pas marché et tu as pris le temps de repos nécessaire pour te concentrer sur ton bien-être. J'ai été surprise d'apprendre que tu n'avais rien écrit pendant ton séjour en désintox.

J'incline la tête sur un côté et hausse un sourcil.

– T'es déjà allée en désintox, Jenna ?

– Non.

Elle referme son miroir d'un geste sec.

– Certes, j'avais des tonnes de temps libre à tuer, mais j'étais trop occupé à grimper aux murs en mode *Trainspotting* et à m'empêcher de m'arracher la peau avec les ongles.

– La cocaïne ne conduit pas à une dépendance physique, m'informe-t-elle sans ciller.

– T'as déjà pris de la coke, Jenna ? je lui demande, sur le même ton que j'ai adopté pour poser ma question précédente.

– Non.

– Même réponse.

La sonnette retentit encore. Blake va ouvrir la porte, encore, dépassant un Lucas en grande conversation avec la Nouvelle. Les membres de mon groupe et mon manager l'ont déjà incluse à notre paysage. Au moins ils ont la décence de l'ignorer, tels ces vases moches que personne n'a le courage de jeter. Hormis Waitrose évidemment, qui élève le fait de gâcher mon plaisir au rang d'art majeur.

– Qui a commandé mexicain ? crie Blake.

– Question idiote, mec ! braille Alfie depuis le canapé.

– Et merde. Au sens littéral, ironise Lucas au ralenti.

Il fait référence à l'estomac d'Alfie, qui ne supporte pas son goût pour la cuisine épicée. Je me retourne, reportant mon attention sur Jenna.

– Tu l'as trouvée où, la petite bagarreuse ? je lui demande en caressant le lobe velouté de son oreille.

Les femmes fondent sous mes doigts, comme du beurre, et mon agente ne fait pas exception. La seule différence, c'est qu'elle n'a jamais couché avec moi, parce qu'elle a suffisamment de neurones pour anticiper l'issue de l'aventure.

– Est-ce que ça importe vraiment ? me répond-elle en examinant ses ongles. Tout ce que tu as besoin de savoir, c'est que je ne te fais pas confiance pour rester sobre par toi-même. Tu es versatile, en colère et furieux contre le monde entier. Et elle… elle a trop à gagner et trop à perdre si ça ne tourne pas comme je l'entends. Désolée, Alex. Celle-là, elle est prête à partir à la guerre.

– Jenna, Jenna, je lui fais avec un « tss-tss » réprobateur, le pouce sur ma lèvre inférieure. Cette petite n'est pas une guerrière. C'est tout juste un amusement.

– Si tel est le cas, promets-moi que tu seras fair-play. Elle a peut-être du répondant, mais elle reste très jeune.

– Fair-play ne fait pas partie de mon vocabulaire. Et je ne plaisante même pas.

– Raconte-ça à la file interminable de tes aventures d'une nuit. Je suis certaine que ça ne les empêchera pas de sauter dans un lit avec toi.

Jenna lève si fort les yeux au ciel qu'ils manquent de tomber dans une autre dimension. Elle me frôle le torse de son épaule en s'éloignant vers la porte d'un pas chaloupé. Indigo est sur ses talons, le dos raide comme un piquet.

Mon agente se retourne une seconde avant de sortir.

– Écris-moi un album, Alex. Qu'il soit spectaculaire, histoire de remettre les pendules à l'heure entre Will Bushell et toi.

À la seconde où elle prononce son nom, j'ai des envies de meurtre. Il n'y a pas de pendules à mettre à l'heure. J'ai sorti *un* mauvais album. Ça arrive à tout le monde. Même à Bad Religion. Mais bien sûr, je ne vais pas m'en défendre devant elle, pas du tout, et surtout pas devant mon entourage et le petit elfe qu'elle a entraîné dans ma tanière.

– Il est en route.

Et sur un clin d'œil accompagné d'un geste de baguettes de tambour avec mes doigts, je me détourne afin qu'elle ne voie pas la colère qui voile mon expression.

La porte se referme.

J'attrape la boîte de nourriture mexicaine d'Alfie et la jette contre le mur, observant les haricots noirs qui dégoulinent, laissant une trace dégoûtante. Le guacamole reste accroché au mur comme du béton, bravant les lois de la gravité. Je suis à cran et je ne sais même pas pourquoi.

Nouvel album ?

Nouvelle tournée ?

Nouvelle baby-sitter ?

Will Bushell ?

Les choses sont sur le point de changer et cette fois, je n'ai pas de poudre magique pour m'apaiser.

CHAPITRE 3

INDIE

– Bon aloooors ? Balance, il est comment ?

Dégoûtant. Superbe. Mal élevé. Sexy. Tordu. Spirituel. Taciturne. Insupportable. Dangereux. *Dangereux*. ***Dangereux.***

Alex Winslow est tout ça et plus encore, mais ma famille n'a pas besoin de le savoir. Natasha est déjà folle d'inquiétude à la perspective que je m'en aille trois mois. Je ferme le robinet et m'essuie les mains avec un torchon, avant de pivoter pour m'appuyer au plan de travail. Nous vivons dans un vieux deux-pièces sur Pico Boulevard, où le frigo fait plus de bruit que la quatre-voies en contrebas et où les murs jaunes sont plus nus et déprimants que les strip-teaseuses du club au rez-de-chaussée de l'immeuble.

– Ça va, disons. La rockstar de base. Fumeur compulsif, fou amoureux de sa petite personne et méprisant à souhait.

J'aspire de l'air entre mes dents, posant les yeux à peu près partout sauf dans les leurs.

Natasha lève la tête de son bol de pâtes nature. Craig, occupé à feuilleter les annonces d'emploi dans le journal du jour, prend une gorgée de sa bière. Il en est déjà au stade où il a envoyé sa candidature à tout ce qui est vaguement intéressant dans les petites annonces de Craigslist ; il plaisante en affirmant qu'elles tiennent leur nom de lui. De Monster aussi et là, il ironise en prédisant qu'il va en devenir un, de monstre, s'il ne trouve pas un boulot vite fait. Il est à deux doigts d'aller taper aux portes des gens en leur proposant à peu près tout et n'importe quoi : promener leur chien, arroser leurs plantes ou leur vendre un rein. Ça me peine de voir mon frère ramper, lui si fier et si brillant. Surtout sachant qu'il a refusé sa bourse d'études pour s'occuper de sa petite sœur parce que le jour où nos parents rentraient de leur dîner de vingt ans d'anniversaire de mariage, ils ne sont jamais arrivés à la maison.

– Oh, arrête un peu, Indie. Tu passes ton temps à dire du mal des gens. Ce type est sans doute un connard de première, ça ne me surprend pas, mais trouve-moi une célébrité qui ne soit pas dans son genre.

Craig se cale contre le dossier de son siège, un nuage noir de colère suspendu au-dessus de sa crinière châtain. La chaise grince sous son poids. Les ustensiles tintent dans le bol de Nat. Craig a terminé sa bière et l'a posée à côté des deux canettes qu'il a déjà vidées.

– Je te ressers ?

Je désigne du menton le bol de Natasha, sans prêter attention à la trop grande consommation d'alcool de mon frère alors qu'on n'a même pas les moyens de payer un flacon de paracétamol pour Ziggy.

Nat secoue la tête.

– Il en reste assez pour demain, mieux vaut les garder.

– On compte les coquillettes. Pas très rock'n' roll. Tu vas devenir trop bien pour nous maintenant, Indie, commente Craig.

Ni Nat ni moi ne lui répondons. Je lave la vaisselle. La cuisine est petite et encombrée : casseroles, boîtes de rangement, photos encadrées qui rappellent tous les souvenirs de nous quatre, bons, tristes ou drôles. Ziggy dort dans son berceau au milieu du salon. Ses otites sont sous contrôle, mais nous savons tous qu'une fois l'hiver arrivé, ça va recommencer.

Nat se glisse derrière moi, m'enlace par la taille et pose la tête contre mon épaule.

– Tu n'es pas obligée de faire ça. Tu n'as jamais pris l'avion. Jamais quitté les États-Unis. On peut encore trouver le moyen de se débrouiller tout seuls. J'ai un travail temporaire à Venice Beach au moins jusqu'à octobre. Et Craig va bientôt trouver quelque chose…

Je me retourne et l'attrape par les épaules en souriant.

– Trois cent mille dollars pour traîner avec une rockstar. Tu déconnes ou quoi ? Tu crois qu'une nana de vingt et un ans irait refuser ça ?

– Oui, répond-elle sans détour, posant la paume sur ma vieille robe orange. Si la fille en question, c'est toi. Je te connais. Tout ce qui t'intéresse, c'est de coudre et de jouer avec Ziggy. Tu es la fille introvertie par excellence. Quand on a regardé *Bubble Boy* ensemble, tu enviais ce pauvre gamin de vivre dans la solitude.

Pas faux.

Pas besoin qu'on me rappelle que je suis une looseuse solitaire. Mais justement, ça fait peut-être partie du charme de ce job. Sortir de ma coquille, c'est exactement ce dont j'ai besoin. En plus, je vais revenir avec une valise remplie d'aventures uniques et précieuses. Nouvelles odeurs, nouveaux paysages et nouveaux goûts pour mes papilles, en provenance de tous les endroits merveilleux que j'ai toujours rêvé de visiter.

– Nat, je te promets que je ne pourrais pas être plus enthousiaste si je le faisais exprès.

– Tu nous le dirais, si tu n'avais vraiment pas envie d'y aller ? insiste-t-elle.

Je me demande si elle voit la terreur que je masque derrière mon sourire.

– Ouais Indie, intervient Craig. (Il se lève de sa chaise et se dirige vers le salon, dans le même pyjama qu'hier soir.) Ne te sens pas obligée de le faire. On se débrouille. Hormis pour le loyer en retard, les factures d'électricité qui s'accumulent et le coût des soins de Ziggy. Oh et puis, tu sais, quoi, la vie.

– Craig ! siffle Natasha, les yeux réduits à deux fentes de colère.

Il quitte la pièce, son rire amer résonnant contre les murs. Une minute plus tard, la porte de la chambre claque. Ziggy réagit à ce bruit soudain par un gémissement de protestation. Le temps s'arrête, Nat et moi attendons que reprennent les doux ronflements du petit.

Je vois bien pourquoi mon frère rencontre peu de succès dans sa recherche d'emploi, mais je dois me rappeler qu'il n'est pas toujours sarcastique, impoli et limite incohérent. Jadis, Craig était l'adorable joueur de foot qui a conquis le cœur de Natasha Brockheimer en lui chantant une chanson d'Alex Winslow sous sa fenêtre. Elle avait les cheveux les plus blonds, les jambes les plus bronzées et le père le plus riche de Beverlywood. Natasha se fichait bien que Craig ait abandonné la fac pour s'occuper de moi. Contrairement à ses parents. Et quand elle est tombée enceinte à vingt-deux ans, les parents susmentionnés ont décrété qu'ils ne voulaient plus entendre parler de Nat, Craig, Ziggy ou moi.

Pendant quelque temps, Craig est resté optimiste. Il avait deux boulots, aidait à s'occuper de Ziggy et, tous les soirs, massait les pieds de Natasha, en nous racontant comment nous allions tous nous en sortir. Et puis, il a été licencié, il a commencé à boire et les discours d'encouragements, les massages des pieds et l'espoir se sont évaporés de nos vies, remplacés par un nuage suffocant de morosité.

– Je pense que je vais aller au lit. Merci pour tout.

Je tortille une des mèches claires de Nat. Je dors sur le canapé, à côté du berceau de Ziggy. C'est pratique, car il se réveille pour boire plusieurs fois par nuit. *Qui va donner son gobelet à Ziggy quand je serai partie ?* Je repousse la question dans un coin de ma tête, laisse mes jambes me porter derrière le canapé, vers mon vélo blanc, seul objet de prix que j'aie jamais possédé. Ma mère me l'a acheté quand j'avais quatorze ans. Il a été fabriqué à Paris, ma ville préférée au monde, même si je n'y suis jamais allée.

Je jette un coup d'œil à la grande valise posée près de la porte d'entrée, qui me renvoie un regard noir, me nargue, me rappelle ce qui m'attend. Impossible de dormir, avec ce poids sur ma poitrine, mon esprit, mon cœur. J'ai besoin de plus d'air que n'en contient l'appartement, l'immeuble même.

Je sors faire un tour de vélo.

Dehors, je lance une jambe par-dessus la bicyclette, repousse l'asphalte et file le long de la rue plongée dans l'obscurité. La brise est fraîche et salée, le vent danse sur mon visage. Les lumières des épiceries ouvertes vingt-quatre heures sur vingt-quatre et des diners à l'ancienne défilent. Pour la première fois aujourd'hui, je parviens à inspirer profondément.

Un picotement me descend le long de l'échine au souvenir de la première fois où j'ai vu les yeux d'Alex Winslow de près. Brun whisky. Insondables et fauves comme un bois riche, pleins, expressifs et faussement chaleureux. Nez droit, mâchoire carrée qu'on dirait taillée dans la pierre et deux lèvres pleines qui adoucissent son apparence, malgré tous les efforts contraires qu'il déploie. Ses cheveux ébouriffés sont brun foncé, de soie et de cachemire, et il sent le vieux cuir comme l'odeur d'une nouvelle obsession. Certes, il est beau, mais je ne dois surtout pas oublier qu'Alex Winslow n'est pas fait du bois où l'on taille un petit ami. Dont on taille quoi que ce soit, d'ailleurs. Ce qu'il est sans conteste, en revanche, c'est grossier, impatient, une grosse brute et un drogué en rémission.

J'accélère, une voile de sueur se forme sur mon front. Winslow portait tout à l'heure des boots de l'armée délacées, un jean déchiré qui ne ressemble à rien et un marcel noir aux emmanchures coupées net qui dévoilait son torse mince et ses côtes tatouées. Il était fin, souple mais fort, et avait plusieurs bracelets aux poignets et bagues aux doigts. La définition du sexe sur pattes.

Et je le hais.

Je hais sa façon de marcher, de parler, de tenter de me dissuader. Je hais qu'il détienne un tel pouvoir sur moi et la manière dont il va l'utiliser à mes dépens.

Je pédale pendant presque deux heures avant d'effectuer un demi-tour et de reprendre la direction de la maison, où je décide de sauter la case douche, parce que je ne veux pas réveiller les autres. Je tourne et retourne dans mon lit jusqu'à l'aube, contente que Ziggy se réveille deux fois et pleure pour réclamer son gobelet d'eau. Enfin le soleil émerge derrière les nuages bas, qui forment un plafond épais au-dessus de ma ville. Je me lève, attrape la valise et m'approche du berceau.

– Je vais nous sortir de ce bordel, je lui jure en me penchant pour l'embrasser sur le front.

Je me répète que cet au revoir temporaire nous permettra de nous construire un avenir stable, plus tard. Ziggy balbutie quelque chose et agite son petit poing potelé comme pour me répondre, en m'envoyant des baisers ainsi que je le lui ai appris.

À cet instant, je sais que cette promesse, je vais la tenir.

*

ALEX

– Putain !

Je me réveille dans un sursaut quand un coude pointu s'enfonce dans mes côtes. Il a traversé mon sweat-shirt noir et ma veste en cuir, ça ne peut donc venir que d'Alfie, ce branleur aux longs membres.

Je me redresse en grognant. Le bourdonnement assourdi des moteurs industriels résonne à mes oreilles. On pourrait croire que je m'y suis habitué, à force. Attention, spoiler : non !

Alfie fait la moue comme une groupie et se frappe le front du dos de la main.

– Oh, Alexander, pourquoi tu ne m'aimes pas ?

– Parce que tu as une queue, pas de nichons et que tu pètes comme si tu avais bouffé tous les œufs pourris d'Amérique. En plus, tu trouves Russell Brand drôle. Un dernier point qui, au passage, est limite passible de poursuites.

Alfie éclate de rire et me jette… un médiator bleu. Je le ramasse quand il échoue sur ma braguette et le glisse dans ma poche arrière.

– Qu'est-ce que tu veux ?

– On est presque à l'aéroport.

– Je croyais qu'on était déjà dans l'avion.

– Tu as encore pris un truc ? On est coincés dans des embouteillages de malade, on avance à la vitesse d'un escargot en direction de LAX.

– C'est quoi ce bruit agaçant, alors ?

Je tourne la tête en direction de la vitre.

– Eh bien, ce doit être L.A., môssieur Duglandu, ironise Blake, les yeux rivés à son téléphone, toujours en mode boulot.

Quarante minutes plus tard, nous sommes enfin à l'aéroport. Blake consulte notre planning sur son iPad. Nous débutons toujours par l'endroit le plus éloigné, pour nous rapprocher ensuite des États-Unis. D'abord l'Australie, Sydney et Melbourne, ensuite nous irons en Asie, puis en Europe, avant d'atterrir sur la terre des braves, pour un break d'une semaine en Angleterre où nous pourrons rendre visite à nos familles.

La tournée « Letters from the Dead », c'est censé être du gâteau. Un best of. Des chansons que je connais par cœur. Pas de nouveau produit à mettre en avant. Je vais lécher le cul de mes fans, en espérant que les paysages, les odeurs et les cultures que nous allons rencontrer reboosteront mon génie créateur.

Cette fois, ma maison de disques a demandé « de l'accrocheur, du léger, du pétillant, avec une touche de rock'n' roll ». Alors évidemment, mon rebelle intérieur a des envies de leur balancer des morceaux de quatorze minutes sur la politique et le réchauffement climatique. Je n'aime pas la politique en fait, mais je déteste encore plus ma maison de disques.

À l'aéroport, nous passons la sécurité sans encombre et envahissons le salon VIP. Le jet privé est prêt. C'est la partie que je méprise le moins, dans le fait d'être Alex Winslow : j'ai accès aux trucs les plus dingues jamais inventés. Il y a sept ans, je bavais à la perspective de monter à bord d'un avion, n'importe lequel, peu m'importait la destination ou la classe, et maintenant, voilà que je me plains d'en posséder un à moi.

– Tiens donc, si ça n'est pas la mère des dragons, je ne m'y connais pas, lance Blake tandis que je décharge Tania, ma guitare dans sa housse, pour l'appuyer à l'une des tables. Il affirme souvent que Jenna a le pouvoir de brûler vifs les gens s'ils lui désobéissent.

Je me débarrasse de mon blouson en cuir, tout en balayant les lieux du regard afin de m'assurer que mes quelques possessions de valeur, mon portable, Tania et mon portefeuille sont bien là.

– Et tu me dis ça parce que…

– Parce qu'elle n'est pas seule.

Je lève les yeux pour découvrir mon agente qui approche de son pas vif, moulée dans sa robe à trois mille dollars. Elle a amené avec elle la baby-sitter numéro 11. La Nouvelle se tient maintenant devant moi, dans une robe jaune genre *Mad Men*, étroite et complètement inappropriée pour un vol censé durer une journée entière. Ses cheveux bleus sont tressés en un chignon amélioré, qui lui donne des airs de fée daltonienne.

– La Nouvelle ! je m'exclame avec un enthousiasme feint, histoire que Jenna croie que je lui accorde au moins sa chance avant de l'envoyer paître.

Je refuse de l'appeler Indie parce que A) son prénom est ridicule et B) cela reviendrait à la considérer comme une personne et pas comme un obstacle. J'ouvre les bras et marche dans sa direction, tout en charme et sourire narquois.

– Nous sommes ravis de t'accueillir à bord.

Le sourire de la Nouvelle passe de timide à irrité. Quand mes bras se referment autour de ses épaules, je l'entends expirer ses ultimes espoirs de voir tout ça ressembler à quelque chose de civilisé. Jenna se tient près de nous, et j'en profite, encore, pour me pencher vers la Nouvelle et lui chuchoter à l'oreille :

– Fuis, chérie. Dernière chance.

Son corps se change en glace, mais elle ne tremble pas et pour ça, disons que je ne la hais pas complètement. Au moins, elle a du cran. Jusqu'à présent, je l'ai traitée pire que les autres. Parce que, contrairement aux autres, elle n'a pas moufté.

– Ravie que vous vous entendiez bien, tous les deux.

Jenna me surveille et sa suspicion teinte chaque syllabe s'échappant de ses lèvres. Elle flaire une entourloupe. Mais, comme la majorité des gens autour de moi, elle ne souhaite pas ouvrir la boîte de vers pourris.

Je me redresse et jette un bras autour des épaules de la Nouvelle, l'attirant dans une étreinte collé-serré.

– Sérieux, m'dame, on va devenir meilleurs potes, j'affirme en imitant l'accent américain le plus geignard, le plus péquenaud possible.

Jenna m'enfonce un ongle manucuré dans le torse.

– Écris-moi un album, Alex. Un où tu ne balances pas sur la moitié de l'industrie du disque. Qu'il soit bon. Tiens-toi bien. Et juste une petite info : Bushell effectue une tournée similaire. Vos dates en Europe concordent. Tiens-toi à l'écart de lui.

Je tends soudain l'oreille, peut-être même au sens littéral.

Je me demande si cette putain de Fallon, surnommée ainsi pour avoir ruiné ma vie, l'accompagne. Bushell, je ne veux plus jamais le voir. Mais Fallon ? Ça, c'est une autre histoire. Jenna doit voir l'interrogation peinte sur mon visage, car elle ne tarde pas à répondre :

– Je te donne l'info, histoire que tu ne t'arraches pas tous les cheveux : oui, Fallon part avec lui. Je répète, écoute-moi attentivement : avec LUI. Pas avec toi. C'est terminé, au cas où tu aurais besoin d'une clarification supplémentaire.

– Ne me dis pas… je commence.

Elle me plaque sa paume ouverte sur le torse. Je suis sûr à quatre-vingt-dix-neuf pour cent que la plupart des agents ne passent pas leur temps à frapper leurs clients sur le torse.

– Elle a presque fichu ta carrière en l'air, bon Dieu ! Tu as failli te tuer à force de sniffer de la coke. Si tu veux mourir pour une fille, une nana qui est passée directement de ton lit à celui de ton ancien meilleur ami sans battre un seul de ses jolis cils, je t'en prie, fais-toi plaisir. En revanche, si tu déconnes sur « Letters from the Dead », je te jure devant Dieu que ton titre va devenir la vérité, car c'est moi qui te tue. (Elle marque une pause, prend une profonde inspiration, puis affiche un sourire botoxé.) Métaphoriquement, bien sûr. Mon avocat m'a dit : « Plus de menaces de mort sur vos rockstars de clients jusqu'à ce que la maison de Malibu soit payée. »

Je renverse la tête en arrière pour rire. Un bon gros rire, genre c'est-pour-ça-que-je-t'ai-embauchée. Évidemment, j'ai besoin de Jenna, mais elle a tout autant besoin de moi. Je reste le mec que l'on s'arrache à Hollywood, même après *Cock My Suck* qui, je l'admets, était la rencontre entre Maroon 5 et Ed Sheeran au bal de fin d'année d'une école catholique, soit un album sirupeux fait en série. N'empêche, j'ai encore assez de poussière d'étoile en moi pour éclairer tout Vegas. Si mon prochain album se plante, peut-être, oui peut-être alors je serai un peu menacé. Pour le moment, je dois faire un effort, mais certainement pas me soumettre au moindre caprice de Jenna.

– Je vais te manquer.

J'adresse une œillade à mon agente aux lèvres pincées, qui ne prend même plus la peine de lever les yeux au ciel. En revanche, elle pousse la Nouvelle dans ma direction.

– Aide-la quand vous atterrirez en Australie. Elle n'a jamais pris l'avion, on a dû lui procurer un passeport en urgence.

Le visage de la Nouvelle vire au rouge vif si vite que je crains de voir sa tête exploser. Elle lève le menton et resserre sa prise sur son sac de voyage. Elle n'a pas à s'en faire. Je suis un enfoiré, mais jamais je ne me suis moqué de quelqu'un qui n'aurait pas la même chance que moi. Il n'y a pas si longtemps, je devais compter le moindre sou et parfois prendre le métro en fraude quand j'avais besoin de me déplacer. Enfin, que tout soit bien clair, je vais quand même faire de sa vie un enfer. Pas de discrimination positive. Ni négative. Appelez-moi saint Alex.

– Autre chose ? je demande en tirant une Camel de mon paquet souple.

– Voici une liste des tâches incombant à Indigo. Lis-la attentivement et ne rouspète pas. C'est le protocole à suivre, Alex.

Elle me plaque une chemise contre le torse, son sourcil haussé me mettant au défi de protester.

– Et toi… (Elle jette quelque chose dans les mains d'Indie.) Ce téléphone contient deux contacts : mon numéro et celui de Hudson, l'assistant personnel d'Alex. Pas de connexion Internet. Pas d'applis. Il n'est bon qu'à une chose : me faire tes rapports. Tu me tiens au courant sur une base quotidienne, compris ?

Sur quoi Jenna tourne les talons et s'en va, sans même un « au revoir » à l'attention de sa jeune employée. La Nouvelle est plantée devant moi, avec sur le visage, un mélange de défi et de détermination.

– Qu'est-ce que tu regardes, toi ?

J'allume ma cigarette. Peut-être ai-je envie de me faire arrêter. Être en cellule, ça signifie être seul, or être seul, ce n'est pas ce qu'il y a de pire au monde.

– Mon pire cauchemar.

Elle cligne des paupières, comme si elle tentait de m'effacer de son champ de vision. Au moins, on ne peut pas lui enlever son honnêteté. Avançant d'un pas dans sa direction, je m'assure que nous nous retrouvions orteils contre orteils, ma cigarette laissant tomber des cendres sur ses cheveux tandis que je murmure :

– Je ne suis pas ton cauchemar, chérie. Car les cauchemars, on s'en réveille. Avec moi, ça va continuer jusqu'à ce que tu aies débarrassé mon plancher. On est clairs ?

Sans lui laisser le temps de rassembler ses esprits selon le manuel du Trouduc première année (J'ai déposé la marque), je fais volte-face, lâchant l'épais dossier contenant le descriptif de son poste dans la poubelle que je croise en me dirigeant vers les sièges en cuir près de l'immense baie vitrée.

J'espère pour son bien qu'elle n'a pas trop peur en avion, parce qu'elle va devoir en reprendre un toute seule dans l'autre sens, une fois que je l'aurai virée, cette pauvre petite chose.

*

À partir de là, ça a été la même merde que d'habitude. On a embarqué. Le décollage a été chaotique. Les turbulences ont fait virer la Nouvelle au verdâtre et je suis certain qu'elle a serré tous les muscles de son petit corps, fesses comprises. Au bout de quinze minutes de vol, une hôtesse est entrée dans la cabine aux meubles en bois blond en demandant si nous désirions quelque chose.

– Une bière sans alcool on the rocks et un flingue chargé.

Je lui fais signe de filer, sans lever les yeux d'une page blanche que je suis censé noircir de ma prose inspirante et stimulante.

– Il veut dire pour lui, pas pour toi, clarifie Lucas, assis près de la Nouvelle sur une banquette blanche en forme de L. (C'est le seul qui daigne lui parler, probablement pour m'énerver.) Et s'il n'avait pas usé de l'alcool et de la cocaïne comme d'un passe-temps favori, tu n'aurais pas besoin d'être ici.

Je me note mentalement de conseiller à Lucas de tenir sa langue, car ses minauderies de lèche-bottes vis-à-vis de la Nouvelle commencent sérieusement à me taper sur les nerfs.

Pas question qu'il joue les jolis cœurs avec la fille qu'on a embauchée pour moi. Je n'ai pas envie de voir combien la vie est facile pour lui pendant que moi, je me traîne dans la boue épaisse de ma dépression à chaque minute de la journée, en compagnie de mes vieux amis, l'alcool et la coke, les seuls aptes à me relever de terre.

Surtout, je n'ai pas besoin de les regarder se bécoter sur la banquette d'un avion ou celle d'un van, pendant que je me ronge après une rupture qui mérite le titre de plus gros fiasco de l'année et qui a brisé mon ego en mille morceaux. D'autant que Lucas fait partie des raisons pour lesquelles je me suis retrouvé dans cette situation à la base.

– Fais gaffe, Lucas. Je ne prête pas mes jouets, alors ôte tes pattes de ma boîte à joujoux, je te mets en garde.

Les yeux toujours collés à ma page blanche, je prends une gorgée de ma boisson.

Il ne me demande pas où je veux en venir.

Il sait.

CHAPITRE 4

INDIE

Sydney, Australie

– Non, tu n'es pas stupide, me répète Lucas pour la dix millième fois.

Mes mains disparaissent dans les immenses trous de son blouson élégant, qu'il m'a prêté parce que j'avais oublié que c'était l'hiver en Australie quand on était en été aux États-Unis. J'ai fait la cruelle expérience de mon erreur au sortir du jet, accueillie par un vent glacé et un ciel chargé. Même le court trajet jusqu'au van Mercedes noir et rutilant m'a tiré des frissons.

– Tu ne pouvais pas savoir.

La voix de Lucas est si tendre qu'on y perçoit à peine la touche de pitié qu'elle contient.

– Ben non, ironise Alex qui marche devant nous, sans prendre la peine de nous accorder un regard. (Il porte sa guitare sur ses épaules, accrochée à son dos comme une carapace de tortue.) Comment tu aurais pu savoir que c'est l'hiver dans l'hémisphère sud quand c'est l'été dans l'hémisphère nord ? C'est l'un des secrets les mieux gardés de cette putain de planète.

Les discussions se tarissent. Blake fronce les sourcils ; c'est le manager d'Alex, le gars aux cheveux noirs et fins, à la silhouette mastoc et au costume parfaitement net. Alfie, le grand aux boucles dorées, secoue la tête et donne des coups de pied dans les cailloux sur notre chemin entre le jet et le van. Les yeux saphir de Lucas semblent vouloir s'excuser pour Alex et il exerce une pression sur mon bras.

– Ne fais pas attention à lui. Ça va ?

Je hoche la tête.

– Hormis le ridicule ? Fantastique, merci de t'en soucier.

Nous grimpons dans le van, où je parviens à ne pas m'exclamer que le volant est à droite et à continuer sur la voie de mon mutisme. Je feuillette le planning de la tournée, que Blake nous a distribué à tous avant l'embarquement dans l'avion. Alfie s'est servi des coins du papier comme fil dentaire. Je brûle de regarder par la fenêtre pour découvrir Sydney pour la première fois, mais à la vérité, même si je n'étais pas sûre de me retenir de m'extasier à tout va, je ne suis pas d'humeur à jouer encore une fois le punching-ball de Winslow. Mieux vaut faire profil bas, du moins le temps que je passe avec succès du statut de « Nouvelle » à celui d'« Indie » à ses yeux. Ce qui ne m'empêche pas de le détester pour me sentir si mal par sa faute. Je sais aussi que je ne serai pas mademoiselle Paillasson pendant les trois mois à venir. Je vais prendre mes marques et puis je riposterai.

Nous sommes descendus dans un hôtel chic qui embrasse l'océan à Darling Harbour. J'ai déjà séjourné dans des hôtels, mais plutôt du style adossés à des routes ultra passantes et qui décrivaient leur décor années 1980 comme « charmant » dans leurs brochures froissées. Celui-ci est différent. Un bâtiment monstrueux avec des flèches et des arches sur des kilomètres. « Waouh, waouh, waouh », voilà ce qui le décrirait assez bien, même si « putain de merde » arrive juste après. On a dû tourner en rond dans le van pendant dix minutes en attendant que la sécurité bloque la contre-allée avec des barrières métalliques, histoire que la rockstar puisse entrer récupérer les clés de sa chambre. Mais quand enfin on a pu se garer, je me suis rendu compte que j'avais un problème plus grave que de devoir décider si Sydney m'évoquait plutôt un Miami propre et tout neuf ou un Palm Springs urbain.

– P… Qu'est-ce que… je hoquette, trop sidérée pour terminer ma phrase.

Des centaines de fans sont alignées derrière les barrières. Elles hurlent et agitent des pancartes et des affiches. Des filles sanglotent en se griffant le visage. Elles crient le nom d'Alex si fort que je me demande si leurs tympans ne risquent pas de subir une explosion spontanée. Le SUV s'arrête. Les British échangent des regards, sourire blasé aux lèvres. Hormis Alex, dont l'expression reste dénuée de toute émotion.

– Ça fait beaucoup à absorber.

Lucas se tourne sur son siège à côté de moi, sa paume trouve la mienne qu'il serre dans un geste rassurant. Un geste chaud et doux. Il est séduisant à sa manière, tendre et romantique.

– Ouais, la Nouvelle, lâche Alex à ma grande surprise.

Stupéfaction accentuée par le fait que lui aussi tend la main vers moi, pour exercer une pression sur ma cuisse. Mon cœur plonge dans mon estomac, tout en bas, vers l'endroit où il me touche, ce qui provoque en outre une levée de poils dans ma nuque.

– C'est bien de *toi* qu'on se soucie, là, alors je t'en supplie, dis-nous un peu ce que tu ressens face à des centaines de gens qui attendent quelqu'un qui n'est en fait *pas* toi.

Ma patience. Ma douce, ma tendre patience m'enjoint à ne pas lui envoyer mon poing direct dans la face. Certes, j'ai besoin de ce job. Mais Alex Winslow commence à talonner de très près mes soucis financiers dans l'échelle des emmerdements.

– Je peux respirer deux minutes sans vos commentaires désagréables ?

J'ôte sa main de ma cuisse et la relâche contre son flanc. Si seulement il ne ressemblait pas à un dieu en colère et n'écrivait pas comme un poète torturé, ça me rendrait la tâche de le haïr beaucoup plus simple.

– À condition que tu respires en silence et pas dans ma direction, répond-il du tac au tac.

– Félicitations, Winslow. Tu viens de te débrouiller pour décrocher l'oscar du type le plus grossier du monde, grommelle Blake, qui tape toujours sur son téléphone.

– Je l'accepte, même si, hélas, je ne serai probablement pas en mesure d'assister à la cérémonie de remise.

– Bonne idée, tu t'arrangerais pour débarquer sur scène et voler des statuettes qui ne sont même pas pour toi, je marmonne.

Aussitôt que les mots franchissent mes lèvres, je sens mes yeux s'écarquiller d'horreur. Le monde s'immobilise une seconde. C'est Alfie qui finit par briser le silence, en s'esclaffant sur la banquette arrière.

– Hé ! lance-t-il en soufflant bruyamment. Je bande par procuration. Si vous êtes partis pour un truc genre « je te hais, je te baise » tous les deux, j'achète un billet pour le premier rang.

– Alfie !

Lucas se tourne vers lui, le regard sévère.

– Quoi ? Y a pas qu'un seul siège au premier rang, tu les verras aussi.

– Assez, gronde Blake, qui range son portable dans sa poche et fait coulisser la portière. Tout le monde… dehors ! Indie, s'il te plaît, essaie de faire profil bas. Notre petit gars peut se montrer assez susceptible avec les nounous que lui fournit Jenna. Comprends qu'à vingt-sept ans, il est l'une des célébrités les plus influentes de l'univers. Ta présence est dure à avaler.

Alfie lève une main, comme pour demander l'autorisation de parler.

– Enfin, si tu es douée pour ça, avaler des couleuvres, tu pourrais peut-être adoucir sa peine…

Alex se tourne et lui frappe l'épaule, si fort que le coup de poing résonne aux oreilles de tout le monde.

– Ça suffit, toi, avec tes jeux de mots douteux. On y va.

Nous vidons le SUV. Moi en trébuchant, aveuglée par les flashs de dizaines d'appareils photos et assommée par les cris des paparazzis. Je garde le regard droit devant, en espérant atteindre les portes tournantes sans chute spectaculaire ou tache rouge embarrassante au niveau des fesses. Je n'ai même pas mes règles, pourtant j'ai l'impression que c'est le genre d'inconvénient qui peut m'arriver. Le bruit, la lumière, les rires se mêlent dans ma tête comme un cocktail fatal. Mes membres se liquéfient et la crise d'angoisse me menace.

Une main apparaît à mon côté et m'attrape fermement par le bras.

– Je te tiens.

Je galope jusqu'à l'entrée, guidée par celui qui me pousse. Je ne reprends mon souffle qu'une fois à l'abri des gens, derrière un épais mur de verre. Je me retourne alors pour remercier celui qui me tient toujours et mon cœur se serre à la vue de Lucas et de son sourire de garçon sympa.

– Merci.

J'ai la bouche comme remplie de coton.

– Nos chambres sont prêtes. C'est l'un des avantages de faire partie de l'entourage d'Alex Winslow.

Lucas enfonce les mains dans ses poches, les yeux baissés sur ses chaussures.

Merde.

– Mais il est où, Alex ?

Jenna m'a bien spécifié que je ne devais jamais le perdre des yeux. Nous allons séjourner dans des chambres différentes, Blake partageant la sienne avec Alex afin de s'assurer qu'il ne fasse pas de bêtise. Tout le reste du temps, je dois rester à ses côtés. Alfie est accoudé au comptoir de la réception en train de flirter avec l'une des hôtesses. Blake est au téléphone, où il répète en boucle :

– Je m'en fous que ce soit le meilleur hôtel de Paris, de toute l'Europe ou de la Voie lactée. Si Alex le voit, il va le tuer.

– Dehors, comme d'habitude, répond enfin Lucas. (Son regard se pose à l'extérieur sur la rockstar, dont il suit les mouvements.) À donner à ses fans ce qu'elles demandent. Pourquoi crois-tu qu'elles soient aussi nombreuses ? Elles sont sa priorité numéro un.

Je suis le regard de Lucas. Alex est penché par-dessus les barrières métalliques, à signer des affiches, des sacs à dos, des poitrines, tout en prenant le temps de poser pour des selfies avec ses fans au bord de la détresse respiratoire. Deux agents de sécurité le flanquent, chacun de la taille de Hulk, et jettent des regards désespérés à la super star excentrique en priant pour qu'il cesse de flirter avec des adolescentes comme avec le danger. Les fans sont très près de l'attirer dans la foule et de l'engloutir telle une meute de zombies.

– Il faut que j'aille le chercher, j'annonce, plus à moi-même qu'à Lucas.

– Ce n'est pas comme si elles pouvaient lui passer de la drogue. Au vu et au su de tous.

– Je n'en reviens pas qu'il puisse se montrer aimable avec quelqu'un.

Je me tourne vers Lucas. Je n'en reviens pas non plus d'avoir dit ça à son batteur et ami. En se penchant, Lucas fait irruption dans mon espace personnel, pourtant bizarrement ça ne me met pas mal à l'aise.

– Je sais que ça fait cliché, mais vraiment, c'est la vie qui a fait de lui un gros connard. Il n'a pas toujours été comme ça. Je parie que tu vas découvrir en lui le type super qu'il est. En fait, il a juste… la rage.

On dirait mon frère, je pense.

Nous sommes tous les deux en train d'observer Alex quand Blake reparaît, il s'approche trop près de moi. Je me serre contre Lucas en réaction.

– Les chambres sont prêtes. C'est à qui le tour d'aller tirer Alex des griffes du sexe ?

Je fais mine de n'avoir pas entendu la question, doutant de toute façon qu'il m'envisage comme candidate à la corvée. À l'exception de Lucas, les autres gars se comportent comme s'ils préféreraient affronter un lion affamé dans une cage fermée plutôt que d'avoir une conversation civilisée avec moi.

– C'est à Alfie. Tu discutais avec qui, Blake ? demande Lucas.

– Jace, l'agent de Will, répond l'interrogé avec un profond soupir. Ils seront tous les deux en Angleterre et à Paris. Pour l'Angleterre, je ne suis pas inquiet… Bushell ira à son cottage de Sheffield. À Paris, en revanche, on a une soirée Halloween au château de Malmaison. Un événement caritatif.

Blake ponctue sa phrase d'un regard entendu à l'attention de Lucas.

– On peut toujours prétexter une urgence, propose Lucas, qui passe en mode professionnel dans un haussement d'épaules. Même si, sans doute, ça soulèvera des questions. Surtout aussi tôt après sa sortie de désintox.

Blake acquiesce en se frottant la nuque.

– Il y a pire : selon la rumeur, Will et Fallon sont fiancés. Sympa de sa part de ne pas l'avoir mentionné quand on…

Il ne termine pas sa phrase, et mon intuition me dit qu'il ne vaut mieux pas chercher à savoir.

Tous les regards se tournent aussitôt vers Alex. Pour la première fois depuis que je l'ai rencontré, il a l'air sincèrement heureux en prenant un selfie avec deux filles toutes deux dotées d'un appareil dentaire.

– Il va saisir le prétexte pour s'en mettre plein le nez, lâche Lucas, en se frappant la cuisse de son poing serré.

Blake ôte son caban.

– Ouais, ben je n'ai pas fait le plaisir à Jace de l'interroger là-dessus, mais si c'est vrai, Alex va se saouler dès ce soir. Jenna parle avec son contact chez TMZ en ce moment même, elle essaie de nous gagner du temps avant la publication.

Manifestement, cette Fallon est le talon d'Achille d'Alex. J'ignore qui elle est, je ne me suis jamais intéressée aux potins de stars, en revanche je sais que depuis deux ans, Will Bushell est l'ennemi juré d'Alex Winslow.

– Il faut qu'on l'empêche de se connecter et qu'on le tienne loin des tabloïds, affirme Lucas. Et s'assurer que les paparazzis et les journalistes ne l'approchent pas.

– La deuxième partie, c'est du gâteau. Alex est connu pour être maladivement méfiant. Mais comment tu dis à un adulte de ne pas surfer sur le Net ?

– En lui opposant un argument face auquel il ne trouvera rien à redire.

La voix de Lucas flirte avec la panique et j'essaie désespérément de relier les points dans la conversation.

Blake lâche un soupir exagéré.

– Parfois j'ai l'impression de m'occuper d'un putain de bébé. Vous vous rappelez les Tamagotchis ? Alex, c'est comme avoir une centaine de ces trucs accrochés autour du cou.

Cinq minutes plus tard, le Tamagotchi anglais entre et Blake me tend ma carte-clé électronique, en m'intimant d'être dans le hall à dix-huit heures. Normalement, m'explique-t-il, il y a des tas de répétitions, mais pour cette tournée, il n'y a besoin que de la balance et d'un chanteur sobre.

La première chose que je fais en entrant dans ma suite (tout l'étage a été réservé pour Alex Winslow et son équipe), c'est de me laisser tomber à plat ventre sur le matelas queen-size et de me vautrer dessus avec un petit cri aigu. Je serre les draps de satin crème entre mes doigts et pousse un gémissement de plaisir. Tous les muscles de mon corps sont tendus à cause du long vol et je n'ai même pas la force d'admirer le sol de marbre ou les paysages du désert accrochés aux murs dans des cadres dorés. Tout ce dont j'ai envie, c'est de dormir pendant trois mois.

Mon téléphone vibre dans ma paume. Je le fixe à travers mes paupières plissées, comme s'il s'agissait d'un être vivant et qu'on était en train de se disputer. Lucas m'a aidée à me connecter à un réseau et à Internet. Non que ce soit très utile. L'écran de mon portable personnel est fendillé et je ne vois rien dessus, notamment pas l'identité de l'appelant. Je porte l'appareil à mon oreille en priant pour que ce ne soit pas ma banque.

– Allô ?

– Indie, c'est Nat ! Je voulais juste savoir si tout allait bien, chantonne-t-elle au bout du fil.

Quelle heure est-il à L.A. ? Le milieu de la nuit, si je ne m'abuse. Je roule sur le dos et rive les yeux sur le haut plafond en forme d'arche, en me demandant comment il se fait que toutes les belles choses au monde coûtent si cher.

Cet hôtel.

L'argent que je vais toucher.

La vie apparemment super triste d'Alex.

– Tout est merveilleux.

Ma voix grimpe dans les aigus et j'affiche un sourire, juste pour qu'elle l'entende. Ma famille n'a pas besoin de savoir que je suis quasi harcelée moralement par une légende du rock. Ils ont des soucis autrement plus importants.

– Ils te traitent bien ?

– Super, je confirme.

Menteuse, menteuse, ton nez s'allonge. Mais si l'univers a jamais porté un pieux, un joli, un inoffensif mensonge, c'est bien celui-là.

– Tu as su, pour Winslow ? Oui, je suppose qu'ils en ont parlé pendant tout le vol…

Je plisse le nez tout en reluquant le minibar à l'autre bout de la chambre. La vie est trop courte pour ne pas en vider le contenu aux frais d'une rockstar multimillionnaire.

– Non. Il n'est pas très bavard. Je doute qu'il aborde le sujet, même si les gens affirment qu'il est un alien venu sur terre pour sucer le sang des nonnes de la planète. Pourquoi ? Qu'est-ce qui est sorti ?

– Ce qui est sorti, c'est sa queue, ma fille. Une starlette de Hollywood s'est fait pirater son téléphone, je ne me souviens même pas qui, et bien sûr, il se trouve comme par hasard qu'elle y avait sauvegardé des photos de l'engin d'Alex Winslow. Apparemment, il n'a rien à envier aux chevaux. Ils ont montré des images pixellisées sur TMZ, mais pour ce que j'en sais, ça aurait tout aussi bien pu être son bras.

Je pouffe dans mon poing, sentant mes joues s'empourprer. *Du Nat typique.* Avant qu'elle ne devienne mère et épouse, elle était pom-pom girl, rigolote et insouciante, toujours partante pour reluquer une bonne photo de sexe d'homme.

– Du coup, vu que tu es célibataire et qu'il est célibataire, tous les deux super sexy, et que vous allez passer trois mois ensemble sur les routes, j'adorerais obtenir une confirmation de cette rumeur.

– Ne retiens pas ton souffle en attendant, je marmonne.

– Pourquoi pas, Indie ? Penses-y, au moins. Si tu aimes tant monter à bicyclette, imagine l'effet que cela ferait de chevaucher une célébrité.

– Rien à voir.

– Qu'est-ce que tu en sais ? Tu n'as jamais chevauché une célébrité.

Je n'ai jamais chevauché quiconque, et je ne vais certainement pas commencer par mister Rockstar-Arrogante. Je ne suis pas vierge, attention. J'ai couché avec mon seul et unique petit ami de première année, avant… avant de perdre ma libido. Les hommes sont tombés très bas dans ma liste de priorités depuis que ma famille a explosé.

Je jette un coup d'œil à l'heure sur la pendule au-dessus de ma tête. Dix-sept heures trente. J'ai besoin de prendre une douche avant de gagner le hall d'accueil à temps pour le rendez-vous censé nous réunir avant de nous acheminer à la salle de concert. Bon sang, comment Alex et les garçons sont-ils supposés assurer un spectacle après un vol long courrier ? Je n'en ai pas la moindre idée. Enfin, ce sont des professionnels, même s'ils ne se comportent jamais comme tels.

– Faut que je file. Embrasse les garçons pour moi. Et aussi, envoie-moi des photos de Ziggy par mail. Je finirai bien par me dégoter un ordinateur portable. Il me manque déjà.

– Tu lui manques aussi. Amuse-toi bien et prends des photos.

– Promis.

– De sa bite.

– Non, je réplique du tac au tac.

– Bon, j'aurai essayé. Je t'aime. Va de l'avant et prospère.

– Je t'aime aussi, mademoiselle Coquine O'rgasme. Ciao.

*

Le plus drôle, c'est que l'occasion de voir les parties intimes d'Alex Winslow se présente une heure et demie après que j'ai parlé avec ma belle-sœur.

On attend en loges avant le premier concert de la tournée. À ma grande surprise, Alex n'a pas exigé qu'on lui livre des tas de trucs. La loge est spacieuse et propre, des plateaux de fruits et de l'eau en bouteille sont alignés sur les rangées de tables recouvertes de nappes, mais c'est tout. Pas d'alcool. Pas de nourriture recherchée. Pas de jacuzzi. Pas de strip-teaseuses accrochées aux lustres en fer forgé. Winslow est humble par nature. Il n'a embauché que des gens considérés comme ses proches amis d'enfance, ce qui est probablement la seule attitude à mettre au crédit de sa personnalité par ailleurs tyrannique.

Je le suis comme son ombre dans l'enceinte du stade de Sydney et lui, en retour, joue à un jeu nommé « Disons à tout le monde qu'Indie est ma fan psychopathe ». Chaque fois qu'un collègue, un assistant ou un technicien nous croise, il me désigne, très sérieux et dit :

– Quelqu'un peut appeler la sécurité pour la sortir ? Cette nana me suit partout et elle n'est pas vraiment mon style.

Je choisis de l'ignorer, même si je sais pertinemment qu'en ne répliquant pas, je me prépare une mini-crise cardiaque ou des ulcères à répétition.

Ne nourris pas le troll, Indie.

Le reste du groupe est dans les loges, à boire du soda en se préparant.

– Pourquoi est-ce que je joue pour la seule rockstar au monde qui essaie vraiment de rester sobre ? se plaint Alfie depuis ses quartiers à un moment donné, assez fort pour que tout le monde l'entende.

Blake parle au téléphone en faisant les cent pas dans le couloir, non loin de nous, et Alex a l'air d'attendre patiemment la fin du monde. Perché sur une causeuse, les sourcils froncés en direction de sa guitare, comme si elle l'avait abandonné en refusant de produire de nouvelles chansons originales et dignes de lui. À un moment donné, il se lève et se met à arpenter le couloir sans but précis. Le groupe qui fait la première partie de l'autre côté du rideau noir en est à sa quatrième chanson et Alex grimace chaque fois que le chanteur s'adresse à la foule avec un « mes bébés » récurrent. Autrement, son comportement serein ne montre pas la moindre faille, pas de fissure, du moins pas jusqu'à ce qu'il tourne brusquement à droite dans un couloir plus étroit. Je me lève en silence et le suis dans sa loge.

– Tu crois que tu vas où, là ? me siffle-t-il.

Il pivote sur ses talons et me toise, comme si j'étais une brume toxique dont il n'arrive pas à se débarrasser. À ses yeux, ça n'est sans doute pas loin de la vérité, ce qui rend mes réactions physiques à sa présence d'autant plus pathétiques. Chaque fois qu'il me regarde, je me sens rougir. À croire que ses yeux sont des rayons du soleil qui caressent, qui embrassent et qui liquéfient ma logique et mes inhibitions. Ne me faites pas dire ce que je n'ai pas dit, je le hais toujours avec la férocité que je réserve aux politiciens diaboliques déclenchant les guerres mondiales, mais ces profonds iris ambre ne sont même pas ceux dont il use dans un lit. Il les a *tout le temps*. Je parie que les filles se laissent culbuter par lui dans toutes les pièces d'une maison, que ce soit dans la cuisine, dans la salle de bains ou dans le garage. Et admettons-le, peut-être même dans la cour, où le monde entier peut assister au spectacle.

– Vous n'êtes pas autorisé à aller aux toilettes tout seul, surtout pas avant un concert. J'ai pour mission de vous accompagner afin de m'assurer que vous ne prenez pas de drogue. Vous le sauriez, si vous vous étiez donné la peine de lire le document établi par votre agente.

Je carre les épaules, prête à affronter une énième rebuffade. Les techniciens du son passent et repassent entre nous. Ils évitent les tas de câbles au sol et saluent Alex avec autant de nervosité que s'il était le proviseur de leur école catholique super stricte.

– Et si je dois aller chier ?

Alex lève le menton, me toisant encore plus. Ses yeux aux paupières tombantes, ses fameux yeux, brillent d'une lueur amusée.

Je croise les bras et m'appuie sur une hanche.

– Dans ce cas, je me répéterai que j'ai vraiment, vraiment besoin de cet argent en espérant que vous ne partagiez pas le même goût qu'Alfie pour la nourriture épicée.

Il ricane, secoue la tête et se remet à marcher. Je le suis. Il accélère. Peut-être est-ce parce qu'il est aussi haut qu'un gratte-ciel. Ou peut-être qu'il a trouvé là un autre moyen de me rendre la vie pénible. Quoi qu'il en soit, ma respiration saccadée le fait rire tandis que je m'efforce de ne pas me laisser distancer.

– Tu vas être obligée de voir ma queue, lance-t-il en cours de route, sans se retourner pour autant.

À ce stade, je suis presque au pas de course.

– Je fermerai les yeux.

– Ce qui perdrait un peu de son intérêt, si le but est de s'assurer que je ne sniffe pas une ligne ou deux.

– J'ai déjà vu des pénis. Le vôtre n'a certainement rien de spécial.

Je viens de prononcer le mot « pénis » ? Oui. Pourquoi ? Je n'ai pas soixante-dix ans. Je ne suis pas non plus une sainte-nitouche. Même si je ne vois pas ce qui pourrait lui faire penser ça.

– Faux. Tellement faux. Sans doute la chose la plus fausse que tu aies dite de ta vie. Combien ?

– Pardon ?

Il s'arrête devant la porte des toilettes, qui se trouve à seulement quelques mètres du salon VIP. L'odeur de cigarette, de bière et de hot-dogs monte jusqu'à mes narines et s'y installe... Quel effet ça doit lui faire, de sentir l'alcool sans pouvoir en boire une gorgée ?

De merde. Ça doit lui faire un effet de merde. Et toi, tu ne fais qu'empirer ça.

– Combien de queues est-ce que tu as vues dans ta vie ? (Son regard neutre passe sur mon corps.) Non, je veux dire, tu as quoi ? Dix-huit ? Dix-neuf ans ? Sans compter qu'avec ton physique, ça doit te demander pas mal de travail. Du coup, je dirais entre deux et quatre.

– *Primo* (Je lève le pouce.), j'ai vingt et un ans, c'est-à-dire que je peux boire dans n'importe quel pays du monde où l'on sert de l'alcool, ce qui est bien, parce qu'à travailler avec vous, je risque d'en avoir besoin. *Secundo* (J'ajoute mon index au pouce, même si je mens comme une arracheuse de dents, je n'ai aucune intention de boire, ni maintenant ni jamais.), ce ne sont pas vos affaires, combien de pénis j'ai vus ou avec combien d'hommes j'ai couché. Que j'aime être suspendue au plafond par les tétons ou qu'un gentil amant se blottisse contre mon dos pour dormir pendant que j'étreins mon nounours, ça ne vous regarde pas. Enfin et surtout (Je lui tends mon majeur avec un sourire innocent.), je ne pourrai jamais insister assez là-dessus, mais je vais essayer, vos petites manœuvres psychologiques ne fonctionneront pas. Ce job, je le garde. Alors habituez-vous à moi.

Nous nous défions du regard un long moment avant qu'Alex cogne de son poing serré la porte derrière moi. Qui s'ouvre en grand en allant claquer contre le mur, et nous entrons. Je colle le dos à la paroi, m'efforçant de rester aussi loin de lui que ça m'est physiquement possible, pendant qu'il baisse tranquillement la braguette de son jean taille basse. Et sort son sexe au-dessus de la cuvette des toilettes. Je garde les yeux rivés au mur. Le son de l'urine qui coule dans les W-C m'emplit les oreilles et je déglutis.

Les paroles de Nat reviennent me hanter, telle une vilaine coupe de cheveux des années 1980. Un besoin irrationnel de vérifier la marchandise s'empare de moi. De toute façon, il n'en a rien à faire. Selon la rumeur, sa queue a vu plus de caméras que Kendall Jenner. Lentement, avec une lenteur quasi douloureuse même, mes yeux dérivent le long de son corps élancé. Rien que pour voir ce qui provoque tout ce cirque. Quoi que j'aie pu envisager, cependant, ça n'arrivait pas à la cheville de la réalité. Son sexe est épais, long, mais pas monstrueux. Avec des veines qui courent sur sa longueur.

– Ça va, la vue ? gronde-t-il en remisant le matos dans son pantalon.

De profil, il est sublime. Mâchoire carrée, lèvres sensuelles, regard lascif… Je relève les yeux en me rendant compte que c'est à moi qu'il s'adresse.

– Je n'étais pas en train de…

– Mater ? Mais si. La prochaine fois, prends une photo. Ça dure plus longtemps.

Il remonte sa braguette et tire la chasse de la pointe de sa chaussure. Puis il se tourne et va verser du savon au creux de sa paume, pour se laver les mains avec une énergie proche de la violence : il passe entre chaque doigt, se frotte les phalanges comme s'il cherchait à s'arracher la peau. Une fois sa tâche finie, il regarde autour de lui en quête d'une serviette.

Je me racle la gorge, peinant à recouvrer mes esprits.

– Plus longtemps que le coup d'œil ou plus longtemps que votre performance ?

Nonchalamment, avec une désinvolture insupportable, il vient essuyer ses mains mouillées sur ma robe violette. Je lâche un hoquet en m'écartant de côté. Je pense qu'il va ouvrir la porte et sortir, mais avant que j'aie eu le temps de lui hurler dessus pour m'avoir utilisée comme torchon humain, il me plaque contre le mur, plaçant les deux bras au-dessus de ma tête pour me clouer sur placc. Je pousse un cri, surprise par sa soudaine proximité.

Alex Winslow me touche. Volontairement, piaille mon cerveau pathétique.

La chaleur qui émane de son corps me fait cambrer le dos et ma respiration reste coincée dans ma gorge.

– Qu'une chose soit bien claire : je pourrais te baiser comme jamais tu ne l'as été de ta vie, sans même transpirer une goutte, si je voulais. Alors méfie-toi, la Nouvelle. Si tu ne gardes pas tes distances avec moi, il se peut que je mette la menace à exécution.

Je soutiens son regard, souriant malgré la pâleur qui a dû envahir mes joues. À l'intérieur, mon cœur rue contre ma cage thoracique, blessé mais défiant. Jamais il n'a été comme ça. Aussi sauvage. Comme une entité propre. Mon cœur veut se rebeller et moi je veux me battre, mais ça ne ferait que m'apporter des ennuis.

Ralentis, mon cœur.

Détends-toi, mon cœur.

Prends une profonde inspiration, mon cœur.

– Vous avez terminé ? je siffle.

– Et toi ?

Pourquoi met-il autant d'acharnement à me faire fuir ? L'idée de lui poser la question m'est venue à plus d'une reprise, mais chaque fois, je suis arrivée à la même conclusion : personne n'a envie d'une ombre sur ses talons, qui le suive partout et le regarde pisser avant un concert.

– Non, je réponds.

– Dans ce cas, moi non plus.

Il se repousse du mur, me tournant le dos pour enfouir les doigts dans ses cheveux. Et c'est vrai, ce qu'ils écrivent dans les romans à l'eau de rose que Nat lit en quantités dangereuses : lorsqu'il s'éloigne, je ressens le manque de lui partout.

Sur mon corps.

Sur ma peau.

Dans le creux de mon ventre où se niche le désir, en dormance, en jachère.

– Tu ne me souhaites pas « bonne chance » ?

Il saisit la poignée et ouvre la porte, heurtant quelqu'un de l'épaule. Il ne ralentit pas pour autant. Alex Winslow est une tornade, qui balaie tout et tous sur son passage destructeur.

– Je te dis « merde », je croasse.

La lumière filtre à travers le rideau noir de la scène, donnant une lueur dorée à ses cheveux. L'auréole de Jésus. Je ferme les yeux et colle mon front au mur, inspire. Une dernière fois, j'enjoins mon cœur de cesser de battre si vite. Il ne m'écoute pas.

*

Vingt minutes après qu'Alex est sur scène, je me rends dans sa loge avec l'espoir de rattraper un peu de sommeil. Le décalage horaire m'a complètement assommée et je sais que je dois le surmonter, mais une petite sieste, ça n'est pas la fin du monde, si ? Blake est là, me tournant le dos, qui parle au téléphone. D'où il se tient, il ne me voit pas, raison pour laquelle il hurle et agite les bras dans tous les sens, je suppose. Je prends une profonde inspiration, décidée à me faire entendre, mais la voix de Blake tonne dans la pièce vide.

– Ouais, Jenna. Pour la centième fois, tout est sous contrôle. On a fait fuiter les photos et maintenant, il pense qu'on ne veut pas qu'il aille sur Internet à cause de ça. Les interviews et toute autre forme d'accès aux médias seront écartées pendant la durée de la tournée. Il ne soupçonne rien. Il ne se souvient même pas de la fille qui les a prises.

Il se tait, écoute l'agente d'Alex à l'autre bout du fil.

Mon sang se fige dans mes veines. Ce sont eux qui ont fait fuiter ces photos ? Et puis, je me rappelle la conversation avec Lucas. Au sujet de la diversion visant à garder Alex loin des réseaux. De la rencontre avec Will Bushell. *Oh, mon Dieu !*

– Écoute. Écoute… Écoute ! Putain, Jenna, tu as des couilles grosses comme des pastèques. Tu te rends compte que c'est tout sauf séduisant ? Et avant que tu répondes quoi que ce soit, oui, je suis conscient que ton seul et unique but dans la vie n'est pas de me séduire, en fait. On a gagné assez de temps pour réfléchir à tout ça. Il ne vérifiera pas, parce qu'il n'en a rien à foutre. Rien du tout. Il s'en contrefout. Sa bite se retrouverait en couverture de *Vogue* avec un béret et une cigarette coincée à la pointe qu'il ne la reconnaîtrait probablement pas en passant devant un kiosque. C'est une rockstar, Jenna. Pas un has been de la téléréalité. Personne n'est au courant.

Blake se passe une main sur le visage, puis pivote sur lui-même et se retrouve face à moi. L'appareil toujours collé à l'oreille, il corrige :

– Bon, efface « personne ». La baby-sitter est au courant. Je m'occupe d'elle tout de suite. Tu m'envoies un sexto plus tard ?

Au grognement qu'il émet, je devine que la ligne a été coupée. L'envie de lui envoyer ma main dans la figure me démange, au sens propre, j'ai les doigts qui picotent, sans que je sache vraiment pourquoi. Je n'apprécie pas Alex, mais ça ne signifie pas que je suis d'accord pour que son équipe le berne. Merde, je n'ai même pas envie d'en faire partie, de l'équipe en question, et pourtant je trouve que c'est carrément nul. Les gens en qui il a confiance le trahissent. Pourquoi le vendent-ils ? Est-ce qu'ils essaient de saboter son retour en forme ?

– Ce n'est pas ce que tu crois.

Il lève un bras, le visage tordu par une grimace.

– On dirait un mari infidèle, alors je vais répondre ce que toute femme trompée répondrait : si, c'est exactement ce que je crois. (Je ne sais pas comment j'ai trouvé les mots au fond de ma gorge, mais ils sortent en un flux épais et furieux.) Waouh, quelle bande d'ingrats vous faites !

– Tu ne comprends pas l'ampleur de ce qui se joue ici. Alex est obsédé par Fallon. S'il découvre qu'elle est fiancée à son ennemi juré, il va partir en super méga sucette. Et toi, tu échoueras dans ta mission. La tournée sera annulée avant d'avoir commencé. Sa carrière sera probablement finie, sans compter les millions de dollars qu'il devra payer en dommages et intérêts. On ne peut pas se contenter de le faire jurer qu'il n'ira pas sur Internet pendant deux mois et demi sans fournir d'explication. On fait de notre mieux pour l'aider. Tous ceux qui tiennent à lui sont impliqués. Sa famille, ses amis, les membres du groupe. Tout le monde. Si tu fous tout en l'air, Indie, je te jure que tu vas te faire des tas d'ennemis à Hollywood.

Il pointe vers moi la main qui tient son téléphone. Je cille, incrédule, doutant même que tout ça ne soit vraiment en train de se produire.

– Blake… (J'avance d'un pas à l'intérieur de la pièce.) Vous pouvez tourner ça dans tous les sens, vous mentez à votre client. À votre ancien colocataire. À votre ami. Vous pouvez vous justifier depuis cet instant jusqu'à votre dernier jour sur cette terre, au bout du compte, vous aurez toujours fait fuiter des photos de ses parties intimes pour l'empêcher de se connecter à Internet. Et c'est merdique.

– Ce n'est pas moi qui l'ai fait. C'est l'une des filles avec qui il a couché. On l'a payée et une partie de l'argent ira à une œuvre caritative, donc ne démolis pas tout.

– Vous avez humilié votre ami et le fait qu'il ne se sente pas violé dans son intimité ne change rien au fait qu'il a effectivement été violé.

– Ne joue pas les saintes, Indigo. Une partie de ton boulot consiste à te faufiler dans les toilettes avec lui. Tu es dans la même galère que nous, poupée. Ce n'est pas parce que ta conscience est moins entachée qu'elle est complètement propre.

Je plisse les paupières.

– Je vais le lui dire, je lance, tapant du pied comme pour écraser un cafard imaginaire.

– OK, alors tu es virée, lâche Blake d'une voix blanche.

En un clin d'œil, son expression passe de belliqueuse et anxieuse à dure. Il s'approche d'un pas, annulant la distance qui nous séparait encore. Je sens son haleine, mélange de cannelle et de l'arôme d'un chewing-gum aux fruits. Une odeur fraîche et légère qu'Alex est trop mâle jusque dans sa chair pour exhaler.

– À la minute où il apprendra la vérité, il va tout lâcher et courir se rouler dans sa chère coke. En d'autres termes, il n'aura plus besoin de tes services, Ziggy ne pourra pas faire soigner ses oreilles et Craig restera un pauvre type, alcoolique et triste. Réfléchis avant de faire une bêtise, Indie. Parce que ta vie peut rapidement être sur une pente savonneuse.

Je le dévisage.

Il lève le menton, me rendant un regard tout aussi ferme.

Il sait. Il sait pour ma famille, pour notre situation financière et même pour les appareillages qu'on prévoit de faire fabriquer pour Ziggy avec cet argent.

Punaise, comment il est au courant ?

J'ai effectué un test de personnalité avec la personne des RH qui m'a embauchée. La fille à la pédicure m'a posé deux cents questions, auxquelles j'ai répondu avec une honnêteté sans détour. Elle a dû transmettre mes réponses. Maintenant, Jenna et Blake ont un moyen de pression sur moi. Peut-être même qu'Alex aussi est au parfum. Bon sang, si ça se trouve, tous les membres de la tournée connaissent le montant des dettes sous lesquelles je croule et les problèmes de santé de mon neveu.

Mon sang se met à bouillir avec le genre de colère qui donne envie de vomir. Je fais volte-face et sors de la loge d'Alex comme une balle. Je ne suis plus ni fatiguée ni jetlagguée.

Je suis bien éveillée.

Vibrante, comme mon cœur rebelle qui pulse sur un rythme saccadé. Brûlante comme un feu de la Saint-Jean et complètement vivante.

CHAPITRE 5

ALEX

« Un, c'est le chiffre du seul.
Alors disons qu'on serait deux.
Mais en réalité, bébé, il n'y avait que toi.
Le pire, c'est que je te reprendrais.
Sauf que cette fois, c'est moi
qui te briserais le cœur. »
Poison Poetry, Alex Winslow

Tout le monde veut devenir rockstar.

C'est ce qui s'approche le plus du dieu, mais ce que les gens oublient souvent, c'est que Dieu a un boulot de malade.

Dieu crée. Vingt-quatre heures sur vingt-quatre, sept putains de jours sur sept.

Dieu est vénéré.

Dieu est censé répondre, délivrer, rassurer.

Et quand Dieu est envoyé sur terre pour interagir avec les humains ? Eh bien, Dieu déçoit, forcément.

Vous voyez, quand vous êtes rockstar, vos fans nourrissent beaucoup d'attentes à votre égard.

Et vous, presque à tous les coups, vous les avalez goulûment et vous en redemandez.

Parce que vous voulez croire que vous êtes un génie, dont les paroles sont immortelles, dont les musiques donnent la chair de poule. Vous aspirez à devenir inoubliable, irrésistible et unique. Vous refusez de croire qu'il n'y ait rien après ; car il n'y a rien, même si vous êtes un millionnaire torride avec une top model différente dans son lit chaque nuit, au bout du compte, vous êtes juste humain.

Terriblement humain. Un humain dont on attend qu'il soit bien plus qu'un humain. Voilà comment j'en suis arrivé là. À l'endroit où j'en suis aujourd'hui. Le cliché pathétique et risible dont je me moquais quand j'étais plus jeune. Un rocker désabusé, alcoolique et drogué qui n'est jamais seul et se sent pourtant désespérément isolé.

La première fois où j'ai fait l'expérience de la véritable intimité, ce n'est pas quand mon sexe a pénétré celui de Laura, la fille du camionneur, quand j'avais quatorze ans sur un banc du parc de Cassiobury. C'est quand je me suis retrouvé face à des milliers d'étrangers et que j'ai chanté pour eux. Que je leur ai demandé de m'aimer. De croire en moi. De me soutenir. Ce qu'ils ont fait.

On se sent nu sur scène.

Même avec Waitrose derrière moi à la batterie et Alfie qui déambule avec sa basse, en fait il n'y a que moi. Et eux. Et les lumières. Et la célébrité.

La sueur qui coule sur la guitare. *Le sexe.*

Mes muscles qui se contractent, qui se bandent pour produire cette harmonie parfaite. *L'orgasme.*

Ils me voient, me sentent. Ils m'entendent. *Le bonheur.*

Mais faire l'amour avec dix mille personnes tous les soirs, ça n'est pas ce qu'on appelle un boulot relax. Du coup, moi, j'ai besoin d'un petit remontant pour m'assurer que ma performance soit à la hauteur des standards inaccessibles que je m'impose. Avant, je montais sur scène avec plus de coke dans les veines que de globules. J'en étais shooté et, quand on est shooté, on ne voit pas les abysses au fond desquelles on est tombé. Quatre-vingt-dix jours de désintox et maintenant je suis clean. Du moins physiquement.

J'offre un rappel à mon public. *Poison Poetry* m'a été inspirée par Fallon, qui m'a brisé le cœur et l'a jeté en pâture à ces hyènes des tabloïds. C'est aussi l'une des dernières chansons potables que j'aie écrites avant de devenir trop dépendant et embué par les narcotiques pour produire quoi que ce soit de réel et de fort. À présent que je suis redevenu sobre, je me demande si ma créativité n'a pas été expurgée de mon organisme en même temps que la drogue.

Je sors de scène et le premier visage que je vois est celui de la Nouvelle. Elle et ses grands yeux, sa petite bouche en cœur, sa robe mauve évasée qui, tous réunis, lui donnent l'air de sortir tout droit d'un film noir pour tomber directement dans cette arène industrielle qui ne lui convient pas. Ses vêtements, ils sont comme une déclaration.

Qui fait durcir mon sexe dans mon jean serré. Avoir envie de baiser ma chaperonne, est-ce la seule façon que j'ai trouvée pour essayer de me débarrasser d'elle ou de la prendre, histoire de m'assurer que Lucas ne le fasse pas avant moi ?

Elle arbore son sempiternel air agacé, alors je la contourne et me dirige vers ma loge. L'adrénaline bouillonne sous ma peau, m'obligeant à rouler des épaules et à me saisir la nuque à deux mains. Le concert a été correct. Non, pas correct. C'était grandiose. Je le sais, parce que j'y étais. J'y étais vraiment, pas comme quand j'étais shooté à la coke et que je chevauchais un nuage invisible ou une fausse assurance.

Je veux écrire.

Je veux écrire.

Seul.

Blake, la Nouvelle, deux groupies qui ont réussi à s'immiscer et la personne chargée des relations publiques locales me filent le train jusqu'à la loge, mais je leur claque la porte au nez, sans prendre la peine de leur expliquer. Quand la muse te chope les noix, tu rampes et tu lui demandes de frapper plus fort, plus vite, plus fort.

Fais-moi saigner. Fais-moi haleter, fais-moi vivre pour ça, puis mourir pour ça. Fais-moi perdre l'esprit et trouver mon âme. Fais ton tour de magie, muse. Mais ne me laisse pas tomber comme tu l'as déjà fait. À brailler pour que tu viennes à mon aide dans une pièce vide. À attendre que tu te pointes sans crier gare, telle une amante indécise.

– Winslow. (La Nouvelle frappe à la porte à plusieurs reprises, et pas doucement.) Ouvrez la porte ou je vais devoir appeler mademoiselle Holden.

Elle a laissé de côté le « s'il vous plaît », ça ne m'a pas échappé. Dommage qu'elle commence à s'adapter à son nouvel environnement, parce que je ne compte pas la garder. Je renverse la tête en arrière et ferme les yeux. J'ai besoin de solitude pour écrire. Mes meilleures paroles, je les trouve en général dans le silence.

– Tire-toi ! j'aboie.

– Croyez-moi, passer du temps en votre compagnie se trouve très bas dans ma liste des occupations appréciables. Hélas, cela fait partie de mon travail d'être auprès de vous. Vous n'êtes pas autorisé à rester seul quand la porte est verrouillée.

– Tu peux être plus agaçante encore ?

– Vous pouvez être plus con ? (Elle frappe du plat de la paume contre la porte.) Ouvrez. Et. Tout. De. Suite !

– Tiens, vous mettez des points entre les mots. Aïe, là je suis vraiment dans la merde, je rugis de l'autre côté du battant.

Et j'envoie valser la table basse à l'autre bout de la pièce. Je la regarde s'écraser et perdre un pied contre le mur opposé.

Merde, d'accord. Je n'ai pas besoin que Jenna revienne me faire chier.

Avec un soupir, je me mets debout et j'ouvre la porte en grand. Les groupies, Blake et quelques techniciens du son se trouvent là, plantés derrière la Nouvelle. Ils assistent à la scène avec curiosité par-dessus son épaule. Je m'écarte juste ce qu'il faut pour lui accorder un mini passage afin d'entrer dans la pièce, histoire qu'elle doive jouer des coudes.

– Elle est accro à ma b… Et moi, je dois subir ça vingt-quatre heures sur vingt-quatre.

Je réponds à son froncement de sourcils par un sourire narquois tandis qu'elle se glisse à l'intérieur.

– Ne touche à rien, j'ajoute. Ne regarde rien. Si possible, ne respire pas. Ouais, ce serait l'idéal.

Je signe des albums, des posters et des poitrines, puis je claque la porte à la face de Blake, une fois les techniciens et les fans partis. Il a eu le temps de me marmonner que je ne devais pas aller sur Internet à cause de photos de mon sexe, sauf que je ne l'écoute pas. J'apprécie qu'il se soucie de moi, mais qu'est-ce qu'on s'en fout ? Ma teub, c'est une propriété publique au point où on en est. Tout corps consentant qui n'est ni une fan ni mineure peut obtenir une petite chevauchée et un selfie en sus.

Je retourne vers le canapé, reprends mon bloc-notes et mon stylo, les yeux froncés face à la page blanche. La Nouvelle se poste devant la fenêtre qui donne sur le port, me tournant le dos. Je m'efforce de me rappeler la dernière fois où je me suis retrouvé seul dans une pièce avec une nana qui ne soit ni ma mère ni ma sœur, sans avoir mon sexe enfoncé si profondément dans sa gorge qu'elle en avait des haut-le-cœur. Je me remets à froncer les sourcils. Le regard rivé au papier. Mentalement, j'arpente la loge et cogne contre les murs.

La muse est partie.

La Nouvelle l'a tuée, putain.

Fait chier.

Je me cale contre les coussins, je contemple ses cheveux bleu-argent, nattes défaites, ils tombent en cascade jusqu'à son petit cul rond. Ben oui, quoi, si je ne dois pas réussir à écrire, autant occuper mon temps à remplir ma banque d'images pour les longues soirées de solitude. Même si je peux toujours me rendre à l'un des nombreux afters auxquels mes partenaires du groupe participent sans doute. Ouais, mais non, non et non. Parce que A) la Nouvelle va m'accompagner et ce serait carrément trop humiliant à vivre et B) j'admets que pour freiner mon désir de me shooter ou boire jusqu'à l'oubli, mieux vaut ne pas sortir. Mon agente va me couper les testicules, les vider et les utiliser comme mini sacs à main, si je touche à un verre d'alcool ou un rail de cocaïne.

– Prenez une photo, ça dure plus longtemps.

La Nouvelle vient de me renvoyer mes propres paroles à la figure depuis son point d'observation près de la fenêtre. Le croissant acéré de la lune me fait de l'œil derrière son épaule.

– Je vois votre reflet dans la vitre, explique-t-elle après coup, une pointe de tristesse dans la voix.

Nos regards se croisent dans le reflet susmentionné. Le temps se fige.

Je la hais toujours.

Je veux toujours me débarrasser d'elle.

Cependant, pour la première fois depuis qu'elle me file le train, je commence à soupçonner qu'elle ne sera pas aussi inutile que je l'avais imaginé à la base. C'est cette courbe entre son cou et son épaule qui me le dit. J'ai envie de la mordre pile à cet endroit-là, qu'il en coule du sang avec lequel j'écrirai les paroles de ma prochaine chanson. Et le plus tordu, dans cette histoire, c'est que je conçois ce genre de pensées alors que je n'ai rien consommé.

– Tu as chassé ma muse.

J'ai parlé d'un ton bas, paresseux et quelque peu dérangé. Même à mes propres oreilles.

– Et ?

Elle ne prend pas la peine de se retourner.

– Et du coup tu me dois quelque chose. Donc finalement, ça tombe bien que tu sois en ma possession.

– Votre « possession » ? répète-t-elle, incrédule. Je ne suis votre rien du tout, Winslow.

– Oh que si. Pour trois mois. J'ai signé un contrat qui le prouve. Alors maintenant, je vais prendre ce qu'il y a à l'intérieur de toi et le coucher sur mon carnet, parce que je suis vide et que tu es pleine.

Ça fait bizarre. De dire la vérité à haute voix. La vérité, on est censé la chuchoter, pas la crier, sauf que moi, je me fiche de ce qu'elle pense de ma personne. Je me lève donc et saisis mon blouson en cuir, sans songer à le lui offrir.

– Rendez-vous devant ta chambre d'hôtel à minuit, j'ordonne.

Elle ouvre la bouche. Je ne reste pas assez longtemps pour écouter ce qu'elle a à répondre.

Je vais retrouver ma muse et l'écrire, cet album.

Occuper les classements avec chaque single que je sortirai et faire d'eux mes esclaves.

Récupérer le titre de roi de la musique alternative que ce branleur de Will Bushell m'a piqué.

Et reprendre ce qui m'appartient. Ce qui m'a toujours appartenu. *Fallon*.

Quitte à tricher pour parvenir à mes fins ou à passer au bulldozer sur tous les autres.

*

Les jambes tendues croisées au niveau des chevilles, Tania en main, je laisse courir mes doigts sur les cordes en essayant de trouver une mélodie.

J'ai le dos collé à ma porte, ce qui m'octroie une vue directe sur celle de la Nouvelle. Nos chambres sont face à face. Jenna a demandé à Hudson, mon assistant personnel, de s'assurer que la Nouvelle ne soit jamais éloignée de plus de trois mètres de moi dans chaque hôtel où nous allons descendre.

À minuit cinq, sa porte s'ouvre et elle sort dans le couloir, vêtue d'un short de pyjama à motifs écossais rouges et d'un sweat-shirt à capuche gris floqué au nom d'une université dont elle n'a jamais pu se payer l'entrée. D'un geste du menton, je lui fais signe de s'asseoir et elle obtempère. Son visage, dénué de tout maquillage et d'affectation, est parfait. Elle glisse le long de sa porte, replie les genoux contre sa poitrine et m'observe en clignant des paupières. Je n'arrive pas à décider si elle n'a aucune personnalité ou si elle en a trop. Je ne vais pas tarder à le découvrir.

Je continue à déplacer le médiator sur les cordes de ma guitare acoustique, sans prêter attention à l'épaisse moquette rouge ni au couloir impersonnel, préférant imaginer que nous sommes dans un lieu véritablement à nous. Une maison sur une plage ou une rue pavée de Londres, avec la morsure de la pluie qui pince nos narines.

– Qu'est-ce que je fais là ? demande-t-elle.

– Je me pose la même question. (Je garde un moment les yeux rivés à mes doigts rendus calleux à force de pincer les cordes de Tania, puis je les relève sur elle.) Tu t'accroches à ce boulot comme si ta vie en dépendait. T'as des problèmes ?

– Non, répond-elle, pas déstabilisée par ma franchise. J'ai un neveu. Ses parents n'arrivent pas à trouver d'emploi stable et il mérite mieux que ça. Mieux que ce qu'ils parviennent à lui donner. Mieux que des otites à répétition. Mieux que de boire un lait expiré depuis deux jours parce qu'il est moins cher. Il mérite… mieux, c'est tout.

Je mordille ma lèvre inférieure en songeant à sa réponse. Moi, je n'ai pas beaucoup de liens avec ma famille. En fait, ce que je redoute le plus dans la tournée, après mon incapacité à composer de nouvelles chansons, ce sont les retrouvailles avec ma mère, mon père et ma sœur aînée, Carly. Enfin, si je les vois.

– Il s'appelle comment ? je lui demande, sans trop savoir pourquoi.

Je ne me suis jamais senti obligé de donner dans la politesse, surtout pas avec des gens qui vivent de mes émoluments.

– Ziggy.

Son sourire n'est plus aussi agaçant. Les fossettes se creusent, il est sincère et sans botox. Lèvres charnues. Petites dents. J'aime bien. Les imperfections en disent plus sur la personne. Elles sont révélatrices. C'est pur. Indigo est jolie. Comme un coucher de soleil qu'on ne prend plus la peine d'admirer puisqu'il revient chaque soir.

– Comme l'album de David Bowie ?

Sourcils froncés, je pince quelques notes sur Tania, des notes qui forment un début de mélodie. Peut-être un souvenir de *Starman* ou de *Rock'n'roll Suicide*. Pourtant c'est différent, c'est nouveau.

Elle lève les yeux au plafond et se met à mâchonner machinalement sa lèvre inférieure.

– Mon frère est fan. Ziggy a deux ans. Il est futé, drôle et mignon comme tout. Je lui répète toujours qu'il est Ziggy et moi…

– Stardust, je termine en rassemblant quelques notes dans ma tête pour former une ligne.

Bien sûr, je porte encore les mêmes vêtements que pendant le concert. Et bien sûr, je dégage des effluves de vieille urine comme on la sent dans les ruelles obscures de Londres.

– Maintenant silence.

Elle ne se rebiffe pas. Non, elle se met à tresser de petites mèches de ses cheveux bleus au moment où quelque chose me vient… Quelque chose de nouveau. Je ferme les yeux, les doigts un peu tremblants. Trouver une mélodie, c'est très similaire à trouver une fleur dans le sable. Improbable, rare, excitant. Je joue quelques minutes avant de passer la courroie de Tania par-dessus ma tête pour la poser contre la porte. Je sors le petit carnet ainsi que mon crayon de ma poche arrière et je me mets à gribouiller. Quand je relève les yeux, la Nouvelle est toujours occupée avec ses nattes. Son air troublé m'indique qu'elle me plaint. Une pensée dérangeante.

– Parle-moi de toi.

J'ignore son regard perplexe.

– Il va falloir être un peu plus précis dans votre question.

– Qu'est-ce qui te constitue ? Ta personnalité. Tes secrets. Tes manies.

Une autre fille aurait gloussé, évité le sujet ou joué les idiotes. Pas elle.

– Je suis gauchère. Je hais les clowns. J'adore coudre des robes. Ça me… (Elle lève les yeux, en quête du mot exact.) concentre.

Je reprends Tania, mon médiator court sur les cordes sans but précis.

– Quoi d'autre ?

– Je ne suis pas sur les réseaux sociaux. Si je pouvais étudier quelque chose, ce serait la mode. J'ai travaillé dans une boutique caritative qui s'appelait *La Friperie*, à Beverly Hills. Une boutique dirigée par une femme de soixante-dix ans, Clara, avant qu'elle ne ferme pour passer plus de temps avec sa famille. Travailler là, c'était… c'est le boulot dont j'ai toujours rêvé.

Elle me regarde comme si j'allais juger ses aspirations trop petites ou trop insignifiantes. Elle ignore que je n'avais pas prévu de devenir un régulier de TMZ et consort, je suis prêt à le parier tout ce que vous voulez. Mon but initial était beaucoup plus romantique. Je me suis retrouvé coincé dans cet univers par mon copain d'enfance, Will. On avait formé un groupe ensemble, The Kryptonites, avant de décider de tenter notre chance en solo et d'habiter ensemble à Londres, tous les cinq : Will, Alfie, Blake, Lucas et moi. Je voulais rester indépendant, quand Will a signé un gros contrat dans une boîte majeure. C'est lui qui m'a fait entrer chez Grapevine Records. Lui qui a fait de moi ce que je suis, à plus d'un titre.

Mes doigts se déplacent de plus en plus vite, à la recherche d'un rythme, une chanson oubliée qui traîne toujours là, dans un coin de ma tête. C'est pour ça que j'ai voulu la faire sortir dans le couloir. Un endroit neutre. Pas dans l'une de nos chambres, où tout ce à quoi je penserais, ce serait de la baiser, parce qu'elle serait à disposition, que son pouls battrait et qu'elle serait très probablement consentante. C'est de ses mots que j'ai besoin, de ses pensées et de sa disponibilité. Je veux aspirer tout ça, assécher son âme et tout vider sur les pages, mes pages, histoire d'en avoir pour mon argent de la baby-sitter embauchée à mon intention par Jenna. Parce qu'elle est innocente. Et forte. Et tellement irritante, que piocher dans son cerveau est comme une nécessité.

– Vas-y, Stardust.

Je la taquine. Elle le sait. Ce n'est pas un surnom. J'enfonce le clou.

– J'ai un frère.

Elle omet la mort de ses parents, cette fois, en s'adressant à moi. Elle s'est pourtant volontiers ouverte de cette information à mes collègues.

Peut-être me voit-elle comme l'ennemi et Lucas l'allié… Idiote. Petite idiote.

– Je me déplace partout en vélo. (Elle marque une pause, ses dents s'enfoncent à nouveau dans sa lèvre inférieure.) Et j'ai quelque chose à vous dire, mais je ne suis pas certaine que ce soit mon rôle de le faire.

Je redresse brusquement la tête en entendant cet aveu.

– Qu'est-ce que tu peux bien savoir que j'ignorerais ?

– Hé, oh ! (Elle souffle, secouant la tête.) Je veux juste vous aider, OK ?

– C'est le cas. Tu m'aides en faisant tout, sauf changer mes couches, pour m'empêcher de planter le nez dans la poudre blanche. Tu fais ton taf. Ni plus. Ni moins.

Elle me dévisage, insolente, et son regard me dit qu'elle sait ce que je suis en train de faire. Je la pousse dans ses retranchements pour la faire fuir, mais le cœur n'y est plus. Plus comme avant, en tout cas. Elle va rester, que je le veuille ou non, alors c'est la moindre des choses que je l'utilise jusqu'à la moelle. Comme Fallon m'a utilisé, moi.

– Vous m'énervez tellement que parfois, j'ai envie de crier, siffle-t-elle entre ses dents serrées.

Je souris, sachant pertinemment que j'ai une nouvelle série de notes à écrire. Il est temps de mettre un terme à notre session de travail. Elle s'est avérée plus productive que je ne l'avais anticipé. Je vais passer la nuit à écrire.

Je me remets sur pieds, les doigts enroulés autour du cou de Tania, et je m'accroupis pour me pencher vers le visage d'Indie.

– Le jour où je finirai par mettre la main sur toi, crois-moi, Stardust, ça arrivera, tu vas crier toute la nuit. Mon nom. Encore. Et. Encore. Et. Encore.

CHAPITRE 6

INDIE

Melbourne, Australie

Deux jours se sont écoulés depuis l'épisode du couloir.

Deux jours au cours desquels ma relation avec Alex s'est un peu améliorée, malgré le fait qu'il ait anéanti toute envie que j'aurais pu avoir de lui raconter la vérité sur les photos de son sexe parues dans la presse et sur les fiançailles de Fallon. Il ne me harcèle plus de façon active. Au lieu de ça, il a choisi de m'ignorer carrément. Je lui file le train tel un chiot qui se languit de caresses, ce qui revient pour moi à tuer mon ego à coups de poing. Nous passons les deux jours suivants à faire la route entre Sydney et Melbourne, avec un arrêt dans une ville du désert où l'on mange des super côtelettes au barbecue avec du thé glacé. Pendant la plus grande partie du trajet, Alex est à l'arrière du SUV, à essayer d'écrire et à pousser des grognements de frustration. Parfois il est survolté, plein de vie et de désir de parler. Mais le plus souvent, il fait plus ou moins la tête. Blake est constamment pendu au téléphone, pour se disputer avec Jenna et Hudson, tout en me jetant des coups d'œil sévères. Alfie est chargé de s'assurer qu'Alex n'ait pas accès à Internet sur son téléphone, une tâche qu'il prend étonnamment au sérieux. Quant à Alex, il ne semble pas souffrir du tout de se trouver déconnecté du monde virtuel. Depuis que je partage des moments avec lui, j'ai remarqué qu'il n'a passé aucun coup de fil personnel, ce que je trouve bizarre, mais au fond, ça ne me regarde en rien.

Lucas et moi, on s'est rapprochés.

En partie parce qu'il est le plus gentil de la bande, mais surtout parce que ma solitude commence à me peser comme un lourd manteau que j'ai hâte d'enlever. Lucas a vingt-sept ans. Comme Alex, il est originaire de Watford. Son père travaille au conseil municipal local et sa mère est enseignante. Avec ses deux frères, ils ont un chien du nom de Harvey. Il connaît Alex depuis l'enfance et a déménagé de Londres à L.A., il y a seulement trois ans, après avoir rompu ses fiançailles avec Laura, une fille de chez lui. Apparemment, Alex avait eu une histoire avec cette Laura, quand ils étaient adolescents. Et apparemment aussi, Lucas en a gardé une forme d'amertume. Au volant du SUV, il y a toujours le type qui nous a récupérés à l'aéroport.

– Alex adore raconter comment il a pris la virginité de Laura et moi, ses problèmes, lance Lucas tandis que nous filons à travers le désert.

Je pose une main sur son bras et y exerce une pression.

– Je suis désolée.

Je le pense, même si Lucas a l'air tout sauf dévasté. De temps à autre, il jette de brefs regards en direction d'Alex, comme pour jauger sa réaction.

– Sois pas trop inquiète, intervient Alfie derrière nous. (Il est installé sur la banquette avec Alex.) Winslow ne l'a dit qu'une fois, une seule, et juste pour déconner. En plus, selon moi, Waitrose s'était lassé d'elle avant qu'elle ne remonte sa culotte. Tu n'as jamais été accro à elle, mec, on le sait tous.

Quelque chose passe entre les trois hommes : Blake, Alfie, Lucas. Un secret, si j'en juge à la façon dont les regards glissent de l'un à l'autre.

– Laura, c'est le cadet des soucis de Lucas, ricane Blake.

La nonchalance d'Alex est un obstacle dressé entre nous comme un épais rideau, aujourd'hui. Il n'offre aucun commentaire sur le sujet.

La pluie se met à battre les toits et le tonnerre déchire le ciel lorsque nous atteignons Melbourne. La ville a l'air très différente de Sydney. Plus vieille, peut-être. La routine habituelle se met en place : on tourne autour de l'hôtel une bonne vingtaine de minutes avant que la voie soit libre. Là encore, Alex s'arrête pour signer des tee-shirts et autres souvenirs de fans, les yeux plissés sous la pluie, mais toujours avec le sourire. Blake nous distribue nos cartes-clés. Un étage a été fermé et réservé pour Alex Winslow et son équipe. Soudain, je me rends compte que pour ces gens-là, c'est ça, la norme. À leurs yeux, tel est le programme d'une journée-type. Et on s'étonne qu'ils deviennent cyniques et blasés ? Il n'y a rien pour les enchaîner au sol, à un endroit. Ils vivent la vie sur un nuage, ils flottent. La gravité ne signifie rien pour eux.

– Hé, Indie, m'interpelle Lucas quand tout le monde se dirige vers l'ascenseur.

Blake est occupé à taper un SMS, Alex passe la bandoulière de sa guitare d'une épaule à l'autre et éponge les gouttes de ses cheveux. Quant à Alfie, il fait mine de se gratter le nez pour cacher le fait qu'en réalité, il se le cure sans l'ombre d'un doute.

– Oui ?

– Une petite balade, ça te dit ? Ils n'annoncent pas de neige avant demain et la pluie doit s'arrêter d'une minute à l'autre.

Je tourne aussitôt la tête vers Blake. Je ne suis pas censée prendre du temps pour moi et partir me promener. Je dois baby-sitter Alex. À moins que Blake ne soit avec lui, ce qui est le cas la plupart du temps. Blake se gratte la tempe à l'aide de son organe le plus important : son portable.

– On est samedi, mec. Elle n'a le droit à aucun temps libre ? plaide Lucas en lui donnant un petit coup de coude.

Alex se passe les doigts sur les mâchoires, les yeux rivés sur Blake qui vient de se tourner vers lui.

– Discutons-en en privé.

Réponse cryptée de Blake, qui fourre son téléphone dans sa poche et échappe au regard d'Alex. Je suis tellement mal à l'aise que je sens ma peau se recroqueviller.

Je me racle la gorge. Chaque once de féminisme en moi exige que je réagisse, même si c'est de façon pathétique.

– OK. Ne vous gênez pas pour discuter de vos projets me concernant derrière des portes closes, au cas où je pourrais vous entendre.

– C'est le projet, effectivement, confirme Alex du tac au tac.

– Alex… fait Blake.

– Arrête de me donner du « Alex ». Il essaie de lui soulever ses robes improbables depuis le premier jour. J'en ai ma claque, de ce branleur.

Les portes de l'ascenseur s'ouvrent et nous nous déversons dans le couloir, chacun se dirigeant vers sa chambre. Lucas suit Blake et Alex, ce dernier refusant d'accorder la moindre attention au précédent. Alex désigne des objets et leur attribue des titres de chansons existantes. *Elevation* de U2, quand on sort ; *Stairway to Heaven*, quand on passe près de l'escalier de secours ; *God Only Knows*, quand on dépasse une immense peinture intitulée *Portrait de Dieu*.

– Ne va pas raconter à tes vieux potes Paul et John que j'ai fredonné les Beach Boys, lance-t-il, soudain guilleret. Même si, à mon avis, ils s'en foutraient royalement. C'était Brian Wilson qui s'agaçait du succès des Beatles, pas le contraire.

– Arrête d'en faire des tonnes, ironise Blake, hilare.

– Je n'en fais pas des tonnes. Je méprise tout le monde à niveau égal. Tu crois que je n'ai rien à redire sur les Beatles ? Ils ont inspiré les Bee Gees et Oasis. Ça doit être puni par la loi dans certains pays.

– Bien sûr, il faut que tu sois la seule personne sur terre à avoir un problème avec les Beatles, commente Alfie avec phlegme, oui, le phlegme, pas le flegme. Enfoiré.

Une fois arrivée devant ma porte et eux devant la leur, mon instinct me souffle de me retourner pour les regarder. Ce que je fais, sans autre raison que vérifier la véracité de mon intuition. Alex jette un coup d'œil par-dessus son épaule, un regard aussi méprisant que si j'étais sa pire ennemie. Autrement dit, il n'arbore pas sa façade désinvolte et cool habituelle, or ce que je découvre est à vif.

Et désarmant.

Et insupportablement pur.

Je cille, passe ma clé électronique dans la serrure et vois le petit point lumineux virer au vert.

Pour la première fois depuis notre rencontre, c'est moi qui referme une porte sur lui.

Bizarre que j'aie pu m'imaginer en éprouver du bien-être, limite du triomphe, alors que le seul goût sur ma langue quand je referme la porte, c'est celui de la défaite.

*

ALEX

– Non. (Je me laisse tomber dans un énième lit étranger qui sent un détergent inconnu et je descends une bouteille d'eau tout entière.) Et c'est mon dernier mot. Alors tu peux te traîner jusqu'à l'autre bout du couloir et lécher tes blessures en privé, dans un endroit où je ne te verrai pas.

Blake et Lucas se tiennent au-dessus de moi, une expression sur leur visage suggérant que je me montre déraisonnable. Pourtant, la raison est objectivement de mon côté. Je peux comprendre que Lucas veuille baiser Stardust. Car, au bout du compte, elle est plutôt baisable. Mais si je peux faire en sorte de lui gâcher son coup, ce sera avec joie. Il y a deux ans, pendant que j'étais parti en tournée et que Fallon était restée à L.A., Lucas, que j'emploie, que je nourris, avec qui j'ai grandi, avec qui je partageais un appartement et une voiture et parfois aussi ma brosse à dents, est resté pour s'assurer qu'elle devienne aussi proche que possible de Will Bushell. J'ignore pourquoi, mais je pense que c'était lié à Laura. J'avais couché avec Laura longtemps avant qu'elle n'apparaisse sur le radar de Lucas. Longtemps avant qu'il ne la rencontre vraiment, en réalité. Il faut croire qu'il s'est pointé à L.A. encore perché sur les ruines de ses fiançailles, qu'il en avait gros sur la patate, qu'il était amer. Alors il a décidé de passer ses nerfs sur votre serviteur.

En parfait méchant de cinéma, Lucas a fait ami-amie avec Fallon, il est devenu l'un de ses proches et, chaque jour de mon absence, l'a poussée un peu plus dans les bras de Will Bushell.

Il n'a pas connu de repos tant que Bushell n'a pas eu posé complètement ses sales pattes sur elle.

Quand j'y songe, Waitrose n'a pas sa place sur ma tournée. Pas du tout. C'est un salaud au double visage. Pourtant, quand Will a commencé à sortir avec Fallon, tout le groupe est parti en vrille et j'ai dû sonder tous nos amis communs pour vérifier qu'ils étaient de mon côté. Du coup, le maintien de Lucas dans le groupe ne dépend pas de Lucas. En fait, il s'agit de m'assurer que Will n'a aucune relation avec lui ou avec qui que ce soit parmi ceux avec qui nous avons grandi. Si je pouvais sauter la mère de Will pour la convaincre de le renier, je le ferais. Mais ça représenterait un trop gros effort et en plus, j'aime bien le père de Will, abstraction faite de son incompréhensible amour pour Manchester United. Ces nullités.

Bref, la conclusion, c'est que Lucas ne baisera pas ma nounou… Ma nounou si sexy.

– Pourquoi, « non » ? demande Blake.

Je lève les yeux. Depuis quand Blake se soucie-t-il de quoi que ce soit qui n'ait pas à voir avec le management de ma carrière ou son obsession pour mon agente ?

– Lucas sait pourquoi, lui, je grince.

Et Blake aussi. Il passait son temps à me retenir de frapper Waitrose, à l'époque où l'envie me prenait régulièrement sans prévenir.

– Ben non, en fait j'en sais rien, intervient Lucas, croisant les bras tout en appuyant son épaule contre la porte. Je t'en prie, donne-nous des détails.

– Je parle de la façon dont tu as jeté Fallon dans les bras de Will, histoire de te venger pour Laura.

– Faut vraiment que tu arrêtes avec ces conneries. Fallon est une grande fille. C'est elle qui a choisi Will.

– Fallon était droguée. Elle choisissait le type qui lui était plus bénéfique, à cette époque de sa vie, je rétorque.

– C'est pour ça que tu veux la récupérer ? Super affaire, dis donc, gronde Lucas. Une femme qui se tire avec le premier qui lui offrira une meilleure opportunité...

Il a l'air tout aussi furieux que moi, peut-être même plus.

– Tu lui as donné son numéro de téléphone, tu l'as conduite à lui quand elle est tombée en panne de voiture, puis tu as indiqué à Will où la trouver. Putain, même quand elle a fait une overdose dans mon appartement, tu as signalé à Will l'hôpital où elle avait été admise pendant que j'étais en tournée. Qui fait ce genre de choses ? Qui ?

– Un être humain décent, par exemple ? (Lucas cligne des paupières, mais son innocence est feinte.) Will souhaitait soutenir une amie dans le besoin. Tu étais dans un bus en direction du sud, à des états de là. Écoute, tout ça n'a rien à voir avec Indie.

Je bondis du lit, l'énergie qui bout dans mes veines est devenue trop forte pour me permettre de rester immobile. Vu comme mon corps est tendu après le long trajet en voiture, m'étirer en flanquant une bonne correction à Lucas m'apparaît comme la perspective la plus séduisante du moment.

– Épargne ta salive, saint Lucas, je ne te crois pas. Non, tu ne peux pas sortir avec Indie. Non, tu ne peux pas flirter avec elle, lui courir après ou la mettre dans ton lit. Elle est à moi.

– Tu ne l'apprécies même pas !

Lucas me pousse, je le repousse. Que je l'apprécie ou pas, quelle importance, nom de Dieu ?

– N'empêche, c'est moi qui l'aurai. (Mon sourire narquois fait son apparition.) Mais ne te tracasse pas, je te ferai savoir comment elle est. Après tout, on est copains, pas vrai ?

Blake vient s'interposer, pile au bon moment.

– OK, OK, les gars. Assez pissé de testostérone contre la jambe de l'autre pour aujourd'hui.

– Je vais la baiser.

Je fixe Lucas, qui s'attrape les cheveux et tire dessus dans un accès de frustration. Bienvenue dans *Petites mesquineries entre amis*. C'est l'équivalent de *Friends*, mais pour les enfoirés. Chaque muscle de mon corps se bande tandis que je me prépare à la bagarre. La tristesse de Lucas semble bien réelle cependant, et ça me surprend. Pourquoi il tient autant à la Nouvelle ? Il la connaît à peine.

– Je vais la baiser et faire en sorte qu'elle et toi, ce soit complètement fichu d'avance. Alors, qu'est-ce que tu en dis, Waitrose ?

Il prend une brusque inspiration et se précipite dehors.

Moi, je gagne la salle de bains en rigolant et je n'ai même pas envie de me noyer dans la baignoire. Pas aujourd'hui.

Non, aujourd'hui, j'allume une clope, je lève les yeux au plafond et je pense à une autre chanson adaptée à la situation, alors que je relâche la fumée par les narines.

Smoke on the Water.

*

INDIE

Jenna : Indigo, c'est Jenna.

Indie : Bonjour, Jenna. Appelez-moi
Indie, je vous en prie !

Jenna : Hudson est inclus
à la conversation.
Ça ne vous dérange pas, Indigo ?

Indie : ...

Indie : Non, pas du tout.

Jenna : Comment va Alex ?

Indie : Il reste sobre à contrecœur.

Hudson : Salut, Indie ! J'ai entendu
dire qu'Alex écrivait avec vous.

Jenna : ???

Hudson : Il a passé la nuit à écrire.
Prétend qu'il a eu une révélation.
Il m'a laissé un message vocal
à ce sujet vers quatre heures du matin,
heure australienne.

Jenna : C'est une rockstar,
il n'a pas besoin de sommeil.
Bonne nouvelle. Indigo, parlez-nous-en.

Indie : Pas grand-chose à dire.
Il me pose surtout des questions
sur ma vie. Je ne vois pas ce qu'il
écrit et ça ne sert à rien que je lui
demande de me montrer.

Hudson : Oh oui. Alex déteste
les questions. Surtout les rhétoriques,
même s'il n'est pas hyper fan
des directes non plus. Pas facile
pour moi en tant qu'assistant personnel.

Jenna : @ Hudson : Arrête de bavarder sans cesse. @ Indigo : Au rapport. Sans tarder.

Indie : C'est INDIE.

Hudson : Bye, Indiana.

Le coup frappé à la porte me fait sursauter.

Je me pique le doigt avec une épingle à nourrice et le porte à mes lèvres pour sucer le sang, tout en me levant de mon coin couture près de la fenêtre. Oui, je suis le genre de fille à emporter une mini-machine à coudre dans mes bagages pendant un voyage autour du monde. Je me fabrique toujours mes propres robes, car acheter le style que j'aime me coûterait une petite fortune. Clara, mon ancienne employeuse, avait la gentillesse de me donner le tissu qu'elle avait en rab, chaque fois qu'elle travaillait sur une pièce. Or elle en avait toujours, des coupons en plus, du coup je me balade avec la dégaine de la fille apprêtée pour un bal victorien.

J'ouvre la porte en m'attendant à découvrir Blake. Chaque fois qu'il est obligé de quitter la chambre qu'il partage avec Alex, soit il m'appelle, soit il se pointe dans ma chambre pendant qu'Alfie ou Lucas baby-sittent la rockstar, et me regarde enfiler mon Oxford en silence, malgré mes grognements de mécontentement. Cette fois, cependant, ce n'est pas Blake. C'est Lucas.

– Salut.

Il a les mains enfoncées dans les poches et son sourire est penaud, comme s'il savait qu'il ne devrait pas être là.

– Ils t'ont laissé venir. Énorme progrès. Je vais peut-être obtenir le droit de vote bientôt.

Lucas se frotte la nuque, puis passe sa paume sur son visage et se frotte la bouche.

– Ce n'est pas Blake, le problème. Il se fout d'à peu près tout en dehors de son téléphone. Et peut-être aussi de Jenna. Alex, en revanche… disons qu'il rumine une certaine colère.

– Tu m'en diras tant.

Je pousse un soupir et passe la tête par l'entrebâillement de la porte afin de m'assurer que Winslow n'est pas là, prêt à me tendre une embuscade.

– Il a ses raisons, Indie. Accorde-lui une chance.

Une chance de quoi ? Je préfère ne pas poser la question.

– Je n'apprécie pas trop d'être traitée comme de la merde.

– Personne ne te prend pour une merde, crois-moi. Ça a plus à voir avec moi qu'avec toi.

Laissant Lucas à la porte, je tombe sur mon lit queen-size et enfile mes chaussures. Cinq minutes plus tard, nous sommes dehors et hélons un taxi pour nous conduire au centre-ville. Lucas n'est pas le genre que l'on reconnaît. Il est batteur d'un artiste solo, pas membre d'un groupe célèbre. Cependant, il a quand même un peu le look rockstar, avec ses yeux bleu profond, son visage sculpté, son jean usé et son blazer vert vif. Ses cheveux brun-roux sont en bataille juste ce qu'il faut, pas ébouriffés comme ceux d'Alex, mais quand même style « Je sors tout juste de ma sieste crapuleuse ». J'ai très envie de lui demander comment ils réussissent ça, comment ils font pour avoir toujours l'air d'une pub *GQ* sur pattes.

Malgré la météo navrante, le centre de Melbourne fourmille de touristes et de cyclistes. Des véhicules avec couples ou groupes d'adolescents en goguette emplissent les rues. Nous achetons des beignets espagnols à un marchand ambulant et allons nous asseoir sur un banc pour observer les passants. Lucas aspire la nourriture comme si on l'introduisait au concept de manger pour la première fois. Moi je prends mon temps, repassant les derniers jours écoulés dans ma tête : ce qui ressort de tout ça, c'est surtout mon sentiment un peu coupable d'être là. Sachant qu'à des milliers de kilomètres, mon frère et ma belle-sœur continuent à se débattre pour joindre les deux bouts, à compter leurs paquets de pâtes premier prix. Enfin, tout cela va changer dans une semaine et demie, date à laquelle je dois toucher mon premier chèque.

– Alors, ton nouveau boulot te plaît, jusqu'à présent ? me demande Lucas en jetant nos assiettes en carton dans une poubelle non loin du banc.

Je hausse les épaules, suivant des yeux un couple d'adolescents à bonnet qui s'embrassent sous un lampadaire malgré le crachin. J'aimerais être dans leur histoire, plutôt que dans la mienne. Car la mienne, elle craint. Sans compter que j'ai envie de coucher avec le méchant alors que le prince, Lucas, pose sur moi un regard tellement platonique que je me sens aussi sexy qu'un napperon.

– Au fond, je ne fais pas grand-chose en gros, hormis fliquer Alex.

Je parviens à m'empêcher de me mordre la lèvre inférieure, malgré l'envie que j'en ai. Lucas secoue la tête, les yeux rivés sur moi et pas sur la foule, comme s'il essayait de jauger quelque chose.

– Fais-moi confiance, tu ne fais rien de tel. Enfin, peut-être que si, mais il en a besoin. Je connais Alex depuis qu'il est petit garçon et qu'il vivait dans une HLM de Watford avec ses parents et sa sœur. Il a toujours eu un penchant pour les addictions. Ne prends pas le manque de drogue et d'alcool dans son organisme pour de la sobriété, il est toujours accro, consumé par le ressentiment et fou de rage. Regarde la façon dont il parle et réagit à la simple mention du nom de Fallon.

Chaque fois que je l'entends ce nom, mon cœur ralentit un peu.

– Rupture pénible ?

Je fouine, je cherche. Pourquoi est-ce que je veux savoir ça ? Moins j'en sais sur lui, mieux c'est.

Lucas bouge sur le banc, sa langue sort humidifier ses lèvres.

– Tu n'es pas intéressée par lui, dis-moi ?

Je lève les yeux au ciel.

– Réponds-moi, insiste-t-il.

Je me mets debout, pressée soudain de bouger. De faire quelque chose de mon corps. En cet instant, je brûle de googler le nom de Fallon jusqu'à plus soif et de découvrir ce qui s'est passé entre eux. C'est une impulsion violente. Mais l'écran de mon téléphone est cassé et l'appareil que m'a fourni Jenna est bloqué. En plus, ce n'est pas très malin d'alimenter la fixette que j'ai développée pour le plus gros désastre ambulant que cette terre ait connu. Un accident que je suis censée sauver de lui-même, soit dit en passant, merde.

– Absolument pas, je réponds avec une sorte de ricanement.

– Pourquoi tu poses la question, dans ce cas ?

La voix de Lucas est si calme qu'il m'est facile de baisser ma défense.

– Parce que…

Le batteur m'emboîte le pas. Nous commençons à marcher vers l'hôtel, qui est tout près de l'endroit où nous nous trouvons.

– Je n'en reviens pas que vous le laissiez dans le noir au sujet de ses fiançailles.

– C'est pour son bien, crois-moi.

Il renfonce les mains dans ses poches, sa posture signature de gentil garçon.

– Je ne pense pas qu'il serait d'accord avec ça.

Je frissonne légèrement. J'ai acheté une veste à Sydney, mais il fait encore plus froid à Melbourne.

– C'est compliqué, ajoute-t-il.

– Qu'est-ce qui est compliqué ?

– Le sujet « Fallon ». Et quand je dis « compliqué », je veux parler de complications au niveau du conflit au Moyen-Orient, tu vois ? Je ne devrais même pas en parler avec toi, parce que, franchement, je ne pense pas qu'il se trouve une personne au monde à qui Alex ne fasse pas porter le chapeau de leur rupture. En plus de lui-même, évidemment.

Je me tourne vers Lucas, trottinant toujours pour élever ma température corporelle.

– Il vous en veut de sa rupture ?

– Et il a en partie raison.

– Pourquoi ?

– Pourquoi les gens font-ils des choses idiotes ? (Il pousse un soupir et secoue la tête.) Peu importe.

Le reste de la promenade retour vers l'hôtel s'effectue dans le silence. J'ai le cœur lourd. Des fils de fer rouillés enroulés autour, qui rendent ma respiration difficile. Alex a une vulnérabilité cachée. Il est comme Halloween : flippant de l'extérieur, mais dès qu'on y regarde de plus près, il est plein de bonnes intentions.

Lucas et moi nous séparons dans le hall de l'hôtel. Quand je pousse la porte de ma chambre, la première chose que je fais, c'est de relever mes cheveux en un gros chignon et de me diriger vers la kitchenette pour me verser un verre d'eau. En me retournant, je laisse tomber le verre avant que l'eau ne touche mes lèvres.

Alex.

Dans ma chambre.

Dans ma kitchenette.

Torse nu, seulement vêtu d'un jean noir et d'une paire de boots sales. Ah oui, et de sa guitare. S'il pouvait se l'agrafer sur le dos, je suis sûre qu'il le ferait.

Pire que tout : il est seul, sans supervision, ce qui signifie qu'il a peut-être rechuté. Je prends une profonde inspiration, ferme les yeux.

– Tu étais où ?

Sa voix tonne, pourtant il n'a pas crié. Elle envahit l'espace comme si elle était dotée de son corps propre. Je jette un coup d'œil discret en direction de ma mini machine à coudre, aux fils et aux tissus près de la fenêtre, et je m'éclaircis la gorge.

– Partie chercher des pansements. Accident de couture.

J'ignore ce qui m'a poussée à mentir. Peut-être en partie la crainte qu'il me vire de la tournée, parce que dans ce cas, tous mes projets se retrouveraient aux oubliettes.

Je sais qu'il n'exigera pas de voir les pansements. Il est trop autocentré pour entendre ce que je viens de lui dire. En fait, c'est juste un connard possessif. Je change rapidement de sujet.

– Mais revenons-en au principal : s'il vous plaît, dites-moi que vous n'avez rien pris, je lui demande aussi calmement que possible, sachant que mon cœur bat presque assez vite pour s'étaler sur la moquette. Au moins, il est du même rouge que le sol moelleux, ce qui n'augmentera pas la facture de ménage.

– Je suis aussi sec qu'un mormon, bébé.

Il ponctue sa réponse d'un signe scout avec les doigts, avant de me tendre le majeur avec un large sourire.

– Bien, alors à présent, la question à mille dollars : qu'est-ce que vous fichez ici, Alex ?

Je tombe à genoux pour ramasser les morceaux de verre cassé. Il reste planté là, aussi stoïque qu'une statue, son regard furibond baissé sur moi comme si j'étais son sujet d'étude.

– C'est vrai, merde, vous ne pouvez pas entrer ici sans prévenir, je marmonne, les oreilles en feu.

Ne lève pas les yeux. Tu vas encore te retrouver nez à nez avec sa braguette.

– L'hôtel ne propose pas de service de nettoyage aujourd'hui, pour une raison étrange, et Blake est occupé avec l'histoire de ma queue qui fait plus de vues sur le Net que les Kardashian, sous le nom de code « Bitegate ». Je n'ai plus de tee-shirt propre pour le concert de demain.

Il agite une boule de tissu noir dans sa main. Ha ! Blake nettoie le bazar qu'il a lui-même créé. Quelle ironie ! Je tourne le dos à Alex, surtout pour que mes yeux ne tombent pas sur son torse nu. Il a le tatouage le plus voyant que j'aie jamais vu. Un corbeau noir, dont les ailes brisées se dissolvent en minuscules plumes qui parsèment tout son dos et ses côtes. Symbole de l'ange sombre et brisé qu'il est. Je jette le verre cassé à la poubelle.

– Vous n’avez pas des gens payés pour ça ? Vous sembliez entouré par toute une équipe, à Sydney.

Mes dents se plantent à nouveau dans ma lèvre. Mon téléphone danse sur le plan de travail de la cuisine, où je l’ai laissé. Je sais que c’est Nat, qui vient sans doute de se réveiller et veut prendre de mes nouvelles. Je déteste ne pas lui répondre, mais je ne peux pas prendre le risque qu’elle entende notre échange. Impossible de deviner ce qui peut franchir les lèvres de cet homme.

– Si, si. Mais je n’aime pas leur parler, me confie-t-il.

– Je n’ai pas non plus l’impression d’être votre partenaire de conversation préférée.

– Un homme averti… (Il se tapote le bout du nez, comme s’il partageait quelque secret particulièrement bien caché.) Et donc, il semblerait que tu sois sur le point de faire la lessive d’Alex Winslow. Félicitations et inutile de me remercier.

– Eh bien, vous pouvez annoncer à Alex Winslow, dont vous parlez à la troisième personne pour une raison qui m’échappe, que laver son linge ne fait pas partie de mes obligations professionnelles.

Sur quoi je me rends dans la vaste salle de bains style romain, pour reparaître avec une serviette dont je me sers pour essuyer le sol de la cuisine.

Il reste planté au même endroit, à croire qu’il lui est poussé des racines que je me ferais un plaisir d’arracher de mes propres mains. S’il consentait à se déplacer ne serait-ce qu’un peu, je ne serais pas obligée de frôler son bras de mon épaule pour passer. Mais évidemment, il reste immobile. Nos peaux se touchent. Je lâche la serviette au sol, sans prêter attention à mes terminaisons nerveuses qui irradient à son contact, et la fais glisser de droite et de gauche du bout du pied.

– Eh bien si, ça en fait partie, réplique-t-il d'une voix saturée de quelque chose que je ne reconnais pas.

Il est incroyable, ce mec. Un véritable one-man-show, même quand il n'est pas sur scène.

Je me tourne vers lui, expression neutre.

– Pardon ?

– J'ai pris le temps de lire ton contrat aujourd'hui. Jenna en a donné une copie à Blake et comme je m'ennuyais… Pas d'Internet, pas de drogues, pas de Hudson sur qui hurler, tu vois le genre. Et il est dit dans ton contrat que tu dois me fournir tout service additionnel d'assistance que je requerrais. (Sourire narquois, tête inclinée sur le côté.) On dirait que tu es dans le pétrin, mademoiselle Bellamy.

J'écarquille les yeux et des flammes de haine me lèche l'estomac. À moins que ce ne soit de l'adrénaline ? Je ne suis pas tout à fait sûre. Je m'approche de lui d'un pas décidé, lui prends son tee-shirt en boule de la main et l'agite devant son nez.

– Si vous voulez que je fasse votre lessive, eh bien il va falloir m'accompagner et regarder attentivement, parce que la prochaine fois, c'est vous qui la ferez. Il n'y aura pas de seconde fois, Alex. Je ne suis pas votre domestique.

– Tu veux que j'aille à la laverie ?!

Le regard qu'il m'adresse n'a pas de prix. On croirait que je viens de lui demander s'il voulait m'accompagner de son plein gré dans un voyage interstellaire.

Je hoche la tête, lance le tee-shirt sale dans le sac en papier du magasin où j'ai acheté ma veste.

– D'abord, on va dans votre chambre récupérer le reste de vos vêtements. Mieux vaut bouger avant dix-sept heures quand tous les mortels quittent le travail pour aller s'occuper de leur linge. Ça peut devenir assez chaotique, là dehors.

Je suis bien placée pour le savoir, on n'a pas de machine à laver à la maison.

– Je ne peux pas quitter l'hôtel, petite tête de linotte.

Il pouffe (Il pouffe !) et me bloque le passage vers la porte. Ses épaules sont larges et souples. Oui, mais moi je suis assez petite pour me faufiler entre ses hanches étroites et l'encadrement de la porte. Je me dirige vers sa suite.

– Vous pouvez et vous allez le faire.

– Merde, elle est cinglée. Jenna t'a fait passer tous les tests ? Le psychiatrique, le test de personnalité et tout le toutim ?

Mon Dieu, donnez-moi la force.

– Gardez vos blagues pour ceux qui les trouvent drôles, Winslow. Vous m'accompagnez.

– Je pourrais me faire harceler sexuellement, lance-t-il derrière moi en riant.

Le pire, c'est qu'il est sans doute assez vaniteux pour le croire. J'ouvre en grand la porte de sa suite et entreprends de ramasser ses vêtements éparpillés sur la table de billard, le comptoir de la cuisine et le meuble télé. Un boxer est suspendu à une lampe. Et je me prends à regretter de ne pas pouvoir le faire payer en plus pour m'obliger à l'attraper aussi.

– J'ai une bombe lacrymogène dans mon sac et j'ai pris des cours de krav-maga l'an dernier. Entre vous et moi, on devrait arriver à se débarrasser des gamines de treize ans aux goûts musicaux douteux qui achètent vos albums, j'ironise.

C'est injuste, j'admets. Non seulement Alex Winslow est l'un de meilleurs auteurs qui ait foulé cette terre depuis Dylan, Springsteen et Jagger, mais il est aussi l'un des rares artistes à s'efforcer de proposer quelque chose de différent à chacun de ses morceaux.

– Minute, fait-il, les bras appuyés au chambranle. Tu trouves ma musique nulle ?

Je lui jette un coup d'œil. Il est différent, aujourd'hui… plus léger. Ou du moins, il se comporte comme s'il faisait un effort pour ne pas être un « branleur » absolu, comme ses amis le décrivent souvent. Je me dis que c'est peut-être ça, sa véritable personnalité, l'homme qu'il me cache dans son effort pour me chasser. Et le vrai lui, il est mignon. Et drôle. Quelles que soient ses motivations, je m'en fiche. J'ai terriblement envie d'une trêve, qui rendrait mon boulot plus plaisant. Sans compter que ça éliminerait un peu de la tension sexuelle qui hérisse les poils de mes bras chaque fois que ses yeux noisette zooment sur moi.

– Je la trouve super, votre musique, j'avoue à mi-voix.

Le sourire qui étire ses lèvres est bien réel, c'est la première fois, et doux Jésus, je n'y étais pas préparée. Sa bouche se relève à la Marlon Brando dans *Un Tramway nommé désir*. Genre dur à cuire, mais sublimement beau par sa délicatesse. Comment diable est-ce que je vais survivre à la fin de cette tournée ? Je déglutis, rassemble le reste de son linge dans deux sacs supplémentaires que j'ai dénichés et passe devant lui à toute vitesse pour gagner le couloir. Je crois l'entendre ricaner dans mon dos, mais m'abstiens de me retourner pour vérifier.

– Oh, là là ! Ta chute va être spectaculaire.

Cette fois pas de doute, il a bel et bien dit ça.

Sachant qu'il m'a annoncé, il y a deux jours, qu'il coucherait avec moi, je sais exactement à quoi il fait allusion. Je dois le rembarrer d'une manière ou d'une autre. S'il se met en tête de me séduire, ça va être un désastre, parce qu'il a raison : en continuant comme ça, il risque de réussir, or il est follement amoureux d'une autre fille, jusqu'à l'obsession.

En plus, il est une rockstar.

En plus, il est mon patron.

En plus, il est tordu.

En plus, on va se séparer dans trois mois.

J'ai toutes les raisons du monde de me tenir aussi loin de lui que mon travail me le permet.

La descente en ascenseur est silencieuse.

La traversée du hall de l'hôtel pareille à des préliminaires : une torture.

Enfin, l'air frais gonfle mes poumons et je décide de la manière de gérer ses avances.

– J'aime bien Lucas, je lâche en poussant la porte de la laverie automatique.

Son masque tombe pour la seconde fois de la journée. Je n'ai même pas besoin de le regarder pour le savoir.

La porte se referme derrière nous et je frissonne, les yeux soigneusement rivés aux machines à laver.

– T'aurais pas dû dire ça, chérie. Je relève le défi et te voilà dans le pétrin. Un pétrin dont ton petit minois innocent ne saura pas se tirer par des paroles.

CHAPITRE 7

ALEX

– Waouh ! Vous êtes tellement suffisant.

Ses petits pieds bronzés se balancent. Elle est assise sur une machine à laver portant un panonceau « En panne », les yeux braqués vers celle dans laquelle elle vient de fourrer mes vêtements. Les mains coincées sous les cuisses, ses prunelles indigo fixées sur la masse de tissu noir qui tournoie paresseusement à travers la vitre ronde. Ce bronzage, il me pose des questions. Ses traits sont apaisés et plaisants, à l'image de ceux d'Emma Watson. Son bronzage, je finis par le décréter, est le produit de sa vie à L.A. Je l'imagine à vélo dans la ville, vêtue d'une robe courte et les cheveux dansant au vent. Oubliant mon début d'érection, je la taquine.

– Oui, ben ça, c'est parce que les gens aiment être pleins de moi.

Je sors une cigarette de derrière mon oreille et la roule entre mes doigts. J'ai besoin d'une clope.

Mais j'ai aussi besoin de me débarrasser de ma soudaine tocade pour mademoiselle Bellamy. Je vais coucher avec elle, rien que pour me venger de Lucas. Je suis à cinquante pour cent certain que mon intérêt pour elle provient du fait qu'elle est la seule femme présente à mes côtés sur cette tournée. Les autres cinquante pour cent, ils sont dus à l'envie qu'elle a de baiser avec Waitrose. « Baiser » n'est peut-être pas le terme approprié. Stardust est plus une nana du genre « Film et crème glacée ».

Stardust ? N'importe quoi !

Je porte une casquette Burberry que Chris, mon pote racaille au pays, m'a offerte après que j'ai remporté mes quatre premiers Grammy… le même soir. Personne ne me reconnaissait, ce qui ne me donnait pas pour autant l'impression d'être moins exposé.

– Vous croyez vraiment les choses que vous dites ? me demande-t-elle en tirant sur l'élastique qui retient ses cheveux bleus en un chignon.

Elle me plaît de plus en plus chaque jour. Je trouve intrigantes ses robes tout sauf passe-partout qui évoquent le Hollywood du temps jadis. Le mariage de ses lèvres charnues et de ses petites dents est indéniablement sexy. Et puis j'adore qu'elle me rembarre comme si ce n'était pas moi qui dictais les lois ici.

– De tout mon cœur.

Je cale ma hanche contre la machine qu'elle a investie, pour scruter son visage.

– Tu vas zieuter ma queue, demain, avant le concert ?

– Si vous allez faire pipi, peut-être.

– Dans ce cas, j'irai faire pipi, je réplique, corrigeant mentalement l'expression en « pisser ».

Elle lève les yeux au ciel, mais elle sourit. Je m'approche un peu plus. La laverie est de plus en plus fréquentée, ce qui n'est pas une bonne nouvelle pour moi.

– En parlant de bite, ils en disent quoi aux infos ? Il faut que je lui prenne un agent ? J'ai l'impression que Jenna est déjà bien occupée avec ses clients super champions. Il se peut que je parte en quête de quelqu'un de plus affamé, qui en fera vraiment quelque chose d'énorme.

Chacune de mes paroles contient sa dose de sous-entendus sexuels.

– L'écran de mon téléphone est fissuré et je n'ai pas d'ordinateur portable. Et même si j'avais un accès à Internet, votre pénis serait l'un des derniers sujets que je googlerais. Oui, oui, il viendrait même après « à quoi ressemblerait une chaise si nos genoux se pliaient dans l'autre sens ».

Pénis. Elle a encore dit « pénis ». Elle a quel âge, cette fille ?

Je lui adresse un regard bizarre, parce qu'elle est bizarre.

– C'est suggéré dans la barre de recherche de Google, figurez-vous, clarifie-t-elle.

Secouant la tête, je passe à un sujet plus logique.

– Y a des trucs qui circulent et que je devrais savoir ?

Je ne donne pas dans les réseaux sociaux. J'ai des millions de followers sur Instagram et Twitter, Blake poste parfois des photos de moi pendant les concerts ou en studio, histoire de promouvoir ma marque. Autrement, les gens savent que le style de vie de star, ce n'est pas ma tasse de thé. Les médias sociaux, pour moi, ça revient à de la masturbation.

Regardez-moi.

Voyez ce que je fais.

Faites attention à moi.

Entendez ce que j'ai à dire sur la politique, le réchauffement climatique et tout autre sujet sur lequel je n'ai absolument aucune connaissance.

Non merci. Pas ma came. Du coup, quand Blake m'a ordonné de ne pas aller sur Internet, je n'y ai vu aucune objection. Indie (faut croire qu'elle n'est plus la Nouvelle) se passe les paumes sur les joues avant que ses dents ne mordillent sa lèvre inférieure. C'est à ça que je reconnais qu'elle est nerveuse.

– Je vous ai dit que je n'avais pas accès à Internet.

Elle saute de la machine juste au moment où le programme s'arrête. Elle transvase mes vêtements mouillés dans le sèche-linge et désigne des boutons, m'expliquant des trucs que je n'écoute pas, alors les mémoriser, ce n'est même pas une option. Mon regard est focalisé sur son fessier sous la robe fleurie évasée qui remonte le long de ses cuisses quand elle se penche. Hélas, grosse déception : sa culotte ne fait pas le moindre soupçon d'apparition.

– … s'assurer que le blanc soit séparé du reste de vos vêtements. Je lave aussi les serviettes séparément, parce qu'elles sont plus lourdes. Enfin, je suppose que l'hôtel fournit les serviettes, donc…

Elle bouge. Beaucoup. Et elle parle. Encore plus. De toute évidence, elle ne flirte pas avec moi, ce qui suffit à décupler mon envie de me taper le coup de cœur de Lucas. Une fois mes vêtements fourrés dans le sèche-linge et la machine en marche, elle se retourne vers moi avec un soupir.

– Bon, ben on a une heure à tuer.

Une heure. Je peux faire des tas de choses en une heure. Pour commencer, je pourrais dormir, ce que je n'ai pas fait depuis plusieurs nuits d'affilée, préférant composer des chansons. Ou regarder des crétineries à la télé. Écouter de la musique. Composer. Jouer. Baiser. Ou bien je pourrais opter pour la solution que me souffle la raison et emmener ma nouvelle sexy nounou prendre un café afin d'apprendre à mieux la connaître. Nan. L'emmener quelque part, c'est le dernier recours. Je vais d'abord essayer de visiter sa culotte sans produire d'efforts.

Nous passons l'heure à regarder fixement le sèche-linge. C'est d'un ennui mortel, mais sans doute pas autant que de passer une minute de plus avec Blake hurlant à mes avocats au téléphone d'envoyer à divers sites de tabloïds des lettres de mise en demeure. Ce n'est qu'une fois rentrés de la laverie qu'elle m'adresse à nouveau la parole.

– Bon, vous n'avez rien retenu de notre visite à la laverie automatique, je parie ? me demande-t-elle une fois devant nos portes respectives.

Je hausse les sourcils, mon biceps gonflé sous le poids de l'énorme pile de vêtements propres contenus dans trois sacs. Je la vois le regarder. Et déglutir. Et détourner les yeux, comme le font toutes les gentilles filles avant que je les prenne si fort qu'elles ne peuvent plus marcher.

– Détrompe-toi. Quand tu t'es penchée pour sortir mes fringues, j'ai retenu que ton cul n'était pas mal du tout. Autrement dit, mon envie de te baiser est toujours autant d'actualité.

– Vous êtes dégoûtant, marmonne-t-elle en déverrouillant sa porte.

– Et toi, tu es curieuse. Bonne nuit, Stardust.

CHAPITRE 8

INDIE

Jenna : INDIGO.

Indie : Il est clean. Je le jure.
Ça se voit à sa mauvaise humeur.
Hier, il a failli rendre sourd un technicien
en faisant ses essais son.

Jenna : Alex m'a dit qu'il avait écrit
une chanson de dix minutes
et il insiste pour qu'elle figure
dans son prochain album.

Indie : Et alors ?

Jenna : Et alors, on est en 2019,
pas en 1969 (malgré son amour éternel
pour ce nombre) et il n'est
pas Deep Purple. Un morceau
de dix minutes, c'est à peu près aussi
commercialisable qu'une starlette
au cul plat. Dissuade-le de cette bêtise.

Indie : Et si la chanson est vraiment
bonne ?

Jenna : Aucun rapport. Dis-lui qu'elle
est nulle quand il te la jouera.

Indie : C'est pas bien.

Jenna : Crois-moi, Indigo, ce sera
encore moins bien quand son prochain
album fera un flop et qu'il devra
officiellement faire ses bagages
pour se rendre où se rendent
les rockstars à l'heure de mourir :
être juré dans une émission
de téléréalité quelconque.

Nouvelle journée, nouvelle ligne rayée en rouge vif dans mon calendrier de quatre-vingt-dix jours.

Vu que la balance n'est pas prévue avant dix-huit heures, Lucas, Alfie et Blake ont décidé de partir se balader avant le concert. Blake n'était pas très chaud pour laisser Alex seul avec moi pendant des heures. En fait, il a emporté deux chargeurs et son BlackBerry de secours juste au cas où, en promettant à la rockstar qu'il serait joignable à n'importe quel moment de la journée. Il a fallu que Lucas et Alfie lui parlent en privé dans un coin de la suite présidentielle, échangeant des insanités à mi-voix, pour qu'il cède. Il a fini par se décoller de son client et par les suivre, non sans m'avoir donné une liste digne de la baby-sitter d'un enfant de deux ans allergique au gluten, en plus strict.

Alex, pour sa part, a annoncé qu'il souhaitait rester à l'hôtel pour écrire. En réalité, il n'a rien fait d'autre que de s'allonger sur son lit à fumer clope sur clope en écoutant Cage the Elephant et The Strokes, les yeux rivés au plafond. Il ne me parle pas et je ne fais aucun effort pour engager la conversation non plus. Difficile de dire s'il est déprimé ou s'il se comporte juste comme un artiste. À un moment, il se montre charmant et ouvert, comme à la laverie automatique et l'instant d'après, il ronchonne sur tout et n'importe quoi, gardant le monde entier à distance.

Aujourd'hui, c'est particulièrement dur pour moi et je n'ai qu'une envie : m'enfermer dans ma chambre pour pleurer jusqu'à m'endormir.

Ce qui est exactement ce que je fais à la minute où Blake revient en début d'après-midi et me décharge de mes obligations. Je m'accorde deux heures de larmes, puis avale tout ce qui contient du chocolat dans le minibar afin de me calmer les nerfs. Une fois ma mini dépression terminée, je décroche le téléphone fixe de ma chambre et compose le numéro de celle de Lucas. Je ne suis pas du genre à réclamer des faveurs, mais certaines situations appellent les exceptions et là, c'en est une.

Lucas frappe à ma porte une heure plus tard, rasé de frais, parfumé comme l'intérieur d'un magazine de mode, armé de son ordinateur portable et d'un sourire sensuel. Il est un baume pour les yeux. Et le cœur. Sans compter l'esprit. Je le pensais, quand j'ai dit à Alex que j'aimais bien Lucas. Hélas, trois fois hélas, pas d'une façon qui fait bourdonner mon corps tout entier, l'anime d'une flamme de vie, d'envie et de chaleur. D'une façon qui me tire un grognement chaque fois que son visage apparaît à mon esprit. *De la façon que j'aime-hais Alex.*

– Oh, Luc, tu me sauves la vie.

Je lui arrache le portable et m'affale sur mon lit. Ma chambre est déjà en bazar, à peine mieux rangée que celle d'Alex. Et au moins, lui, il a des excuses, il la partage avec quelqu'un et il a une réputation de rockstar à soutenir.

Lucas s'octroie une visite des lieux, pendant que je me connecte sur le compte Skype que j'ai ouvert avant notre vol pour l'Australie, afin d'appeler Nat et Craig. Ils répondent aussitôt, Ziggy installé entre eux deux. Un large sourire se dessine sur son petit visage potelé, des mèches blondes éparses retombent en vagues sur son front.

– Tatie Staadeus ! roucoule-t-il en agitant ses bras de poupon.

Je sens mon cœur gonfler dans ma poitrine, un sourire s'emparer de mon visage tout entier.

– Comment va mon chéri préféré ?

– Bieeeeeeen !

– Je vous laisse discuter tous les deux.

Nat prend Ziggy dans ses bras et l'emmène prendre son bain. Je voudrais protester et demander plus de temps avec mon neveu, mais je sais que j'ai besoin de parler avec mon frère. Craig reste assis, les mains dans ses cheveux châtain clair. Il a l'air si fatigué que j'ai envie de passer mes bras autour de lui et l'étouffer dans un gros câlin. Je suis une câlineuse notoire, mais lui… ben, pas du tout.

Lucas se tient dans un coin de la pièce et caresse les différents tissus composant ma nouvelle robe en cours de fabrication. D'un vert sombre avec un décolleté en dentelle noire. Je suis sur le point de la terminer et de commencer la robe Paris, mon projet pour la soirée Halloween au château. Je ne suis même pas censée être au courant, mais à présent que c'est le cas, je ne pense plus qu'à ça.

Une partie de moi brûle de demander à Lucas de me laisser seule, mais ce serait impoli, vu que c'est lui qui me passe son ordinateur portable et qu'il ne m'a jamais traitée qu'avec gentillesse.

– Comment ça va ? je demande à Craig.

– La journée vient juste de commencer pour nous. Repose-moi la question dans douze heures. Et toi ?

– Bien, je mens.

Aujourd'hui, c'est la date anniversaire de la mort de nos parents. Il y a quatre ans, on recevait le coup de fil et on se précipitait à l'hôpital. On a vraiment cru que maman allait s'en sortir, mais elle a succombé à une hémorragie interne. Papa, en revanche, n'avait aucune chance. Il est mort sur le coup et son corps a été conduit directement à la morgue. Craig a refusé de me laisser le voir. Je lui en ai voulu pendant des années, mais à présent j'ai compris. Apparemment, la voiture d'en face l'avait projeté contre un arbre avant que son chauffard ne prenne la fuite.

– J'espère que tu ne vas pas faire ton méchant fou furieux toute la journée. Nat et Zig ne méritent pas ça.

Craig pousse un soupir et se repasse la main dans les cheveux. L'accident l'a changé plus qu'il ne m'a changée moi, parce que c'est lui qui a dû abandonner la fac, trouver un job et payer les factures. Moi, j'étais juste la même personne avec, en plus, le cœur brisé. Lui, il a été brisé tout entier et il a commencé à se comporter comme s'il n'avait plus de cœur. Il ne voulait pas me reprocher sa nouvelle vie, mais pas besoin d'être un génie pour deviner ce qu'il ressentait.

– Je tâcherai de faire un effort.

Il pose les coudes sur le bureau, croise les doigts derrière sa nuque. L'accident a été classé en délit de fuite. Si la tragédie avait un visage, au moins on pourrait le détester. Je ne suis pas du genre à m'apitoyer sur mon sort. Même quand il est apparu évident qu'avec des notes tout sauf brillantes et des moyens financiers inexistants, la seule chose que je pourrais faire à l'université serait le ménage. Peu m'importe que mon destin ait été écrit pour moi. Ce salaud, je l'ai effacé de ma vie. Et franchement, jusqu'à ce que Clara prenne sa retraite et revende *La Friperie*, j'étais satisfaite de ma petite vie. Craig, en revanche, n'aime pas vivre petitement.

Surtout sachant qu'il était à deux doigts d'intégrer la NFL avant que la tragédie ne frappe notre famille.

Voilà pourquoi je déteste l'alcool. Impossible que la personne au volant de cette fichue voiture ait été sobre. Impossible. Ce qui rend le problème de Craig avec l'alcool encore plus insupportable pour moi.

– Merci, je chuchote. Sois fort pour eux, d'accord ? Nat a fait un trait sur beaucoup de choses pour être avec toi.

– Je ne risque pas de l'oublier, tu ne cesses de me le rappeler. Constamment.

Dans son coin, Lucas toussote et je décide de mettre un terme à notre conversation.

– C'est monsieur Plein-de-coke ? (Craig lève les yeux pour la première fois depuis le début de notre discussion, plus excité par l'idée d'insulter une célébrité que par celle d'en voir une.) C'est Alex Winslow que je viens d'entendre se racler la gorge ?

La simple idée d'Alex se baladant dans ma suite me fait rougir.

– Non. C'est Lucas, son batteur. Il m'a prêté son ordinateur portable.

– OK. (La voix de Craig retrouve son froid glacial habituel.) Bref, j'espère que tu as terminé ta crise de larmes annuelle.

– Oui, je confirme.

J'ai envie d'ajouter autre chose, de clore la conversation sur une note positive, mais la connexion est coupée de son côté et je me retrouve à fixer l'écran bleu.

Lucas apparaît à côté de moi, pour exercer une pression sur mon épaule. Les mots sont inutiles. Et je me surprends à poser la joue sur sa main, les yeux fermés.

Il est là.

Il est gentil avec moi.

Il comprend.

Pour la première fois depuis que j'ai quitté le sol américain, je suis certes toujours seule mais, d'une certaine façon, avec lui.

Le monde entier m'apparaît sous un jour différent, ce soir-là. Comme une image de travers sur un mur par ailleurs nu. La vie est illuminée d'une façon que seule la tragédie possède. Être orphelin, ça n'est pas juste un état, c'est un ressenti, une sorte de bagage et peut-être même un trait de personnalité.

Je suis Alex comme une ombre, en silence. Il me laisse prendre ma place, mais jamais il n'essaie de me parler, hormis dans le couloir. Quand il monte sur scène et entame son concert, je lâche un soupir de soulagement. J'ai besoin de ces moments de solitude. Sitôt qu'Alex n'est plus dans les parages, je me laisse tomber sur le canapé de sa loge, en cuir marron cette fois, et utilise l'ordinateur portable de Lucas pour visionner des photos de Flora et Bruce Bellamy. Craig a rendu son profil public pour ce jour-là, sachant que je voudrais les voir.

Le sourire de maman était communicatif et papa riait à gorge déployée. Je passe les doigts sur l'écran avec un soupir.

– Ne m'en veuillez pas de les abandonner. Je reviendrai avec assez d'argent pour nous tirer du pétrin, je leur dis.

Mais je sais que ça n'est pas aussi simple.

Une fois le concert fini, Alex revient dans sa loge, dégoulinant de sueur. Des gouttes lui tombent du menton sur son torse nu. Mon ventre se serre et se noue d'une manière peu habituelle devant ses abdos qui se contractent à chacun de ses pas. Je me mords la lèvre inférieure, repose l'ordinateur portable.

– Bon concert ?

– Non, grommelle-t-il, dévissant le bouchon d'une bouteille d'eau. (Au lieu de boire, il s'en éclabousse le visage en versant l'eau d'en haut, avant d'écraser la bouteille vide entre ses paumes.) Putain de super concert.

N'ayant même pas un sourire à lui offrir, je me replonge dans la contemplation du mur. Alex vient me pousser le pied du bout de sa chaussure, puis il s'affale à côté de moi, manquant de casser le portable en deux.

– Minuit dans le couloir, Stardust. Je pense que ça va durer un peu plus longtemps, cette fois. Je suis en retard sur mon planning de chansons.

– De quoi vous parlez ? je marmonne en secourant le portable, que je dépose sur une tablette près du canapé.

– Les soirées de concert sont les soirées de la muse. On fait ça après un spectacle.

Il me dévisage comme si une seconde tête, verte, venait de me pousser sur l'épaule.

– On va refaire ça ?

Je cille, tâchant de tuer les papillons qui dansent dans mon ventre.

Il roule sur le flanc, m'offrant ainsi une vue spectaculaire sur son torse et ses abdos couverts d'encre, sa tête soutenue par son bras musculeux, son regard aussi intense que sa voix est rauque et enivrante.

C'est différent. Si différent.

Différent de la manière dont il me regarde en général.

Différent de la manière dont n'importe qui m'ait jamais regardée.

Quelque chose arrive à mon corps qui me pousse à croiser les jambes en serrant les cuisses. Ses lèvres sont proches des miennes, vermillon et gonflées d'avoir crié dans le micro. Il faut que je me lève. Pourquoi je ne me lève pas ? Punaise, on dirait que mes fesses sont collées au canapé.

– Merde, c'est quoi, ton problème, Stardust ? T'es encore plus bizarre que d'habitude, et c'est pas peu dire.

– Je n'ai pas envie d'en parler.

Mes yeux repartent se poser sur la fenêtre. Il y a toujours une fenêtre. Dans chacune de ses loges. Je me demande si c'est une requête spécifique de sa part et si ça lui donne l'impression d'être moins enfermé. Enfermé dans une situation. Enfermé à l'intérieur de lui.

– Bon… (Il me tapote légèrement sur la cuisse, allumant un feu d'artifice de toutes les couleurs et toutes les tailles dans ma poitrine.) Je ne te pose pas la question par courtoisie. Tu es mon employée, sous mon aile. Alors tu vas chanter comme un canari.

Je renifle, oubliant le mal de tête lancinant qui résulte de toutes ces heures de larmes ininterrompues.

– À proprement parler, c'est vous qui êtes sous mon aile.

– Impossible, réplique-t-il en soulevant mon bras tout mou.

Son contact me fait l'effet d'une couverture. Chaude et étrangement protectrice. En phœnix renaissant des cendres de son hibernation, mon corps redécouvre qu'il possédait des muscles et des terminaisons nerveuses, une peau qui brûlait d'être touchée et mordillée. Je déglutis avec peine.

– Tu ne risques pas de me caser là-dessous. Rien que ma queue, elle fait probablement la longueur de ta jambe. C'est toi qui es sous moi. Et le jeu de mot est voulu. Maintenant, dis-moi ce qui ne va pas. Des nuages au paradis de Lucas et Stardust ? Tu t'es enfin rendu compte que c'est un enfoiré ?

Il hausse un sourcil démoniaque dans une expression sarcastique. À l'entendre, Lucas et moi serions en couple, ce qui n'est pas le cas, et j'ai l'impression qu'il y avait de la tension dans sa voix, mais pourquoi ? Il ne s'intéresse pas à moi, et même si c'était le cas, Jenna m'a mise en garde contre lui. Comme le monde entier d'ailleurs.

– Sérieusement, Winslow, ça ne vous regarde pas.

Je lui accorde une dernière chance, avec un signe las de la main. Ce n'est pas mon boulot de le protéger de la vérité. La vérité est moche, réelle et mal refermée, comme un furoncle. Pour autant que je sache, Alex est habitué à la version photoshoppée des femmes. Pas aux filles dans mon genre, qui se trimballent deux tonnes de problèmes et de fêlures.

– Balance, Bellamy, insiste-t-il.

– C'est l'anniversaire de la mort de mes parents.

– Tu peux répéter ?

Il se penche vers moi, ses muscles tendus par… quoi ? Qu'est-ce qu'il ressent exactement ?

– Il y a quatre ans aujourd'hui, mon frère et moi avons reçu un appel téléphonique nous annonçant qu'ils avaient été victimes d'un chauffard. Le type a pris la fuite près d'un restaurant de Koreatown. Mes parents avaient trois boulots à eux deux et ne sortaient jamais. Sauf pour leurs anniversaires de mariage, où papa emmenait maman manger dans un buffet à volonté afin de fêter ça. Un cinglé leur est rentré dedans alors qu'ils traversaient la route pour aller faire une petite promenade, et puis il a pris la fuite, en les laissant pour morts. Ils ont perdu la vie le jour de leur anniversaire de mariage. D'où « l'anniversaire » de leur mort.

Nous nous dévisageons. Je ne parviens pas à déchiffrer son expression, mais pour la première fois, je m'en fiche. C'est mon malheur à moi. Ma douleur. Ma vie. Je n'ai pas besoin de faire en sorte qu'elle lui convienne. Même s'il a l'air torturé par mon aveu avant de bondir sur ses pieds, pour se diriger vers le minibar à boissons uniquement soft, à l'autre bout de la pièce.

– Tu avais… quoi ? Dix-sept ans ?

Il contient sa voix, raidit son expression, renfile son masque impassible.

– Terminale, oui, j'acquiesce.

Jusque-là, je n'avais eu que des bonnes notes durant toute ma scolarité. Je montais en flèche. J'étais partie pour continuer comme ça jusqu'à décrocher une bourse, mais après l'accident, ça a commencé à dégringoler, et vite. En partie parce que j'ai dû décrocher un boulot à temps partiel, mais surtout parce que sans le soutien de maman, j'avais perdu la flamme.

À la fin de l'année, ça s'était sacrément dégradé, j'ai décroché mon diplôme de justesse. J'ai raté l'espagnol et je suis quasi certaine que mon prof d'anglais m'avait prise en pitié. Alex se gratte le menton tout en avalant un soda citron vert, le regard perdu par la fenêtre.

– Du coup, tu dois me détester un peu plus d'avoir été arrêté pour conduite en état d'ébriété.

J'ai affaire à la version gentille et normale d'Alex ce soir.

Je ramasse mon sac ainsi que l'ordinateur portable de Lucas et me dirige vers la porte. Si je reste, je vais lui répondre la vérité : oui, je hais les alcooliques et j'abhorre les gens qui trouvent normal de prendre le volant quand ils sont saouls, ce qui revient à mettre en danger non seulement sa propre vie, mais aussi celle d'innocents qui rentrent de leur dîner d'anniversaire. Lucas entre au moment où je sors. Nous nous heurtons et il rit, passant les doigts dans ses cheveux bruns.

– Je te cherchais.

Il m'adresse un gentil sourire, puis son regard passe brièvement sur Alex avant de revenir sur moi. Je lui tends son portable.

– Merci. Tu m'as sauvé la vie, Lucas.

– Pas de souci. Tu te sens un peu mieux ? Tu semblais à cran tout à l'heure, dans ta chambre.

Ça recommence. Le regard en direction d'Alex. Il cherche… quelque chose. Une réaction, peut-être.

J'ouvre la bouche, prête à répondre, quand Alex apparaît derrière mon épaule. Je lève les yeux… vers son menton. Il est bien plus grand que moi et, quoique mince, doté de tonnes de charisme : on n'a même pas l'air d'appartenir à la même espèce. Ses doigts écrasent l'encadrement de la porte et ses narines se dilatent.

– Sa chambre ? (Il a fait rouler le second mot sur sa langue comme un juron.) Qu'est-ce que tu foutais dans sa chambre ?

Lucas incline la tête, les traits brouillés par la confusion.

– Elle m'a demandé de lui prêter mon ordi portable.

– T'aurais pu rester dans le couloir, rétorque Alex. Ah, mais non, c'est un concept qui t'est étranger, hein Waitrose ? Discuter avec une fille sans monopoliser sa vie, son temps et son espace.

Je suis prise en sandwich entre les deux, mon dos contre Alex et mon côté face tourné vers Lucas, j'ai chaud et pas seulement parce que j'ai rougi. Les deux hommes exsudent assez de chaleur pour cuire un steak, et ça n'est pas bien, surtout si l'on prend en compte le timing désastreux, mais mon pouls palpite dans mon cou sous l'effet de l'excitation.

– Venant de toi, Winslow, c'est trop beau. Si ta queue avait son autobiographie, elle serait plus épaisse que celle de Bill Gates.

Lucas conserve un ton léger, mais il exprime clairement ses intentions quand il m'offre sa paume ouverte.

Mes yeux s'écarquillent d'incrédulité. C'est de la provocation pure et dure, et ils le savent tous les deux. Je fais un pas de côté, le dos contre le mur. Ils me dévisagent de toute leur hauteur, attendant que je prenne la parole. La main de Lucas est toujours tendue, mais pas engageante du tout. Alex la repousse, le bras de Lucas retombe, ballant, contre son flanc. Il colle son visage à celui de son batteur et, avant que j'aie compris ce qui se passe, Lucas se retrouve plaqué au mur à côté de moi, le tissu de son tee-shirt humide serré dans le poing d'Alex. Ils sont nez à nez à présent. Et les mauvaises ondes qui circulent entre eux sont presque palpables, tellement elles sont épaisses et furieuses comme une rivière en crue.

– Que les choses soient bien claires : cette fille n'a pas été embauchée pour servir à te soulager. C'est *mon* assistante. Elle s'occupe de *moi*, me sert *moi*, répond de *moi* et de *moi* seul. Ce qui signifie que si jamais je te pince dans sa chambre à nouveau, et crois-moi que j'ai bien l'intention de te garder à l'œil désormais, Waitrose, je te jette de la tournée sans une seconde d'hésitation. N'oublie pas que tu n'es qu'un putain de batteur. N'importe quel machino avec deux baguettes peut te remplacer.

J'ai le cœur serré. Si Alex Winslow se montre presque toujours atroce avec moi, je ne l'avais jamais entendu parler à l'un de ses amis comme ça devant moi. Lucas le repousse, et Alex va se cogner contre le mur opposé.

– Oh, lâche-moi. Tu te comportes comme un vrai connard depuis l'instant où tu as quitté le centre de désintox. Si ta mission dans la vie, c'est de faire en sorte que tout le monde te déteste, eh bien, tu la remplis brillamment, Winslow.

Alex lance aussitôt le bras en arrière, prêt à envoyer son poing dans le visage de Lucas. Heureusement, l'arrivée de Blake au bout du couloir, qui court vers nous, interrompt son geste.

– Hé, vous deux ! Écartez-vous ! hurle-t-il en agitant le téléphone dans son poing serré en guise d'avertissement.

Aucun mot ne pourrait exprimer la gêne que je ressens, plantée là comme une idiote à assister à l'échange sans un mot. Pas mal de choses me passent par la tête. Notamment, mais pas seulement, hurler à Alex que je ne lui appartiens pas, puis dire à Lucas d'arrêter de se comporter comme un gamin de cinq ans en mal de confiance qui cherche des noises au petit caïd du bout de la rue. Mais mieux vaut les sermonner séparément, une fois qu'ils seront redescendus, l'impact n'en sera que plus efficace.

Blake coince son corps entre les deux rageux et tend les bras, repoussant chacun contre un mur opposé.

– Deuxième fois en vingt-quatre heures. Putain, mais qu'est-ce qui se passe ? exige-t-il de savoir.

– La même chose qu'hier. Waitrose drague ma baby-sitter.

Alex souffle une mèche de cheveux de son front humide et, punaise, il est toujours torse nu. Moi, j'ai toutes les peines du monde à ne pas me liquéfier face au spectacle.

– Non, non, je vais reformuler ça, ma poule, ricane Lucas. L'inspecteur Tête-de-con refuse de laisser respirer Indie hors de sa présence. Apparemment, on n'a plus le droit de traîner ensemble à cause de son syndrome de petite bite.

– « Petite bite » ! s'exclame Alex, comme si Lucas venait d'affirmer que la terre était plate. Ma queue a déjà rapporté plus de fric que toi cette année et elle aura bientôt besoin de son propre personnel afin de gérer sa carrière. Alors ne t'avise pas de lui manquer de respect.

Je n'en reviens pas : je suis vraiment là, à écouter trois Britanniques adultes en train de discuter du pénis d'Alex ?

– OK, OK, OK…

Malgré leurs tentatives pour se sauter au visage, Blake les repousse tous les deux plus fort contre les murs opposés. Je n'ai jamais vu Lucas autrement que calme et posé. Quant aux plumes d'Alex, elles n'ont jamais été aussi ébouriffées qu'en cet instant.

– Écoutez-moi attentivement, vous deux : Alex, Lucas a le droit de sortir avec ta baby-sitter, qui n'est pas ta possession au simple motif qu'elle travaille pour toi, figure-toi. Lucas, tu peux bien essayer de choper Indie, ne le prends pas mal, Indie, mais c'est effectivement ce qu'il fait, sans toutefois agir ostensiblement au vu et au su d'Alex. Me suis-je bien fait comprendre ?

Alex dévisage Blake, à croire qu'il ne comprend ni n'accepte aucun des mots qui viennent de franchir ses lèvres. Ses pupilles envoient des éclairs et sa bouche est serrée en une ligne mince. Après quelques secondes de silence, il secoue son bras pour se dégager de l'étau de Blake, sans jamais quitter son manager des yeux.

– On va discuter de ça dans la suite. Pour l'instant, j'ai besoin de faire un tour de voiture. Indie, tu viens avec moi.

– Non, je corrige, hésitant entre mon envie de hurler et de l'étrangler. Je pars dans le SUV, avec le reste du groupe.

– Bien, fait-il en souriant. Dans ce cas, je vais me mettre en route tout de suite. Trouver de la coke dans un pays étranger, c'est toujours la plaie.

Je suis sur le point de me ruer sur lui, quand Blake m'arrête d'une main sur l'épaule.

– Je m'en occupe, me dit-il.

Une porte de loge s'ouvre un peu plus loin dans le couloir et Alfie apparaît, les joues rosies, une très jolie brunette en minirobe rouge au bout du bras. Je ne manque pas de remarquer qu'ils ont tous les deux du rouge à lèvres partout sur le visage.

– Vous pourriez pas fermer vos grandes gueules ne serait-ce qu'une minute, putain ? On est un peu occupés à répandre l'amour, ici.

– L'amour ou les MST ? grommelle Alex en s'allumant une cigarette, son expression « Va te faire foutre » bien en évidence.

Lucas croise les bras et bâille.

– Désolé, mec, tu vas devoir reporter. Ton boss menace de rechuter parce qu'il ne supporte pas de voir son batteur traîner avec sa baby-sitter.

– Traîner, hmm ? se moque Alfie.

Reste forte. Ne frappe personne. Il ne te manque plus qu'un casier judiciaire pour que le désastre soit complet.

– Vous n'êtes qu'une bande d'idiots, je conclus en fonçant dans le couloir pour gagner la porte derrière laquelle le SUV nous attend. Tous autant que vous êtes. Sans exception. De gros bébés avec de gros portefeuilles et trop de temps à tuer.

Je les gratifie de deux doigts d'honneur, un à chaque main, pour sortir en beauté.

– Je vais vous attendre dans le SUV en tâchant de ne pas m'étrangler de colère. D'ici à ce que vous me rejoignez, j'espère que vous aurez grandi un peu.

– Moi, je suis déjà grand, commente Alfie en attrapant son entrejambe.

Cette fois, c'est Lucas qui lui donne une tape derrière la tête.

– On se voit à minuit, Stardust ! crie Alex dans mon dos.

– Oh, là là ! s'écrie la brunette. Alex Winslow ! Je peux avoir un autographe ?

Je presse le pas en me récitant le mantra que je me suis répété plus tôt : que ce n'est que pour l'argent. Temporaire et complètement sans intérêt.

Mais la vérité, la voilà :

Alex veut entrer dans mon lit.

Lucas veut entrer dans ma vie.

Et moi, je veux revenir de cette tournée vivante et entière. Cœur, corps et âme.

CHAPITRE 9

ALEX

À la question : « Quel effet vous fait la cocaïne ? », George Carlin répondait : « Elle donne envie de prendre plus de cocaïne. » Eh bien, mesdames, messieurs, George Carlin avait raison, en fait. Avec la cocaïne, je me sens plus alerte, moins anxieux et beaucoup plus confiant. Elle exacerbe mes sensations et me donne l'impression que je vaux mon indécente fortune. Elle me rend aussi plus supportable : sous son emprise, je suis moins salaud parce que moins inquiet que mes merdes ne soient que des merdes, et aussi plus insupportable, parce que du coup, je me prends pour le roi du pétrole.

Maintenant que je suis clean, je suis particulièrement conscient du fait que je dois justifier l'argent qui gonfle mon compte en banque en pondant un album spectaculaire. Le mot « surcoté » vole bien trop souvent autour de vous, une fois que votre art se transpose en voitures de sport, relations VIP et manoirs à Malibu. L'argent, c'est aussi le début de la fin de l'art, le baiser de la mort à la créativité et le cancer de l'intégrité. On en reparlera plus tard. Le truc, c'est que l'insécurité est pareille à un serpent. Elle peut soit vous suffoquer, soit vous bouffer tout cru. C'est vous qui choisissez, au fond.

Le nouvel album me met à cran et être à cran me rend salaud. Mes premières victimes étant les gens de mon équipe, pas étonnant que j'aie décidé de m'en prendre à Waitrose, à son sourire facile et à ses intentions sans scrupules. Même si, en réalité, il ne s'attendait quand même pas à ce que je reste à le regarder baiser ma très baisable nounou, si ? Ben non.

– C'est quoi, le problème avec la baby-sitter ? lance Blake, qui fourre son portable dans la poche avant de son pantalon.

Il lit dans mes pensées… Je cesse de gratter les cordes de Tania et lève les yeux. Nous sommes assis à l'arrière d'un taxi, qui nous fait la visite des lieux remarquables de Melbourne. La Eureka Tower, MCG[3], les Jardins botaniques royaux et le sanctuaire du Souvenir. Vu que Blake a rangé son téléphone avant de me poser la question, je comprends qu'il est sérieux.

– Tu peux préciser ?

Je racle une saleté sous mes ongles rongés.

---

3. Il s'agit du Melbourne Cricket Ground, stade situé à Yarra Park, au centre de la ville.

– D'habitude, tu te fiches qu'on drague tes nounous. Et on ne s'en est pas privés. Alfie en a quand même baisé deux et aucune d'elles n'a duré plus d'une semaine.

Je tourne les yeux vers la vitre et, du bout des doigts, tape un rythme que moi seul entends. Oh, bordel, deux lignes régleraient tout ! Elles débloqueraient les paroles et me permettraient de faire ce dont je brûle d'envie : à savoir traîner Stardust par les cheveux sur mon balcon avec vue sur les gratte-ciels de Melbourne pour la prendre comme une bête jusqu'à ce qu'elle se mette à chanter faux.

– Permets-moi de te rafraîchir la mémoire, Blake : aucun de mes compagnons de sobriété n'est allé au-delà de la limite des trois jours. C'est la première chose qui t'aveugle. La deuxième, c'est que cette nounou-là est sur les routes avec nous pour le reste de la tournée, et que je n'ai pas besoin de drame. Troisième et dernier point : hélas, elle n'est plus jetable. Disons que je lui ai trouvé une véritable utilité.

Un silence s'installe entre nous, qui s'épaissit jusqu'à ce que :

– À ton tour de préciser : c'est quoi, cette utilité ?

Blake craque sur Jenna. Ça, je le sais de façon certaine. La première fois qu'ils se sont rencontrés, il l'a questionnée sur l'énorme bague qu'elle portait au doigt avant de lui demander son nom. Ce à quoi elle a répondu qu'elle la portait justement pour les imbéciles comme lui, car elle désirait les éviter.

Il n'a donc aucune raison de se renseigner sur Indigo, ça n'a même pas de sens. Je sors une clope de mon paquet avec les dents et l'allume, sans me soucier du regard réprobateur du chauffeur dans le rétroviseur. Je souffle et descends la vitre.

– Il s'avère qu'Indigo fait une muse parfaite pour mon nouvel album. Elle est terre-à-terre, je suis perché. Elle me donne envie d'écrire sur le L.A. des vieux films. Regarde-la. Elle s'habille comme les sosies de Marilyn Monroe sur le Walk of Fame. Je commence à trouver le fil conducteur de l'album et elle en fait partie. La fille aux cheveux bleus et aux robes vintage, sur son vélo, qui essaie de recoller les morceaux de son cœur brisé.

À ce stade, je raconte n'importe quoi. Mes explications sont au mieux prétentieuses et fantasques, au pire du charabia. Mais c'est ça, la beauté d'être musicien. Personne n'ose discuter le processus de création, même s'il consiste surtout à aller s'asseoir sur le toit-terrasse d'un resto chinois, nu comme un ver, un bol de fruits en équilibre sur la tête tout en chantant *We Are the World*, sans aucun doute la pire chanson qui ait été écrite dans l'histoire de… eh bien, de l'humanité depuis l'invention de l'écriture.

– Hum.

Blake se caresse le menton, réfléchissant attentivement au tas de bouse que je viens de lui donner à la petite cuillère. Je sais qu'il est prêt à tout pour m'aider à pondre un bon album, y compris dépecer Waitrose et utiliser sa carcasse comme nouvel étui pour Tania si je le lui demandais. Pour le reste, c'est un poil plus compliqué. Car voyez-vous, être un connard, c'est aussi un art. Mieux vaut que j'avance sans pisser ostensiblement sur le concept d'amitié, mais quand il s'agit de Lucas, vraiment, je m'en fous pas mal. En fait, je serais ravi qu'il découvre que je baise sa petite amie au son des Pussycat Dolls.

– Et puis, je vais aussi la baiser.

La mâchoire de Blake tombe, avant de se remettre en place tandis qu'il esquisse un sourire qu'il n'a pas réussi à réprimer. Pourquoi a-t-il l'air aussi satisfait ? Sait-il quelque chose que j'ignore ?

– Je n'ai pas parlé de partie à trois, je me sens obligé de clarifier.

Il se reprend pour afficher un visage sévère.

– La ferme, Alex.

Le taxi s'arrête devant notre hôtel. Il fait sombre et froid et, pour la première fois depuis des semaines, je n'ai pas la sensation que mon âme vient de se faire rouler dessus par tous les véhicules présents dans un rayon de trois cents kilomètres. L'air mordant me pique le nez quand je me glisse hors de la voiture. Deux portiers approchent pendant que Blake paie le chauffeur, ajoutant un pourboire pour l'odeur de cigarette que j'ai laissée dans l'habitacle L'un des portiers tend un parapluie au-dessus de ma tête. L'autre propose de porter ma guitare. Je lui réponds d'un « tss-tss ». Personne ne touche à Tania, sauf moi. Blake se cale sur mon pas et nous pénétrons dans le bâtiment. L'espace d'une seconde, nous ne sommes pas Alex Winslow et son élégant manager. Nous sommes deux types normaux de vingt-sept ans et je me fais rembarrer par mon pote qui me reproche mon insupportable égocentrisme. Pas de barricades, pas de barrières, pas de gardes du corps pour me protéger du monde.

– Waitrose désire Indie. Il a été clair là-dessus, lâche Blake, l'air de rien, quand nous montons dans l'ascenseur. Or tu as déjà picoré dans la cour de Lucas, mon pote. Tu te souviens de Laura ?

Vaguement, et seulement parce que je n'avais pas le plaisir d'être shooté à l'âge de quatorze ans.

– Tu parles d'un temps où on n'avait même pas de poils aux pattes. En plus, je l'ai baisée longtemps avant qu'il commence à sortir avec elle, j'ajoute en agitant dédaigneusement la main. Laura l'a quitté parce qu'il se comportait comme un pauvre mec et lui accordait très peu d'attention. Ça le démangeait de partir en tournée et de nous rejoindre à L.A. Quand ils ont rompu, je l'ai accueilli dans le groupe, lui ai acheté un billet d'avion, l'ai fait venir en Californie, exactement comme je l'avais fait pour toi. Et comment il m'a remercié ? En jetant Fallon dans les bras de Will. Et moi, comment j'ai réagi ? Je l'ai quand même embauché comme batteur, ce con. Maintenant, il a une dette envers moi, que j'ai enfin décidé de lui faire payer. Il va voir quel effet ça fait quand la fille te glisse entre les doigts. Je t'avertis : c'est pas joli joli. Loin de là.

La porte de la cabine s'ouvre et le trajet jusqu'à notre suite est si calme que le son de nos pas sur le sol moquetté résonne entre les murs en une série de coups assourdis. Il est 23 h 54. Une partie de moi a envie de voir si, à minuit, Indie sortira dans le couloir de son propre chef, mais la plus grande partie n'en a rien à foutre. J'ai des morceaux à écrire. Alors elle va m'aider, qu'elle le veuille ou non.

– Tu restes dehors ?

Blake se passe la main sur le front d'un geste las, son autre main déjà sur la poignée de la porte. Je désigne du menton la chambre de ma baby-sitter.

– Je compte terminer cette tournée sur un album.

C'est une affirmation, pas un vœu pieux.

– Avec le bordel que tu crées au passage, tu as intérêt, oui.

Blake se pince l'arête du nez et me claque la porte au visage.

23 h 55.

Je reste planté à contempler sa porte, en me demandant si Lucas se trouve à l'intérieur. Non, il n'est quand même pas assez con pour oser toucher à mes affaires. Car oui, c'est la vérité brute : Indigo Bellamy est à moi. Je la paie pour être ici. Elle est à ma disposition, pour le meilleur et pour le pire.

Je vais donc l'utiliser.

Et la baiser.

Et tourmenter Lucas avec elle, car il n'a nulle part ailleurs où aller, on va littéralement faire ça sous son nez. Jour après jour. Nuit après nuit. Comme j'ai vu Fallon et Will sur tous les sites web, dans tous les magazines et tous les médias du monde. S'embrasser, s'enlacer, sourire aux caméras. « Bushell trouve l'amour ! » « Flash info : Will trouve sa muse ! » « L'amour à Lankford Lane ».

23 h 56.

Je jurerais que sa porte me nargue.

Je suis pourtant assez clean pour admettre que ça n'est pas plausible, en toute logique. Pourtant, d'une certaine manière, c'est bel et bien le cas. Il faut que j'aille frapper histoire d'en finir, mais quelque chose m'en empêche.

23 h 57.

Un son derrière la porte. Mélange de grognement et de gémissement. Waitrose est-il en train de la caresser ? Est-elle en train de se caresser ? Mon sang s'échauffe dans mes veines, mon sexe durcit dans mon boxer. Je l'imagine perchée sur l'un des oreillers blancs de l'hôtel qu'elle serre entre ses cuisses léchées par le soleil. Elle le chevauche tout en enfonçant les doigts dans sa petite chatte. Elle est si petite, je me demande comment elle est à l'intérieur. Rose, serrée, la peau fragile. J'ai envie d'y insinuer ma langue pour vérifier. De lui arracher sa culotte pour voir si ses fesses ont la même couleur que son visage et ses épaules bronzés. Ce besoin de savoir, il est charnel. Comme s'il s'agissait du plus grand mystère que la terre ait porté.

Ouille, mon érection pousse contre ma braguette, enflée au point que je sens mon pouls palpiter à travers ses veines.

23 h 58.

Des bruits de pas dans sa chambre. Qui approchent, qui s'éloignent. Approchent, s'éloignent. Elle doit plus probablement faire ses bagages, pas se masturber. Je prends mon sexe à travers mon jean pour le placer d'une façon plus confortable et fais craquer mon dos. Bon. J'ai besoin de baiser. Stardust n'est pas une option. Elle, c'est le genre « on apprend d'abord à se connaître », comme nana. Je me promets de quitter l'avion en courant, sitôt qu'on aura atterri au Japon, pour trouver la première paire de cuisses ouvertes du pays. Peut-être même à l'aéroport. Je m'en fous qu'on me surprenne. Ce n'est pas comme s'il restait une personne dans le monde occidental qui n'ait pas encore vu ma bite. Y compris Indie elle-même. Et la façon dont ses yeux se sont allumés en la regardant…

23 h 59.

Je m'agite. Pourquoi est-ce que je suis aussi agité, merde ? Elle ne signifie rien pour moi. Et pourtant, elle signifie manifestement quelque chose. C'est l'album, point barre. Je me monte la tête.

Minuit.

La porte est toujours close. Je n'entends pas ses petits pieds, ne la sens pas s'approcher, or je devrais. La chaleur corporelle a la capacité de traverser le bois, l'acier et l'espace. Mâchoire crispée, je serre le poing autour de son bouton de porte. Ce qui ne sert à rien. La porte est verrouillée automatiquement et même moi, je suis assez perspicace pour reconnaître que je n'ai aucun droit de débarquer sans prévenir dans son espace personnel.

Minuit une.

Elle ne va pas sortir. Quelle petite peste. Je lève le poing pour cogner à sa porte. À la seconde où mes jointures vont entrer en contact avec le bois, elle s'ouvre en grand. Indie se tient là, les yeux gonflés et rougis. Quelque part au fond de ma gorge, il y a des mots que je ne parviens pas à sortir. Pour la plupart des obscénités, c'est aussi bien que je me taise.

– J'ai besoin de quelqu'un pour me réconforter ce soir, croasse-t-elle, les bras passés autour de son ventre.

Ses yeux cillent sous l'effet de cet aveu d'échec sincère, comme si elle m'offrait quelque chose de précieux. Sa faiblesse. Et bien sûr… je prends. J'entre dans sa chambre. Si quelqu'un doit étreindre Indigo Bellamy sur cette tournée, ce sera moi. Elle me repousse, sa paume plaquée contre mon torse, et sort dans le couloir avec moi.

La veille quand elle m'a parlé de ses parents, j'ai vraiment eu de la peine pour elle. Apparemment, ces gens étaient des êtres humains bien sous tous rapports.

– On continue à faire dans l'impersonnel, si vous voulez bien. C'est vous qui avez établi la règle du « on n'entre pas dans la chambre de l'autre pour écrire », non ? Le couloir, c'est un terrain neutre.

– On a dépassé le stade de la neutralité, là, tu ne vas pas recommencer à jouer les chieuses, je grommelle.

– Ce soir, j'ai le droit d'être tout ce que je veux.

Elle renifle. Sans doute qu'elle a raison. Je ne suis pas orphelin, mais c'est tout comme, avec les parents que j'ai.

Sans lui donner le temps de résister, je l'enveloppe immédiatement de mes bras, enlaçant son corps comme de la porcelaine fragile. Elle n'est pas aussi maigrichonne que je l'avais imaginé. Dans ma tête, je la voyais comme un sac d'os, alors qu'en réalité, elle est douce de partout. Ce qui me pousse à resserrer mon étreinte, comme pour éviter qu'elle ne me file entre les doigts comme de la brume.

Je pose le menton au sommet de son crâne, elle enfouit le nez sous mon aisselle. Elle est chaude et soyeuse. Délicieuse, vraiment. J'ai des envies de la prendre à la manière d'une drogue. Tout entière, d'une bouchée. Je veux faire une overdose d'elle comme de la cocaïne, de l'héroïne, du crack, sachant quelle destruction j'absorbe volontairement. Parce qu'Indie, à l'instar des drogues, est un shoot temporaire. Une fois nos trois mois écoulés, elle me laissera tomber comme une vieille chaussette et retournera en courant vers ce qui reste de sa famille dysfonctionnelle mais aimante.

Et je ne l'en blâmerai pas.

Pff, je ne l'en empêcherai même pas.

Parce que tout au fond, je sais qu'un connard dans mon genre ne pourrait pas la garder.

*

INDIE

Le salopard le plus grossier au monde, en l'occurrence, s'avère capable aussi de me fournir une distraction bienvenue.

Parce que je me retrouve encore une fois assise dans le couloir, face à face et âme à âme avec le plus perturbé de tous.

À la base, j'avais décidé de rester bien tranquillement dans ma chambre, même si l'univers devait s'effondrer et Alex tenter d'enfoncer ma porte. Mais ensuite, Natasha m'a appelée peu après le concert et je me suis rendu compte que la dernière chose dont j'avais besoin, c'était de rester à mariner dans ma chambre. Elle avait l'air paniquée au téléphone. Apparemment, la version du bon mari choisie par Craig aujourd'hui avait été de disparaître de la circulation à la minute où il avait quitté le lit. Nat avait reçu un coup de fil de son amie Trish, lui apprenant qu'il avait déposé Ziggy chez elle sans un mot, mais en traînant déjà une odeur de bordel irlandais. Nat avait dû quitter le travail en urgence et filer récupérer Ziggy, avant de partir à la recherche de Craig au hasard des rues, son bébé dans les bras.

Mon frère va revenir à la maison. Nous le savons toutes les deux. Et il va s'excuser abondamment, promettre que ça ne se reproduira jamais plus.

– C'est juste un petit écart.

– Pas après tout ce qu'on a traversé.

– Allez, Nat, tu sais que ma famille, c'est tout pour moi.

Pour être charmant, mon frère est charmant. Jamais il n'élèvera la voix sur sa femme, ne la poussera, ne lui reprochera ses problèmes à lui. Nat restera et la faille dans leurs fondations s'élargira un peu plus encore, tandis que le bonheur de Ziggy sombrera dedans.

– Si tu veux en parler… vas-y.

La voix glaciale d'Alex perce à travers mes sombres pensées, sa chaussure calée entre mes jambes tendues. Il ne fait que toucher mes chevilles, pourtant, bizarrement, le contact me semble déplacé. Enfin, bon, on est dans le couloir, à la vue de tous, comme tous les délicieux secrets qui sont censés le rester.

J'envisage cette perspective improbable.

– Ça vous aiderait dans la composition de votre album ?

Il hausse une épaule.

– Si je connaissais la réponse à cette question, j'aurais trente albums déjà enregistrés, et pas seulement quatre, et sans doute assez de fric pour m'acheter tout L.A., histoire de faire brûler cette ville au plus vite.

– Décidément, vous êtes charmant.

Je lève les yeux au ciel.

– J'en doute, donc. Je ne suis pas prolifique non plus.

– Il existe des solutions, pour ça. Les cours de gestion du temps sont très en vogue en ce moment, je babille.

Il me jette l'un de ses regards secs.

– Quelle belle époque on vit. Bon, alors, ta crise de larmes du jour ? reprend-il, revenant à son sujet.

J'incline la tête et l'observe. Ses sourcils froncés. Sa moue naturelle, genre lèvres enflées par une piqûre d'abeille. Son visage rasé de près, adouci par la bouche mais endurci par la vie. Si ce n'étaient ses cheveux ébouriffés et son air la-vie-est-une-chienne-et-puis-vient-la-mort, pas gai donc, il pourrait bel et bien passer pour un autre. Moins intimidant. Moins suceur d'âme. *Moins dangereux pour mon cœur.* Il est beau, aussi, talentueux, adoré et malheureux. Comment peut-on avoir autant et en jouir si peu ?

J'ouvre la bouche, sachant que la vérité va sortir, tout en ayant peur de l'entendre.

– J'ai toujours su que ma vie comporterait cette grosse catastrophe, colossale. Avant même qu'elle se produise. C'était comme si je l'attendais, d'une certaine manière, pour que quelque chose me définisse. J'ai passé ma jeunesse assise dans ma chambre à coudre des vêtements, sans me soucier d'être chelou, comme vous l'avez dit avec la diplomatie qui vous caractérise. Mon frère, Craig, était tout l'opposé. Footballeur surdoué, la chef des pom-pom girls à son bras.

– Et alors ? m'aiguillonne Alex, la pointe de sa chaussure de l'armée caressant l'intérieur de ma cheville, puis remontant le long de mon mollet.

Le pire, c'est que je le laisse faire. Hier, j'aurais réagi différemment. Et demain, je l'écarterai d'un revers de la main. Mais aujourd'hui, je suis assez fragile pour qu'il me fasse du bien, même si c'est une mauvaise décision.

– Est-ce que ça t'a définie, je veux dire ?

– Non. Je porte ça comme une blessure à l'épaule, partout où je vais. Celle de la fille à qui on a volé ses parents. Mais je continue à sourire, à rire, je passe du temps avec mon neveu et mes amis. Ma tragédie est en fait une vilaine cicatrice cachée aux yeux du monde. Je suis la seule à la voir.

– La mienne, c'est tout le contraire, ironise-t-il en tripotant machinalement les cordes de sa guitare. Ma tragédie, c'est une blessure ouverte dans laquelle tous les connards de l'univers peuvent verser du sel et regarder. Ma fiancée m'a publiquement quitté pour mon ex- meilleur ami, après qu'il a été révélé dans les tabloïds qu'elle baisait avec lui pendant qu'on était toujours ensemble et que j'étais en tournée. Je suis un drogué, une tête de nœud et un trouduc amer, incapable de rester tranquillement assis quand son ennemi reçoit un Grammy. Tout le monde peut voir, et voit, mes cicatrices. Sans exception. Mon âme est vide, parce que je l'ai prostituée.

J'ai signé des contrats juteux avec d'énormes labels pour me faire un max de thune. Ces six dernières années, ce sont eux qui m'ont dicté le moindre de mes mouvements. Et ce qu'ils ne m'ont pas sucé, c'est la foule qui l'a fait. Car chaque soir où tu montes sur cette scène, Indie, tu donnes tout à tes fans. Tout, putain. Tout. Ensuite, tu te réveilles le lendemain et tu recommences.

Je suis tellement surprise par son aveu que parvenir à prononcer les mots suivants tient du miracle.

– C'est pour ça que vous agissez comme ça ?

Non que ça lui donne une excuse, mais le besoin de le comprendre mieux me consume de l'intérieur.

Alex roule la tête contre le mur.

– Bon, ça suffit, les conneries philosophiques. Ce n'est pas inspirant du tout. Parle-moi de ta vie sexuelle.

Je lui adresse un regard et sens mes murailles de sécurité remonter autour de moi, brique après brique.

– Non.

– Parce que t'en as pas ? Si c'est ça, on peut y remédier.

– Parce que ça ne vous regarde pas et, puisqu'on en parle, j'apprécierais que vous arrêtiez de me draguer.

Il pose sa guitare, tire une cigarette de son paquet ouvert à ses pieds, un carnet et un feutre bleu et se met à écrire. *Feutre bleu*. Comme dans l'article.

Alex est une créature d'habitudes. Je me demande ce qui se cache derrière cette couleur.

Il y a quelque chose d'incroyablement sexy dans le fait de le voir, une cigarette pas allumée entre ses dents bien alignées, qui crée devant moi. Je n'ai pas la moindre idée de ce qu'il écrit et je doute qu'il me le dirait si je l'interrogeais. Mais l'idée que je pourrais entendre le résultat à la radio un jour me donne le frisson.

– Si tu veux que je te croie, quand tu prétends que tu ne veux pas que je te baise, il va falloir arrêter de me regarder de cette manière, comme si tu m'appartenais déjà, dit-il, les yeux toujours fixés sur son carnet.

Je détourne les yeux, le visage écarlate et brûlant.

– Vous êtes d'une grossièreté crasse.

– Et toi, tu es une menteuse. (Il lève les yeux, interceptant les miens.) Tu aimes vraiment bien Waitrose ? Genre, vraiment, vraiment bien ? Je n'y crois pas. Pas une seconde. Tu sais quelle est la différence entre toi et moi, Stardust ? Tu me regardes, mais moi, je te vois. Et ce que je vois, c'est ta vérité. Tu laisses tout le monde voir ton cœur et il saigne face au monde entier, ce qui signifie que tu es une très mauvaise menteuse. Tu poses un regard affectueux sur Waitrose, comme tu le ferais avec le bébé d'un inconnu dans la rue. Moi, tu me regardes avec de la dynamite dans les yeux, en attendant que je craque l'allumette et t'enflamme enfin.

Tout s'arrête.

L'air.

Le monde.

Mon cœur.

Il a lâché tout ça, sa cigarette coincée entre ses lèvres. Les yeux éteints et une voix sensuelle et rauque qu'il baisse et adoucit quand il enregistre sa musique. Une porte s'ouvre et se referme au loin et nous fait tourner à tous les deux la tête dans la direction du bruit. C'est Alfie, qui pousse deux filles gloussantes en minijupe vers l'ascenseur. Sans nous accorder le moindre regard, il leur donne une tape sur les fesses en leur faisant franchir les portes coulissantes. Elles couinent de leurs voix suraiguës, il aboie tel un chien fou, faisant mine de mordre et de leur grignoter le cou. Il ne nous a pas remarqués.

– On part pour l'aéroport dans moins de deux heures.

Je m'éclaircis la gorge, une fois que les rires se taisent. Alfie et les filles s'éloignent dans le couloir.

– Vous avez tout ce qu'il vous faut ?

– Non, loin de là. (Il se penche en avant, agrippe mon poignet et son regard retient le mien en otage.) Et toi non plus, tu n'as pas tout ce qu'il te faut.

Je roule prestement sur mes genoux et me mets debout. Alex en fait autant, sa guitare et son carnet toujours au sol. On est plantés l'un face à l'autre, plus tout à fait des étrangers, et ça me fait peur.

– Un pour la route, dit-il en coinçant un doigt dans le col de mon sweat-shirt pour m'attirer vers lui.

Ses bras m'enveloppent, la pointe de sa cigarette me chatouille le cou. Je ressens son étreinte dans mon ventre, entre mes jambes et jusqu'à mes orteils. Ses bras sont durs, pourtant l'instant est d'une douceur irréelle. Égoïste, je me serre contre lui, dans le col en V de son tee-shirt blanc, je ferme les yeux et j'inhale, j'inhale, j'inhale.

Tu me manques, maman.

Tu me manques, papa.

C'est quand on mémorise les petites particularités d'une personne qu'on comprend qu'on est fichu. J'aime l'odeur de tabac froid entre ses doigts, l'odeur piquante et masculine de son cou. La façon dont ses cheveux bouclent sur ses joues, soyeux et juvéniles, et l'aspect presque comique de sa mâchoire puissante par contraste avec ses oreilles ridiculement adorables. Quand il relâche enfin son étau autour de moi, je lève les yeux tandis qu'il les baisse et tous mes sens sont en ébullition. Un tintement résonne entre nous. L'ascenseur, sans doute. Mais il n'a pas pu l'entendre. Pas avec la manière dont ses prunelles brunes capturent les miennes. C'est le moment où jamais pour lui d'agir. Il a dit qu'il me ferait sienne, et ce soir, j'ai envie d'être prise. Après tout, si je dois faire un très mauvais choix dans ma vie, autant que ce soit le jour qui symbolise l'anniversaire de la mort de mes parents, n'est-ce pas ?

Ses lèvres sont proches.

Son pouls accélère sous son tee-shirt.

Chaud, chaud, si chaud.

Je prends une profonde inspiration.

Ferme les yeux.

Ouvre la bouche.

Me hausse sur la pointe des pieds.

Et… vacille dans le néant.

Entrouvrant les paupières, j'aperçois la porte au bout du couloir qui se ferme automatiquement, laissant flotter dans l'air les dernières touches de son odeur enivrante. Son carnet et son feutre sont encore là.

Froid, froid, si froid.

Il est sorti la fumer, sa cigarette.

Et m'a laissée toute seule.

CHAPITRE 10

INDIE

Indie : Je pense que son morceau
de dix minutes va être super.

Jenna : J'espère que tu ne lui as pas
dit ça.

Indie : Non, je lui ai dit qu'il était
invendable.

Hudson : Et il a répondu quoi ?

Indie : Que je parlais comme un gros
bonnet, plus précisément comme Jenna
Holden, or Jenna Holden
est payée pour lui dégoter des pubs
Balmain et négocier des gros contrats
avec des maisons de disques,
pas pour produire son prochain album.
Il a ajouté qu'un jour, il vous avait
surprise à balancer la tête pendant
une chanson des Maroon 5 et que le fait
que vous ne soyez pas morte

à ses yeux après une aberration pareille
tient du miracle, alors ne poussez pas
le bouchon. Là encore, je cite.
Les mots ne sont pas de moi.

Hudson : Du Alex tout craché.

Jenna : On va devoir travailler
là-dessus. Indigo, dans quel état
d'esprit est-il ? Il te semble aller bien ?

J'ignore comment répondre à cette question. Alex a perpétuellement l'air d'une âme brisée, mais son insolence est intacte. Je ne le connais pas assez bien pour déterminer si son état actuel est bon, mauvais ou neutre.

Il n'a pas l'air d'avoir des idées suicidaires, mais je ne suis pas psy non plus pour en juger.

Indie : Il est irritable, mais ça va.

Hudson : C'est son état par défaut.

Indie : Lucas et lui ne s'entendent
plus.

Hudson : Se sont-ils jamais entendus ?

Jenna : Tiens-nous au courant, Indigo.

Jenna : Indigo ?

Indie : J'ai dit que je ne répondrais
qu'au prénom d'Indie.

Hudson : CASSÉE

Hudson : Je dirais qu'il déteint un peu sur toi.

Oh, il n'a pas idée.

*

ALEX

Tokyo, Japon

Fait pas très marrant : quand on est alcoolo, avoir une bouteille de champagne dans la main est l'équivalent de tenir une arme semi-automatique. C'est destructeur, donc, quoique toujours légal dans les cinquante États américains. J'ignore quel est l'enfoiré qui s'acharne à en envoyer une dans toutes les suites où je descends pendant cette tournée, mais qui qu'il ou qu'elle soit, cette personne est armée d'informations en interne, de mauvaises intentions et de pas mal de temps libre. Chaque fois qu'on arrive dans une nouvelle ville, Blake, Jenna et Hudson s'allient pour joindre l'hôtel retenu et avertir le personnel local qu'il faut vider le minibar de toute trace d'alcool. On éloigne de moi ce qui pourrait me saouler, y compris le bain de bouche, le produit pour le ménage et le désinfectant pour les mains. Je vous jure, arriver à sentir à peu près bon dans ces conditions relève de l'exploit au quotidien. Et bien que je sois trop occupé à haïr le monde entier pour chercher à m'en mettre plein le nez en poudre ou en liquide, ma sobriété reste un produit des circonstances et de ma paresse. Et voilà que je me retrouve avec une bouteille de champagne et une minute de solitude.

Tiens, tiens.

Sachant que Blake va regagner notre chambre d'hôtel d'une seconde à l'autre et qu'Indie a la carte-clé de ma suite présidentielle, je m'empresse d'envelopper la bouteille dans un sweat-shirt et de la fourrer dans l'une de mes valises. Ils piqueraient une crise, tous les deux, s'ils savaient que j'ai trouvé la bouteille sur le seuil. La première fois que Blake a découvert une bouteille de Jameson en entrant dans une chambre d'hôtel, il a lâché un chapelet d'injures et l'a jetée par la fenêtre, où elle a fini dans l'océan. La deuxième fois, il a loué les services d'un détective privé et s'est octroyé une crise de nerfs de vingt minutes dans la salle de bains.

Quant à Indie… Elle partirait à la chasse autour du monde pour traquer le connard qui a essayé de m'éloigner du droit chemin, retournerait chaque pierre jusqu'à le retrouver. Oublions le fait que je sais exactement qui est le bâtard… et où il est. Au lit, avec mon ex-petite amie. Ce qui me rappelle qu'il faut que je vienne à bout de mon projet de baiser Stardust *avant* de reconquérir Fallon. Ce n'est pas parce qu'elle m'a trompé que je vais en faire autant.

La décision n'est ni calculée ni particulièrement rusée. Certes, j'ai vu Indie se recroqueviller comme un chaton sur la banquette du jet privé, la tête posée sur les cuisses de Lucas, sur sa braguette en fait, mais ce n'est pas comme si j'étais jaloux. Mon cœur s'est affolé dans ma poitrine, impuissant, tel un soldat blessé, parce que Waitrose ne mérite rien, et encore moins la seule fille de la tournée.

La. Seule. Fille. De. La. Tournée.

S'il y en a un qui baisera cette fille, eh bien ce sera moi, pas mon batteur, mon ami-ennemi, celui qui m'a planté un couteau dans le dos.

Me relevant de ma valise ouverte, où le champagne est soigneusement glissé sur un côté et recouvert de vêtements, je traverse la chambre plongée dans la pénombre. Le lustre en fer forgé du plafond projette sur la pièce une lumière tordue et monstrueuse. Le papier peint est noir, avec des idéogrammes japonais tracés en rouge. Je m'arrête près de l'îlot de cuisine, feuillette le carnet contenant mes notes de la nuit dernière.

Progrès.

Mon âme ne paraît plus aussi vide quand je m'approche de la baie vitrée avec vue sur Tokyo.

Propre. Fourmillante. Sophistiquée. Tokyo est construite en hauteur, en largeur et en longs traits, comme peinte par un artiste au geste assuré. Je suis déjà venu ici une fois et je me suis fait de plutôt jolis souvenirs sous la forme d'une partie à quatre et d'un distributeur automatique de culottes sales que j'avais vidé.

Quand mon téléphone sonne, je ne bouge pas immédiatement. Aussi pathétiquement tragique que ça paraisse, les seules personnes avec qui je parle font partie de la tournée, et Jenna et le reste de mes managers sont généralement en liaison directe avec Blake, moins susceptible de se comporter en enfoiré inconstant. Je sors l'appareil de ma poche arrière, sourcils froncés.

Maman.

Pas aujourd'hui, très chère mère.

Je laisse l'appel mourir de sa belle mort, les yeux rivés à l'écran qui finit par se rallumer sur un autre appel, comme par hasard.

Elle n'a pas téléphoné quand j'ai rompu avec Fallon. Ou quand on m'a collé en désintox la première fois. La seconde, elle n'a même pas répondu au dit téléphone alors que j'étais assez désespéré pour vouloir parler à n'importe qui, y compris à sa pauvre petite personne inutile.

En fait, la seule fois où elle a daigné décrocher pour me parler, c'était après l'incident des Grammy, pour me signaler que j'avais des cernes sous les yeux et que le bleu, c'est pas ma couleur.

Conclusion : soit elle a une mauvaise nouvelle à m'annoncer, soit elle veut encore me demander de l'argent pour financer A) sa chirurgie plastique B) son addiction au jeu. Hélas pour elle, je travaille à ne plus me laisser berner par les gens. Vu que ma mère est à peu près aussi constructive pour ma vie qu'une putain de leucémie, je décide de la court-circuiter.

Blake franchit la porte, au téléphone avec Jenna.

– Jenna. Jenna. Jennaaaa. (Le dernier « Jenna » est étiré par l'exaspération.) J'ai tout sous contrôle, crois-moi. Et si, par le plus grand des hasards, je dois le laisser quelques heures, Indie prendra le relais. Cette fille le surveille comme un aigle.

D'une pichenette, je jette ma cigarette encore rougeoyante dans la poubelle. L'odeur d'un truc pas naturel qui fond, plastique ou polyester, se répand dans la pièce et je m'affale dans le canapé bas, noir, pour contempler le plafond.

– Qu'est-ce qui se passe ? me demande Blake, qui lance son téléphone comme un boomerang sur l'îlot de marbre noir.

J'ai volé une bouteille de champ et je vais probablement la boire cul sec dès que tu iras chier.

– J'ai écrit une chanson.

Beaucoup mieux, comme réponse.

– Elle est bien ?

Je cligne lentement des paupières, tentant de décoller ma langue de mes dents.

– Tu crois que je t'en aurais parlé si c'était de la merde ? Évidemment qu'elle est bien.

Même si, en fait, qui sait ? L'art, c'est comme l'amour. Trop subjectif pour qu'on voie clair en lui.

– Je peux l'entendre ?

Blake s'effondre sur la causeuse en face de moi.

Comme si leurs rôles étaient écrits, Alfie et Lucas entrent par la porte principale, déboulent sur le sofa que j'occupe et y prennent place. Le nouveau morceau dure dix minutes. Beaucoup plus long qu'une chanson moyenne, mais pour la première fois depuis une éternité, je crois en quelque chose que je produis. Je le sens bien, ce morceau.

– Ouais, joue pour nous, Winslow. Joue-nous la sérénade comme si tu y croyais.

Alfie bat des cils, empoignant le tissu de son tee-shirt au niveau du cœur. Lucas a l'air tendu et ne moufte pas, ce qui est sans doute une bonne chose, vu la manière dont notre dernière conversation s'est terminée. Je ricane.

– J'ai encore quelques détails à peaufiner, mais je vous donnerai bientôt mes notes.

– Des notes pour quoi ?

Alfie plonge sa main infestée de bactéries dans un bol de framboises enrobées de chocolat au milieu de la table basse. Pas question que je touche à ces framboises ou à cette table ou à quoi que ce soit d'autre dans cette fichue suite, maintenant. Je ne suis pas du genre germophobe, mais ce type, il est cinquante pour cent chair et sang et cinquante pour cent foutre.

– Ma nouvelle chanson.

– T'as écrit une chanson ?

– J'ai écrit une chanson.

– Laisse-moi deviner, intervient Lucas. Indie t'a aidé ?

J'hésite une bonne seconde avant de décider que je suis au-dessus de la prise en compte de son existence.

– J'ai raconté à Lucas que je vous avais vus dans le couloir hier, explique Alfie, la bouche pleine, tandis que du jus rouge dégouline sur son menton. Ben ouais, quoi, histoire d'épicer un peu l'ambiance.

– Abruti, marmonne Blake en secouant la tête.

Lucas continue à me dévisager comme si j'avais tué son chaton. Le fait qu'il éprouve des sentiments pour Stardust me perturbe. Ils se connaissent depuis moins d'une semaine. D'où est-ce qu'il les sort, ces sentiments ? Il s'est laissé pousser un vagin ou quoi ?

– Elle était là quand j'ai écrit la chanson, je réponds de façon évasive, refusant d'accorder à Stardust plus d'importance qu'elle n'en a.

Lucas crispe la mâchoire.

– Dès qu'on l'a rencontrée au Chateau Marmont, tu savais que j'avais des vues sur elle.

– Ouais, ben peut-être que ça m'a inspiré d'avoir des vues sur elle, moi aussi.

Je hausse les épaules, allume la télé et zappe entre les chaînes. Waitrose ferme les yeux et se laisse aller sur le canapé en poussant un soupir.

– Ce n'est pas une bonne idée, Alex. Même si je n'entrais pas en ligne de compte, tu n'es pas dans le bon état d'esprit pour entamer une relation. Tu dois d'abord affronter tes démons.

– Une relation ? je rigole. Mais qui te parle d'une relation ?

La fin de la partie, Will Bushell, m'attend au coin de la rue, à Paris, dans seulement quelques semaines. La présence de Lucas me rappelle que Fallon sera avec Bushell, et qu'il est temps de récupérer ce qui m'appartient. En fait, Lucas me fait penser à pas mal de choses, mais surtout, il m'empêche d'oublier que je suis un compétiteur sans vergogne et que toutes mes actions, je les entreprends pour prouver une chose : que je suis toujours le numéro 1.

Meilleur artiste.

Meilleur musicien.

Meilleur amant.

Je me lève de mon siège et ôte mon débardeur froissé. Oui, je suis une arme semi-automatique, chargée et prête à faire feu. Je suis ma propre ruine et, au fond de moi, je le sais.

*

« Hier je couchais avec toi sur un lit de verre brisé
Nous avons rompu pour survivre au passé
Pourtant, dans ta douleur, j'ai trouvé la magie
La beauté dans le mal et la tragédie
Quand la vie est banale, ordinaire et amère
Accours vers moi, ma beauté aux yeux bleus, là où se rencontrent le plaisir et la douleur. »

Et. La. Foule. Devient. Hystérique.

Un artiste confirmé sait reconnaître un vrai buzz à des kilomètres.

Il y a le buzz traditionnel : le « on aime tout ce que vous faites ». Et puis, il y a le buzz promotionnel : celui qui sent les magazines sur papier glacé, les nanas des relations publiques en jupes crayon et les brunchs à l'*Ivy* pour signer un bon gros partenariat avec une station de radio haut de gamme. Enfin, il y a le vrai buzz : il bourdonne dans tes veines, un peu comme la morphine, prend possession de ton corps tout entier au point que chaque inspiration ressemble à un shoot d'adrénaline. Je contemple mes fans à mes pieds, sur leur nuage de bonheur. Elles bousculent les gars de la sécurité, tout à leur excitation de m'atteindre. Elles hurlent, elles braillent, elles supplient.

Encore. Encore. Encore.

Aveuglé par les flashs, je termine *Secondhand Love,* le morceau que j'ai écrit après avoir laissé Stardust en plan dans le couloir. Neuf minutes et vingt-trois secondes de colère, de frustration et de passion.

J'aurais pu l'embrasser.

Et un autre que moi ne s'en serait probablement pas privé.

Mais où était le plaisir ? J'aime bien jouer avec ma nourriture, en l'occurrence il s'agit de la rendre dingue jusqu'à ce qu'elle n'en puisse plus. Je veux que sa petite chatte palpite, qu'elle mouille pour moi. Parce que quand je vais enfin la toucher, l'étoile se changera bel et bien en poussière.

Je traverse la scène et leur adresse un sourire en coin par-dessus mon épaule. Je suis torse nu, premier indice de ma bonne humeur. En général, je n'aime pas trop le truc du « matez un peu mes abdos » à la Justin Bieber. On n'est pas chez *Hooters*[4], et le

---

4. *Hooters* est une chaîne américaine de restaurants dont la clientèle est essentiellement masculine et hétérosexuelle, dans la

moins que tu puisses faire pour garder un minimum de dignité quand tu te laisses enculer par ta maison de disques, c'est de garder ton tee-shirt. N'empêche, j'ai l'impression d'être au milieu d'un grand feu de joie, à chanter cette chanson devant un public pour la première fois. La sueur ruisselle le long de mon torse et, sur l'immense écran derrière moi, je vois en gros plan les gouttes qui dégoulinent sur mes tablettes. Combien de temps cela va-t-il prendre avant que la vidéo ne se retrouve sur YouTube, et qu'est-ce qui fera le plus de vues : mon nouveau morceau ou une photo de moi paluchant une starlette tout en jouissant sur ses nibards ? Sans doute la seconde. Je devrais la googler, un de ces jours. De toute façon, ce n'est pas comme si j'en avais quelque chose à faire de ce que les gens disent de moi.

– J'en ai d'autres en magasin.

J'ajuste le micro sur son pied et retraverse la scène. Les hurlements se font plus forts, plus frénétiques. Non, ce ne sont pas des encouragements polis. C'est de la faim, immédiate et dévorante. Je suis vindicatif, compliqué et de retour. Putain, je suis de retour. J'ai des paroles en moi et elles se déversent à flots. Inutile de prétendre que Stardust n'y est pour rien. Elle y est pour quelque chose et je vais me la garder sous le coude jusqu'à ce que

---

mesure où le service est assuré en majorité par des jeunes femmes en minishort orange et tee-shirt échancré à l'effigie de la chaîne.

la toute dernière goutte de génie se soit écoulée de moi. Ou d'elle. Peu importe de qui ça vient.

Je baisse les yeux vers mes fans. Puis les lève vers le ciel d'encre. Puis quelque part entre les deux, vers l'espace où un nuage doré de chaleur corporelle et de lumières brillantes saupoudre leurs têtes. Et je souris.

J'approche mes lèvres du micro.

Les doigts courant sur les cordes de ma guitare, je commence à jouer *Man Meets Moon*, l'un de mes premiers tubes. De l'époque où je n'avais pas besoin d'une fille aux cheveux bleus pour me sauver. J'étais un adolescent avec un but dans la vie et des tas de trucs à exprimer. Un gamin qui ignorait tout du *Chateau Marmont* et n'avait entendu parler de caviar que dans les films. Le clip de *Man Meets Moon*, c'est Blake qui l'avait tourné dans le garage de Lucas. J'étais affublé d'un bouton de la taille de Beyrouth ce jour-là, n'empêche que j'avais fait le méga hit dont j'avais besoin.

Alfie, Lucas et l'autre guitariste me suivent. J'adresse un hochement de tête au dernier, et ses yeux s'écarquillent sous l'effet de l'incrédulité. Tout le monde sur la tournée sait ce que ça signifie. Je n'ai plus fait ça depuis deux ans, mais c'est le moment. J'ai besoin qu'il me couvre pendant que je surfe sur la foule.

Car je vais me jeter dans la foule.

Parce que ce soir, c'était vrai, c'était bien.

Bon et lumineux.

Comme. La. Coke.

CHAPITRE 11

INDIE

– Oh, nom de Dieu, c'était épique !

Blake saute sur Alex avant que la rockstar ait pu terminer son parcours chaotique jusqu'à sa loge. Son torse nu brille de sueur et les marques qui lui strient les abdos et le dos me font monter le rouge au cou. Je sais qu'elles sont le résultat de l'enthousiasme de ses fans et je sais aussi à quoi lesdites fans pensaient quand elles enfonçaient leurs ongles dans sa peau. La même chose que je pensais, moi, en le regardant se déplacer avec une telle aisance sur la scène. Tel un dieu en colère. Mars assoiffé de sang.

« Blue-eyed girl ». La fille aux yeux bleus.

Au son de sa voix rauque et cassée de baryton, je serre machinalement les cuisses, comme pour apaiser la tension qui s'y est logée. Il a écrit sur moi. Il a chanté sur moi. Alors OK, il a fait référence à moi sous la forme d'une renaissance mentale, mais qu'est-ce qu'on s'en fiche ? Il m'a écrit une chanson.

Alors que je ne lui ai même pas donné un baiser.

J'inhale brusquement afin de boire son odeur. Pour la première fois depuis que j'ai embarqué dans cet avion à L.A., j'appréhende avec un mélange d'anxiété et de curiosité les heures que je vais partager avec Alex ce soir. Dans le couloir. Quelque chose a changé hier, quand on s'est enlacés. En mieux et en pire.

Comme si on s'était rapprochés et éloignés en même temps.

Tapie dans l'ombre, backstage, je laisse Alex profiter de son moment avec ses amis. Alfie le prend par les épaules et le secoue dans un rire diabolique. Des fans le prennent en photo. Lucas sourit si largement qu'on dirait son visage sur le point de se fendre en deux. Puis il se tourne vers moi, presque au ralenti, s'approche et glisse un bras autour de ma taille, m'attirant dans un câlin et enfouissant le visage dans mes cheveux. Je hoquette. D'accord, on est proches. Assez. On traîne ensemble, surtout dans les avions et les halls d'hôtels, mais rien de plus. Il n'y a pas entre nous cette amitié forte qui relie les âmes. Pas de lien. Du coup, son geste sort de nulle part. Toujours prête à faire plaisir, j'affiche un sourire rassurant et me joins aux applaudissements dans le cercle d'amateurs qui s'est formé autour d'Alex, négligeant poliment les avances de Lucas.

– C'était génial, non ?

De nouveau, Lucas me serre contre son épaule. Je lui accorde un « hm-hm » en guise de réponse, mais mon sourire vacille. Contrairement au rire d'Alex, qui balaie des yeux les gens qui l'entourent. La lueur juvénile qui brille dans ses prunelles noisette provoque une envolée de papillons dans mon ventre, surtout quand sa tête pivote au ralenti jusqu'à ce qu'il pose les yeux sur le bras de Lucas autour de mes épaules.

Là, le sourire tombe.

Et mon cœur aussi. Directement dans ma culotte.

Vilain cœur.

Traître de cœur.

Faible cœur.

– Stardust, aboie-t-il.

J'ignore pourquoi l'énoncé de ce surnom me pousse à rougir, mais voilà. Je déglutis avec peine et fais mine d'écarter mes cheveux de mon visage quand, en réalité, je me cache du monde.

– Oui, quoi ?

– Viens par ici une seconde, j'ai besoin de toi.

Je me détache de Lucas pour rejoindre Alex, sans un regard à l'attention des nombreuses personnes qui se trouvent là. Pour la plupart, je ne vois même pas leur visage au départ, ce qui devient de plus en plus un problème en présence d'Alex. Il me surprend en me prenant par la main pour m'entraîner à travers le labyrinthe obscur des loges. Je ne lui demande pas où on va. S'il se nourrit de ma peur et de mes hésitations, pas question de lui donner quoi que ce soit dont je ne sois pas prête à me séparer. Comme ma dignité. Alex Winslow est un homme aux deux visages. L'un d'eux est le diable froid et sans cœur qu'il m'offre en ce moment. L'autre, c'est sa version joueuse et détendue. Celui avec qui j'ai passé un moment à la laverie automatique. Inutile de préciser que les deux versions sont imprévisibles et je fais bien de me montrer prudente.

Nous nous immobilisons au bout du couloir, à l'opposé des loges. Un petit balcon surplombe la foule des fans hurlantes, dont la plupart restent dans les parages, poussées par l'espoir de le voir, les yeux rivés à la scène. Elles supplient, elles veulent, elles espèrent que leur star sortira et leur offrira peut-être une ultime chanson. Encore un peu de sa magnificence. Alex me conduit près des barricades de métal noir, jusqu'à ce que nous nous retrouvions dans l'obscurité totale, protégés de la lumière derrière les énormes projecteurs dirigés vers la scène.

Seuls.

Dans le noir.

La fraîcheur de l'air de Tokyo nous caresse la peau. Alex plaque une main dans le creux de mon dos, me collant si fort aux barrières que le métal froid s'enfonce dans mon ventre. Il se faufile derrière moi, le souffle court et chaud contre mon oreille. Son torse est toujours nu et il est chaud, doux et dur de partout. Je brûle de le sentir, de le sentir vraiment.

– Je t'ai dit de rester loin de Waitrose.

– Et moi, je vous ai dit que je ferai ce que bon me semble dans ma vie privée, je chuchote en réponse.

Nous avons toujours les yeux braqués vers les fans hurlantes en contrebas.

– Tu vas me causer des problèmes ?

– Moi ?

Je halète. Une sorte d'énergie flotte entre nous. Ma peau me picote, frémit, comme mue par le besoin de sortir de mes vêtements pour sentir sa peau à lui, question de vie ou de mort.

– Pourquoi ? je reprends. Je croyais que j'étais juste un amusement.

Je lui renvoie les mots qu'il a sortis à Jenna la première fois qu'on s'est rencontrés. Non, je n'ai pas oublié. Et oui, ça fait encore mal. Mais pas tout à fait autant que d'être aussi terriblement pauvre.

Il ricane, son souffle me chatouille la peau, son nez fourré dans mon cou.

– Tu es un amusement agréable. Comme le foot.

– On verra si vous me trouvez encore agréable, quand je vous flanquerai un coup de genou dans les parties, je marmonne.

– Hmm.

– Hmm ?

– Je t'imaginais juste en train de les caresser pendant que tu me ferais une gâterie.

– Ça n'arrivera pas.

Je me déplace, l'entrejambe vrillé par un désir douloureux.

– Ah non ?

– Non.

– Aide-moi à la choisir, dans ce cas, fait-il de sa voix rauque.

Ses lèvres remontent de mon épaule à ma mâchoire. Je le laisse faire. Je le laisse me toucher malgré tout ce que je sais. Qu'il est accro à la drogue, rockstar et trou du cul. Qu'il est amoureux d'une fille du nom de Fallon qui lui a brisé le cœur et qu'il n'a jamais vraiment réussi à recoller les morceaux. Que son cœur brisé signifie qu'il ne saura plus jamais aimer, pas de la manière dont je mérite de l'être et donc qu'il n'est rien de plus qu'une peinture. Un bel objet qui n'a aucune utilité.

– Choisir qui ? je demande, la voix rauque.

– La fille que je vais baiser ce soir, tout en m'imaginant que c'est toi.

Le sarcasme du ton est altéré par une légère inflexion. Les yeux écarquillés, je les détaille, là en bas. Mes compétitrices. Toutes jeunes, jolies et volontaires. J'ai envie de me retourner et de lui envoyer une gifle en plein visage, mais ce serait lui révéler que ce qu'il dit m'affecte, or je ne veux pas qu'il le sache.

Lentement, je passe la paume sur la rampe, souriant dans le vide. Il me considère comme un amusement, ça signifie donc qu'il y aura un gagnant et un perdant à notre petit match.

– Les soirs de concert ne sont pas censés être des soirs de couloir ? Vous me plaquez pour un rencard, Winslow ?

Il reste muet quelques secondes et mon cœur s'emballe, avant de me faire pivoter, d'une main posée sur ma taille. On se dévisage, les yeux dans les yeux. En dessous, les fans s'agitent, crient et huent, pourtant on se croirait seuls.

– Tu baises avec lui ?

Il m'enfonce un pouce dans le ventre.

– Si c'est le cas, vous seriez de toute façon la dernière personne à qui je le confierais. (Je m'écarte d'un pas.) Je vais y aller, maintenant.

Il me rattrape par le coude, me retourne. Ma poitrine s'écrase contre la sienne, sa sueur désormais froide imprègne le tissu de ma robe.

– Lucas est un gentil. Mais ce n'est pas lui que tu veux.

– Parce que ce serait vous, c'est ça ? Vous êtes amoureux de quelqu'un d'autre, j'ajoute avec un rire amer.

– Je n'ai jamais parlé de t'aimer, Stardust. En revanche, pour ce qui est de te baiser…

– Eh bien, présenté comme ça…

Je lève les yeux au ciel et m'éloigne dans le couloir bondé. Il me suit, sans pourtant me rattraper, restant volontairement derrière moi. Je suis sa proie.

– Elle, je l'entends dire.

Je tourne vivement la tête dans sa direction, les sourcils froncés. Je ne lui arrive pas à la cheville, en matière de jeux stupides.

– Elle quoi ? Arrêtez de parler en messages codés, Alex.

– Il n'y a pas de code. Suis mon doigt. Elle. Je vais la baiser ce soir.

Son index est pointé vers une jolie brune qui se tient près d'un distributeur automatique, un bloc-notes collé contre sa poitrine et un téléphone à son oreille. Elle porte un jean moulant, un tee-shirt sans manches « Alex Winslow » et tout dans son air et son attitude est délicieusement sordide. Chaque mouvement, chaque courbe de son corps, destinés à séduire.

Je prends une profonde inspiration en tâchant de ne pas perdre mon sang-froid. C'est dur, avec Alex qui cherche à me provoquer à tout instant.

Pense à Ziggy.

Pense à Craig.

Pense à la belle vie.

– *Mazel tov*. Vous voulez que je vous tienne la main pendant vos ébats ?

– D'un point de vue logistique, ce serait trop compliqué, mais merci de proposer. Va juste lui faire signer un contrat de confidentialité avant que je la récupère. Je ne baise plus sans ça depuis le Bitegate.

Il allume une cigarette et nous tourne le dos, à sa future conquête et à moi, pour se diriger tranquillement vers les garçons. Mon visage tout entier s'enflamme sous l'effet de la colère.

Je prends plusieurs longues inspirations pour me calmer avant de le suivre.

– Vous voulez que j'aille la voir pour lui demander de signer un accord de confidentialité avant que vous fassiez l'amour avec elle ? Et vous ne l'avez même pas approchée ?

Je me cale sur son pas. Non, mais je rêve. Si c'est ainsi qu'Alex se comporte quand il est parfaitement sobre, je n'ose même pas penser à ce que Blake et compagnie ont dû subir quand il était rond comme un ballon.

– Exact.

– Qu'est-ce qui vous fait penser qu'elle sera d'accord ?

Il me tapote le nez de sa main qui tient la cigarette, sourire narquois aux lèvres, comme si j'étais la créature la plus simplette au monde.

– Trop mignonne, Stardust. Contente-toi de faire ce que je te dis. On retourne à l'hôtel dans dix minutes.

Et il s'en va.

Je ne suis pas son assistante. Je suis sa compagne de sobriété. L'idée me traverse que je ne suis pas obligée de l'aider à draguer. Mieux encore, il me semble préférable de m'en abstenir. C'est vrai, quoi, le courant électrique qui parcourt mon corps en ce moment est sans équivoque. Je suis jalouse au-delà des mots, de toute croyance et de toute logique. Enfin, c'est peut-être aussi pourquoi j'ai besoin de lâcher et d'obtempérer.

Besoin de lui montrer que je m'en fiche.

Besoin de *me* montrer que je m'en fiche.

Nous sommes à la fin de la première semaine d'une tournée de trois mois et il a déjà affirmé son intention de me mettre dans son lit et de chambouler ma vie. Je ne peux pas lui accorder ce pouvoir sur moi. Je dois penser à ma famille et à mon avenir. Ils sont plus importants que n'importe quel bel Anglais avec des yeux comme des lingots d'or fondu et un sourire dévastateur.

Je m'éclaircis la gorge, redresse les épaules et me dirige vers la fille. À chaque pas, je prie en silence pour qu'elle soit comme moi. Méfiante et rationnelle. Qu'elle me rie au nez et m'envoie balader. Qu'elle rougisse, aille trouver Alex Winslow elle-même pour lui donner, au nom du féminisme et du respect de la personne, la gifle qu'il mérite. Je m'arrête à peu près à trente centimètres d'elle, lui tape sur l'épaule afin d'attirer son attention. Elle se retourne, m'adressant un regard, mélange de surprise et d'agacement entre les plis de ses sourcils froncés.

– Salut.

Je lui souris, ravalant ma nervosité. Chaque muscle de mon visage doit me trahir et je dois donner l'impression d'être au minimum légèrement psychotique.

– Je travaille pour Alex Winslow. Il m'envoie parce qu'il a envie de… (*me rendre dingue*) passer la nuit avec vous. Alors je viens vous demander si ça vous plairait et, au cas où, si vous accepteriez de signer un contrat de confidentialité.

Je ne sais même pas comment je vais me débrouiller pour en dégoter un, mais mon intuition me souffle que Blake doit avoir ce genre de paperasses à portée de main. Il a de la jugeote, en matière juridique. En y songeant, il a de la jugeote tout court.

Le froncement de sourcils disparaît sur le visage de la fille, remplacé par un nez plissé par l'incrédulité.

Ouais, je sais. Quel connard. Dis juste « non », qu'on puisse faire comme si ça n'était jamais arrivé.

– Alex Winslow veut passer la nuit avec moi ?

– On dirait bien, oui.

Je la déteste de ne pas rejeter l'idée direct, je le déteste, lui, de m'avoir envoyée au charbon, mais par-dessus tout, je me déteste d'avoir été assez stupide pour m'acquitter de la tâche afin de prouver je ne sais quoi à je ne sais qui.

– Je ne vous crois pas.

Je me retourne, agite la main en direction des garçons pour attirer leur attention. Tous pivotent pour me regarder. Lucas a l'air peiné, Blake fatigué. Alex arbore son sourire arrogant de loup et une main levée dans un petit salut.

J'espère qu'elle a une MST. J'espère qu'elle a toutes les MST connues de l'homme, plus quelques-unes qu'elle aura créées personnellement.

– Vous voyez ? je lance en me retournant vers la dame en question. Il est d'accord.

– Oh, mon Dieu. Ben moi aussi, alors ! Enfin, je veux bien jeter un œil à son contrat, mais…

Elle a un accent australien. Soudain, je la contemple de la tête aux pieds, absorbant chaque détail. Sa somptueuse chevelure noire. Ses yeux sombres, félins. Son nombril percé et sa peau de Blanche-Neige. Ma pauvre petite personne moyenne, yeux ronds, taches de rousseur, déteste chaque millimètre de cette fille. Et ça me fait culpabiliser.

Mais je parviens à accrocher un sourire à mes lèvres.

– Fantastique. Je reviens tout de suite, ne bougez pas.

Sur quoi je retourne, brave petit soldat, auprès des garçons, ajoutant un sautillement volontaire à mes pas. Il veut jouer ? On va jouer tous les deux. Je n'ai peut-être pas beaucoup d'expérience, ni des millions de fans, ni des milliards de dollars, mais je suis bonne. Je suis forte. Et j'ai de la valeur. Et oui, je suis tout à fait son égale.

– Elle est OK, j'annonce en attrapant une bouteille d'eau sur la longue table de rafraîchissements derrière eux.

Je dévisse le bouchon, prends une lente gorgée et m'adresse à Blake.

– Vous pouvez lui fournir un contrat de confidentialité ? Elle a dit qu'elle souhaitait y jeter un coup d'œil, même si vu le temps qu'elle a pris pour dire « oui », je dirais qu'elle va le lire en diagonale.

– Eh bien, eh bien, lâche Blake, les sourcils haussés jusqu'à la racine des cheveux. Pas étonnant que Jenna t'apprécie, Blue. Tu as une sacrée paire de couilles bien poilues.

– Je ne sais pas pour Jenna, mais moi, je suis adepte de l'épilation intégrale.

Je ponctue ma phrase d'un clin d'œil qui fait rire les gars, tandis que Blake se dirige vers la fille, un contrat à la main. C'est la première fois qu'il m'appelle Blue et, même si l'instant me fait l'effet d'une fin du monde, je le ressens aussi comme le début de quelque chose. Comme une acceptation.

Quand je dis que les gars rient, la remarque ne prend pas Alex en ligne de compte. Il a les yeux rivés sur mon front au point d'y percer deux trous, un regard de tueur : un tueur qui me viserait en priorité.

Lucas s'approche de moi, effleurant mon épaule de la sienne.

– T'es vraiment une nana cool, tu le sais, ça ?

Alex attrape la bouteille d'eau que j'ai ouverte et reposée sur la table. Il la vide en entier.

– Chiffe molle.

– Pardon ? je demande, m'efforçant de conserver mon calme.

Alex pivote juste ce qu'il faut vers moi, un sourire mauvais aux lèvres.

– J'ai dit que tu étais une chiffe molle. Tu as fait ce que je t'ai commandé de faire, sans protester, sans essayer de sauver la face.

Je cligne rapidement des paupières, prenant énormément sur moi pour ne pas lui hurler au visage. Sale type !

– Sauver la face ? Je n'ai pas besoin de sauver la face, moi. Vous vouliez que je vous branche, je l'ai fait. Vous êtes déçu que je n'aie pas essayé de vous tenir tête ? Eh bien, vous savez quoi ? Je ne suis pas ces filles, vos fans. Ces femmes qui ont des étoiles dans les yeux. Quand je vous regarde… (J'avance d'un pas vers lui et il avance d'un pas aussi, alors on se retrouve trop proches, trop intimes à la fois. Ça ne va pas.) Quand je vous regarde, je vois un truc cassé qui ne vaut pas la peine d'être réparé. Et vous, vous me regardez comme si je n'étais que de la pacotille qui remplace l'objet de valeur qu'on vous a volé. Vous voyez, on est des vases. Vous êtes celui dont les morceaux sont éparpillés au sol, impossibles à recoller. Alors je vais laisser quelqu'un d'autre vous ramasser. C'est aussi simple que ça. Amusez-vous bien avec votre pot de colle temporaire.

Je balaie la pièce du regard pour y trouver la fille mystère, gloussant déjà pendant qu'elle signe le contrat qu'elle a plaqué contre le dos de Blake, lequel tape des SMS sur son portable pour tuer l'ennui. Alex affiche un sourire toxique, plisse les paupières sur ses yeux encore braqués sur moi, avant de les détourner pour se diriger vers elle.

– Félicitation, Amusement. Tu viens d'être promue au grade de Guerrière.

*

Cette nuit-là, je les ai entendus de l'autre côté du mur.

Leurs mains. Fouillant. Sentant. Cherchant. Trouvant.

Leurs pas dans le couloir. Notre couloir. Juste devant ma porte.

Trébuchant. Pouffant. Chuchotant, à bout de souffle.

Arrête, mon cœur.

Reste calme, mon cœur.

Bats-toi, mon cœur.

Elle s'appelle Gina.

Je le sais, parce qu'il s'est penché pour lui laisser renifler son cou et qu'elle a affirmé qu'il avait l'odeur la plus mâle qu'elle ait jamais sentie. N'importe quoi.

– Gina, chuchote-t-il d'une voix gutturale, comme si son nom était un vilain petit secret.

Je les ai épiés par le trou de ma serrure, chaque os de mon corps tremblant de rage. Et immédiatement, je me suis mise à haïr toutes les Gina du monde.

– Darlin', si seulement tu savais.

Darlin'. Il a laissé tomber le « g ». Comme Gina.

Je suis tellement focalisée sur leur instant d'intimité que j'en ai du mal à respirer.

– Oh, j'ai vu, pouffe-t-elle, d'une voix brûlante et parfaite contre sa peau, rien à voir avec ma voix haut perchée. Ta queue est partout sur le Net, Alex.

À ça, il ne répond rien.

Il s'arrête devant ma porte, sort son chewing-gum mâché de sa bouche, y colle un petit morceau de papier, qu'il plaque contre l'œilleton.

Puis j'entends sa porte s'ouvrir.

Puis j'entends sa porte se refermer.

J'ouvre la mienne en vitesse, glissant le bras pour arracher le mot qu'il m'a laissé.

TU ES LA COLLE.

Je me retourne, baisse les paupières et cogne ma tête contre le battant.

Trois.

Deux.

Un.

*

ALEX

Trois.

Deux.

Un.

Le son est faible, mais il est bel et bien là. L'exaspération de son geste allume quelque chose en moi. Je ressens sa douleur. J'en ai le goût sur les lèvres et je la savoure comme du miel chaud sur ma langue.

Je souris en embrassant T'es-qui-toi. Mon outil, mon conteneur, mon appât. Mon support pour cette leçon.

Enfin, Stardust commence à comprendre.

Ça.

Nous.

On baisera. Les cognements de sa tête contre la porte m'en offrent la certitude. Lucas va payer.

Il va payer d'avoir donné à Will les clés de mon appartement pendant que j'étais en tournée et que Fallon a fait une overdose. De l'avoir trouvée.

Lucas va payer pour avoir donné à Fallon le numéro de téléphone de Will quand elle le lui a demandé, afin de le remercier de s'être précipité à sa rescousse. Payer pour les avoir aidés à passer sous le radar aux Grammy il y a trois ans, quand elle était à mon bras, mais a fini la soirée avec Will dans les toilettes.

Payer pour toutes ces choses à l'aide du bien le plus précieux, qu'aucun argent ne peut acheter.

Oui, Lucas va payer pour tout ça avec son cœur.

CHAPITRE 12

INDIE

Indie : Y a quelqu'un?

Jenna : Oui. C'est le milieu de la nuit
pour toi, qu'est-ce qui se passe ?

Indie : Rien. Désolée. Juste
une question pour l'avenir :
Alex a-t-il le droit de ramener des filles
dans sa chambre ? Vu qu'ils pourraient
prendre de l'alcool ou de la drogue,
je veux dire…

Jenna : Ils pourraient,
mais ils ne le feront probablement pas.
Oui, il a le droit.

Jenna : Ce n'est peut-être pas
tout à fait ce que tu voulais lire,
Indigo ?

Indie : Aucun souci. Je tenais
juste à être sûre.

Jenna : Tu lui as parlé,
pour la chanson de dix minutes ?

Indie : Oui, il la garde. Le public
l'a adorée, aujourd'hui. Ils sont
devenus quasi dingues. Il a aussi écrit
un morceau politique.

Jenna : Ben voyons.

Indie : Qui est génial, en fait.

Jenna : Génial, ça ne mène nulle part
dans l'industrie du disque. Il lui faut
de l'accrocheur. Et du rapide. Les gens
NFP les chansons de trois minutes.

Indie : NFP ?

Jenna : Ne. Finissent. Pas.
Comment ça se passe,
entre vous deux ?

Tu as combien de temps devant toi ?

Indie : Ben il n'essaie plus
de se débarrasser activement de moi.

Jenna : Et Blake ? Vous êtes
sur la même longueur d'ondes, lui et toi ?

Indie : Moi ça va. Et vous,
ça baigne avec lui ?

Jenna : Tu viens de me poser
cette question ou je rêve ?

Indie : Ouais.

Je n'ai rien à perdre. Jenna a besoin de moi. En plus, ce n'est pas comme s'ils se cachaient vraiment d'être ensemble.

Jenna : Entre Blake et moi,
c'est compliqué. Bon, j'ai des contrats
à réviser. Tiens-moi au courant.

Hudson : :-O

*

Singapour

Je passe le vol recroquevillée sur la banquette près du hublot, sur Skype avec Nat et Ziggy.

Alex porte ses Wayfarer et un sweat-shirt à capuche noir. Les bras croisés sur le torse, il est allongé sur un canapé, endormi. Il a des écouteurs aux oreilles et, alors même qu'il est tout habillé, c'est la version la plus approchante d'une vidéo porno à destination des femmes. J'essaie de me répéter que c'est une bonne chose, sa nuit avec Gina. Ça clarifie notre relation à nous et, plus important, notre non-relation.

– Il est rentré au milieu de la nuit.

Nat frotte ses yeux rougis tout en faisant sauter Ziggy sur sa cuisse. Ses cheveux sont tout emmêlés.

– Saoul comme un cochon et puant le vomi. Il a dit qu'il avait passé la journée à chercher le tueur. À frapper aux portes. À hurler sur les gens. Tu te rends compte de la dinguerie du truc ? Il a besoin d'aide, Indie. Et vite.

Elle a raison, bien sûr. Je commence à croire qu'il faut à mon frère bien plus qu'un travail. Une désintox. Avec l'argent que je gagne, on aura les moyens de l'envoyer dans un bon institut. Une motivation supplémentaire pour moi de rester sur la tournée et de tolérer Alex. Je m'éclaircis la gorge et jette un coup d'œil de côté afin de m'assurer que personne ne m'écoute.

– Deux mois et demi, je la rassure. Accroche-toi, Nat. Je te promets que je vais le remettre sur pieds quand je reviendrai.

– J'ai l'impression qu'il n'est plus la même personne. Enfin, je comprends, il souffre encore. Mais… j'ai épousé un étranger. J'ai eu un bébé avec un étranger. Je le regarde et je ne vois plus le garçon qui est venu jouer la sérénade sous ma fenêtre. Je ne vois plus qu'un fainéant qui ne souhaite pas aller mieux. Un fainéant que mon amoureux détesterait.

J'ouvre la bouche pour répondre, quand l'hôtesse entre discrètement, en uniforme bleu layette en satin. Elle affiche le plus beau sourire commercial que j'aie vu depuis des années.

– Messieurs, mademoiselle Bellamy, nous nous préparons à l'atterrissage. Merci de bien vouloir boucler vos ceintures.

– Il faut que je coupe la communication.

Je plisse le nez, navrée de devoir arrêter notre conversation prématurément. Nat a l'air plus vieille, à croire que ses dernières nuits ont été aussi longues que des années.

– Au moins, dis-moi que tu t'amuses, là-bas ? Ça me remonterait le moral.

– Mais oui, je souris. C'est super.

– Tu as réussi à apercevoir la saucisse d'une certaine rockstar ?

Elle remplace son froncement de sourcils exaspéré par une grimace pleine d'espoir.

Oh, là là.

La bouche sensuelle d'Alex tressaute dans son soi-disant sommeil. J'ai le visage en feu jusqu'à la racine des cheveux et la rougeur doit bien me descendre jusqu'à la pointe des orteils. Elle ne pouvait pas savoir qu'il était là. Tout est silencieux dans l'avion, où chacun fait la sieste ou bien regarde un film.

– Non, je réponds.

– Si, annonce-t-il en même temps depuis sa place sur le canapé.

Il jette ses lunettes de soleil sur une tablette à proximité, avant de se lever et de s'avancer vers moi, félin en chasse, son sourire je-m'en-foutiste bien en place. Mon cœur refait ce truc, où il désobéit à mon esprit et essaie de sauter dans les mains d'Alex.

Bon sang, mais il cherche quoi, Winslow ?

– Oh ça, pour voir ma queue, elle l'a vue.

Il se laisse tomber sur la causeuse près de moi, annonçant la nouvelle comme s'il s'agissait d'une affaire d'importance internationale. Son bras se faufile derrière moi, son menton est presque posé sur mon épaule.

– Et elle l'a bien regardée, je peux vous dire. Longtemps. Ce qui m'a poussé à lui demander combien elle en avait vues dans la vraie vie, question à laquelle je n'ai toujours pas obtenu de réponse. Vous pourriez peut-être m'éclairer ? Trop mignon, le gosse.

La mâchoire de Natasha se décroche et, si Ziggy n'avait pas réussi à échapper à son étreinte pour filer vers la cuisine, elle serait encore là à fixer son écran, et Alex, jusqu'à ce qu'on se pose sur le sol américain.

– Vous êtes superbe en vrai, souffle-t-elle, les yeux comme des soucoupes.

– Bon, c'est pas exactement la vraie vie, d'un point de vue technique, mais j'accepte le compliment. (Ses larges épaules musclées frôlent les miennes et je m'écarte de lui en grimaçant.) J'essaie de convaincre Indie de se détendre avec moi. Comment je peux faire, selon vous ?

Tu essaies de me mettre dans ton lit, je brûle de corriger. *Alors je te donne un premier indice : ne me demande pas de te rencarder avec une fille prise au hasard et répondant au prénom de Gina.*

– Elle aime bien le vélo.

Le sourire de Nat est sinistre et doux en même temps, j'ai envie d'être comme elle : à la fois dangereuse et sans prétention.

– Elle pédalerait toute la journée, si elle pouvait. Vous pouvez commencer par là, suggère-t-elle à Alex.

Il hoche la tête.

– Bonne idée, Natasha.

– Oh, waouh. Vous connaissez mon nom.

– Je fais attention à ce qu'elle raconte.

Il a enfilé son masque de charmeur. Génial. Personne ne sait lui résister, dans ce cas-là. Pas plus ma belle-sœur que les autres.

– C'est un homme à garder, me souffle-t-elle avant d'éteindre la caméra.

Je secoue la tête. Alex est tout l'opposé d'un homme à garder. C'est au contraire le gars dont je suis certaine qu'il va se tirer. Je referme l'ordinateur portable, le cœur battant dans la gorge. Il se penche vers moi, les lèvres proches de ma clavicule.

– Je vais t'avoir, chuchote-t-il. Ma glu.

Les yeux me brûlent et je les garde fixés droit devant, en direction des boucles blondes d'Alfie, occupé sur sa console Nintendo.

Pour la première fois depuis longtemps, je sens que je me suis fourrée dans un sacré pétrin.

Quelque chose que je suis incapable de contrôler.

Parce qu'Alex Winslow est un vase brisé.

Et moi, je ne suis pas sa glu. Je suis l'imbécile de femme de ménage qui va ramasser les morceaux et, inévitablement, se couper.

*

À la minute où j'entre dans ma chambre d'hôtel, je me mets à faire les cent pas. Les doigts noués derrière le dos, je marche en rond. Mes membres me semblent différents. Plus courts, plus lourds, plus tendus. C'est dû au manque d'exercice physique et à toute cette junk food, j'en conclus. Je n'ai plus refait de vélo depuis le début de la tournée, sans compter qu'Alex a un faible pour les sandwichs des stations-service et la nourriture de rue, ce qui nous prive de repas décents et donc nous oblige à manger mal ou trop riche, aux fast-foods ou via le room service la plupart du temps.

Tête basse, je mordille ma lèvre. Être si loin de la maison me fait l'effet d'une trahison. La culpabilité me ronge de ne pas être en mesure d'aider Nat avec Ziggy, au moment où elle en a le plus besoin. Mais ce qui m'horrifie par-dessus tout, c'est de constater que je me préoccupe de la vie privée d'Alex Winslow, quand il y a tellement en jeu par ailleurs.

Un coup frappé à ma porte me fait relever brusquement la tête. Toutes les chambres d'hôtel que j'ai fréquentées jusqu'à présent sont différentes : certaines lumineuses et d'autres sombres, meublées dans un style classique ou contemporain, mais elles ont en commun de ne jamais offrir de véritable intimité. Cette chambre-ci a des murs pêche, des plafonds hauts et des draps couleur or. C'est d'un luxe sans nom, du genre que l'on pourrait copier-coller dans un catalogue de mariage. Hélas, je ne peux pas en profiter pleinement quand les êtres qui me sont chers souffrent à deux continents d'ici.

Autre coup à la porte, plus fort cette fois.

– Oui, oui, j'arrive.

Je me dirige vers l'entrée, toujours vêtue de ma robe à motifs écossais noir et blanc, l'une des premières que je me sois confectionnées. Mes cheveux sont en pagaille, mes yeux rougis. J'ouvre d'un coup sec. Alex se tient sur le seuil.

Il s'est changé, ne porte plus son habituelle tenue d'avion, mais un jean skinny et un tee-shirt Smiths.

Il est délicieux.

Il est aussi l'homme qui a couché avec une autre la nuit dernière, mademoiselle Dingo.

– Qu'est-ce que vous voulez, Winslow ?

Je vais droit au but, n'ayant ni l'envie ni le besoin de me montrer polie avec lui. Il ne devrait même pas se balader seul. Où est donc Blake ?

– Stardust…

Il fait rouler mon surnom sur sa langue, son accent britannique tranchant entre les lettres.

– À quoi dois-je ce plaisir douteux ? Et surtout, à qui ai-je l'honneur de parler ? À l'Alex charmant et joueur d'aujourd'hui ou au connard qui m'a obligée à draguer pour lui hier soir ?

Je hausse un sourcil et ramasse mes cheveux en un vague chignon sur le haut de mon crâne.

– Ravi que nous soyons enfin tombés d'accord sur le fait que je suis charmant.

– Parfois, quand vous faites des efforts. Notez la différence.

– Mais ça fonctionne ?

– Pas vraiment, je mens.

– Recluse derrière tes murs et n'attendant que d'être décongelée. C'est tout toi. (Il m'attrape par la main et me tire hors de la chambre d'un mouvement preste.) Tu es comme un délicieux caramel enveloppé d'un emballage tout fin. C'est pénible d'enlever toutes les couches qui te recouvrent, mais ce qui m'attend à l'intérieur est trop bon pour que je renonce. Je vais les exploser tes murs, les réduire en poussière. Ça va te prendre des années pour les reconstruire, mais je ne serai plus là, alors peu importe.

J'enfonce les pieds dans le sol moquetté, jette un regard à la ronde. Il a un concert dans six heures. Il va sans doute tenter quelques galipettes vite fait entre deux portes. Il m'entraîne dans le couloir et je traîne des pieds comme s'il m'emmenait droit vers l'entrée des enfers. Pourtant, je ne peux pas faire demi-tour et le planter au milieu du couloir, seul et dangereusement libre de faire ce qui lui plaît. En plus, une surprise m'attend au bout de ce voyage et je brûle de la découvrir. Alex plaque sa paume ouverte contre le bouton de l'ascenseur et se tourne vers moi. Il m'envahit de tout son corps. Je recule. Il avance. Un tango auquel je commence à m'habituer.

– Où est Blake ? Qu'est-ce que vous faites là ?

Je plisse les paupières.

– Je l'ai enchaîné à mon matelas et cloué à la tête de lit.

– Il sait que vous êtes avec moi ? je réplique, ignorant sa blague idiote.

Il relève les sourcils, moqueur. Cette expression particulière me rend dingue. Car elle me rabaisse au rang de gentille petite baby-sitter qui vient de terminer un collier de nouilles et de le lui montrer.

– OK, on va mettre une petite chose au point : Blake, c'est moi qui le paie. Waitrose, c'est moi qui le paie. Alfie, c'est un gros dégueulasse que je paie aussi. Comme toi. Tu es sous mes ordres. Or, en ce moment, j'ai envie d'être avec toi. Alors je suis avec toi. C'est aussi simple que ça, vois-tu.

J'ouvre la bouche pour rétorquer quelque chose qui me ferait mal au cœur et réussirait à le repousser, mais l'ascenseur tinte et Alex m'attire à l'intérieur par la fine ceinture de ma robe pour me coller le dos à la paroi. Il s'adosse au mur opposé et voilà comment on se toise, tels deux adversaires dans un jeu extrêmement tordu.

Pour la première fois, il semble remarquer à quel point mes yeux sont rouges. Il plisse les paupières.

– Qu'est-ce qui te préoccupe ?

– Mon frère fait des siennes, à la maison. Ça m'inquiète. Natasha s'occupe plus ou moins de Ziggy toute seule, en plus elle travaille à plein temps et…

Et je m'épanche. Je détourne les yeux vers les parois couleur ébène et les miroirs qui nous entourent.

Alex ne dit rien, ce dont je lui suis reconnaissante. Je n'ai pas besoin de paroles d'encouragement ineptes. Je connais ma situation, je ne m'en cache pas et je travaille à la régler. Les portes de l'ascenseur s'ouvrent et nous sortons. Alex me dirige vers le couloir derrière le hall d'accueil, pas l'entrée de l'hôtel, et nous empruntons un passage sombre qui conduit au parking souterrain. Je ne dis rien, mais ressens tout. Quand enfin il s'immobilise, je lève les yeux du sol pour découvrir deux vélos de ville bleus. Mes sourcils remontent sur mon front, d'eux-mêmes.

– Des vélos, je souffle.

– Finement observé, ironise-t-il.

Je vous jure, ces Anglais, ils sont nés avec plus de sarcasme dans leurs veines que de sang.

Je lui donne une petite tape sur l'épaule en riant, trop soulagée pour m'énerver contre lui. Je cours vers une bicyclette et passe ma jambe par-dessus la selle, serrant les poignées contre mes paumes. Elles sont différentes de celles de mon vélo à moi. Le siège est plus haut que ce à quoi je suis habituée et le tissu, plus épais, pas aussi élimé que celui de ma selle. Je presse le frein, effectuant un dérapage contrôlé dans le parking souterrain, chaud et humide. Et presque vide.

– Je pourrais faire du vélo ici et lâcher un peu de pression.

J'ai exprimé mes pensées à haute voix. Il se tient toujours près de l'autre vélo, à me contempler.

– Ou alors… (Sa voix est particulièrement dégelée.) Tu peux bouger tes petites fesses et en faire dehors.

Tout en parlant, il appuie sur un bouton dans le mur de béton derrière lui et le portail métallique du parking remonte, laissant filtrer la lumière centimètre après centimètre. J'écarquille les yeux face aux gratte-ciels et à l'immense port, éblouissant, qui s'offrent à mes yeux. J'en ai le souffle coupé. Je découvre les eaux clapotantes du Merlion, le complexe intégré de Marina Bay et l'incroyable paysage stylisé de la ville. Avant que j'aie eu le temps de réagir, le coude d'Alex vient toucher le mien ; il est sur sa bicyclette, à mes côtés.

– Pas de casque ?

Malgré moi, j'arbore un large sourire. Coureur de jupons ou non, parcourir une ville à vélo me manque. Et puis, ce n'est qu'une petite virée. Pas une déclaration d'amour.

– J'aime vivre sur le fil du rasoir.

Il humecte sa lèvre inférieure.

– J'aime vivre en sécurité à l'intérieur des lignes, je rétorque.

– C'est la solution de confort, mais rien ne s'y produit jamais.

Nous traversons Merlion Park. Il a mis ses lunettes de soleil et la même casquette Burberry qu'il portait à la laverie automatique. Du coup, personne ne pourrait deviner qu'il est Alex Winslow, l'homme qui tient les paparazzis éveillés la nuit. Le ciel est gris, l'air dense et humide. Une météo qui m'évoque l'apocalypse, ce qui est peut-être approprié, vu le nombre de murs qu'il a détruits autour de moi aujourd'hui.

Tout est propre et inconnu. J'ai beau être une cycliste expérimentée, il a les jambes plus longues que moi et l'énergie pour rester à ma hauteur. Nous pédalons en silence pendant quarante minutes avant qu'il désigne d'un geste de la tête un petit salon de thé sur le trajet de notre promenade.

– Soif.

C'est une affirmation, pas une question.

Je hoche la tête et nous bifurquons tous les deux pour aller appuyer nos vélos devant le petit établissement. Nous sommes sur le point d'entrer, sauf qu'il hésite, jette un coup d'œil aux tables occupées en terrasse et lâche un grognement.

– Va commander, je t'attends ici.

Sur quoi, il repasse une longue jambe par-dessus la selle et s'éloigne en direction de l'océan saphir.

Je m'approche du comptoir, réjouie à l'idée que, contrairement à lui, je puisse le faire. J'ignore ce que je ressentirais, si je ne pouvais même pas me commander un café ou un sandwich sans craindre d'être assaillie ou photographiée.

Je commande deux cafés, deux bouteilles d'eau et une pâtisserie que nous pourrons partager. Quand je me retourne, je le vois, toujours sur son vélo, qui jette dans l'eau paisible des petits cailloux piochés au creux de son poing. Il a l'air… heureux. Comme s'il n'était pas habitué à faire quelque chose d'aussi banal et tranquille.

Il me sourit quand je retourne auprès de lui et remonte sur mon vélo. Mon cœur manque de se précipiter sur lui comme une groupie ridicule lancerait sa culotte. Ce cœur, il commence à me peser. Si seulement je pouvais être opérée et le faire retirer en restant en vie. Je lui tends son café et son eau, porte mon gobelet à mes lèvres.

– À quoi tu penses, là, tout de suite ? me demande Alex, les yeux toujours rivés sur l'eau, comme hypnotisés.

Je me demande pourquoi il veut tout le temps savoir ça. Trouve-t-il réellement de l'inspiration dans ce qui me passe par la tête ? Soudain, une pensée encore plus déprimante me traverse : personne d'autre ne m'a posé cette question depuis des années. Pas depuis la mort de mes parents. Craig et Natasha, ils m'aiment, mais ils sont trop occupés à survivre pour s'occuper de ça. Se sentir aimée et désirée, c'est addictif. Alex me dope. Si tu veux jeter un sort à quelqu'un, donne-lui le sentiment d'être spécial. Ça fera le job.

– Je me demandais… (Je sens le liquide chaud me brûler la langue, mais poursuis sans ciller.)

Pourquoi vous en avez après moi ? Au début, vous vouliez que je décampe et maintenant, vous voulez coucher avec moi.

– Je me suis dit que si je n'arrivais pas à me débarrasser de toi, autant m'amuser.

– Je ne coucherai jamais avec vous.

Je chipote avec ma pâtisserie sans même envisager de la manger. Alex avale une grosse gorgée de café, les yeux toujours tournés vers l'océan.

– Pourquoi ?

– Parce que je ne suis pas assez idiote pour me mettre volontairement dans la position de souffrir.

Il tourne le visage vers moi et, soudain, je n'arrive plus à respirer. Comme tous les génies artistiques, il a un visage expressif. Un peu bizarre. Un peu imparfait. Du genre dont on ne parvient pas à détourner les yeux. Mick Jagger, Steven Tyler, Jimi Hendrix, Keith Richards. Ils ont tous l'air un peu bizarre. Un peu trop espiègle. Avec une bouche trop grande et des yeux trop tombants, un sourire trop large. Le visage d'Alex est comme un super livre. Chaque fois qu'on le regarde, on y voit un truc différent.

– Jamais je ne te ferai de mal. Je te quitterai en douceur. Et toi, tu me quitteras avec joie. Ça, je te le promets.

– Comment pouvez-vous me promettre ça ? Comment peut-on promettre que je ne tomberai pas amoureuse ?

Il lève les yeux de son café, un sourire triste sur les lèvres.

– Disons que je ne suis pas vraiment aimable, une fois qu'on apprend à me connaître. (Silence.) C'est mon mystère qui attire, tu vois.

La pluie s'abat tout à coup sur nous, comme venue de nulle part. Météo tropicale. Manches courtes et paf, le déluge. Il incline la tête de l'autre côté de la promenade.

– Viens, Stardust. La nuit est jeune et pleine de promesses.

Nous roulons jusqu'au parking, dégoulinants et hilares.

Je décide de ne pas poser à Alex Winslow de questions personnelles, histoire de préserver au maximum ma santé mentale.

CHAPITRE 13

ALEX

Encore un concert.

Encore un succès.

Selon les estimations de Blake, le nombre de vues de la vidéo qu'ils ont fait fuiter du Japon est si élevé que celui ou celle qui l'a postée se fait au bas mot vingt mille dollars par jour, rien qu'en publicité.

On ne va pas se mentir, l'écriture d'une super chanson, ça efface un peu l'idée que je me fais de moi comme être humain plein de défauts, et l'espace d'une journée, j'ai même oublié Fallon et Will, ma vengeance et le champagne. Note de bas de page : ce dernier reste quelque part dans un coin de ma tête, en permanence. Je n'aime même pas ça, le champagne. Me saouler, en revanche, c'est une autre histoire.

En sortant de scène, je me suis rué vers les loges, sans me soucier de la queue bordélique de personnel et de célébrités locales qui se pressaient pour obtenir un moment avec moi. J'ai ouvert la porte et me suis écroulé sur Indie, assise sur un canapé argenté, en pleine activité de couture.

– Alex, c'est dégueu ! Ôtez-vous de mes tissus.

Elle a repoussé mon torse, mais j'ai perçu le rire dans sa voix. J'ai grimpé sur elle à la manière d'un singe et l'ai chatouillée sous les bras. Et qui l'eût cru ? Indie Bellamy est chatouilleuse. Elle s'est mise à se tortiller en émettant les sons les plus excitants qui soient, à tel point que j'ai eu envie de lui enfoncer les doigts dans la bouche pour les en sortir, ces petits bruits, et les fourrer dans ma poche.

– Allez, espèce d'homme des cavernes, écartez-vous !

Ce début de gloussement s'est épanoui en gros éclat de rire.

Quelque chose a changé. On a changé. Elle a fondu un peu et moi, j'ai envie de déblayer la glace pour voir ce qui se cache en dessous. Alfie, Blake et Lucas franchissent la porte et nous observent depuis le seuil, hypnotisés. Elle me ravit, l'expression de Lucas. Je n'ai même pas besoin de lever la tête pour le regarder, je sais d'avance. Il a mal. Pas autant que j'ai eu mal quand il a réservé la chambre d'hôtel pour Will et Fallon à son nom, afin qu'ils puissent baiser tranquilles pendant que j'étais encore avec elle, mais n'empêche.

– Oblige-moi, si tu en es capable, je lui gronde au visage, tellement près que je vois chacune des petites taches de rousseur éparpillées sur son nez.

– C’est du harcèlement sexuel, lâche-t-elle dans un rire essoufflé.

– Ne sois pas ridicule.

Je la cloue à la banquette, mon bas-ventre contre le sien, mes lèvres sur sa joue si bien qu’elle seule peut m’entendre.

– Je parie que si je glisse les doigts sous ton déguisement, là, et que j’écarte ta culotte, je vais te trouver si trempée et prête à me recevoir qu’il me faudrait une heure pour te sécher avec ma langue.

Son corps se crispe sous moi et je me redresse un peu pour la regarder. Ses yeux bleus sont écarquillés et pleins de curiosité. J’en viens à me demander si elle est vierge. Indie avec un autre mec ? Je n’arrive pas à me le figurer, et pas parce que je lui suis attaché ni pour quelque connerie sentimentale du même style. Non, elle semble trop réservée. Trop proprette.

– Alex, m’avertit-elle, trop effarée pour bouger sous moi, sachant que mon érection est dangereusement proche de sa petite chatte.

C’est dingue, mais c’est parfait. Ça. Moi sur elle. Les seules choses qui nous séparent, ce sont le tissu et les imbéciles qui nous observent à l’autre bout de la pièce. Son corps vibre, je le sens sous moi, et j’hésite entre le désir et la logique. Je baisse le visage vers le sien, quand un connard m’attrape soudain par la ceinture et m’arrache à elle.

– Lâche-la, espèce d’abruti ! aboie Lucas. (Quand je tourne la tête, je le découvre rose et furax, ressemblant assez à Babe le petit cochon.) Tu as perdu les pédales !

– Elle aussi. (Je pêche mon paquet de cigarettes dans ma poche arrière, en allume une et lui souffle la fumée en pleine figure.) Ça s'appelle la passion. Tu ne la reconnaîtrais pas si elle te pissait dans la bouche, mon pauvre.

– Tu es un vrai connard, tu le sais, ça ?

– Je le sais, je vis avec. Désolé, saint Lucas. Tout le monde ne peut pas maintenir de si hauts standards de moralité que toi.

– Alex ! gronde Indie.

OK. Je me tais.

Le trajet jusqu'à l'hôtel se fait sans un mot. Indie regarde par la vitre, Lucas me regarde, Blake regarde son téléphone et Alfie sa montre.

– J'attends trois fans dans une demi-heure. Vous pensez qu'on y sera à temps ? demande-t-il en faisant la moue.

Tout le monde lui répond par un grognement et je lui lance en plein visage le médiator bleu qu'il m'avait jeté dessus à L.A. Il rit.

– OK, on a bouclé la boucle.

Dans le couloir, je m'affale contre ma porte et vois Indie m'imiter. Il est minuit passé et tout le monde regagne sa chambre. Lucas est assez malin pour ne pas me pousser à bout en s'attardant auprès d'elle. Indie a son sac de voyage en tissu, une robe patchwork fourrée à l'intérieur ; celle sur laquelle elle travaillait dans les loges.

Je sors mon carnet et mon crayon de l'étui de Tania, lève les yeux vers ma muse, en attendant qu'elle me nourrisse à la cuillère de ses états d'âme.

Je sais que je ne la mérite pas.

Je sais qu'elle ne mérite pas ça.

Je sais que toute cette situation est tordue, mais je suis incapable de m'arrêter car je veux ma vengeance, et un album, et l'apaisement. Et Indie ? Elle touchera son argent. Oh, je lui ajouterai peut-être même deux ou trois cent mille de plus, histoire de faire passer la pilule et je serai pour elle ce que j'ai été pour tant d'autres. Une belle aventure à raconter à ses copines quand elle sera complètement saoule à un enterrement de vie de jeune fille. *Je me suis tapé une rockstar, une fois, et c'était génial.*

– Tu bosses sur quoi ? je lui demande en désignant son sac du menton.

Elle sourit.

– Quoi ?

– Rien. Juste que tu es la seule personne qui me pose des questions. La plupart des gens me disent des choses, tu vois ?

Elle me tutoie. Soit.

– Eh bien, c'est que tu n'es pas qu'ennuyeuse, et en plus tu es là, alors autant cracher le morceau.

– Une robe pour Paris. Ma ville préférée au monde.

– Je croyais que tu n'avais jamais pris l'avion ?

– C'est vrai !

Elle bat des cils et frappe dans ses mains avec une expression tellement girly que c'en est ridicule et aussi presque adorable.

– On dirait du patchwork, je lui fais remarquer.

Il y a du blanc, du rose et du crème, des morceaux cousus ensemble volontairement dans le désordre. Comme une couverture en patchwork. Elle tâte le tissu du bout des doigts.

– Oui, c'est un peu moche. Mais beau, non ?

C'est mon tour de sourire. Je passe les doigts sur Tania.

– Tu trouves jolies les choses moches, toi ? Explique-moi ça.

Sa réplique sort d'une traite, à croire qu'elle attendait de me dire ça. Qu'elle attendait notre rendez-vous de minuit.

– L'essentiel est invisible pour les yeux.

Je relève aussitôt le regard. Ces mots-là, je les reconnaîtrais en toute circonstance. *Le Petit Prince.*

– Tu l'as lu ? me demande Indie.

Je ricane.

– Tu peux le dire.

Elle appuie sur la pointe de ma chaussure et pose sur moi ses yeux curieux. Je vais vraiment partager ça avec elle ? Après tout, oui. Pourquoi pas au fond ?

– Dans ma famille, on était tout sauf des rats de bibliothèque. Je ne crois pas qu'on avait un seul bouquin à la maison, à l'exception de la Bible. En plus, on était fauchés comme les blés. Mais mon père avait un frère, George, qui vivait à Notting Hill. Il gagnait sa vie en composant des chansons pour des spectacles pour enfants. Je rêvais de partir vivre avec lui, sauf que George était un dragueur invétéré et un alcoolo notoire et, même s'il m'adorait, il ne m'aimait pas suffisamment pour abandonner ses chers vices. Quand j'ai eu huit ou neuf ans, George m'a offert un cadeau d'anniversaire rare : un exemplaire relié du *Petit Prince*. Il m'a conseillé de chercher le sens profond du roman et, une fois que je l'aurais découvert, il m'achèterait ma première guitare. Il m'a dit qu'un musicien ne méritait pas le succès tant qu'il ne comprenait pas le vrai sens de la vie, et qu'il le saurait si je trichais et demandais autour de moi. De toute façon, je n'en avais pas envie. Je voulais la gagner, cette putain de guitare. Qu'elle me revienne de droit et que je la mérite. Pendant les deux années qui ont suivi, j'ai été consumé par ce livre.

Chaque année, quand je voyais George à Noël, je tentais ma chance de décoder le sens de ce fichu bouquin. Tout ce qui me venait, à moi, c'était un petit merdeux qui demandait aux gens de lui dessiner un mouton. Jusqu'à ce qu'un jour, deux ans après qu'il m'avait offert le livre, désormais vieux et taché de moutarde et de lait, je sois frappé par l'évidence. Tous les vrais sens des choses sont cachés. La vie est pleine de secrets, de gens étroits d'esprit, de conversations édulcorées et vides qui n'ont aucun poids. Ce qui est réel se trouve à l'intérieur de nous. L'important, c'est ce que nous ressentons. Ce jour-là, je lui ai téléphoné et il est passé me chercher à Watford, alors que j'aurais pu prendre le train. C'est ce jour-là que j'ai eu Tania et que ma vie a changé.

Je serre contre moi ma guitare. J'ai cessé de jouer sur Tania durant les concerts acoustiques il y a des années, pourtant je continue à la trimballer partout : on ne jette pas grand-mère sous prétexte qu'elle est trop vieille pour te préparer ta tarte favorite. Après tout, Tania est ma première et ma seule amie fidèle. Indie caresse le tissu de son ouvrage en cours, dessinant des cercles tout en opinant du chef.

– J'ai toujours adoré *Le Petit Prince*, parce que moi aussi j'avais l'impression de venir d'une autre planète. Encore aujourd'hui, j'ai l'impression de survivre de justesse dans ce monde et de ne pas nécessairement comprendre pourquoi les choses sont telles qu'elles sont.

Elle se passe la langue sur les lèvres. Baisse le menton contre sa poitrine. Ses cils volettent sur ses joues. Je la fixe. Déglutis. Détourne le regard. Putain. Elle est belle. Difficile de croire que c'est la même fille qu'au *Chateau Marmont*. Celle que je voyais comme une nana étrange dans une drôle de robe, aux cheveux bizarres et au visage picoré de taches de rousseur.

Je reporte mon attention sur mon carnet et entreprends d'écrire.

Peux-tu garder un secret ?

Parfois je te regarde et ne vois que des regrets.

Mon petit puits de passion n'est pas à sa place

Elle me dicte mes paroles, et je note la masse

De ses mots. Et je fais dans le noir ce que je veux de nous

Mais le temps sait tout et le temps voit tout

Et oui, parfois je te veux, toi

Mais le reste du temps je ne te veux pas avec moi.

Je devrais te laisser, mais tous les deux nous savons

Que je n'en ferai rien. Non, non.

Je me rends compte que je vais être à court de papier, pourtant les mots continuent d'affluer. Ils sortent tel un torrent et j'ai besoin de les coucher sur le papier tels quels. Désolés. À l'état sauvage. Déséquilibrés. Je saisis la main d'Indie et l'attire contre mon corps. Elle trébuche dans l'étroit espace qui nous sépare et tombe sur mes genoux, bouche ouverte. Peu m'importe. Il ne s'agit pas de sexe. C'est pour l'art, or l'art est divin. Il l'emporte sur tout. Et je n'essaie même pas d'embobiner qui que ce soit. J'y crois vraiment.

– J'ai besoin que tu enlèves ta robe, je lui dis, tirant sur le tissu de son truc à fanfreluches.

Elle écarquille les yeux et se débat. Oh, comme j'aimerais qu'elle soit l'une de mes groupies en cet instant. Mais si c'était le cas, on n'en serait pas là. Je ne me nourrirais pas de ses souvenirs, de ses histoires, de ses rêveries. C'est ça, le truc, avec Stardust. Elle me tient tête, même si je suis plus grand, plus fort, plus riche. Elle me donne la sensation que je suis… réel.

– Ici ? Nom de Dieu de m… je t’en prie, dis-moi que tu es bourré.

Elle balaie le couloir des yeux pour vérifier qu’il est vide.

J’attrape le bas de sa robe et la tire vers moi, l’œil à l’affût des boutons ou de la fermeture Éclair, ou de quoi que ce soit qui me permette de la sortir de ce tissu.

– J’ai besoin d’écrire et mon carnet est plein. Personne ne te verra. Les gars sont profondément endormis et les filles d’Alfie viennent juste d’arriver. Même cette tête de nœud peut les occuper au moins vingt minutes. Tout l’étage nous est réservé. Bref, il n’y a que toi et moi, Stardust. Il me faut ton dos.

Et tes mots.

Et cette chanson qui continue de se jouer dans ma tête.

Je suis le roi sans sujets
Le vain sans public et sans foule
Le soûlard toujours trop bruyant
Et tu es les rivières, les montagnes, les forêts,
Peut-être même l’oxygène qui coule
Tu es le vent qui me porte, le seul plaisir que je ressens.

– Non.

À l’intérieur, je hurle ma frustration, mais au-dehors, je me contente de poser sur elle un air vaguement goguenard.

– Non ?

– Tu n'as qu'à écrire sur mes bras. Ou mieux : sur les tiens. Ils sont plus épais.

– Pas assez de place. Et je dois diviser ça en paragraphes.

– Non.

– Pourquoi ?

Elle semble surprise que je puisse poser la question

Mes paupières tressautent, je suis quasi certain que ce n'est pas bon signe.

– Parce que tu as couché avec une fille hier.

Je me lèche les lèvres avant de les entrouvrir, ravi de voir qu'elle ne les quitte pas des yeux.

– Je n'ai pas couché avec Gina.

– Hein ?

– Et je n'en ai jamais eu l'intention. Bon, d'accord, je l'ai embrassée, mais uniquement pour t'énerver et, pour tout te dire, je ne me rappelle même pas son goût, juste ta réaction. Qui a fait très plaisir à ma queue, d'ailleurs. La seule personne dont j'aie envie, là, c'est toi. À la seconde où je t'ai entendue te frapper la tête contre la porte, j'ai jeté la petite Gina dans la chambre d'Alfie et suis allé me soulager sous la douche. Mais ne sois pas inquiète pour notre petite copine, Alfie lui a donné ce dont elle avait besoin et même plus. Je pense vraiment ce que je te dis, Stardust. J'ai envie de te tirer les mots de la bouche à force de te faire jouir. Toi et toi seule. Jusqu'à la fin de cette tournée, il n'y a que toi et moi.

Le silence qui s'installe entre nous après ma tirade me rappelle à quoi ça ressemble, la séduction : une partie de Monopoly. Cela requiert de la patience, de la prévoyance et une bonne aptitude à lire en son adversaire. Que j'aie touché le jackpot et me sois rempli les poches de faux argent, ça ne signifie que dalle.

Elle peut quand même dire « non ».

Elle peut quand même remporter la partie.

Sans lui laisser l'occasion de refuser, je pose ma main calleuse dans son dos et baisse sa fermeture Éclair. Elle me laisse faire, simplement parce qu'elle est soulagée d'avoir appris que je n'avais pas couché avec la petite Australienne. Ou alors elle a enfin compris ce que nous sommes. Nous, on flotte dans l'univers, sans racines ni sol ni gravité. Les erreurs, les péchés et les fautes, ce sont les piliers de mon royaume. Tout est différent, quand on est loin de chez soi. Alors oui, elle s'autorise à ne pas être elle-même, juste pour cette nuit. Dès que le haut de sa robe tombe, Stardust se retourne rapidement et couvre ses petits seins ronds que je n'ai pas eu le temps de voir.

Je débouche mon feutre avec les dents et entreprends d'écrire sur son dos lisse, prenant grand plaisir à la pensée que les mots vont rester inscrits là des jours. Le feutre danse le long de son échine et je déglutis chaque fois que son corps frémit sous la pointe bleue du marqueur. Mon sexe se réveille brusquement, mais ce n'est pas le moment.

Et je voyagerais d'astéroïde en astéroïde

À essayer de trouver celle qui deviendrait la nôtre

À construire des palais jusqu'à ce qu'un d'eux soit le nôtre

De Londres à Paris, de New York à Rome

Le Petit Prince, Alex Winslow.

Je marque une pause pour contempler mon écriture affreuse.

– Il fait froid.

Elle s'éclaircit la gorge, attrape maladroitement les pans de sa robe, ses tétons toujours cachés derrière ses bras. Tu parles d'une connerie, oui. Elle est plus excitée que moi.

– Rentrons. Tu pourras la recopier sur un carnet.

Je me penche et embrasse la vallée entre ses épaules et son cou. Sa peau s'échauffe soudain sous mes lèvres. Les mots que je susurre ensuite, je les prononce avec le plus de séduction possible. En général, je n'ai pas besoin de déployer d'efforts, mais avec elle, il le faut.

– Si je ne te prends pas bientôt, je meurs. Et tu auras cette tragédie sur la conscience.

– Oh, bon Dieu.

– Tu pourras m'appeler comme ça au lit, si ça te fait plaisir, je rétorque, tandis que mes lèvres effleurent sa peau pareille à une drogue.

Qu'est-ce qu'il y a chez cette fille qui me rappelle la maison ? Ça n'a aucun sens. La maison, je ne l'aime même pas. D'ailleurs, je n'en ai pas, de maison. La maison, c'est là où mes imbéciles de parents restent assis sur leur cul toute la sainte journée, à dépenser mon argent.

– Ce n'est pas justement ça, l'histoire du *Petit Prince* ? Être apprivoisé et apprivoiser les autres ? Ici, on n'est pas obligés de faire ça, Stardust. Il n'y a que nous. Pas de grandes personnes.

– C'est censé être nous, les grandes personnes.

– Personne n'est adulte, quand il est placé face à un choix. C'est une position à laquelle on est forcé.

Silence.

– Je t'ai déjà dit, Alex. Je ne suis pas le genre de fille à avoir des aventures sans lendemain.

– Tu es jeune, disponible et en bonne santé. Tu ne devrais pas être aussi fermée. Saoule-toi. Baise avec des types fabuleux. Poste des photos de toi partout dans le monde sur Instagram. Tu devrais vivre et commettre des erreurs, or je te propose d'être l'une de ces erreurs, parce que tu n'as rien à y perdre. On a un délai de péremption, une date limite. On a des chambres dans des hôtels cinq étoiles en veux-tu en voilà, un album à écrire et ta famille à sauver. Alors merde, admets-le : toutes les flèches pointent dans la même direction. Nous. Ensemble. Juste maintenant.

Elle se tourne pour me regarder.

– Et après ? Qu'est-ce qui se passe après maintenant, Alex ?

– Comment ça ?

– À la fin de la tournée. On fera quoi ?

– On partira chacun de notre côté.

Ça n'est donc pas évident ? Elle veut quoi, un petit ami ? Parce que moi, je ne donne pas dans cette merde. Et même dans le cas contraire… Fallon a été la première et la dernière fille avec qui j'ai tenté la monogamie. Elle tenait mon cœur entre ses doigts manucurés et l'a serré fort, chaque fois que j'envisageais de passer à autre chose. Même en admettant que je souhaite donner quelque chose à Indie, ce qui n'est pas le cas, je ne suis pas du tout sûr d'en être capable.

– Tu vas certainement tomber sur Fallon à Paris.

Indie est candide, honnête. Et à fleur de peau. Elle ne tourne pas autour du pot, elle pose les questions qui font mal, sans se soucier le moins du monde que ça donne d'elle l'impression d'une fille collante ou engagée.

Elle n'essaie pas de se faire passer pour celle qu'elle n'est pas.

– Alors on arrête à Paris, je suggère en passant une mèche de ses cheveux derrière son oreille. On arrête quand Fallon et moi, ça recommence.

Merde, mais ça sort d'où, ça ? Enfin, c'est la vérité, mais la vérité peut toujours être adoucie, quand on la balance au visage de quelqu'un. Moi, pour dire : « Putain, j'en ai pas la moindre envie », je dis : « J'ai déjà pris des engagements ». Et pour : « Plutôt m'étrangler sur le sexe d'un inconnu que de te retrouver pour un café », je parle d'un « emploi du temps trop chargé ». Mais elle, j'ai envie de faire mieux. En toute honnêteté, je suis conscient d'être un hypocrite absolu. Je suis là, prêt à virer Lucas et à le jeter de la tournée s'il ose ne serait-ce que poser un œil sur ma petite chaperonne, en revanche je n'ai aucun souci à lui balancer, tout en essayant de la baiser, que je vais tout tenter pour regagner les faveurs de mon ex. Il est passé où, mon tact ? Je n'en sais rien, en tout cas mon charme et ma logique sont cachés dans la même poubelle.

– Waouh.

Elle hausse les sourcils, remonte les bretelles de sa robe sur ses épaules et se met debout, sans prendre la peine de se boutonner. Le pas qu'elle fait en direction de sa porte est flageolant et maladroit, il me dit tout ce que j'ai besoin de savoir.

J'ai merdé en beauté.

– Tu es un tel connard que te traiter de connard serait faire injure aux connards du monde entier. Il faudrait inventer un mot pour te décrire, en fait.

– Je pense que celui que tu cherches, c'est « salaud », je propose.

Lâchant le feutre sur la moquette, je me lève et la suis dans sa chambre. Furax ou pas, il n'empêche qu'elle a toujours les paroles de ma chanson sur son dos.

– Les choses sont comme elles sont. On craque l'un sur l'autre, mais pas assez pour perdre la tête. On garde les yeux sur le jackpot, Stardust. Tu as besoin de cet argent. J'ai besoin d'une muse et d'un corps chaud la nuit.

– Dans quel univers me traiter comme une pute passe pour une bonne technique de drague ?

– Je ne te paie pas pour le sexe. Je te paie pour m'empêcher de tomber du train en marche. Et petit bonus : tu as interdiction officielle et formelle de traîner avec Waitrose, donc ce n'est pas comme si tu croulais sous les propositions.

Elle pivote et m'adresse le même sourire suave qu'elle a utilisé quand elle voulait me flanquer un coup de genou dans les couilles et me fermer les lèvres avec sa machine à coudre.

– Par simple curiosité, Alex, tu es en train de me demander de rester loin de Lucas en tant qu'ami ou que futur amant ?

– Je suis en train de l'exiger, car je suis ton patron, putain. N'oublie jamais ça, Indie.

Encore un truc qui va la mettre hors d'elle, je le sais. Sa porte se referme sur moi, claquée si fort que l'encadrement manque de craquer. Je fixe le battant des yeux, hésitant entre le rouer de coups de poing et de pied jusqu'à ce qu'Indie rouvre, ou aller chercher la carte-clé de secours que conserve Blake, la passer sur le capteur et entrer en trombe. J'ai envie de la menacer, de la déchirer, puis de la ramasser, de la jeter sur le lit et de lui montrer exactement ce que nous sommes. Au bout du compte, tout ce que je réussis à faire, pauvre con que je suis, c'est coller le front à sa porte, fermer les yeux et prendre une profonde inspiration.

Trois.

Deux.

Un.

CHAPITRE 14

INDIE

Je colle mon dos à la porte. La chambre m'apparaît par fragments derrière le mur de larmes retenues.

Trois.

Deux.

Un.

J'ai envie de rouvrir la porte et de lui faire mal. De lui dire qu'il est un trouduc de classe mondiale de m'infliger ça, de me faire ressentir toutes ces choses. Même s'il a été parfaitement clair sur le fait que je n'ai pas la moindre chance d'être avec lui comme je le mérite. Parce qu'Alex Winslow, il ne donne pas dans l'amour. Il ne donne que dans la haine. Je me demande s'il est au courant. Qu'il est incapable d'offrir à sa précieuse Fallon la moitié de ce qu'une personne qu'on aime peut aspirer à recevoir. Sécurité, soutien inconditionnel et gentillesse.

Je sais ce que j'ai à faire. Me rendre devant sa chambre, frapper à sa porte et exiger de lui qu'il arrête. Qu'il arrête de me draguer, qu'il arrête de pousser à ce qu'on couche ensemble, de me séduire avec ses putains de lèvres, ses paroles et ses seaux de charme tout en rudesse. Mes lèvres palpitent d'un autre baiser qui n'a pas eu lieu et je suis en colère contre le monde entier, sans raison.

Il faut que je fasse redescendre la pression. Maintenant.

Avec toutes ces choses à l'esprit, je me retourne, prête à ouvrir pour aller lui expliquer un peu la vie, à la rockstar. Or c'est pile à ce moment-là que j'entends frapper à ma porte.

Clignant des paupières, j'entrouvre et jette un œil par la fente.

Alex se tient devant, les yeux rouges et un voile de sueur sur le front. On pourrait croire que ne pas défoncer la porte l'a mis dans un état d'épuisement poisseux. Il finit de pousser le battant, entre sans un mot, me prend le visage entre ses paumes, pouces sur mes joues, et il m'embrasse.

Sans ménagement.

Je titube, prise de court, mais cela ne fait qu'accentuer l'agressivité de son baiser. J'aspire désespérément une goulée d'air au moment où il sort la langue pour caresser la mienne. Puis elles s'enroulent, affamées et vicieuses, dans une danse folle sans rythme ni cadence. Je gémis, il grogne, se met à aspirer ma lèvre inférieure pour y planter les dents dans une morsure qui tient lieu de mise en garde : *Ne me désobéis pas*, me dit-elle avec son accent anglais. *Sinon tu le regretteras.*

Je dois avouer que j'ai cessé de réfléchir. Que ce soit sur la manière dont il a réussi à m'acculer au fond de ma chambre dans un brouillard de désir, et surtout, sur les conséquences. Il en profite pour empoigner mes deux fesses et m'obliger à reculer, jusqu'à ce que mon dos rencontre l'armoire ancienne. Je le laisse faire. Il mord à nouveau ma lèvre, plus fort cette fois, et je grimace. Je veux qu'il sache que je ne lui cède pas ; je cède à mes propres besoins, c'est différent. Et égoïste. Et ça m'appartient.

– Je me suis toujours demandé… (Ses lèvres sont suspendues au-dessus des miennes, humides et pleines de mauvaises intentions.) Tu sais, ce que ça provoque en moi quand tu fais ce geste, de te mâchonner la lèvre ? Cette lèvre si pleine et sexy ?

La seule réponse que je parvienne à lui offrir sort sous la forme d'un soupir à l'intérieur de sa bouche. Il a le goût de la citronnade qu'il a bue après le concert et celui, plus amer, de sa dernière cigarette. Délicieux à sa manière endurcie et sans complexe. Mes doigts trouvent la soie de ses boucles brunes et je les entortille tout en frottant mon bassin contre ses abdos. Il saisit l'arrière de mes cuisses et les remonte autour de sa taille, pour mieux écraser son bas-ventre contre le mien. Instinctivement, mon sexe se referme autour de rien, avide de le sentir, mais je ne vais certainement pas baisser sa braguette. Il prend mes cheveux dans son poing et tire fort, m'obligeant à lever les yeux vers les siens. Mon cuir chevelu picote, mais pas jusqu'à la douleur. Pas à ce point-là. J'ai l'impression d'être plongée dans un bain de feu glacé et caressée par un millier de plumes. Mon corps tout entier fourmille, jamais de toute ma vie je ne me suis sentie plus vivante. Il me dépose sur le lit queen-size et reste allongé au-dessus de moi, un peu comme tout à l'heure sur le canapé. Voilà, j'ai perdu la bataille. Celle où je trace des limites et vis confortablement à l'intérieur. Parce que, et c'est le plus triste, j'ai déjà franchi beaucoup de lignes rouges concernant Alex Winslow, et pas une de ces décisions n'a été consciente.

Il roule du bassin entre mes cuisses, son érection glissant le long de mon legging fin, sous son jean.

– Regarde-moi, ordonne-t-il.

Je n'obéis pas. Je ne peux pas. Cet instant, il m'appartient. Le fait qu'il soit là n'a rien à voir. Du moins, c'est ce dont je tente de me convaincre. Je garde les paupières closes et continue de l'embrasser avec férocité.

– Regarde-moi.

Il attrape une poignée de mes cheveux et tire fort pour me forcer à le dévisager. Je ne sais ce qu'il lit dans mon expression, en tout cas il relâche un peu son étreinte sur moi. Pourtant, l'intention était bel et bien là. Alex Winslow aime la jouer rude, dans et hors d'un lit.

– Je m'excuse par avance, lâche-t-il, la tête inclinée sur le côté.

– Pour ?

– Gâcher ta vie sexuelle future avec n'importe quel homme sur cette planète. Je vais te prendre, Indie. Si fort que tu penseras encore à moi dans des années, quand tu seras allongée sous ton ennuyeux mari adepte de la position du missionnaire. Je posséderai chacun de tes orgasmes, chaque frisson, chaque vague de plaisir en toi. À compter de cet instant, il n'y aura plus que moi. Juste moi. Et pour ça, je suis vraiment navré.

– Quelle arrogance.

Je passe mes lèvres dans son cou et il fait ce truc, où il frotte son jean contre mon sexe à travers nos vêtements, vite et fort, créant tellement de frictions que mon clitoris enfle et hurle qu'on le soulage.

– Ça ne change rien au fait que j'ai raison.

– Tu vas me demander de signer un accord de confidentialité avant qu'on couche ensemble ?

Mon large sourire ironique me vaut un coup de dents au menton.

– Quand je vais te baiser, Stardust, tu hurleras si fort que toute la ville saura que je suis enfin en toi.

Je fais courir mes ongles le long de son dos puissant. C'est bon, de le marquer moi aussi. Après toutes les fois où il m'a narguée, taquinée et s'est moqué de moi, mon tour est enfin arrivé. Il me scarifie. Je le décore. Mais au bout du compte, nous sommes tous les deux teintés par l'autre.

– On ne va pas avoir de relation sexuelle. Je ne suis pas… super expérimentée.

Il se redresse au-dessus de moi, passe une main sur sa mâchoire bleuie par un début de barbe.

– Tu es vierge ?

Je secoue la tête.

– Non. Juste… je n'ai pas beaucoup pratiqué.

– Combien de fois ?

Encore cette question ? Beurk.

– Une.

– Quand ?

– Au lycée. En première.

– File-moi son adresse quand on rentre à L.A. Juste pour discuter, je te promets.

Il arque un sourcil. Je ris et le frappe sur le torse, il emprisonne mon poignet dans sa paume et le porte à ses lèvres, respire fort contre ma peau. Je frissonne encore.

– OK, fait-il d'une voix grave. Pas de baise ce soir. On va y aller lentement.

Un baiser sur les lèvres. Le nez. Le front.

Oh, bon Dieu, mon cœur.

Je fais des efforts, mon cœur.

Assez, mon cœur.

– Je suis fatiguée, je lui dis, sachant pertinemment que c'est un mensonge.

Je suis en transe, enivrée et avide de plaisir. Je veux qu'il fiche le camp et que je puisse courir à la salle de bains soulager moi-même la douleur entre mes jambes.

Il se relève sans une protestation. Ça ne devrait pas m'étonner, pourtant je suis surprise. Alex Winslow est une rockstar par accident. Je le comprends en voyant sa silhouette hors du commun évoluer dans la luxueuse chambre d'hôtel, je sais désormais qu'il n'appartient pas à ce monde. Son univers, c'est un pub miteux en sous-sol d'un quartier sordide de Londres, où il braillerait dans le micro sur l'antifascisme et l'anarchie. Il a perdu son âme quelque part en chemin, et je ne suis qu'une énième tirelire qu'il secoue, pour voir si ce qu'elle contient ressemble à ce qu'il cherche. Et en cet instant, je sais que je vais le supporter.

Il va casser le petit cochon et je le laisserai faire.

– J'ai trouvé mon oasis au milieu du désert, lance-t-il depuis le seuil. Le moment est venu d'y boire. Jusqu'à. La. Dernière. Goutte.

CHAPITRE 15

ALEX

Moscou, Russie

Ce vol est ce qui s'approche le plus de l'enfer jamais enregistré sur la planète.

En partie parce que Blake et Jenna se hurlent dessus à des niveaux de décibels menaçant de faire s'écraser l'avion ; elle est sur haut-parleur, vu que Blake doit répondre à des mails en parallèle. Mais surtout à cause de Lucas, qui insiste pour ne pas comprendre que Stardust n'est pas disponible et s'est allongé à côté d'elle sur le canapé en L, les yeux rivés au plafond (Il se prend pour un personnage de John Green ou quoi ?) pour lui parler de la vie. Ce qui est ironique, quand on y songe, vu que je suis sur le point de mettre un terme à la sienne s'il continue à coller cette fille. Alfie est recroquevillé près de moi et joue à un jeu vidéo tout en vérifiant que je n'utilise aucun des ordinateurs portables ou autres téléphones mobiles pour aller sur Internet. Je m'ennuie, je suis agité et, merde, je ne lui ai pas déjà signifié qu'elle n'est pas censée traîner avec Waitrose ? Manifestement, il va falloir que je me montre plus explicite.

Parce que la subtilité, c'est clairement mon fort.

– T'as déjà vu l'intérieur d'un cockpit, Stardust ? je demande de l'autre bout de la cabine, affalé dans un fauteuil inclinable, fier comme un pape. Elle détourne les yeux de Lucas et les pose tranquillement sur moi, reposant sa robe patchwork. Elle coud dès qu'elle a un instant de libre. Avec compulsion. N'est-ce pas le seul moyen de créer ?

– Ça y va, les sous-entendus sexuels, ironise Alfie comme pour lui-même, toujours focalisé sur sa console Nintendo.

– Tu connais déjà la réponse.

Ses sourcils froncés m'avertissent de ne pas me moquer d'elle sans raison. OK, ça se tient. Évidemment, que je connais la réponse. Les seules fois où elle a pris l'avion, c'était avec moi, or je n'ai jamais proposé de lui montrer autre chose que mon pied dans ses fesses, quand je l'envoyais balader. Je me mets debout et me dirige vers eux, tendant ma paume ouverte dans sa direction.

– Tu vas aimer. Y a plein de boutons sur lesquels appuyer.

J'ai prononcé cette phrase histoire que Lucas soit bien conscient du genre de feu avec lequel il joue. Ce n'est pas une simple allumette. Ce sont des flammes qui peuvent brûler une forêt tout entière.

– Je peux t'y accompagner, si tu préfères, suggère-t-il en la regardant, un morceau de tissu à la main, le prochain qu'elle va coudre.

Non, il n'est tout de même pas si con. Bien sûr qu'il est conscient de ce qu'il fait. Il appuie sur *mes* boutons, il pousse tellement loin qu'il va se les enfoncer dans la main.

Sans lui prêter attention, je me concentre sur elle.

– Le temps, c'est de l'argent, Blue.

J'utilise le surnom que lui a attribué Blake, sans autre raison que de rappeler à tous ces gars qu'ils n'ont pas l'exclusivité sur quoi que ce soit concernant Indigo Bellamy.

Elle lève son coquin fessier de la banquette et me suit en silence, refusant toutefois ma main. Ce qui est fantastique, c'est que le geste ne sert qu'à m'exciter un peu plus. Sa défiance est rafraîchissante. Elle devrait la breveter, l'embouteiller et la vendre à la prochaine fille que j'entraînerai dans ma misérable vie.

– Merci d'avoir fait ça, marmonne-t-elle derrière moi.

– Avec plaisir.

Je n'ai pas la moindre idée de ce à quoi elle fait référence. Mon esprit est fixé sur un seul truc : découvrir la couleur de la culotte qu'elle porte aujourd'hui.

– Tu pourras prendre une photo ?

Nous sommes sortis de l'espace principal et avançons dans l'étroit couloir.

– De quoi ?

Elle hésite.

– Euh… de moi dans le cockpit ?

Je vais lui en donner, moi, du cockpit…

Elle est en train de marcher quand je la pousse fort contre la porte des toilettes et nous y enferme tous les deux à double tour. Je ne me fais pas d'illusion, elle n'intégrera pas aujourd'hui le club très prisé des « mile high club[5] ». Elle a besoin de plus de préparation. N'empêche, un peu d'amusement ici et là, ça fait partie du processus. Du coup, je dois m'assurer qu'elle ne saute aucun cours intermédiaire.

Son dos s'enfonce dans le lavabo tandis que je soulève sa cuisse et la passe autour de ma taille pour frotter mon entrejambe contre sa petite chatte à travers les couches de tissu. Sans crier gare. La position n'est certainement pas confortable pour elle, mais tant pis, moi j'ai un message à lui faire passer.

– Tu sens ça ? (Mon érection pousse déjà violemment contre mon jean et mes testicules sont gonflées et lourdes de désir.) Tu sens ce que ça me fait, quand tu envoies balader notre arrangement ?

– Il n'y a pas d'arrangement qui tienne. Lucas et moi, on est amis.

Des mots forts, qui paraîtraient presque crédibles, si ce n'est qu'elle est en train de frotter son sexe contre ma braguette.

---

5. Expression signifiant qu'on a eu une relation sexuelle dans un avion.

– Lucas te veut.

– C’est contestable. Et même si c’était le cas, il ne m’aura pas.

– Tandis que moi, si.

– Pendant un temps. (Pause.) Peut-être.

J’emmerde. Ton. « Peut-être ». Ma belle.

J’écrase ma bouche contre la sienne si vite et si fort qu’elle en vacille, alors même qu’il n’y a pas de place où tomber. La saisissant par la nuque, je mords sa lèvre inférieure jusqu’à lui tirer le son que je poursuis, le gémissement dont je sais qu’il attendait au fond de sa gorge depuis le jour où elle m’a vu. Lentement mais sûrement, je mime l’acte sexuel à travers nos vêtements. Mon torse ferme contre son doux tout-le-reste fait trembler nos deux corps. Elle geint à chaque contact de mon sexe contre le sien, et je maudis la ravissante robe bleue qui sépare nos peaux et s’accorde si joliment à ses cheveux.

Elle libère sa lèvre inférieure et lance sa langue contre mon palais, où elle la promène tranquillement ; mon crâne explose de chair de poule. La surprise, rien que ça, suffit à faire bondir mon érection en signe d’approbation. Mon sexe est toujours prisonnier de mon jean serré. Pourquoi ne suis-je pas un rappeur ? Eux, ils ont la tenue vestimentaire qu’il faut pour loger une érection. Je pourrais cacher deux Indie, dans le futal de Lil Wayne, et personne ne s’en rendrait compte.

– Putaiiiiiin.

Je mords dans son épaule pour réprimer un cri de frustration. Le besoin d'être en elle est à la hauteur de celui d'un verre et de deux lignes de coke avant de monter sur scène au Madison Square Garden. Il justifie que je pelote une fille de six ans ma cadette comme une sorte d'adolescent désespéré.

Sauf que je suis adulte. Non. Non, je ne suis pas n'importe quel gamin tordu qui en pince pour sa baby-sitter. Une baby-sitter que je vais manger toute crue. Elle fait courir sa langue dans mon cou, sur mon menton, jusqu'à ma bouche. Je ris, car c'est à la fois très peu sexy et complètement elle.

Vrai.

Adorable.

Indie.

– Tu as le goût du sel, souffle-t-elle dans ma bouche.

– Tu as le goût de l'innocence, je réplique.

Elle ne fume pas, ne boit pas, ne jure pas. Elle ne baise pas à droite et à gauche, n'en veut pas à la terre entière. Elle est pure et sereine. Ses problèmes sont externes : un frère en vrac, le manque d'argent, des parents morts. À l'intérieur, elle est intacte. Ça aide. L'idée que je la souille. Cet acte de corruption nourrit ma faim dévorante.

– Alex.

Sa tête roule sur un côté, me donnant accès à son cou tandis que l'une de mes mains descend vers ses fesses que j'empoigne, faufilant l'autre main entre nous deux pour la passer sur sa petite chatte.

Elle porte un épais legging. Bon, je ne peux pas l'en blâmer, il fait un froid de canard dans l'avion et puis, à Moscou, la météo s'annonce atroce, or elle est assez maligne pour se renseigner là-dessus en amont, depuis ma remarque pour le moins mal aimable, la première fois qu'on a atterri en Australie. Je me déteste de la pourrir au sujet de ses fringues. Mais je déteste aussi son legging et tous les leggings du monde, à qui j'ai déclaré la guerre. Je frotte sa fente, salivant à l'idée de la moiteur qui doit se dissimuler sous les couches de tissu qui nous séparent.

– Oh putain… je grogne, ma tête entre son épaule et son cou.

J'en veux tellement plus, mais elle est minuscule. Il n'y a littéralement pas assez d'elle pour satisfaire ma faim. Mes doigts poussent le tissu avec une telle agressivité que je vais le déchirer ou l'enflammer à force de friction, il n'y a pas d'autre issue possible.

Ni l'une ni l'autre de ces options ne risque de me faire gagner des points pour être accepté dans son lit.

– Déshabille-toi pour moi.

À ma grande surprise, elle me repousse et, à force d'ondulations, elle se dépêtre de ses collants en laine, toujours debout, les joues d'un rouge si vif que j'ai réellement envie de la prendre en photo, cette fois. Parce qu'elle ressemble à un amuse-bouche, or les préliminaires et la musique, ce sont les deux raisons pour lesquelles on m'a placé sur cette terre.

– Dieu ce que tu es belle.

Car oui, elle est belle. À l'image d'une chanson douloureusement courte et géniale qui te laisse sur ta faim.

Elle jette son legging au sol et se précipite sur moi. Mon dos heurte la paroi vitrée de la douche à l'autre bout (Vive les jets privés !) et nous nous retrouvons dans la cabine, maladroits et si excités que nous cherchons notre souffle.

– Oh… oh… oh ! crie-t-elle de plaisir quand nos langues se retrouvent et entament une danse.

Mes doigts écartent sa culotte et frôlent sa fente. Merde. Elle est bel et bien trempée, alors que je n'ai pas encore insinué un doigt en elle. Je passe le pouce de haut en bas, le long de son sexe, tandis que le mien ne cesse de grandir et durcir au point d'en devenir douloureux.

Mais je ne peux pas la presser et d'ailleurs, je n'en ai pas envie. C'est bien comme ça. Amusant genre post-adolescent, quand il fallait effectivement travailler dur et qu'on ne se lavait plus les mains pendant deux jours après avoir doigté une fille.

– Oh, oui, comme tu dis.

Je trouve son petit clitoris timide et le caresse, nous tombons au sol, le pommeau de douche au-dessus de nos têtes, tandis qu'elle me chevauche, toujours vêtue de sa robe.

– Je vais me détester dans une heure.

Elle se mord la lèvre, mais un gémissement sonore lui échappe quand même. Elle n'est pas discrète au lit. Vraiment. Pas une faussaire. Pas une de ces Je-veux-te-plaire qu'on croise trop souvent, surtout quand on a la valeur nette d'Adam Levine. Comme Fallon, tiens, qui m'a fait un show digne d'un théâtre du West End pour l'anniversaire de nos six mois de relation. C'est seulement au bout de huit mois environ que je m'en suis rendu compte : elle n'aimait même pas que je la prenne par derrière, elle faisait semblant, rien que pour me garder. Bravo, Fallon, pour le vote de confiance.

Stop, je ne veux pas penser à Fallon. Pas quand j'ai une fille parfaitement baisable dans mes bras.

– Merde, je raille alors que nos dents s'entrechoquent dans un autre baiser maladroit. Crie plus fort et tu vas te faire capter par des radios pirates de Mongolie.

Je devine qu'on est en train de survoler ce pays, à vue de nez, même si la géographie n'est pas tout en haut de ma liste d'intérêts, en cet instant précis.

Elle s'écarte, ses yeux trahissant sa confusion et son embarras.

– C'est vrai ? Il faut que je me taise ?

Pourquoi j'ai dit ça, moi ? J'ai un appareil à annuler les érections, un truc monté de série, avec mon bouton rouge, le gros, celui de l'autodestruction ? Parce qu'il n'est pas question une seule seconde qu'on arrête de se caresser à cause des autres connards dans l'avion. Quitte à les balancer dehors, et oui, je suis conscient qu'on est à trente-cinq mille pieds d'altitude. Je tends le bras au-dessus de ma tête et actionne le robinet. Un filet d'eau froide crachote sur nous dans un sifflement. Je pousse la poignée tout à gauche et la buée envahit la vitre autour de nous avec l'eau qui se réchauffe. C'est agréable. Interdit. Fou, tout comme nous.

– Voilà, c'est mieux. Vas-y, lâche les aigus pour moi, Stardust, jouis sur mes doigts. Je veux regarder ton visage quand tu atteins l'orgasme et tu as intérêt à en avoir un, parce qu'on ne quittera pas cet avion avant ça.

Sur quoi j'insinue deux doigts dans son sexe en observant attentivement sa réaction. Elle sursaute d'abord à ma pénétration brusque, mais elle est brûlante et trempée, ça, aucun doute.

Il y a un seau de glace avec des bouteilles en verre de Coca près de mon épaule : Alfie aime prendre de longs bains en buvant du soda frais pendant les vols, et pour la première fois depuis longtemps, ça ne me rend pas fou de rage.

– Ta petite chatte est si chaude…

Je prends une inspiration, sans la quitter des yeux. Nos vêtements sont lourds et imbibés d'eau. Indie bouge le bassin pour produire plus de friction entre ma main et son sexe, et je m'efforce de ne pas sourire de toutes mes dents, tel le pervers que je suis.

– Oh, là là, croasse-t-elle quand j'entame des va-et-vient en elle. Je ne te désire même pas.

À quoi je réponds en repliant les doigts pour m'enfoncer dans sa moiteur, avant de les retirer lentement pour les sucer. Elle a le goût d'un millier d'orgasmes et d'une vilaine menteuse.

– Ah non ? je lui demande en soutenant son regard.

– Non.

Au moins, elle a la décence d'essayer de détourner les yeux.

Je l'attrape par la nuque et lui renverse la tête en arrière, avant de lui enfoncer la langue dans la bouche pour l'obliger à se goûter. Nos langues se heurtent et dansent ensemble, elle se découvre sur ma langue en gémissant. Je romps le baiser et lui maintiens le visage.

– Ta chatte n'est pas de cet avis.

Je m'empare d'un glaçon. Elle proteste, frotte son sexe contre le mien et me donne envie de l'attraper par les cheveux et de la prendre là, à même le sol.

Pas encore. Bientôt, mais pas maintenant.

– Encore.

La douleur que je perçois dans sa voix fait monter une goutte de plaisir à la pointe de mon gland. Je glisse le glaçon dans sa fente et elle hurle, son corps tout entier soudain plus vivant sur le mien. Je suis assis par terre, dos au jacuzzi. Je serre son menton entre mes doigts et la guide vers ma bouche, la faisant taire d'un baiser tandis que je la pénètre avec le glaçon, que je sens fondre entre ses replis doux et chauds. À force d'entrer et de sortir, je m'assure de bien la préparer. Elle est trop innocente pour être prise comme ça, et même si je suis un connard, je ne suis pas sadique.

– Quelle fille bien élevée !

Mon souffle est brûlant contre sa peau. Sans se fatiguer, elle chevauche mes doigts et le glaçon, l'air enivrée, presque ivre morte. Il me suffit de toucher son clitoris une fois et elle va exploser comme si j'avais appuyé sur un bouton rouge. Raison précise pour laquelle je n'en fais rien.

– Mais tu vas devenir vilaine pour moi, j'ajoute.

Elle ne me répond pas. Je replonge la main dans le seau et en tire un autre cube glacé. Elle grimace, cambre le dos avant de frotter son sexe et son clitoris partout sur mon ventre, en quête de bien plus que de la glace et de doigts en elle.

– Réponds-moi, je gronde.

– Je serai vilaine pour toi, répète-t-elle d'une voix rauque, tout en allant et venant sur ma main comme si sa vie en dépendait.

– Sors ma queue, je lui ordonne, d'une voix presque aussi glaciale que ce qui fond dans sa chatte.

Elle cesse de s'agiter une seconde et me contemple de son regard rêveur, des gouttes à la pointe de ses cils et les cheveux plaqués sur le front.

– Il y a un orgasme au bout de ce voyage, je lui affirme avec mon sourire narquois.

Elle passe la main entre nous et déboutonne ma braguette, pour sortir mon sexe de ses mains tremblantes. Elle reste un moment à le considérer, bouche bée, comme le premier jour de la tournée, quand j'avais pissé devant elle.

– Tu n'es pas circoncis.

J'ai presque envie de rire, mais je suis trop excité. Ses yeux sont ronds comme des soucoupes, écarquillés. Est-ce vraiment important ? Ça n'a jamais posé problème à aucune des femmes avec qui j'ai couché jusqu'à présent. Enfin, bon, c'est vrai que je suis Alex Winslow. Cependant, Blake et Alfie m'ont raconté que, parfois, les Américaines montraient quelques réticences vis-à-vis du prépuce. Je lui prends la main et l'enroule autour de mon érection, serrant ma paume autour. La perle annonciatrice de plaisir s'échappe sur mon jean.

– Un problème ?

Elle secoue la tête.

– Non, c'est juste… différent.

– Tu n'as couché qu'avec un type.

L'enfoiré.

– Je sais, mais n'empêche.

Bon, on ne va pas discuter des bénéfices de la circoncision aujourd'hui. Je fais bouger sa main de haut en bas, lui montre comment me caresser fort, comme j'aime.

– Fais-moi jouir et tu recevras la même chose de ma part.

– Je ne jouis pas sur commande.

Son regard vient soutenir le mien.

J'enfile trois doigts dans sa petite chatte affamée et les replie, touchant son point G au passage.

En même temps, je pose mon pouce calleux juste au-dessus de son clitoris.

– Nouveau jeu, nouvelles règles : tu jouis quand je te l'ordonne.

– Ooohh…

Ouais. « Ooohh », comme tu dis, et avec prépuce, s'il te plaît.

Elle me caresse pendant que je doigte sa délicieuse chatte. L'eau qui s'abat sur nous sert à nous rappeler en permanence que les autres doivent se poser des questions, et plus important encore, qu'on va sortir de là trempés, voire pire, enveloppés dans des serviettes, histoire de leur donner la réponse qu'ils n'ont pas envie d'entendre. Moi, perso, j'en ai absolument rien à foutre. En fait, c'est même mieux si tout le monde sait une bonne fois pour toutes à qui elle appartient. Parce que ce n'est certainement pas à Waitrose.

Stardust est assez nulle en branlette. Elle ne serre pas assez fort et traite ma queue comme si elle était sur le point de se décrocher de mon corps. Mais je suis tellement surexcité par ce qu'on fait, et l'endroit où on le fait, que je prendrai mon pied, c'est sûr. Alors quand je sens l'orgasme crisper la base de mon échine, grimper comme à une échelle, je finis par la délivrer aussi en lui accordant un soin tout particulier : je dessine des cercles sur son bouton gonflé tout en plongeant la langue dans sa bouche comme si je voulais l'étouffer.

– Oh, bon Dieu ! Merde, oh, waouh ! elle s'exclame.

Elle a l'air surprise et ça rend la chose encore dix fois plus excitante, même si c'est le bon Dieu qui reçoit tout le crédit de mon dur labeur.

– Dis mon nom à moi, quand tu jouis, je siffle.

Je ne sais pas à quoi m'attendre. Peut-être à ce qu'elle m'appelle « Winslow », comme souvent, comme si je n'étais pas une personne mais une marque. Mais quand le nom « Alex » roule de ses lèvres, j'éjacule sur sa robe bleue, en grognant et je la pousse par terre, sur le dos, pour terminer le boulot. Je ne la laisse pas jouir sur mes doigts. Non. Je pousse un genou entre ses cuisses et la fais jouir sur rien, vide et privée de moi, avec juste un petit goût de revenez-y.

Je me penche, l'embrasse sur les lèvres en serrant son visage entre mes doigts et la regarde plisser les paupières sous les gouttes. Son visage est rosi, ses lèvres gonflées par les abus que leur a fait subir ma bouche.

Je me relève et l'abandonne au sol, en songeant, pour la première fois depuis des années : *C'est mieux que l'alcool. Mieux que le champagne que j'ai conservé.*

– Ne t'en veux pas trop, chérie. Surtout que la prochaine fois que je poserai les mains sur toi, tu tomberas à genoux pour moi.

*

À la minute où je redescends de mon petit nuage, je me rends compte à quel point je suis tombée bas.

Et là, tout devient clair, aussi clair que les parois vitrées de la douche sur lesquelles la buée s'est évaporée. J'ai l'impression qu'un millier de frelons m'ont piqué les pieds, ils sont froids et chauds à la fois, et je frissonne en silence.

Ce n'est pas tant la honte d'avoir laissé Alex me tripoter, me pénétrer avec ses doigts, dans la douche, même si c'est déjà loin de me ressembler. Mais bon, on est célibataires tous les deux et on n'a fait de mal à personne. Non, c'est plutôt le fait que je l'aie autorisé à me toucher dans un avion, avec des gens juste dehors, et que maintenant ils vont tous savoir ce qui s'est passé.

Jamais je ne vais réussir à y survivre. Même si ses copains s'en fichent, or je suis certaine qu'ils s'en fichent, je ne suis pas la première fille à tomber dans les filets d'Alex Winslow. Il est voué à devenir une légende, il est tout-puissant comme un dieu en colère.

Dommage qu'il le sache.

Il baisse son jean d'un geste brusque, le passe par-dessus ses boots de l'armée et se ceint la taille d'une serviette propre et sèche.

– Ça va ?

Il baisse les yeux vers moi, ses épais sourcils froncés.

Je suis toujours assise au bord du jacuzzi, à me coiffer les cheveux avec les doigts. Je suis peut-être coincée, sainte-nitouche et prude, mais la vie m'a appris une leçon importante : parfois, les gens auxquels on est attaché ne reviennent pas. Avec mes parents, je n'ai guère eu le choix. Avec Alex, en revanche, si. Et je l'ai laissé entrer en connaissance de cause. Dans mes pensées et maintenant dans ma culotte.

– Oui, oui.

Je me mets debout avec l'intention d'essorer mes vêtements. Il se tourne vers la porte, l'image même du blasé.

– Il y a un sèche-cheveux dans le placard de gauche. Quitte tes vêtements avant de les sécher, si tu ne veux pas te brûler au troisième degré. Je vais passer devant leur raconter une connerie pour te sauver la face.

– Tu penses qu'ils avaleront le morceau ?

Je recommence à me mâchonner la lèvre.

– Je suis un ancien drogué en rémission. À ce stade, il est plus facile pour moi de mentir que de dire la vérité.

– Ah…

Apparemment, je ne suis pas la femme la plus éloquente de la planète après une séance de pelotage en règle par une rockstar. C'est en forgeant qu'on devient forgeron.

Sitôt qu'il a quitté la pièce, je colle l'oreille à la porte, dans l'espoir d'entendre ce qui se passe dehors. C'est pitoyable, mais pas plus que tout ce que j'ai fait d'autre durant cette tournée, jusqu'à maintenant.

– Tu portes une serviette, constate Blake quand Alex émerge de la salle de bains. Pourquoi est-ce que tu es en serviette, là ?

– Stardust a balancé son café partout sur mon jean.

– Putain, mais pourquoi ?

C'est le tour d'Alfie de parler. Je souris intérieurement, le cœur battant follement dans ma poitrine.

– Aucune idée. Qui sait pourquoi les gonzesses font ce qu'elles font ? Elle doit avoir ses règles.

– Tu n'as plus de tee-shirt non plus.

– Elle m'a renversé *ma* tasse sur la tête.

– Merde, mon pote, elle peut vraiment pas te blairer.

– C'est clair, acquiesce Alex d'une voix dégoulinant de sarcasme.

Je me couvre la bouche pour réprimer un sourire. C'est ça, mon problème, avec Alex. Il est trop charmant pour être honnête. Derrière le cliché de la rockstar torturée qui a échappé aux griffes de la drogue et de l'alcool et a assez d'encre sur la peau pour imprimer l'édition complète de *Guerre et Paix*, c'est un petit garçon perdu. Un petit garçon perdu et incroyablement adorable, quoi qu'il en pense.

– Et Indie, justement, elle est où ?

La voix de Lucas est différente des autres. Il a l'air plus ennuyé qu'amusé.

– Elle était dans la salle de bains, la dernière fois que j'ai vérifié.

– Comment ça se fait ? grommelle Blake.

– Elle souffre d'une diarrhée de malade. Qui a ou pas à voir avec le bœuf grillé au riz qu'on a mangé avant de décoller.

– Je le savais ! Moi aussi, j'ai le ventre tout bizarre, lance Alfie en se claquant la cuisse, si j'en juge par le bruit.

Je. Vais. Tuer. Alex.

Je serre les poings et rassemble tout ce qui me reste de self-control pour m'empêcher de sortir en trombe et de me déchirer les cordes vocales en lui hurlant dessus. Mais il poursuit déjà :

– Craignant que ça ne devienne un peu bruyant, je lui ai suggéré de brancher le sèche-cheveux.

J'essaie de me convaincre qu'il protège ma dignité. À sa manière bien personnelle, tordue, rétrograde et exceptionnellement grossière.

– Dégueu, marmonne Blake.

– N'importe quoi, crache Lucas.

Je presse le front contre la porte et ferme les yeux. J'ai mal aux joues à force de sourire. Mais mon cœur, lui, se serre pour une tout autre raison. J'allume le sèche-cheveux et les entends rigoler.

Va te faire voir, Winslow.

CHAPITRE 16

ALEX

Je suis allongé à plat ventre sur mon lit à Moscou, à écouter les battements de mon cœur dans le silence que me procure l'oreiller, quand Blake entre dans la chambre. C'est la première fois depuis des semaines qu'il m'a laissé sans surveillance pendant plus de deux minutes. Je pourrais lui reprocher son manque de confiance, sauf qu'effectivement, je songe à la bouteille de champagne toujours au fond de mon sac, bien plus que je ne veux l'admettre. Il est donc ma ceinture de sécurité, au stade actuel.

– Il y a quelque chose que tu dois savoir.

Je garde le silence pour lui permettre d'aller au bout de son annonce solennelle. Si Fallon était là, elle qualifierait son comportement de « too much ». Ce qui, en soi, est *too much*. Hollywood a cette capacité à rendre les gens insupportables.

– Lucas a annoncé qu'il se sentait mal pour Blue et ses problèmes d'estomac. Il va à la pharmacie lui acheter de l'Advil et il prendra aussi des biscuits.

Je soulève la tête, malgré la douleur diffuse que ce geste envoie dans mon cou.

– Putain, il est sourd ou quoi ?

Blake envoie valser ses chaussures élégantes contre une armoire et déboutonne sa chemise chic.

– Je suis sérieux, je gronde encore. La chatte de Stardust vaut vraiment la peine qu'il risque son job ?

– Et Fallon, elle vaut vraiment la peine que tu risques ta carrière ? rétorque Blake.

Débile. J'étais fiancé à Fallon. Lucas connaît à peine Indigo.

– Quoi qu'il en soit, il se peut qu'il soit en chemin vers sa chambre, au moment où je te parle, conclut Blake, désormais planté devant la porte de la salle de bains. Écoute, je ne sais pas trop ce qui se passe entre elle et toi, mais je devine que vous avez grimpé ensemble aux rideaux de la douche, dans l'avion, ou du moins que vous y avez passé un bon moment.

Je roule sur le dos et fixe le plafond, émerveillé par ses mots.

Passer du temps avec Indie, c'est l'opposé de ce que j'essaie de faire. Singapour, c'était un one shot. Je cherchais juste à lui montrer qu'on était compatibles. Mission accomplie. À présent, il est temps de placer notre relation dans la zone strictement sexuelle. D'un autre côté, l'idée de Lucas passant du temps avec elle m'est encore moins agréable que celle de le faire moi-même. Et elle va dire « oui » à Lucas, sans se préoccuper des restrictions que je lui ai imposées.

Elle veut voir le monde ? Elle va voir le monde. Que ça me plaise ou pas.

Je me retrouve avec deux options : soit je suis celui qui le lui montre, ce foutu monde, soit je regarde mon cher planteur de couteau dans le dos s'en charger.

– Merci du renseignement.

Je saute sur mes pieds et me traîne jusqu'au dressing. Je ne sais pas qui Blake a embauché, mais la personne a déjà suspendu toutes mes affaires et même repassé mon jogging, merde. Menteur invétéré, je transpose le champagne de ma valise à mon sac de voyage avant que quelqu'un ne mette la main dessus. La simple idée de la garder me permet d'être plus en contrôle. Ou en tout cas moins dingue. C'est du même genre que prendre un cachet pour se suicider.

J'enfile une veste gris anthracite. Blake m'observe en silence depuis la porte de la salle de bains tandis que je me chausse tout en me dirigeant vers l'entrée ; je fourre mon portefeuille dans ma poche arrière.

– Laisse-moi t'accompagner, suggère-t-il poliment.

– Va te faire foutre, je réponds, tout aussi poliment.

Je claque la porte, juste histoire de jouer au con, et m'embarque dans le couloir. Mon premier arrêt n'est pas, en fait, la chambre de Stardust. Mais celle de Lucas. Je recule d'un pas vers le mur opposé et envoie un violent coup de pied dedans, ce qui y imprime une trace de la taille de ma chaussure. Je lui ai dit et répété de ne pas jouer avec ma baby-sitter. Là, je lui indique que la prochaine fois, il rentre en Angleterre en stop parce que je vais le virer comme le malpropre qu'il est et vider son compte en banque. Sans compter que la Grande-Bretagne est une île, alors j'espère pour lui que c'est un bon nageur car les statistiques qu'il termine la tournée ne sont pas en sa faveur. Je rebrousse chemin vers la chambre d'Indie, en face de la mienne, comme d'habitude, et tambourine à la porte avec mes paumes, théâtral au possible. Elle ouvre au bout d'une minute, fraîche comme une rose, les cheveux secs et une robe beige en soie moulée sur sa minuscule silhouette. Elle porte une écharpe en laine assortie, d'une teinte plus sombre, enroulée autour de son cou délicat.

– Stardust.

Je pose le coude contre l'encadrement de sa porte et la contemple de toute ma hauteur.

Elle a l'air un peu surprise de me voir là. Comme si elle n'en revenait toujours pas que je la drague activement.

Comme ça, on est deux.

– Tu as l'air furax, je lui fais remarquer.

– Tu as raconté à tes potes que je faisais caca mou.

Elle cligne lentement des paupières.

– Si je leur avais dit la vérité, tu aurais fait une crise cardiaque. En plus, Alfie et Lucas commençaient à te regarder comme leur prochain repas et ça ne me plaisait pas. Une pierre. Deux coups.

– Qu'est-ce que tu fais ici ?

Je ne supporte pas la pensée que Lucas se tienne à ma place.

– Je voulais vérifier que ta tête était toujours intacte et qu'elle n'avait pas explosé sous l'effet de la gêne d'avoir fait des cochonneries avec un garçon. C'est très chevaleresquement correct, non ?

Elle s'accroche à la porte et mordille sa pauvre lèvre inférieure, déjà craquelée et gonflée.

– *Primo*, tu t'accordes largement trop d'importance et *secundo*, tu es aussi chevaleresque qu'un diable de Tasmanie. Ton souci, c'est de t'étaler dans les tabloïds, au sens propre comme au figuré. Ton pénis est le nouveau chaton-trop-mignon de YouTube, c'est dire.

– Je vois que tu t'es enfin décidée à me googler.

Elle hausse les épaules.

– Lucas m'a donné son ordinateur portable jusqu'à la fin de la tournée.

Chiffon rouge.

Taureau en colère.

Poings serrés.

Ne tue pas Lucas. Il ne vaut pas la peine de prison dont tu écoperais.

Je l'attrape et la sors de sa chambre sans ménagement.

– Tu viens de gagner un nouvel ordi portable. C'est moi qui offre.

*

INDIE

Je parie que si je racontais à Alex que Lucas m'avait proposé une colocation, il m'achèterait une maison rien que pour l'emmerder. De manière évidente, ce qui se passe entre lui et moi est aussi une conséquence directe de son obsession de me garder éloignée de son batteur. Une autre fille aurait peut-être reculé, mais ma vie est un tel chaos, sur la tournée et en dehors, qu'Alex est le cadet de mes soucis.

Une fois qu'il m'a acheté un ordinateur portable, j'ai insisté pour ne pas le prendre, mais il a insisté plus encore, arguant que j'en aurai l'utilité après la fin de la tournée, nous avons fait un tour de voiture. Moscou était froide, grise et vieille, à l'image d'une grand-mère sévère. Sitôt rentrée à l'hôtel, j'ai immédiatement installé Skype et essayé de joindre Natasha, mais elle n'a pas répondu. Puis j'ai contemplé l'écran fendillé de mon téléphone portable en le suppliant de sonner, mais l'espoir s'écoulait peu à peu tel le sang d'une plaie ouverte. J'ai fini par jeter l'éponge et me suis mise au travail sur ma robe Paris. Il est vingt-trois heures largement sonnées, heure locale, et je commence enfin à me détendre grâce au bourdonnement de ma mini machine à coudre qui endort mon anxiété au sujet de Craig. Plus que deux mois et je rentre prendre soin d'eux. Mes paiements bimensuels contribuent déjà à payer des tas de choses indispensables à la maison.

La robe sur laquelle je travaille est particulièrement complexe à confectionner, parce que je dois écrire sur les patchs à l'aide d'un stylo fin. Elle m'aura pris le double du temps à fabriquer, mais je suis bien placée pour savoir que les choses qu'on obtient à la sueur de son front sont toujours les plus précieuses.

Ma fenêtre donne sur la place Rouge, où je suis allée plus tôt dans la journée avec Alex. On avait un chauffeur et ça m'a donné l'impression d'être une sorte de princesse, pas au sens positif du terme, hélas. Quand on cheminait vers le Kremlin, Alex m'a raconté brièvement l'histoire du lieu. Il m'a dit que le musée dépensait deux cent mille dollars par an pour maintenir le corps de Lénine en parfait état et que ça faisait déjà quatre-vingt-quinze ans.

– Je t'assure, Stardust, j'ai vu des photos. On dirait qu'il est mort depuis quelques jours seulement. Bon, il est un peu cireux, évidemment, mais pas plus que la starlette hollywoodienne de base.

Il m'a aussi expliqué qu'il était venu trois fois à Moscou avant cette visite-ci, et si la tournée n'était pas aussi condensée, il aurait adoré me faire visiter un peu plus. Je n'en ai rien cru, sachant quel menteur il est, mais ça reste plaisant à entendre. Quand la pénombre a voilé la capitale russe, Alex a demandé au chauffeur de nous emmener voir « le truc le plus laid et le plus beau du monde ». En riant, je me suis installée sur la banquette arrière du Renault Duster, en tâchant de ravaler mon excitation et de calmer les papillons qui tourbillonnaient dans mon ventre. Alex s'est collé si près de moi que je sentais à nouveau son souffle sur ma peau, et j'ai dû serrer les cuisses en repensant à la dernière chose qu'il m'avait dite, comme quoi je serais à genoux devant lui.

– Il fait plutôt sombre, dehors.

J'ai beau essayer de jouer l'indifférence quand je passe du temps avec lui, Alex n'a pas tort, je m'en suis rendu compte en absorbant Moscou comme un café amer. Ici, tout a l'air neuf, avec les gratte-ciels et les parcs au cordeau, l'air brumeux, toutes ces vertus d'une ville pressée. En même temps, l'ensemble paraît vieux, avec des alignements de bâtiments construits en masse sous l'Union soviétique, qui s'étirent sur des kilomètres.

J'ai découvert à quoi Alex faisait allusion quand la voiture s'est approchée d'un embarcadère. Le chauffeur a coupé le moteur et s'est calé contre son dossier. Le monument est incontournable, tant il plane au-dessus de la rivière Moskva. Comme un monstre. Encore une fois, Winslow avait raison. C'est immense, élaboré et… effrayant. Oui. Carrément flippant. Digne de *Game of Thrones*.

La statue représente un homme sur un navire, qui tient quelque chose dans sa main, porte haut et loin son regard.

– C'est...

– La dixième construction la plus laide au monde, selon le *Virtual Tourist*, a terminé Alex à ma place, passant la tête par-dessus mon épaule. (Tout sourire, il essayait d'apercevoir la statue aussi.) Pierre le Grand. L'ironie, c'est que non seulement il est moche, mais il n'aimait même pas Moscou, le mec. Il avait transféré la capitale de la Russie à Saint-Pétersbourg, avant qu'on ne rechange. Bienvenue dans la logique humaine.

Notre chauffeur se met à composer des textos, il se rend à ce point invisible qu'il est aisé d'oublier que nous ne sommes pas seuls.

– Comment tu sais tous ces trucs ? je lui demande.

– J'aime bien l'histoire.

– Pourquoi ?

– Parce que ça me donne de meilleurs outils pour comprendre l'avenir.

Je hoche la tête. Alex n'est ni méprisant ni frimeur. Dans un autre de ces rares instants depuis que je l'ai rencontré, il montre un intérêt sincère pour quelque chose et le partage avec moi. Ça m'effraie. L'idée qu'il puisse être ouvert et vrai. Parce que la seule chose qui m'aide à ne pas craquer, c'est justement la conviction qu'Alex Winslow n'est en fait qu'un amoncellement de stéréotypes cousus ensemble pour former un personnage dont lui-même ne reconnaît plus les contours. Il coche toutes les cases, sans exception : rockstar, torturé, accro à la drogue, tatoué. C'en est gênant tellement c'est attendu. Je tourne à nouveau la tête vers la vitre.

– On peut rentrer à l'hôtel ?

– Pourquoi ?

Parce que je veux survivre à toi.

– J'aimerais appeler ma famille.

Alex hausse les épaules, dans un geste signifiant : « Ah, les femmes, y a rien à faire » et intercepte le regard du chauffeur dans le rétroviseur, qui lui retourne le même signe : « Les hommes, les femmes. »

Nous nous remettons en route.

*

Un petit coup frappé à ma porte me tire de ma rêverie. Sourcils froncés, j'éteins la machine à coudre placée près des rideaux tirés. Je me lève, sachant que ça ne peut pas être Alex. Il n'est jamais délicat, toujours rude, et c'est peut-être justement pour ça que mon cœur bat comme un furieux chaque fois que j'entends ne serait-ce qu'un bruit d'objet qui tombe dans sa chambre. J'ouvre la porte. Lucas.

– Salut, marmotte. Tu étais passée où ?

Il m'offre un sourire timide. J'effectue un pas de côté, lui laissant le choix d'entrer ou pas. Je me contrefiche qu'Alex nous ait tous les deux mis en garde, en revanche je ne sais pas trop comment

Lucas réagit à la menace du patron. Il est probablement venu récupérer son ordinateur portable de toute façon. Je me détourne pour l'attraper sur le bureau, mais Lucas me retient par le poignet.

– Tu peux me dire un truc ?

Je lève les yeux vers lui. Même tendu, son visage est angélique. Ouvert, frais. Lucas est du même âge qu'Alex, sans toutefois partager sa dureté intérieure, du coup ça lui donne l'air largement plus jeune. Lucas ne serait jamais méchant ou agressif. Je décrypte les visages comme les rats de bibliothèque relisent leurs pages préférées. Religieusement. Et je sais que quoi que fasse Lucas, il a ses raisons.

– Peut-être, je lui réponds. Il faut d'abord que je sache quoi.

Il se passe la langue sur les lèvres.

– Si, et je ne te demande pas de me révéler ce qui se passe entre Alex et toi, parce que ça ne me regarde en rien, mais si, à un moment donné, il en fait trop, tu voudras bien me le signaler ? On donne peut-être l'impression de se haïr, lui et moi, mais crois-moi, on se connaît depuis longtemps.

Je rive sur lui un regard impassible.

– Je suis inquiet, c'est tout, précise-t-il.

– Pour qui ? Moi ou lui ?

– Vous deux. De manière différente. Tu es une fille forte. Il est comme une plume noire. Moins résilient qu'il n'y paraît.

Pause. Je fixe mes pieds. On dirait bien que Lucas ne veut pas qu'on soit ensemble et je commence à avoir l'impression qu'Alex avait peut-être de bonnes raisons de croire que son ami-ennemi a des vues sur moi.

– Bref, ajoute-t-il en secouant la tête. Fais-moi juste savoir si tu as besoin de moi. Il pense que je veux te mettre dans mon lit, d'ailleurs, tu as peut-être la même impression, mais fais-moi confiance, je cherche juste à être là pour toi.

Alors là, les bras m'en tomberaient presque. Cette tournée va peut-être m'obliger à m'abandonner à mon côté cynique.

– Tu es sur les routes avec un groupe de mecs que tu ne connais ni d'Ève ni d'Adam, se hâte-t-il de préciser, et ton patron te fait chier. En plus de ce qui se passe avec ta famille à L.A., quoi que ce soit, je pense que ça n'est pas facile pour toi.

– Non, en effet, j'admets.

– Je suis là pour t'aider.

Il m'offre sa main.

Cette fois je la prends, sans me douter de la réaction en chaîne que ce geste va déclencher. Sans me douter de tous les secrets que nous tenons entre nos paumes.

CHAPITRE 17

ALEX

À ma décharge, Ozzy Osbourne a sniffé des fourmis et Keith Richards, son propre père, alors par comparaison, je ne suis pas si dingue que ça.

Cela étant dit, j'ai effectivement un peu pété les plombs quand j'ai décidé, au beau milieu d'un concert, de me diriger vers la batterie de Lucas et de balancer ma botte argentée en plein milieu de la caisse basse. Laquelle s'est effondrée pile entre les cuisses écartées de Lucas. Les bras en l'air avec ses baguettes, il a écarquillé les yeux, genre hyper surpris. Il n'aurait pas dû l'être. Ce connard pouvait voir venir le problème à mille lieues, et il a continué à pousser, à pousser, jusqu'à ce que je n'aie pas d'autre solution que de le virer de ma vie *manu militari*.

Mais je m'égare.

Tout a commencé une demi-heure avant le concert. J'étais déjà à cran parce que Blake nous avait tous les deux enfermés à double tour dans ma loge pour se lancer dans l'un de ses monologues moralisateurs qui ne servent qu'à caresser son propre ego. Il m'avait fallu plusieurs minutes avant de comprendre exactement l'objet de sa gueulante.

Le champagne.

Il avait fouillé dans mes affaires et l'avait trouvée, la putain de bouteille. Ce qui est plutôt ironique, vu que ces derniers jours ont été les premiers depuis bien longtemps où je n'ai pas eu envie de noyer mon chagrin dans l'alcool.

– Si je tombe sur l'enflure qui passe son temps à t'envoyer ça, je le tue. Mais bon, en attendant, Alex, pourquoi jouer son jeu ? Tu as tellement de choses pour toi. En fait, tu as tout pour toi. Tu es riche, jeune, talentueux et adulé. Tu es une religion, merde. Tu es en train d'écrire ce qui pourrait bien être ton meilleur album à ce jour. Tout ce qu'on te demande, c'est de ne pas bousiller ce miracle. C'est vraiment si compliqué ?

Il déconnait, là ? Bien sûr que c'est si compliqué. Il croit quoi, que tout Hollywood veut être accro aux médocs, à l'alcool, à la cocaïne et à la chirurgie plastique ? Il pense que je suis juste désœuvré, si je mène une petite vie parfaitement saine ? Trouver le bonheur, quand on est intelligent, c'est aussi simple que de tomber sur une licorne dans la vraie vie. Blake allait et venait dans la loge en jetant les bras au ciel, exaspéré.

– Je fais des efforts, vraiment. J'essaie de vous satisfaire, Jenna et toi, même si vous me donnez des instructions très divergentes quant à la manière d'y parvenir. J'essaie de respecter ton souhait de ne pas embarquer Hudson parce que tu n'aimes pas t'entourer de trop de gens, tout en m'assurant que tu restes clean. Mais c'est vraiment difficile. Tu es vraiment compliqué, Alex. La plupart du temps, je me dis que tu es sobre uniquement parce qu'on te surveille à longueur de journée.

– C'est le cas, je lui ai répondu depuis le canapé en allumant une clope.

Évidemment, si Blake me prend le chou avec ça, moi, j'ai envie de boire un putain de verre. Ô, ironie, toi et ton sens de l'humour tordu !

Blake s'immobilise devant moi, les mains sur la taille, les yeux au plafond.

– Ce n'est pas suffisant. Tu dois produire plus d'efforts pour changer. Ce qui implique de prendre mieux soin de toi. De manger mieux. De chercher à te débarrasser de ton addiction de manière active. Et oui, de parler avec tes parents. Tu vas être amené à les revoir bientôt, alors je ne comprends pas très bien pourquoi tu continues à repousser cette conversation.

Il a raison. Mon personnel tout entier, les cinquante machinos à peu près, plus mon groupe et mon manager/baby-sitter, est privé d'alcool à cause de moi, et je n'ai pas fourni le moindre effort en jetant ce champagne à la poubelle, par exemple.

Je l'ai gardé parce que je suis effectivement toujours addict. Je pense à l'alcool et à la cocaïne tous les putains de jours de ma vie. Ça me manque. Et je n'ai même pas honte. Je suis pareil à un petit con de fils à papa trop gâté qui s'est fait prendre en train de faire quelque chose de mal et qui demande à ses parents de payer pour sa faute. Le fait que je sois clean physiquement ne signifie pas que j'aie retenu la leçon. La seule chose qui m'ait empêché de boire ce champagne, c'est que A) je ne suis jamais seul et B) je suis trop préoccupé par la culotte de ma nounou sexy et si proche du but qu'il n'est pas question de tout foutre en l'air.

Il faut que je grandisse, seulement grandir, ça signifie abandonner celui que je suis depuis sept ans. La dernière fois où j'ai été sobre, j'avais vingt ans. Je ne me connais plus. Pas sans drogues, du moins. Il y a un étranger chez moi et cet étranger, c'est moi.

Le seul point sur lequel je ne suis pas d'accord avec Blake, ce sont mes parents. Je n'ai aucun besoin de revoir ma famille. Ils passent déjà leur temps à parler de moi. À la presse. Souvent. Ces cons.

Si Blake envisage ça comme une sorte de moment-clé où je réalise soudain que j'ai sombré dans l'erreur, il pense encore trop de bien de moi. Je me sais dans un sacré pétrin et ça fait chier, mais il me reste encore quelques centimètres d'abysse à creuser avant de vraiment toucher le fond du fond. Blake écarte la table basse qui se trouvait entre nous et s'accroupit entre mes jambes. Un geste intime et bizarre, qui me tire un grognement agacé. Il pose les mains sur mes genoux.

– Mon détective privé n'arrive pas à remonter jusqu'à la personne qui t'envoie cet alcool. Tu as une idée, toi ? Réfléchis bien.

– C'est Bushell, je lui réponds sans ciller. Qui veux-tu que ce soit d'autre ?

Blake secoue la tête et soupire.

– Arrête, mec. Il n'en a pas après toi.

Conneries, mais si tu le dis…

– Peut-être Lucas, alors, j'ironise.

– Tu es dingue, marmonne Blake.

Je décide de pousser mon pote un peu plus fort, histoire de voir s'il va casser ou pas. Il y a une forme de beauté dans le fait de bousiller ma propre vie et de m'aliéner les gens par choix. Ça me donne l'illusion que je maîtrise tout. Que la décision m'appartient.

– Je ne sais pas, Blake. C'est peut-être Alfie. Ou bien Jenna. Ou alors toi, si ça se trouve. Tu essaies peut-être d'écourter cette tournée pour pouvoir rentrer la baiser comme tu en rêves depuis plusieurs années. Qui sait ? Chacune des personnes avec qui je bosse ambitionne soit de me baiser, soit de me baiser. Et pour certains, dans les deux sens du terme. Plus rien ne m'étonne, hormis de tomber sur quelqu'un qui ne veut ni ne cherche à obtenir quelque chose de moi. Tu voulais que j'aille en désintox ? J'y suis allé. Tu voulais que j'écrive un album ? Je l'écris. Et maintenant tu veux ma confiance ? C'est pas possible, Blake. Plus possible. Tu as fait tellement de saloperies au nom de ma marque et dans le but de la sauver, que tu ne peux plus te targuer du titre d'ami.

Je me lève, les veines bouillonnant d'adrénaline, et je repousse ses mains. Ces paroles, elles étaient là, en moi, prêtes à sortir depuis trop longtemps. Je m'en rends compte à présent. Blake a toujours voulu le meilleur pour *nous*. Sa carrière est entremêlée à la mienne et il est plein de bonnes intentions : tubes, sobriété et stabilité d'esprit, sauf qu'il ne réfléchit pas, il ne se pose pas pour penser un peu plus loin, avant d'écraser les gens sur son passage vers le succès. Y compris votre serviteur. Il a couvert nombre de mes scandales en faisant porter le chapeau à d'autres et il m'a fait porter le chapeau à moi, quand lui-même a merdé.

Je ne suis pas naïf au point de penser qu'il est resté le gars avec qui je partageais un deux-pièces à Clapham. Nous avons changé, lui et moi, aveuglés par l'argent et détruits par la gloire. Vous voulez savoir comment bousiller une relation en moins de cinq étapes ? Mettez quelques millions de livres sterling entre deux personnes et observez ce qui se passe.

Blake bondit sur ses pieds, si bien que nous nous trouvons face à face, respirant fort, prêts à nous agresser verbalement. C'est libérateur de pouvoir enfin exhumer la saloperie qui bouillonnait sous la surface.

– Tout ce que j'ai fait, c'était pour toi. Je t'ai sauvé, dit-il en montrant les dents.

– Et moi, je t'ai fait, toi, je réplique. (Je lâche ma cigarette au sol et l'écrase du pied. Saisissant son tee-shirt dans mon poing serré, je colle mon nez contre le sien.) N'oublie jamais ça, Blake. Avant de devenir le manager d'Alex Winslow, tu n'étais qu'un loser de Watford qui devait partager son loyer en trois pour pouvoir vivre dans le sud de Londres. Je t'ai fait et je te déferai au besoin. Alors je te suggère de trouver le salaud qui m'envoie cet alcool, car nous savons tous les deux maintenant que c'est le personnel de l'hôtel qui l'apporte dans ma chambre. Donc la personne a accès à beaucoup de gens et les moyens d'obtenir ce qu'elle veut du personnel. Quant à ma famille, c'est la dernière fois que je t'entends l'évoquer. Si je veux les voir, je les verrai. Pour le moment, à ta place, je me soucierais plutôt de notre relation à nous deux, *mon pote*.

Ce sont les derniers mots, qui le font grimacer.

*

J'ai claqué la porte si fort au nez de Blake que je ne serais pas surpris si ses oreilles sifflaient jusqu'en 2034. Arpentant le couloir, je prends des inspirations aussi profondes que précipitées, dans l'espoir d'atteindre la salle de pause sans tuer personne en chemin. J'ai besoin de quelque chose de fort.

Ou d'une bonne baise. En parlant de ça, elle est où, Indie ?

Blake a raison. Au bout du compte, je suis toujours un drogué. S'il s'était trouvé de l'alcool ou de la coke à proximité, je m'en serais gavé sans prendre le temps de réfléchir une seconde.

Le moment est peut-être bien choisi pour profiter des faveurs d'une groupie.

Le moment est peut-être venu de me montrer à la hauteur de ma réputation et de me débarrasser de ma frustration dans un ricanement sarcastique.

La seule raison qui me pousse à m'arrêter devant la porte entrouverte de Lucas, c'est que j'ai entendu des pleurs. Doux et polis, comme si leur propriétaire n'avait pas le courage d'y aller franco. Je m'immobilise, le dos contre le mur jouxtant la porte de Lucas.

– Je suis désolé.

C'est Waitrose qui parle, faisant sangloter Indie de plus belle. Qu'est-ce qu'il lui a fait ? Rien, très probablement. Elle pleure à cause d'autre chose et mon cerveau part en conjectures diverses. C'est sans doute lié à sa famille. La vie lui a distribué des cartes de merde, il faut dire, mais contrairement à moi, elle est toujours engluée dans sa partie de poker, à essayer de faire croire aux autres qu'elle peut gagner. Et c'est vers Waitrose qu'elle s'est précipitée quand le chagrin lui est tombé dessus.

Le truc, avec les flashbacks, c'est qu'ils vous flinguent vraiment la tête. Sa relation avec Fallon est le premier qui me vient à l'esprit. J'étais en tournée, et lui était resté à L.A. pour aider Blake et Jenna sur les démos que j'avais laissées sur place. Il était là pour Fallon quand elle a fait son overdose et qu'elle a eu besoin d'un confident pour confesser ses turpitudes. Il était là pour elle la première fois qu'elle a cherché à voir Will Bushell, là encore pour eux quand ils faisaient leurs petites affaires derrière mon dos et baisaient dans cette saleté de *Chateau Marmont* où je résidais à l'époque, parce que j'avais dû vendre mon appartement de L.A. et ne supportais pas l'idée de me considérer comme un résident permanent de cette ville atroce.

– Laisse sortir, dit Lucas.

Je me penche en avant et les épie par l'entrebâillement de la porte. Ils sont assis sur la même causeuse, elle a posé la tête contre son torse à lui.

Il l'embrasse sur le front.

Il l'embrasse sur le front.

Il l'embrasse sur le front.

Il l'embrasse sur le front, putain de bordel de merde.

– J'aime mon frère, Lucas. Mais je ne l'apprécie pas. Pas du tout.

– On va arranger tout ça, Indie. On va y arriver.

« On » ? Depuis quand est-ce qu'il y a un « on » ? Il est à peine un « il », tellement il se comporte comme une nana à tout bout de champ.

Stardust renifle et s'écarte pour essuyer d'un revers de la main les larmes qui baignent son visage.

– On dirait que depuis la mort de nos parents, il est devenu instable, presque fou. Qui fait ce genre de choses, Lucas ? Qui se conduit comme lui ce soir ?

– Ton frère souffre, répond Lucas.

À ces mots, quelque chose se tord comme du fil de fer barbelé. Le frère d'Indie, il a l'air de me ressembler pas mal. Il est peut-être prématuré de penser qu'elle s'est attachée à moi. Pourquoi irait-elle chercher une autre tête de nœud pour lui causer des soucis ?

– Parfois, je me dis que je ferais mieux de présenter ma démission et de rentrer. Ce n'est pas le moment d'être loin de la maison.

– Reste, répond-il en lui serrant la main. L'argent que tu gagnes va te permettre d'aider ta famille, plus que n'importe quel sermon que tu pourras faire à Craig. Nous le savons tous les deux.

Je brûle de pousser la porte, de me ruer dedans, de la tirer par la main et de l'escorter dehors avant de lui flanquer la raclée de sa vie, à l'autre. En fait, la seule raison qui m'en empêche, c'est que Stardust a l'air dans une détresse sincère. Alors, pour la première fois depuis une éternité, j'accorde à quelqu'un une petite tranche de lumière et la possibilité d'agir comme elle le souhaite.

Elle n'a pas besoin de moi, elle a besoin de lui.

Est-ce que ça me donne envie de le tuer ? Oui. Est-ce que ça rend le constat moins vrai ? Non.

Bref, voilà plus ou moins comment je me suis retrouvé à péter la batterie de Lucas. Pour la faire courte.

J'en étais au sixième morceau du concert quand je me suis retourné pour prendre une pause, cesser de regarder les visages sans visages à mes pieds. J'ai surpris Waitrose en train de jeter un coup d'œil de côté et sourire. À quelqu'un. Ce quelqu'un que je tripotais dans une cabine de douche vingt-quatre heures plus tôt. Ça a suffi à me faire craquer. Je me suis rué sur lui et j'ai cassé sa batterie, assez admiratif de ma retenue et de n'avoir pas chopé le porte-micro pour le frapper avec. Même les petits pas comptent, pas vrai ?

– Putain, mais qu'est-ce que tu fous ?

Il bondit.

– Ce que je fous, c'est que tu es viré, j'ai répliqué en filant déjà backstage. Et oui, « putain », comme tu dis, mon ami.

Maintenant, je suis à la recherche d'Indie. Je la pourchasse, plutôt. Genre, je l'ai repérée et je la poursuis. Bon, ce n'est peut-être pas ce que j'ai fait de mieux, mais sur le coup, ça me semble logique. Elle se retourne et part en trombe dans les coulisses, sans doute pour aller trouver Blake, et probablement pour éviter que je la tue ou un truc du style. Je l'attrape par le bas de sa robe noire évasée et l'attire contre mon torse. Elle halète, tombe contre moi et, à sa grande horreur, contre mon érection.

– Je crois comprendre que tu traverses une sale période, Stardust. On en est tous là. C'est naturel, quand on est nés dans ce chaos qu'on appelle la vie. Mais bon, ça commence à durer et c'est plus très drôle, à force. Du coup, j'ai décidé de virer Lucas, juste pour m'assurer que tu ne coures pas vers lui la prochaine fois que ton frère t'emmerde. Ben alors, tu ne me remercies pas ? On sait tous les deux que ça aurait dû être toi, celle qui prend la porte.

Elle fait volte-face et mon cœur a une érection à la perspective de sa réaction. Car Stardust n'est pas du genre à décevoir… Les joues enflammées, elle lève la main et, au lieu de me gifler, elle me pousse de toutes ses petites forces, pour me plaquer contre le mur.

– Tu n'as pas besoin de me virer, parce que je démissionne, m'annonce-t-elle d'une voix frémissante.

Blake choisit cet instant pour émerger de ma loge, l'air du gars qui va s'auto-admettre aux urgences pour crise cardiaque sévère.

– Tu as quitté la scène comme ça ?

Il a l'air tellement furax que je crains d'assister à son explosion. Une goutte de salive lui orne le menton. Un animal enragé. Moi, je continue à poursuivre Stardust, qui court encore, alors même qu'elle n'a nulle part où aller. Elle ne peut pas quitter le stade sans nous. Blake nous suit. *Cirque des imbéciles*. Et bien entendu, je suis le clown numéro 1.

– Et j'ai viré Waitrose aussi.

Au moins, il a la courtoisie de ne pas me demander pourquoi. La réponse est évidente et il le sait, parce qu'il était là pour me calmer chaque fois que j'ai envisagé de jeter Lucas hors de ma vie. Je suis Indie jusqu'à ce qu'elle parvienne au bout du couloir, impossible d'aller plus loin. Elle pivote vers moi, paupières plissées, et colle son dos au mur, m'empêchant d'approcher davantage.

– Qu'est-ce que tu veux de moi, Alex ?

Tout. Je veux tout, plus toutes les choses que tu as déjà données à d'autres. Ces choses-là aussi, je veux les récupérer.

– Ne joue pas les vierges effarouchées.

Je la saisis par les poignets quand elle tente de me repousser à nouveau, sans toutefois le vouloir vraiment (Je sais, c'est bizarre à dire, mais c'est vrai), les lèvres retroussées, le souffle court et rauque.

– C'est soir de concert et je viens de merder en beauté. Cette nuit, on a du boulot, Stardust.

Elle renverse la tête en arrière et éclate de rire, avant de me lancer d'une voix si sarcastique que je la reconnais à peine.

– Du boulot ? Ta tournée est en train de s'effondrer. Tu as renvoyé ton batteur, ta baby-sitter a démissionné et tu as quitté la scène en plein concert.

Et j'ai planqué une bouteille de champagne.

Et commencé à te draguer uniquement parce que Waitrose te manifestait de l'intérêt.

La liste est plus longue encore et plutôt embarrassante.

– Tu ne peux pas démissionner.

– Pourquoi ?

– Parce que tu as trop besoin d'argent et que j'ai trop besoin de toi.

Qu'est-ce que je raconte ? Qu'est-ce que je fabrique ? Je crois entendre Blake manquer de s'étouffer mais je ne peux rien lui reprocher. Rassurez-moi, je n'ai pas bu cette bouteille de champagne par inadvertance et puis tourné de l'œil, au moins ?

Stardust avance d'un pas vers moi et se fend d'un sourire, un large, qui montre les dents. Je la vois enfin telle qu'elle est vraiment. Un lutin futé, une voleuse de cœurs. Elle a beau être timide et réservée, elle n'en a pas moins le pouvoir entre ses mains, à présent, et elle le sait.

– Je vais rester pour l'argent, mais je ne t'aiderai plus. Qu'est-ce que tu vas me faire ? Tu ne peux pas me forcer à te parler. Tout ce pour quoi j'ai signé, c'est te surveiller.

– Oh, Stardust…

Je colle mon visage contre le sien, en riant. Voilà ce que j'adore : cette entente si cruelle entre nous.

– Tu n'as pas idée de ce que je peux te faire, mais crois-moi sur parole, tu n'es pas loin de le découvrir.

CHAPITRE 18

INDIE

Jenna : Blake a couché à droite
et à gauche sur la tournée ?

Indie : Est-ce qu'Alex couche
habituellement à droite et à gauche
sur les tournées ?

Hudson : Mesdames :
JE SUIS LÀ POUR ÇA.

Jenna : Ne fais pas attention
à Hudson, il ne sait communiquer
qu'avec des GIFs offensants.

Hudson : Pas vrai.

Hudson : OK, un peu vrai.

Jenna : Alex est… compliqué.
La plupart du temps, ambivalent
avec les femmes. Il se laisse parfois
aller à des aventures d'une nuit,
mais pas aussi souvent qu'on

pourrait le croire. La seule femme dont il parle, c'est Fallon, et même là, c'est accompagné d'un torrent de remarques négatives. À ton tour.

Indie : Blake n'a vu personne, il n'a pas dragué ni rien. Il travaille et se dispute avec Alex, puis il retravaille. Il n'a même pas regardé une fille depuis qu'on a embarqué pour l'Australie.

Hudson : Jenna, dis-nous : est-ce que Blake et toi allez enfin vous décider à baiser comme des bêtes ?

Jenna : Hudson, quitte la discussion.

Hudson : Pas question.

Jenna : Tu répètes tout à Alex. Va-t'en.

Hudson : Non !

<Jenna Holden a retiré Hudson Diaz de la discussion>

Indie :...

Indie : Tu sors avec Blake ?

Jenna : Non.

Jenna : Mais on a couché ensemble.

Jenna : Et je suis enceinte.

Jenna : Je me retrouve dans la situation de l'une de ces idiotes

dont je me moquais quand je lisais
des magazines pour ados à 15 ans.

Indie : 1) cruel et 2) tu dois le lui dire.

Jenna : Je ne sais pas.
Je n'ai même pas décidé
si j'allais garder le bébé.
Garde l'info pour toi.

Indie : D'accord.
Mais tu devrais lui parler.

Blake, Alfie et Lucas ont dû s'allier pour jeter Alex dans le van. Il s'est bien débattu, mais ce qui m'a plus frappée, outre le fait qu'il ait fallu trois hommes adultes pour le traîner dans le véhicule, c'est que tout le monde se fiche qu'il ait renvoyé Lucas. Ils se comportent comme si la situation était normale, en ignorant la décision d'Alex.

J'ai eu besoin de discuter avec quelqu'un quand j'ai appris que mon frère avait été arrêté et passait la nuit en prison pour agression. Et j'ai eu envie de parler à Lucas en particulier, parce qu'il est plus logique et émotionnellement mieux équilibré que sa rockstar de collègue.

En rentrant à l'hôtel, je déverrouille ma porte rapidement pour éviter la tempête Alex, qui se prépare dans le couloir derrière moi. À la minute où son bras atteint mon omoplate pour m'empêcher d'entrer, je fais volte-face. Il a un air sérieux, déterminé et… c'est quoi, cette autre chose ? Épuisé.

Ça ne doit pas être facile de vivre comme il le fait. Mais bon, je suis vidée aussi.

Des souvenirs de son souffle caressant ma nuque pendant qu'il recopiait les paroles de chansons qu'il avait écrites dans mon dos couvrent ma peau de chair de poule.

Bon Dieu, je suis dans le pétrin.

– Je n'ai pas envie d'écrire, ce soir.

Mes yeux suivent le chemin de son menton carré jusqu'au col de son tee-shirt gris. Son cou est mince et masculin à la fois. J'ai envie de le lécher.

– Moi non plus. Je veux juste parler. (Il presse son front contre le mien, sa respiration est laborieuse.) Et peut-être te faire un cunnilingus. Mais pas plus.

Je ris malgré la boule de larmes qui s'est formée dans ma gorge. Qu'est-ce qu'on fait ? On n'était pas en train de se disputer, il y a cinq minutes ?

La porte s'ouvre dans un cliquetis et nous tombons tous les deux à l'intérieur. La chambre est plongée dans un calme irréel qui contraste avec la nuit et la journée merdique que nous avons passée tous les deux. Je file au minibar sans alcool, pressée de faire quelque chose de mes mains, et j'en sors deux bouteilles d'eau.

– Désolé pour ton frère.

Il s'appuie au meuble télé, le visage creusé par l'inquiétude. Je ressens le poids de ses yeux couleur whisky sur mes épaules tandis que je lui passe une bouteille qu'il met aussitôt de côté. J'ignore pourquoi il est aussi facile de m'entretenir avec Lucas et aussi difficile de parler avec Alex. Peut-être parce que Lucas ne m'inspire que des pensées platoniques. Peut-être parce que Lucas n'a pas d'arrière-pensées. Et peut-être parce qu'à la minute où Alex se trouve dans la même pièce que moi, j'ai l'impression que l'air de mes poumons est en feu et que toutes mes terminaisons nerveuses sont concentrées en un point situé entre mon nombril et mon entrejambe. Je m'éclaircis la gorge.

– Ouais, euh, Craig s'est fait arrêter ce soir. C'est son premier délit. Un type sortait du club de strip-tease au rez-de-chaussée de notre immeuble. Il était très saoul et essayait de monter dans sa voiture avec l'intention de rentrer chez lui au volant. Craig, qui était tout aussi saoul, l'a agrippé par sa chemise pour le tirer par sa fenêtre. Natasha prétend que tout va bien, mais je sais qu'elle ne veut pas m'inquiéter.

Alex traverse la chambre dans ma direction de sa démarche de prédateur, fluide et calme. Il s'immobilise, plaque ses paumes contre le mur, de chaque côté de ma tête, et il pose ses lèvres au sommet de mon crâne pour respirer, pas pour embrasser, mes cheveux.

– Je vais envoyer quelqu'un payer sa caution demain et trouver un avocat pour bien le représenter.

– Tu n'es pas obligé de faire ça, je réplique doucement.

Je sens mon visage s'échauffer. Et j'ai plus honte que jamais, car cette faveur-là, je sais que je vais l'accepter.

Son regard s'assombrit, sa mâchoire se crispe. Le changement est subtil, mais indéniable. De loin, Alex Winslow donne l'impression que personne ne peut pénétrer son armure. Seulement c'est un artiste, or l'armure d'un artiste est sillonnée de failles et d'impacts de balles. C'est par là que les paroles et les notes s'insinuent. Ma respiration s'accélère sous son regard intense, si cru que je sens un point humide se former dans ma culotte. Il ne prononce pas un mot, mais son silence suffit à me faire comprendre que son geste n'est pas dicté par l'affection que je lui inspire. Je le lis dans les lignes de son front, autour de sa bouche, de ses yeux. Il l'a fait parce qu'il est comme ça. Il prend soin des gens qui l'entourent, car il ne sait pas faire autrement.

Il fourre son visage dans mon cou et embrasse le creux où se rencontrent l'épaule et la veine sensible. Je ferme les yeux, posant les mains sur le bureau derrière moi pour me soutenir. Dans mon poing, je serre la robe Paris.

– Il t'arrive de te sentir seule au point que tu n'es plus sûre que les gens existent vraiment ? me demande-t-il.

– Tout le temps. (Je déglutis, avant d'ajouter :) Le Petit Prince était seul, lui aussi.

– Oui. Et il est mort. Tous les princes brisés meurent à la fin.

Je le fais taire d'un baiser. Alex pense à la mort et moi, je pense que je serais prête à tout pour le garder en vie, même si ça doit me tuer. Cette notion ne fait qu'amplifier l'intensité de notre baiser quand nos bouches viennent à la rencontre l'une de l'autre. Il passe sa lèvre inférieure sur la mienne et frôle ma joue de son nez, avant de glisser la langue dans ma bouche. Encore et encore, elle s'insinue entre mes lèvres. Je lève les mains pour les poser sur ses joues, approfondir un peu plus le baiser et, quelque part en chemin, je perds l'équilibre, car avant que j'en prenne conscience, mon dos est collé au bureau, mes jambes écartées et lui entre elles. Nous sommes sur la robe Paris et des dizaines d'aiguilles et autres fils.

– Le lit, aboie-t-il pendant le baiser. Maintenant.

Il me soulève d'un geste brusque et me jette sur le matelas comme une poupée de chiffon. Je ricane comme une ivrogne et il se laisse tomber juste après moi, soulevant toutes les couvertures, comme s'il venait de faire une bombe dans une piscine. Je recule jusqu'à me retrouver le dos contre la tête de lit. Nous sommes face à face. Un sourire aux lèvres, il avance sur moi à quatre pattes tel un fauve.

Nous sommes encore tout habillés, j'ai même mes chaussures et je presse ma bottine à talon contre son torse dans une ultime tentative pour l'arrêter. Je ne sais même pas pourquoi j'essaie, à ce stade. Il est évident que je vais lui donner tout ce qu'il veut, et au diable les conséquences. Il m'attrape par la cheville et approche ma jambe de lui, ôtant délicatement ma chaussure bleue à paillettes pour coller sa bouche à la base de mon pied.

– Tu as emporté combien de leggings pour ce voyage ?

– Quatre.

– Bon, alors tu n'auras pas besoin de celui-ci.

Sur quoi il saisit le tissu de mon legging au niveau de mon entrejambe et tire brusquement dessus pour le déchirer. Dans un cri, j'essaie de le repousser avant que mes jambes nues ne se retrouvent exposées devant lui. Je me débats tellement que je glisse sur le lit, mais il me prend les deux bras et les coince au-dessus de la tête. Puis il vient s'allonger sur moi, si bien que son entrejambe est contre le mien, et son érection qu'on ne peut ignorer se presse entre mes cuisses. Ses yeux brillent de tant d'émotions que j'en ai la nausée pour lui. Et mon cœur, cet imbécile, lui pardonne de se montrer aussi cruel et froid tout le reste du temps.

– Tu me fais confiance ?

Je manque de m'étouffer sur un rire.

– Bien sûr que non.

– OK, d'accord, je reformule : tu crois que je suis un violeur ?

– J'en doute. Tout est trop disponible pour que tu sois obligé de recourir à la force.

– Un tueur en série ?

– Tu te contrefiches trop des gens pour les tuer.

Il marque un temps d'hésitation, sa bouche se retrousse en un sourire.

– Ferme les yeux.

– Lâche mes poignets d'abord.

– Pas question. Ça fait partie du processus.

– Ah oui ? Et quel processus je te prie ?

– Celui qui aboutit à ton orgasme, un orgasme si violent qu'il va te falloir une transplantation de moelle épinière parce que tu te seras transformée en gelée.

Je ne peux m'empêcher de sourire malgré moi. Je pense que je n'ai jamais autant souri de toute ma vie que pendant cette tournée avec Alex Winslow. Ce qui est dingue, sachant que pendant la même période, il m'a aussi rendue furieuse et frustrée au possible. Il dépose une ligne de baisers le long de ma clavicule, des baisers mouillés, avides et pleins de promesses, avant de faire traîner ses dents dans la vallée entre mes seins encore cachés. Il frotte son pouce contre la soie noire de ma robe, tandis que son autre main me cloue toujours les mains au-dessus de la tête.

– Combien de temps ça te prend pour fabriquer une robe, en général ?

Il n'oserait pas.

– Non… (Ma respiration est saccadée, ma voix lente, je délire à force de désir.) Je t'interdis, Alex Winslow.

Craaaaaaaaaaaaaaaac !

Il a déchiré ma précieuse robe de soie, avant de la jeter au sol comme si je ne m'étais pas tapé douze kilomètres à vélo, aller et retour chaque jour, pour économiser l'argent nécessaire à l'achat du tissu, comme si je ne l'avais pas cousue pendant de longues nuits.

– Espèce de conn…

Je ne peux continuer, car ma culotte vient de subir le même sort que ma robe, et avant que j'aie le temps de comprendre, sa tête est entre mes cuisses et… Oh. Mon. Dieu.

Petite confession : personne ne m'a jamais fait ça. Je n'ai eu qu'un partenaire sexuel au lycée et, comme pas mal de lycéens, il était plutôt égoïste au lit. N'ayant jamais donné ni reçu de sexe oral, je ne comprenais pas pourquoi on en faisait tant avec ça. Raison pour laquelle mes yeux se révulsent, qu'ils sortent de leurs orbites pour aller rejoindre mes vêtements en lambeaux au sol à la seconde où sa langue chaude et mouillée se colle à mon sexe et lèche lentement ma fente.

Mon sexe pulse si fort que je manque de jouir sur-le-champ. Je baisse les paupières, trop gênée pour regarder ce qu'il me fait, et attire l'oreiller à côté de moi afin de le presser sur mon visage et d'étouffer les gémissements qui suivent chaque caresse de sa langue sur mon sexe, depuis la base jusqu'au clitoris, qu'il suçote délicatement avec ce sourire arrogant de sale con que je ressens, faute de le voir.

Je cambre le dos, j'en veux davantage, et il me colle au matelas en guise de réponse.

– Ouvre plus grand les cuisses, gronde-t-il.

J'obéis.

– Une jambe sur mon épaule.

Maladroite, je lève la jambe droite et la pose sur sa large épaule, douloureusement consciente du fait qu'il est toujours tout habillé quand moi, je me retrouve physiquement et mentalement nue.

– Regarde-moi.

Je me fige, souffle toute mon anxiété dans le tissu de l'oreiller. Merde. Je suis obligée ?

– Regarde. Moi. (Apparemment, oui.) Sinon j'arrête, mais pas avant de t'avoir amenée au bord de l'orgasme, comme ça, tu redescendras direct. Ne m'oblige pas à être cruel, Stardust.

Lentement, je retire l'oreiller et le contemple à travers la vallée de mes seins. Dans son regard, je lis l'ivresse et la méchanceté, un mélange que je n'aurais jamais cru attirant. Il m'observe tandis que sa langue me pénètre profondément et que je manque m'étouffer, à bout de souffle.

– Alex…

D'une main, il saisit mon sein droit et titille mon téton dur comme un caillou, me coupant la respiration. Mes jambes se mettent à trembler autour de sa tête et c'est le moment qu'il choisit pour me prendre sans merci avec sa langue, comme s'il s'agissait de bien autre chose. J'agrippe ses magnifiques cheveux et sa langue me remplit comme jamais je ne l'ai été auparavant. Il est rugueux, si mâle, avec ses tatouages qui dépassent de son tee-shirt, ses boucles en bataille et son début de barbe qui me brûle délicieusement l'intérieur des cuisses.

Je gémis, tous mes muscles intimes se crispent sur sa langue, ceux de mes fesses se raidissent, au point que je n'arrive plus à respirer.

– Oh putain…

Sa voix est bourrue et rauque. Il prend mes fesses à pleines mains et me soulève pour me pousser contre son visage et me dévorer tel un homme affamé, tout en plongeant sa langue plus loin encore en moi.

De nouveau, mon sexe se referme autour de lui et il lâche un rire (un rire !) comme si mon corps était un instrument pour lui, un outil, un jouet. Comme si j'étais Tania et qu'il connaissait toutes mes notes par cœur, qu'il caressait mes cordes pour produire les sons les plus furieux, les plus fous au monde.

– Je vais jouir…

Je halète alors qu'une boule de feu dévale le long de mon dos pour émerger par mon sexe. Jamais je n'ai ressenti ça. Allumée comme un arbre de Noël. J'ai l'impression que mon corps est une boule de nerfs à vif. Partout où il me touche, or il explore partout, ça picote et ça s'électrise.

Mais Alex joue exclusivement selon ses propres règles et il est doué pour les adapter en fonction de son humeur. Au milieu de mon orgasme, il décide de m'attraper par les hanches, de me retourner sans ménagement et de coller ma joue contre l'oreiller. Faufilant un bras sous mon ventre, il me soulève et m'écarte les cuisses alors que je suis à genoux. Je suis ouverte et exposée comme jamais, et mon instinct me souffle de fermer les jambes et de prendre la fuite. Mais cet instinct s'évapore dans l'air à la seconde où, par-derrière, Alex pose sa bouche chaude et humide sur mon clitoris et entreprend de le sucer avec avidité.

– Oh pu… je lâche quand il introduit deux doigts en moi.

L'urgence d'un orgasme est de nouveau là, alors même que je viens juste de jouir. Je tourne la tête pour le regarder et la simple idée qu'il se déchaîne sur moi comme si j'étais sa seule passion dans la vie m'excite à mort. Mais il m'attrape par les cheveux et m'oblige à détourner la tête.

– Alors, on ne fait plus sa timide ?

Sa voix est étouffée et je ressens ses mots au plus profond de moi. Ce qui fait couler le désir qu'il m'inspire juste sur sa langue.

Je le sens qui bouge derrière moi. Mon corps est secoué de spasmes sous l'effet de ses doigts et de ses succions, sa nouvelle position lui permettant d'aller plus profond et plus fort qu'avant. Et il y a autre chose qui rend la scène plus excitante que tout ce que j'ai fait de ma vie : la pointe d'humiliation de me retrouver cul nu et jambes écartées sous ses yeux. Je trouve ça terriblement sexy, mais voilà ce qui arrive quand on traîne avec une rockstar, pas vrai ?

Alex se met à bouger plus vite, avec plus d'urgence, et j'ose un autre coup d'œil vers lui pendant qu'il est occupé à mordiller mon clitoris tout en insérant un troisième doigt en moi. La force de mes gémissements l'excite trop pour qu'il remarque ma désobéissance. Je le découvre poussant ses hanches contre le matelas, toujours en jean, allant et venant comme un fou. J'étais tellement focalisée sur mon plaisir que pas une seconde il ne m'est venu à l'esprit que lui aussi était excité à mort.

– Alex… je geins quand mes jambes finissent par céder et que je m'effondre sur le lit.

Il retire ses doigts, presse sa bouche contre ma fente et aspire mes sucs comme s'il s'agissait d'eau et qu'il mourait de soif au fond du désert. J'explose contre son visage. Il me faut plusieurs secondes pour reprendre conscience du pays où je me trouve, en Russie, de l'heure qu'il est, une heure du matin. Alors je pivote sur moi-même pour le regarder comme s'il venait de me briser. Il est encore en jean et tee-shirt, et me tourne le dos, assis au bord du lit, à lacer les chaussures qu'il a dû retirer d'un coup de pied quand on a commencé à jouer. Je bondis et rampe sur les genoux jusqu'à lui, posant une main sur chacune de ses épaules.

– C'était…

– Je sais, m'interrompt-il.

Je fourre le nez dans son cou, je respire mon odeur dans son haleine chaude. Pourquoi est-ce aussi excitant, d'ailleurs ? Parce que je suis partout sur lui. Il sent mon sexe et mon shampoing à la lavande et au romarin. Je pose les lèvres sur sa mâchoire et aspire.

– Il faut que tu arrêtes de compléter mes phrases à ma place.

– Pourquoi ? Je devine toujours juste, répond-il sèchement.

Je me lève et vais chercher ma bouteille d'eau, dont je prends une longue gorgée. Je le contemple de l'autre côté de la pièce. Je suis toujours nue. Le mouvement de sa pomme d'Adam m'indique que ce détail ne lui a pas échappé. Je ne veux pas qu'il s'en aille. Pas avant de l'avoir fait jouir, moi aussi. Ses yeux courent sur mon corps, m'enflamment. Quand il rouvre la bouche, le monde devient flou et il n'y a plus que lui qui soit assez net pour que je le voie.

– Ne commence pas ce que tu n'auras pas le courage de terminer, me lance-t-il.

Un défi.

– J'irai jusqu'au bout, Alex. Et toi aussi.

Une promesse.

J'avance d'un pas vers lui, soudain pleine de courage. Il apprécie ce qu'il voit et son érection impressionnante est là pour le prouver. Ses yeux voilés m'avertissent qu'il n'aura pas besoin de plus que quelques caresses pour exploser de plaisir. Je veux l'emmener au même endroit où je suis maintenant. Je veux l'emmener au paradis.

– Tu te fais une habitude de lécher les filles pendant quarante minutes et de partir sans avoir rien reçu ?

De nouveau sa pomme d'Adam monte et descend, mais son regard reste sec et sombre, et il me dévisage froidement.

– Je n'ai pas fait ça depuis un an, admet-il, en baissant les yeux vers mon sexe, avant d'humecter ses lèvres déjà mouillées. Et je ne donne jamais sans prendre.

Je m'assieds à côté de lui, et malgré le fait que je sois, tellement, tellement nue, je ne me sens presque pas gênée.

– Je suis plus que partante pour donner.

Il me saisit par la nuque et m'attire contre lui d'un geste brusque. Je crois qu'il va m'embrasser, mais sa bouche passe devant la mienne pour se poser sur ma tempe, puis il colle les lèvres contre mon oreille et siffle :

– Embrasse ma queue à travers mon jean, Stardust. Montre-moi comme tu as envie d'elle.

Je me redresse, pensant qu'il va se laisser glisser par terre afin que je le chevauche, mais il ne bouge pas d'un centimètre. À contrecœur, je tombe à genoux devant lui et lui écarte les jambes pour me faire de la place.

– Je t'avais dit que tu t'agenouillerais de ton plein gré, Bellamy.

Je rougis. Il a utilisé mon patronyme comme une arme, et ça marche. Je n'aime pas qu'on m'appelle ainsi. C'est à cet instant que je décide de cesser de l'appeler Winslow.

Une fois ma tête au niveau de son entrejambe, j'approche mes lèvres de sa braguette. Alors que je dépose des baisers bouche fermée partout sur son sexe, mon pouls s'accélère dans mon cou. Il ne me touche pas. Il ne me regarde même pas. En fait, si je ne le connaissais pas mieux, je pourrais croire qu'il a allumé la télé derrière moi et qu'il regarde un programme idiot. La seule preuve qu'il est avec moi en ce moment, c'est la façon dont son torse bouge au-dessus de moi, soulevé par des respirations irrégulières.

J'ouvre la bouche, lèche son jean, embrasse son entrejambe à travers le tissu avec avidité, surprise de me sentir onduler moi-même. Qu'est-ce qui cloche chez moi ? Jamais encore je n'ai été aussi directe avec un homme. J'arrondis mes lèvres autour de son érection et monte, descends, suivant le tracé, la taille, la largeur et la courbe de son pénis. Je le sens, ce pénis, et ça me rend folle de désir. Une sensation qui me perturbe. Je n'ai jamais eu envie de sucer un type avant aujourd'hui. Je trouvais ça dégoûtant. Voire sale. Et Alex n'est même pas mon petit ami. Il n'est rien pour moi.

– D'accord, ça suffit de me titiller. Sors-le.

Je déboutonne son jean, peut-être un peu trop vite, parce que je l'entends pouffer au-dessus de ma tête.

– Prends-le dans ta bouche.

– Je n'ai jamais fait ça, je marmonne, plus pour me justifier auprès de moi-même en prévision du moment où je vais tout gâcher.

– Ce n’est pas bien sorcier.

– Ne sois pas vulgaire.

– Ne me fais pas attendre. Tu as dit que tu voulais me sucer. Alors pourquoi pas maintenant ?

Je prends une partie de son sexe dans ma bouche et suce. J’en avale à peu près la moitié. Il reste de la peau que je ne parviens pas à atteindre, alors il me saisit la main et l’enroule autour de la base.

– Serre.

Je l’agrippe et il ferme les yeux, l’air torturé. Un prince magnifique, abandonné à l’instant. La vision m’inspire et je serre plus fort, tout en aspirant sa chair chaude et soyeuse en descendant et en remontant la bouche. Il pousse plus loin en moi, lentement d’abord, mais assez fort pour que son gland vienne toucher le fond de ma gorge. J’ai un haut-le-cœur, mes yeux s’emplissent de larmes. Il m’attrape par l’épaule et m’oblige à m’installer sur lui, si bien qu’il se retrouve allongé sur le lit, avec moi qui le suce toujours, nue, mais à califourchon sur lui. Ses doigts retrouvent ma fente moite et je ronronne sur son sexe, ce qui a pour effet de le faire pulser dans ma bouche. *Extase. Euphorie. Étoiles dans les yeux.*

Personne ne m’avait jamais informée que sucer un homme pouvait vous donner un sentiment de puissance, au lieu d’une sensation de soumission. J’ai l’impression de posséder Alex, en cet instant, une sensation… qui n’a pas de prix.

Je vais et viens contre sa main, j'en veux plus, je l'avale avec avidité. Il m'attrape par la nuque et change le rythme, accélère, approfondit, balançant le bassin plus fort que je ne l'aurais cru possible. Il s'est hissé sur un coude pour m'observer, une position qui contracte ses abdos à chacun de ses assauts dans ma bouche. Il retire deux doigts humides et les utilise pour pincer mon clitoris, jouer avec mon excitation et passer le long de ma fente à présent.

– Oooh ! je m'écrie.

Alex me fait taire en s'enfonçant plus fort entre mes lèvres.

– N'oublie pas que c'est à mon tour de prendre. La seule chose que je devrais te donner, là tout de suite, c'est mon sperme au fond de ta gorge. Tout le reste, c'est du bonus. Et tu n'es certainement pas autorisée à demander quoi que ce soit.

Pour qui tu te prends ? Malgré tout, il n'est pas question une seule seconde que je m'interrompe. Je le sens ruer dans ma bouche. Soudain, il se redresse pour s'adosser à la tête de lit, gardant ma tête collée à son entrejambe grâce à ses poings dans mes cheveux.

– Oh putain, oui. Suce-moi bien, Stardust. Tu fais ça si bien.

Euh... Merci ? J'aime l'idée de prendre le contrôle et d'être capable de lui donner ce qu'il désire.

– Je vais jouir !

C'est une mise en garde, que j'apprécie, mais ça ne m'empêche pas de laisser mes lèvres fermement collées à son sexe quand il éjacule. Son sperme est chaud et salé, poisseux, il recouvre ma langue et mes dents. Je grogne, absorbant chaque goutte jusqu'à ce qu'Alex lâche un profond soupir et me tire par les cheveux, pour me ramener à son niveau. Je me retrouve à genoux. Il arbore un air aussi nonchalant et désinvolte que d'habitude. À l'exception de ses joues qui ont rosi, il a l'air complètement normal.

– Tu as tout avalé ? me demande-t-il.

Fouillant sa poche arrière, il en tire un paquet de cigarettes. Je n'en reviens pas ; et pourtant si. C'est du Alex tout craché. J'ai encore son sperme dans la bouche. Il est trop épais pour que j'aie pu tout avaler d'une seule gorgée. Je secoue la tête.

– Ouvre la bouche, m'ordonne-t-il.

J'obéis. Il s'allume une cigarette, prenant sans doute plaisir à me faire attendre, et presse ma lèvre inférieure de son pouce. Cigarette à la bouche, il regarde son sperme goutter sur mon menton. C'est sale, humiliant et… super excitant. Il passe son index sur ma langue et va déposer un peu de son sperme sur l'un de mes tétons. Ensemble, nous regardons mon corps réagir à son contact, se couvrir de chair de poule, mes tétons durcir comme des petits galets.

– Dommage que je ne puisse pas te garder, dit-il avec son bâton à cancer coincé entre les lèvres.

– Qui a dit que je souhaitais être gardée ?

Il pose la paume sur ma joue et la serre, une expression triste dans les yeux.

– Qui a dit que tu avais le choix ?

CHAPITRE 19

ALEX

– Félicitations, andouille. Jenna va officiellement te tuer.

Blake me plaque à la porte à la seconde où je franchis le seuil de notre chambre. Avant même d'entrer, j'ai la sensation que j'aurais mieux fait de rester avec Indie et de me noyer dans son odeur, sa chaleur et son existence douce et innocente. Ces conneries, entre Blake et Jenna, ça ne date pas d'hier. Comme si ça ne suffisait pas que mon âme soit assaillie par un tas de gros bonnets au quotidien, il faut en plus que je m'explique auprès d'eux chaque fois que je merde sur scène.

Je pourrais dire que Blake et Jenna se comportent comme mon père et ma mère, sauf qu'à la vérité, mes parents se contrefoutent de moi et mon manager et mon agente se soucient surtout de leur chèque de fin de mois.

– Waitrose l'a bien cherché.

Je repousse Blake. Son dos heurte le mur opposé, il plisse les paupières et me fixe du regard comme si j'étais une cible mouvante.

– Dis-lui juste que tu aimes bien cette fille, Alex. C'est donc si difficile ? Au lieu de faire des annonces grandiloquentes comme quoi elle t'appartient et que tu es le roi du monde. Tu commences à ressembler à un Mussolini sous stéroïdes.

– Pourquoi est-ce si important que je dise à quelqu'un que je l'aime bien ?

Fou de rage, je file droit vers le minibar et en sors un sachet de chips. Putain, ce que j'ai faim. J'ai joui si fort qu'à mon avis, Indie a avalé assez de petits Alex pour monter une armée.

– D'autant que je ne l'apprécie même pas, j'insiste.

Évidemment, c'est un mensonge, mais comme je l'ai déjà expliqué, mentir est une seconde nature pour moi. Voire la première. Bref.

– Ce qui est important pour nous, c'est de savoir que ta nounou est à la hauteur de nos attentes. (Blake s'éclaircit la gorge, avant d'ajouter rapidement :) Celles de Jenna et moi, je veux dire.

Je le dévisage comme s'il venait de m'informer qu'il était en pleine transplantation d'un cornichon en lieu et place de son sexe. Ma chips reste en l'air sur son trajet vers ma bouche. Je me la jette dans le gosier et mâche bruyamment tout en tâchant de comprendre où il veut en venir. Ça ne lui ressemble pas, de se focaliser sur Indie au lieu de me reprocher d'avoir quitté la scène au beau milieu d'un concert après avoir défoncé la batterie.

– Tu es stone ?

– Tu couches avec elle ? me demande-t-il en même temps.

– Ça ne te regarde pas. Même si c'était le cas, elle a signé une clause de confidentialité de toute façon.

– Ce n'est pas pour ça que je pose la question.

Je cligne des paupières. Jamais il n'a montré le moindre intérêt pour aucune de mes baby-sitters. Enfin, c'est vrai aussi que je n'ai jamais été proche d'une fille depuis l'affaire de Fallon. Blake se penche vers moi par-dessus la table du coin-repas, se passe les doigts dans les cheveux, les yeux levés au ciel. Et il pousse son gros soupir bien théâtral. Celui auquel j'ai droit chaque fois qu'il se lance dans une de ses grandes scènes.

– La soirée Halloween à Paris… Il faut vraiment qu'on y soit. Fallon et Will y assisteront.

Il a parlé lentement, en choisissant ses mots, comme s'il versait du gasoil au compte-gouttes sur un fusible invisible de ma tête alors que je suis en train de fumer.

Je lui réponds par mon regard neutre. J'ai l'impression d'être Rob, de *Haute fidélité*[6], l'amour de la pop en moins. En gros, je suis un looser et

6. Comédie romantique américaine datant de 2000 avec John Cusack dans le rôle principal.

tout le monde a pitié de moi, sachant que j'ai pitié d'eux aussi.

– Et je ne veux pas que tu fasses une connerie. Genre essayer de la récupérer.

– Je ne ferai rien.

Je me gratte la nuque. Est-ce un mensonge ? Peut-être. À force de tant mentir, il devient difficile de repérer la vérité. Avec le recul, je sais que Paris sera la nuit où ma vie va changer pour toujours. Ainsi que celle d'Indie. Et celle de Fallon encore plus. Mais évidemment, je l'ignore au moment où je regarde Blake droit dans les yeux.

Boum. Boum. Boum. Boum.

– OK, répond Blake, qui abandonne le coin-repas pour se diriger vers la salle de bains. (Je remarque alors qu'il ne s'est toujours pas changé après le concert de ce soir.) D'accord.

Je le regarde s'éloigner en m'efforçant de comprendre ce qui vient de se passer.

Qu'est-ce. Qui. Vient. De. Se. Passer. Putain ?

*

Au bout du compte, les choses ont continué comme d'habitude. Blake m'a engueulé pour l'incident du concert pendant des jours. Jenna en a rajouté une couche en m'envoyant un panier de baklavas à notre atterrissage à Istanbul, accompagné d'un message :

Je te mets au défi
de me refaire un truc pareil, Alex.
Sans déconner, essaie un peu pour voir.

Alors je la joue sympa avec Lucas, mais j'ai trouvé d'autres moyens de le tourmenter. Notamment en accaparant Indigo à chaque minute que j'ai de libre en public. On écrit tous les soirs dans le couloir afin de pouvoir nous concentrer sur le travail, puis je me faufile dans sa chambre et je la dévore sur le balcon avec vue sur Athènes, ou je la caresse dans le taxi en rentrant d'un concert à Berlin, ou je la plaque contre le mur pour me frotter contre elle derrière un café à Milan, ou encore je déguste des fruits exotiques à même son corps nu à Barcelone. Elle a toujours la même expression, quand je la fais jouir. À croire que l'intensité de ce qu'on fait la sidère. J'ai l'impression de la déflorer chaque jour que Dieu fait, alors qu'on n'a même pas vraiment eu de relation sexuelle. Pas encore. *Pas encore.* En revanche, on s'en rapproche un peu plus chaque jour. Cerise sur le gâteau, elle a enfin pris ses distances avec Lucas et lui, en retour, reste poli et agréable avec elle, sans toutefois franchir la ligne rouge imaginaire que j'ai tracée entre eux.

Par chance, je ne me suis pas lassé d'elle avec l'absence d'intérêt de Waitrose.

Sans doute parce que je ne l'ai pas encore baisée.

Cela dit, soyons honnête, ce n'est pas comme si j'étais en période de séduction comme dans une putain d'histoire d'amour à la Shakespeare. Je suis certain que si Stardust me supporte, c'est parce que, le lendemain du concert à Moscou, Howard Lipki, l'un des plus gros avocats de L.A., a payé la caution de son frère et l'a ramené à la maison par la peau des fesses pour qu'il retrouve sa femme et son gosse. Craig est assigné à résidence et ça suffit à satisfaire Indie. Pitoyable. Comme s'il ne pouvait plus merder depuis le confort de son foyer. Selon mon expérience, on peut en faire de belles dans ces circonstances : mes deux parents étaient sans emploi et ça ne les a pas empêchés de nous bousiller, Carly et moi, alors qu'ils avaient le cul vissé au canapé à regarder *Eastenders*[7] et Jeremy Kyle tous les après-midis. Qu'y a-t-il de plus déprimant que de regarder la télé pendant la journée ? Rien. C'était ce que je pensais alors, et je n'ai pas changé d'avis aujourd'hui.

Barcelone est notre dernière étape avant la semaine de repos à Londres. Enfin, en théorie j'ai un concert au château de Cambridge le vendredi, mais c'est tout, et le château de Cambridge, c'est la maison.

Barcelone se révèle un tournant. Oui, un tournant, parce que j'ai trouvé judicieux, gros malin que je suis, d'entrer dans un café de bobos anglais pour y acheter du café noir et un petit déjeuner à l'anglaise à offrir à tout mon petit monde. J'aurais dû me

7. *Eastenders* est un soap opera britannique diffusé sur la BBC depuis 1985.

douter que vouloir se montrer attentionné n'apporte jamais rien de bon.

Indie est déjà levée, probablement occupée à coudre dans sa chambre. La robe Paris. Blake rôde devant le café, suspendu à son maudit portable. Avec mon bonnet, mes Wayfarer et la tête baissée, je sais qu'on ne me reconnaîtra pas. C'est le genre d'endroits où on passerait plutôt un disque de propagande nazie plutôt que passer un tube à la mode en haut des classements. Du coup, je doute qu'on me reconnaisse, même sans ces précautions. Pour eux, je suis le diable. Grand bien leur fasse.

Je balaie du regard le carrelage bleu sombre et rose pâle de la boutique, les clients en blazers flashy et lunettes à montures en écailles, les femmes en jupes à la mode. La fraîcheur de leur vie. Ils ont l'air tellement ancrés dans le réel. Comme si la gravité travaillait en leur faveur. Moi, je me sens à la dérive. Attaché à rien. Ni aux gens, ni aux objets. À l'exception de Tania. Je flotte dans ma vie et le pire, c'est que les drogues et l'alcool ont en réalité été les seules constantes de mon existence.

Je fais la queue. Personne ne me calcule. Mélange de soulagement et d'inquiétude. J'ai toujours une pointe d'anxiété qui me ronge l'ego, quand les gens me regardent sans me voir.

Est-ce que je suis encore grand ?

Est-ce que je suis encore célèbre ?

Est-ce que je vaux encore le détour ?

Est-ce que ma carrière est sur la phase descendante ?

Envie de dégueuler mon âme pour me punir de me soucier de toutes ces conneries.

La queue se traîne. Pas de problème. Je n'ai nulle part où aller. Je pense à Indie. Au fait qu'on ne se rejoint que la nuit. La journée, je me comporte comme si elle m'était indifférente, et elle comme si je l'exaspérais. C'est seulement le soir, quand on enlève nos masques et nos vêtements, que la vie devient supportable.

Une rangée d'écrans plats décore le mur au-dessus du bar. Sur l'un, le menu, l'autre passe *GossipCave*. Menu, *GossipCave*. Couleurs vives et lettres en gros caractères. Les programmes people sont comme les fast-foods : bel emballage. Le volume est assez fort et mon regard ne cesse d'être attiré vers le haut, malgré mes efforts. Un groupe de jeunes et un quadra homo tournicotent sur leurs fauteuils fluo au milieu d'un plateau carré ultrafuturiste, les baies vitrées derrière eux exhibant L.A. dans toute sa beauté botoxée. À voir l'animation de leurs échanges, on croirait presque qu'ils discutent du conflit au Moyen-Orient.

Le plus vieux, en polo et coiffure impeccable, s'accoude au siège d'un gars.

– Vous pensez qu'il va y avoir confrontation ?

Tous les journalistes et éditorialistes opinent du chef avec enthousiasme.

– Oh, c'est certain, s'exclame une blonde anorexique. Ce n'est pas possible d'y échapper. Alex Winslow est ingérable. Non, c'est vrai, il nous prépare un truc délicieux, d'après les échos qu'on a de sa tournée « Letters from the Dead ».

Elle frappe dans ses mains, tout excitée, passe sa langue sur ses lèvres enduites de gloss. Il y a dans sa mimique un maniérisme évident, rien à voir avec le geste de Stardust, quand elle est nerveuse et qu'elle se mordille la lèvre.

– Winslow reste la rockstar imprévisible que l'on connaît. Rappelez-vous il y a deux semaines, la manière dont il a agressé son batteur. Non, c'est sûr qu'il ne va pas se gêner pour faire savoir à Will Bushell et Fallon Lankford ce qu'il pense d'eux.

– Apparemment, il n'a pas agressé son batteur. Il y a eu plusieurs problèmes de son pendant le concert et il était frustré, c'est tout. Plus tard, on l'a photographié en train d'enlacer Lucas Rafferty devant leur hôtel, intervient un type.

Alors à ce sujet :

Voilà comment Blake a éteint l'un des nombreux feux allumés par votre serviteur. Il n'y a jamais eu de soucis de son, même si je suis certain que quelqu'un s'est fait virer pour ceux, inexistants, que Blake a rapportés, et l'étreinte que j'ai donnée à Lucas devant notre hôtel de Berlin a failli lui briser le cou.

– Quoi qu'il en soit, est-ce qu'ils vont seulement se rencontrer ? Je veux dire, il y a de grandes chances que non.

Une brunette au rouge à lèvres trop voyant ôte une saleté sous des ongles acryliques. Le quadra claque des doigts.

– Ils assisteront tous à la fête d'Halloween au château de Malmaison à Paris.

Quelqu'un me tape sur l'épaule et je me rends compte que la file a bougé, alors que je suis resté planté à la même place. J'avance de quelques pas, les yeux toujours rivés à l'écran. Il y a quelque chose de cathartique dans la douleur qui me parcourt. Elle me rend très humain. Très vulnérable.

– Aucun média ne couvrira l'événement. Et puis, tout le monde portera un masque.

La blonde a l'air déçue. Au moins il reste des gens qui se masturbent sur ma vie privée. Dommage que ça ne soit pas moi.

– Masque ou pas, Will et Fallon doivent une explication à Alex, vous ne pensez pas ? Leurs fiançailles ont été une surprise pour tout le monde.

L'espace d'une seconde, je suis au purgatoire, entre la seconde avant que j'entende ça et ma vie d'après.

Leurs fiançailles ?

Leurs putains de fiançailles ?

Je prends une lente inspiration. Fallon est la garce la plus excitante dont Hollywood a eu le malheur d'accoucher au cours de cette décennie et Will est marié à son travail. Qu'est-ce qu'ils ont besoin de se fiancer ?

– Les préparatifs du mariage durent depuis des semaines à présent. Vous pensez qu'ils vont l'inviter ?

Des semaines ? Ils sont fiancés depuis des semaines et personne ne m'en a rien dit ?

Soudain, la vérité me frappe comme une pluie de grêlons. D'abord légère, puis une tempête qui s'abat sur ma vie.

Pas d'Internet.

Pas de réseaux sociaux.

Reste à l'écart des ordinateurs portables.

Les chaînes de télé dans mes chambres d'hôtel bloquées sur les infos, le porno et rien d'autre, à cause du…

BITEGATE.

Blake a créé le Bitegate de toutes pièces. Ma mâchoire se crispe si fort que mes dents manquent d'exploser. Il ferait n'importe quoi pour transformer le scandale de « La rockstar britannique perd les pédales et part dans une virée de trois semaines à consommer jusqu'au dernier gramme de cocaïne disponible en Europe. » en une farce ridicule : « La rock star britannique baise une starlette et lui laisse un souvenir ».

Le sang en fusion, je fais demi-tour et pousse la porte pour sortir en trombe. Blake est toujours pendu à son téléphone. Mais il garde un œil sur moi, comme si je risquais de boire à mort dans un salon de thé en plein centre de Barcelone. Je lui fais signe de me suivre à notre hôtel. Ordre auquel il se plie, l'appareil toujours cimenté à son oreille.

– Bon, faut que je raccroche. À plus. Bye.

Nous entrons. Dans le hall. Dans l'ascenseur. J'en ai plus qu'assez des manigances de Blake et Jenna. J'ai une baby-sitter qui me suit partout, je ne suis pas autorisé à consulter Internet et, chaque fois que j'agis d'une manière qui ne leur convient pas, ils font porter le chapeau à quelqu'un d'autre tout en m'aboyant dessus par derrière, comme à Moscou. Sans compter que je le soupçonne d'avoir publié lui-même les putains de photos de ma queue sur le Net. Alors ouais, ça commence à bien faire, là.

– Merde, mais qu'est-ce qui te prend ?

Le regard défiant de Blake remonte vers le mien dans l'ascenseur et je dois me répéter : *Pas maintenant. Attends qu'on soit dans la chambre. Attends qu'on arrive dans cette putain de chambre.* Ce qui ne fait qu'étirer les secondes en longueur.

À la minute où la porte se referme derrière nous, j'attrape un vase et le jette contre le mur. J'ai envie de hurler, mais cette fois nous n'avons pas booké tout l'étage pour mon entourage.

– Depuis quand tu es au courant ? Pour Will et Fallon ? Ne me mens pas.

Je ne suis pas si mauvais. Je le sais. Je paie mes impôts, je m'assure toujours que ma partenaire sexuelle ait joui avant de la virer, je prends soin de ma famille et de mes copains, même ceux qui m'ont déçu. Alors ça n'a pas de sens, cette histoire.

– Comment tu as... (Il déglutit, desserre sa cravate qui semble s'être soudain contractée autour de son cou.) Qu'est-ce…

– Mais merde, ils ont la télé en Espagne, qu'est-ce que tu crois !

Ma voix se perche à mesure que la maîtrise à laquelle je me suis raccroché depuis tout à l'heure m'échappe peu à peu. Je détourne les yeux. J'ai besoin d'air. Je n'ai pas d'air. Pas au sens physique, au sens spirituel. J'ai toujours quelqu'un aux basques. Je pourrais aller chercher Indie dans sa chambre et l'obliger à m'accompagner, mais je ne veux pas faire ça. Elle est assez surmenée et, en plus, elle a des trucs perso à gérer. De toute façon, j'ai besoin d'être seul. Putain de merde.

Merde !

– Écoute, je peux t'expliquer.

Blake lève les deux mains en signe de reddition. Combien de fois l'ai-je vu dans cette position ? Trop souvent. Une de trop. Voilà combien. Et j'en ai plus qu'assez. Je le pousse, assoiffé de sang et de bagarre.

Plus j'ai d'argent, de pouvoir, de célébrité, moins j'ai de liberté et de bonheur, sans parler de la possibilité d'être moi-même. Or l'homme que je suis devenu est imparfait. De temps en temps, il bousille des trucs, comme la batterie de son collègue. L'homme que je suis veut la vérité. L'homme que je suis et que je serai toujours, ne veut pas se contenter de la vie qu'il mène. Une vie où je travaille pour tant de gens : Jenna, Blake, mon ancien agent publicitaire, et où la seule chose qui maintient mon illusion de tout contrôler, c'est que je conserve la plus grosse partie du gâteau. Seulement ce gâteau, je n'en veux plus.

Je n'ai pas besoin de tuteurs.

Ni de baby-sitter.

Ni de gens qui font fuiter des photos de ma queue sur Internet.

Ce dont j'ai besoin, c'est de partir d'ici. Maintenant.

Je me dirige vers la porte avant que mon poing trouve son chemin vers la tronche de Blake. Mon manager panique, m'attrape par le poignet pour m'empêcher de sortir. Non, mais il se prend pour qui ? À l'instant où je fais volte-face et où il voit mon expression, ses sourcils se perchent au milieu de son front.

– Je l'ai fait pour ton bien, Alex.

– Va te faire foutre, je crache en me débarrassant de sa main. N'essaie pas de me persuader que c'est vrai, après toutes les saloperies que tu as tramées dans mon dos.

– Où tu vas ?

– Peu importe. Et où que ce soit, personne ne vient avec moi. Pas Indie, et surtout pas toi.

Sitôt que je prononce ma sentence, je me rends compte que c'est une exigence que j'ai peur de formuler depuis des mois. OK, j'ai bousculé mes anciennes baby-sitters et taquiné Indie, mais jamais je n'ai tapé du pied. Jamais je n'ai dit « non ». Jusqu'à aujourd'hui.

Blake bondit devant moi, m'empêchant d'atteindre la porte.

– Alex. Si tu sors maintenant, j'ai peur que tu commettes une énorme erreur. S'il faut un coup de poing dans ma gueule pour que tu restes sobre, alors OK, je prends pour l'équipe.

Je renverse la tête en arrière, secoué par un ricanement amer.

– Oh, mais quel saint ! Écarte-toi, j'ajoute, sérieux cette fois.

– Alex…

– Maintenant !

J'attrape le premier truc qui me tombe sous la main et le lui balance à la tête de toutes mes forces. Il fait un pas de côté pour l'éviter. Tania s'écrase contre la porte, des éclats de bois voltigent de partout sous l'effet du choc. Elle se casse en deux morceaux et moi, je reste planté là, les doigts serrés autour du cou de ma guitare tandis que ses restes gisent au sol. Allongée à mes pieds comme une maîtresse morte. Belle et brisée, elle n'est plus à moi. Elle représentait tous les journaux intimes imaginables ramassés en un seul objet. La caisse vide remplie de sons et de paroles. Elle était le cadeau le plus spécial, le plus important qu'on m'ait jamais offert et la seule possession à laquelle je tienne vraiment.

Or elle est morte.

Les larmes se pressent derrière mes paupières, que je cligne pour les empêcher de couler. C'était quand, la dernière fois où j'ai pleuré ? Jamais. Enfin si, bien sûr que j'ai déjà pleuré. Qui n'a jamais pleuré ? Mais c'était il y a si longtemps que ça ne peut pas avoir eu lieu après mes treize ans. Alors voilà. Voilà où j'en suis. Je pleure. Je pleure, putain.

Blake est debout derrière moi, mon pouls est si rapide que je l'entends bourdonner dans mes oreilles. Il voudrait me présenter ses excuses, cependant il sait qu'il vaut mieux la fermer. Je le tuerais. Merde. Tania. Merde.

Je ne pense pas que mon univers ait jamais été aussi silencieux qu'à l'instant où je suis sorti de ma chambre. Indigo sort de la sienne au même moment, comme si elle avait senti quelque chose. Quand je la regarde, tout ce que je vois, c'est une énième bouche à nourrir. Je la dépasse. Elle reste plantée là, pieds nus, sa robe Paris sur laquelle elle ne cesse de travailler serrée contre elle.

– Alex ? Qu'est-ce qui s'est passé ?

– Le premier qui est assez con pour me suivre est viré sur-le-champ, je lance froidement.

Et je m'en vais.

J'erre dans les rues. Seul. C'est imprudent et stupide, et aussi assez cool. J'achète un paquet de cigarettes et le fume entièrement en marchant. Je pense à tout. À Will et Fallon, qui se trouvent sur le même continent que moi, sans doute pas si loin que ça. À leur mariage. Je pense à ma vie et à ce qu'elle est devenue. À mes amis ou du moins aux gens que je qualifie ainsi. À Blake, qui ne recule devant rien pour sa carrière et la mienne. À Alfie, qui réfléchit avec son pénis, et à Lucas, qui a essayé de séduire Indigo. Puis je pense à Stardust, à ce qu'elle me fait ressentir. Cette impression que j'évolue dans un univers semi-normal, où je n'ai pas à m'inquiéter de voir la fille que je baise vendre notre sex tape au *Sun* ou tenter de me convaincre de lui payer quelque cadeau très cher. Elle est peut-être la seule chose vraie que j'ai dans ma vie, et c'est carrément pathétique, sachant qu'elle est mon employée et présente sur la tournée uniquement parce que je la paie pour me sauver.

Mais je la sauve aussi, non ?

De la seule manière qui me fait réellement exister.

Avec mon argent.

C'est seulement quand je reviens vers l'hôtel, plus calme, que je comprends les raisons de mon chagrin.

Tania.

Blake.

Alfie.

Lucas.

La liste n'est pas courte, mais elle en dit long. Et il y manque un élément, deux en fait, que j'aurais pourtant dû placer en premier.

Will et Fallon. Ils ne m'inspirent plus le moindre sentiment.

Et ça, d'une certaine façon, est très révélateur de ce que je ressens.

CHAPITRE 20

INDIE

<Jenna Holden a ajouté Hudson Diaz
à la conversation>

Hudson : C'est fini, tes règles, Jenna ?

Jenna : Cause toujours. Indie,
comment ça se passe ?

Indie : Je déteste ton client, Jenna.
Et ton patron, Hudson.

Jenna : Qu'est-ce qu'il a fait ?

Indie : Cette Fallon,
elle est donc si merveilleuse ?

Hudson : Elle est un peu comme
l'Eurovision : fascinante au départ,
mais au final, elle te donne envie
de vomir. Pourquoi ?

Indie : Alex a découvert
qu'elle était fiancée à Will.

Il n'était pas ravi.
On ne le trouve plus.

Jenna : ???

Jenna : EXPLIQUE !

Indie : Blake arpente les rues, avec Alfie et Lucas. Ils m'ont demandé de rester à l'hôtel au cas où il se pointerait.

Jenna : Tiens-nous au courant. Je n'ai pas besoin de ça en ce moment, avec tout ce qui se passe.

Hudson : Et il se passe quoi, exactement ?

Jenna : Peu importe.

Hudson : Dis-moi, Indie, Alex est toujours en rogne contre Lucas ?

Indie : Très. Pourquoi ?

Hudson : Oh, pour rien. Si jamais tu le coinces, dis à Lucas que c'est un abruti. Il comprendra.

Inaccessible. Froid. Perturbé.

Tout ça, je le savais. Après tout, je ne suis pas stupide. Mais c'est peut-être justement ce qui m'attire chez Alex. Il est catégoriquement inaccessible ; jamais il ne me donnera ni son cœur si son avenir, ni même une part acceptable de son existence et pourtant, il me donne quelque chose. Du carburant pour fonctionner, tandis que j'assemble des morceaux remplis de rêves idiots et idéalisés nous concernant.

Car c'est ce que je fais, sans l'ombre d'un doute. Malgré mes efforts réitérés et ce que je me répète si souvent, je désire Alex plus qu'il ne me veut, lui. Ce n'est pas bien compliqué à comprendre, cela dit. Chaque fois qu'on se touche, c'est toujours dans ma chambre, toujours dans le noir, toujours selon ses termes. Je suis sa petite poupée. Celle sur laquelle il se penche et qu'il caresse sous la table au dîner, quand ses doigts remontent sous ma jupe, rencontrent mes chairs moites et jouent avec moi pendant que je suis en pleine conversation sur les maisons de disques avec Alfie, dans les salons de l'hôtel. Je suis la fille juste-pour-rire qu'il plaque sur un lit, bras au-dessus de la tête, jambes écartées, et qu'il embrasse jusqu'à ce que je le supplie, pantelante, jusqu'au ridicule. À présent, je suis la fille que j'ai toujours détestée. Celle qui prend un peu alors qu'elle veut tout, parce qu'au bout du compte, elle se contente de moins.

J'essaie de me convaincre que je suis mue par le désir et non objet de ce désir. Qu'Alex n'est qu'un outil et qu'avec le temps, l'espace, la distance, je l'oublierai.

Mais je me rends compte de l'étendue de mon erreur, là, plantée dans le couloir, ma robe Paris serrée contre ma poitrine. J'étais sur le point de me rendre dans la chambre d'Alex pour demander s'ils n'avaient pas une paire de ciseaux, vu que je ne trouvais plus les miens.

Il est sorti dans le couloir comme une balle, a pris les escaliers et pas l'ascenseur, alors même qu'on loge au vingt-et-unième étage. Sa porte est encore ouverte et son odeur partout dans le couloir, différente, masculine et purement lui. Blake me regarde depuis le seuil. Je hausse un sourcil, en demande muette d'explication. Les prunelles d'Alex sont brillantes et la souffrance peinte sur ses traits impossible à ignorer. Elle est bien là, et elle est à vif.

– Il a appris, pour les fiançailles de Fallon et Will.

J'aspire ma lèvre inférieure dans ma bouche, la mords, écarquille les yeux. Dans ma poitrine, la douleur sourde s'intensifie. Pour lui. Pour moi. Peut-être même pour Blake. L'idée que tout est fini, que lui et moi, c'est fini, me submerge.

On a peut-être atteint un point de rupture.

On est peut-être au bout du chemin.

Je passe le reste de la journée dans ma chambre d'hôtel, à regarder la télé. Je skype avec Natasha, Craig et Ziggy. Craig ne peut pas quitter la maison et Natasha refuse de lui rapporter de l'alcool. Du coup il doit rester sobre, à contrecœur. Ce n'est pas drôle de le voir se traîner comme une âme en peine, n'empêche que je ne l'ai pas connu physiquement aussi en forme depuis des années. Ses joues ont retrouvé une teinte rose naturelle et sa peau a l'air plus lisse. Quant aux poches sous ses yeux, elles sont moins gonflées. Et puis, il est en état de fonctionnement. Plus ou moins.

Pourtant, je n'en éprouve guère de joie.

– Craig, va préparer son repas à Ziggy. Il y a de la purée et du poulet au frigo, lui indique Natasha.

J'esquisse un sourire las. Ils ont les moyens d'acheter du poulet. Je suis contente, malgré tout, de poursuivre la tournée avec Alex. Celui qui prétend que l'argent ne fait pas le bonheur n'a jamais été pauvre. Car si, l'argent peut faire le bonheur, ce qui ne signifie pas qu'on en ait besoin de beaucoup.

Sitôt Craig et Ziggy hors de portée d'oreille, Nat s'approche de l'ordinateur portable et l'embarque au petit trot dans sa chambre, refermant la porte derrière elle pour sauter sur le lit et régler l'écran afin de mieux me voir.

– Alors, qu'est-ce qui se passe ? chuchote-t-elle. Raconte-moi tout. Parce qu'il y a des tas de trucs à raconter, je parie. J'ai vu une photo de paparazzi qui vous montre en Grèce. On aurait dit qu'Alex t'embrassait à moitié ou qu'il te tripotait les fesses.

Oh, merde.

Mentalement, je passe en revue tout ce qui s'est passé à Athènes. Les garçons ont voulu partir en balade et j'ai dû surveiller Alex d'encore plus près, car apparemment, il avait fait la fête à Londres avec un revendeur de drogue qui avait déménagé en Grèce, ce qui mettait Blake à cran. J'arborais une robe bleue à pois et un sourire carmin, ce jour-là.

Il faisait un temps superbe. On avait admiré les ruines antiques avec un groupe de touristes émerveillés, des Japonais et des Allemands, qui prenaient des photos du Parthénon. Tout à coup, Alex avait glissé la main sur mes fesses, profitant de ce que tout le monde marchait devant nous en écoutant le guide. Il avait alors collé sa bouche à mon oreille.

Le Parthénon était le temple que les Grecs avaient érigé pour leur déesse, Athéna, expliquait le guide. Athéna était le symbole des arts et de la liberté.

– Deux détails qui me font penser à toi, avait chuchoté Alex en promenant sa bouche dans mon cou, sa voix rendue rauque par la cigarette et le désir. Mais ce soir, darlin', c'est toi qui m'appelleras ton dieu.

Il n'a pas prononcé le « g » de « darling ». Pour moi.

– Un dieu avec des cornes.

– J'aime ça, moi, les cornes. Comme dans « popcorn ». D'ailleurs, on est tellement chauds qu'on pourrait en faire cuire, du popcorn.

– Grand Dieu !

J'avais tout de même éclaté de rire.

– Tu vois ? Je ne t'ai pas encore touchée que déjà tu évoques la religion.

J'étais tellement heureuse en cet instant… Ce qui ne fait que me ramener plus durement à ma tristesse actuelle. Mon visage s'échauffe à ce souvenir et le sourire de Nat s'élargit.

– Oh, là là Indie ! Tu couches avec une rockstar. La garce qui sommeille en moi te fait une petite danse de la victoire. Ou devrais-je dire la garce qui sommeillait ? Je pense qu'elle est encore là, mais je la retiens depuis que je suis mariée, que j'ai un gosse et tout ça.

Unc autre flèche de chagrin m'atteint en plein cœur. Nat mérite tellement mieux que ce que Craig lui offre. Si elle avait abordé le sujet, ne serait-ce que quelques heures plus tôt, j'aurais peut-être été plus courageuse. Plus sereine. Comme si ça ne comptait pas du tout qu'Alex attende Paris avec impatience, dans l'espoir de retrouver son ancienne flamme.

– Ce n'est pas ce que tu penses.

Je tire une mèche de mes cheveux bleus et en tripote la pointe, les yeux rivés dessus au lieu de regarder ma belle-sœur.

– Explique-moi alors.

J'entends le sourire dans sa voix.

– C'est tout à fait léger, il est toujours amoureux de son ex.

– Et ça t'ennuie ?

– Bien sûr que non.

– Pourquoi tu tires cette tête de six pieds de long, dans ce cas ?

Parce que je suis une menteuse, comme lui.

– Je ferais sans doute mieux d'y mettre un terme.

En prononçant l'idée tout haut, je l'ai rendue réelle et effrayante. Non que je sois amoureuse d'Alex, ni même que j'aie besoin de lui, mais il est la chose dans ma vie qui me procure le plus de plaisir. Or la liste de ces choses-là n'est pas très longue.

– Tu devrais peut-être, mais tu ne le feras pas, c'est certain, conclut Nat.

Je lève les yeux pour voir son expression, qui vient de passer de l'amusement à l'inquiétude.

– Rappelle-toi, Indie : trois mois. Profite de ce qui t'est donné et ne va pas plus loin que ça.

Plus facile à dire qu'à faire. Je change de sujet et nous finissons par discuter d'autres choses. De Clara, de la boutique *Thrifty*, qui a appelé Nat pour lui demander de mes nouvelles. Puis de la nouvelle obsession de Ziggy, baisser son pantalon, qui ravit Nat, car elle en déduit qu'il est prêt à aller sur le pot.

Après notre coup de fil, je passe commande à la réception : un Philly cheesesteak et des frites. Pas grand-chose à voir avec les spécialités espagnoles, mais j'ai besoin de me sentir sur le sol américain, ne serait-ce que l'espace d'un repas. Je suis en train de dessiner des bonshommes avec une frite dans mon ketchup quand il cogne à ma porte. Pas besoin d'ouvrir pour savoir de qui il s'agit. Alex est toujours à deux doigts de défoncer le battant tant il frappe fort. Je le laisse s'acharner dix minutes, mais finis par réaliser que j'entre en terrain dangereux si je continue. S'il est saoul ou drogué, deux suppositions qui n'ont rien d'impensable, vu qu'il a disparu plusieurs heures et qu'il était seul, je dois gérer ça. Peu importe que j'aie été blessée, ça reste un boulot, et un boulot qui paie bien. Assez bien pour acheter à Ziggy les appareillages dont il a besoin pour ses oreilles. Il a d'ailleurs un rendez-vous médical la semaine prochaine.

En plus, je veux placer Craig en désintox et faire réparer la voiture de Nat, histoire qu'elle n'ait plus à prendre trois bus pour se rendre à son travail en intérim. Conclusion : peu importe ma colère idiote vis-à-vis d'Alex qui est dévasté par les fiançailles de Fallon, je dois ravaler ma fierté. En revanche, rien ne m'oblige à continuer de jouer le jeu de notre relation.

Je me dirige vers la porte et l'ouvre en grand. Il se tient devant moi, son tee-shirt col en V froissé, son jean skinny noir et sa haute taille, à la fois familière et impressionnante. Il sent la cigarette et le froid mordant de l'air du soir. Il semble sobre, triste et je le trouve extrêmement appétissant. Je croise les bras pour m'empêcher de les tendre vers lui et plonge dans ses prunelles d'ambre, avec les paillettes vert et or qui nagent en cercle, comme dans une mare d'or.

Je suis vraiment contente de n'avoir pas couché avec toi. Autrement, je serais incapable de me retenir de te donner tout ce que tu es venu chercher ici ce soir.

– Je peux entrer ?

Il a l'air dépité. Ses yeux sont injectés de sang.

Je devrais dire « non ». Je sais qu'il va vider son cœur et qu'ensuite, je ne saurai rien lui refuser. Il me rend faible et vulnérable, et ça devrait suffire à me faire prendre mes jambes à mon cou. Je reste plantée là, sans un mot, pas tout à fait prête à dire « non », mais pas non plus assez bête pour dire « oui ».

– S'il te plaît.

Il a perçu l'hésitation dans mes yeux, pourtant sa voix est dure et rauque. Il faut s'appeler Alex Winslow pour demander quelque chose gentiment, une fois dans sa vie, et trouver le moyen que ça sonne comme un ordre.

– J'ai besoin de parler.

– Parle à quelqu'un d'autre. Tu as des tas d'amis.

Il lâche un rire ironique et lève les yeux au plafond. De cet angle, je discerne les cernes noirs sous ses yeux.

– Des amis comme ça…

– C'est pas mon problème, je réponds doucement.

Et je me déteste pour chaque mot de cette phrase. Il a été cruel avec moi, mais ça ne m'oblige pas à être cruelle aussi. Il y a de la force dans le fait de choisir la gentillesse, même quand on se fait entraîner dans un puits de méchanceté. Je n'ai jamais été comme ça, pourtant je ne peux m'en empêcher. Je suis en colère. Plus en colère que compatissante. Il fronce les sourcils, soutenant mon regard. J'observe son expression, qui passe au ralenti de l'exaspération et de la tristesse à un intérêt sombre.

– Qu'est-ce qui t'est arrivé ?

– Il m'est arrivé toi. Hélas.

Je suis sur le point de refermer la porte ; il est clean, mon job est terminé, mais il glisse un bras dans l'embrasure et m'en empêche. Je vais pour la lui claquer au nez tout de même, quand il lance :

– J'y réfléchirais à deux fois, si j'étais toi. Ce bras-là, il est assuré pour vingt millions de dollars. Si je ne peux pas jouer de la guitare, beaucoup de gens seront peinés. Des tas de gens que tu ne souhaites pas mettre en colère.

La lave bouillonnant dans ma poitrine, je laisse la porte entrouverte, douloureusement consciente de ses doigts qui effleurent la bretelle de ma robe jusqu'à mon épaule.

– Pourquoi tu es furax ?

Son pouce remonte dans mon cou, vers mon pouls qui s'accélère à chaque milliseconde. Son changement d'humeur me perturbe, et c'est exactement l'effet qu'il recherche.

– Je ne suis pas furax.

Un gloussement meurt dans ma gorge. Il pousse la porte en entier et entre tranquillement, tel le propriétaire des lieux, pour effectuer son tour d'inspection habituel. Alex aime observer, examiner tout, comme si je cachais des dizaines de cadavres dans ma chambre.

– Mais si, tu es furax. Tu me regardes avec la même expression que si j'avais écrasé ton cacatoès apprivoisé.

– Je n'ai pas de cacatoès apprivoisé.

– Ouais. Ben, n'en prends pas. Ils exigent beaucoup de travail. Fallon en avait un.

Fallon. Ce prénom sur ses lèvres sonne comme une insanité.

– Je ne comprends juste pas ce que tu fais ici. Tu es perturbé par les fiançailles de Will et Fallon. Tu devrais gérer ça, soit en leur parlant à eux, soit avec quelqu'un qui soit en mesure de t'aider. Ce qui n'est pas mon cas.

Il avance vers moi, m'obligeant à reculer pour éviter son contact. Il n'est ni lent ni particulièrement agressif. Juste… nonchalant. Quand mon dos heurte la commode derrière moi, je finis par exhaler un peu de ma rage. Il se tient là, tranquille, sans un mot. Inutile de préciser que ça a le don de m'agacer.

– Dis quelque chose, je gronde.

Ses yeux s'étirent en deux fentes.

– Tu savais.

Il parle des fiançailles.

– Oui, j'admets sans ciller. Blake a dit que tu allais péter un câble, si tu l'apprenais. Or mon boulot, c'est de m'assurer que tu restes clean. Oui, tu es un boulot, Alex.

Ce détail, je me le rappelle à moi plus qu'à lui. Il réfléchit à mes paroles tout en roulant une mèche bleu glacier entre ses doigts. Sa tristesse n'est plus du tout visible sur son visage, remplacée par le désir, silencieux et brûlant. De ces désirs qui coulent profondément en lui et ne s'arrêtent pas dans le bas-ventre, mais vous engourdissent jusqu'aux orteils, embrasent chaque terminaison nerveuse au passage.

– Ce n'est pas très gentil, commente-t-il.

De nouveau, ses doigts viennent caresser mes épaules, brûlants, rugueux et calleux, et repoussent la bretelle de ma robe ample.

– Surtout de la part d'une personne aussi chaleureuse. Tu me détestes vraiment, pas vrai ?

Je déglutis.

– Je ne te déteste pas, non. (Une vérité pour une vérité : m'en donnera-t-il une en retour ?) Et toi, est-ce que tu tiens à moi un minimum ?

– Oui, avoue-t-il d'une voix blanche, sans ciller, ni manifester la moindre once d'émotion. Je tiens à toi.

– Dans ce cas, laisse-moi. Laisse-moi travailler ici et arrête ce… ce…

On est quoi, en fait ? Non, c'est vrai, on est quoi ? Ça ressemble plus à une aventure qu'à une suite de rencards.

– Ce truc entre nous. Tu en aimes une autre.

– Non, rétorque-t-il sur le même ton.

Son corps envahit un peu plus mon espace personnel, au point que les poignées de la commode s'enfoncent dans le bas de mon dos. Nos membres sont entrelacés, mais hormis cette incapacité de reculer, je n'ai pas d'excuse pour expliquer la réaction de mon corps. Du genre, envie de danser et de se jeter du haut d'une falaise.

– Pourquoi ? je souffle.

– Tu en as besoin. *On* en a besoin. Aujourd'hui, le problème, ça n'était pas Fallon. Les fiançailles, ça m'a surpris, mais ce n'est pas ça qui m'a fait péter les plombs. C'est le fait que mes potes me dépouillent de tous mes pouvoirs, de toute ma liberté.

Pause. Battement de cœur. Déglutition.

– J'ai accidentellement cassé Tania.

Mon ventre fait un looping, un frisson me descend le long de l'échine. Il a tué Tania. Sa carapace de tortue. Tania qui l'inspirait, le protégeait, était là pour lui. J'en reste bouche bée.

– Comment…

– J'ai piqué une crise avec Blake quand j'ai appris qu'il avait fait fuiter les photos de mon sexe. Qu'il m'avait caché tant de choses. Je ne savais pas ce que je faisais. J'ai attrapé le premier truc à ma portée et je l'ai balancé sur lui. Elle s'est écrasée contre la porte. Rappelle-toi bien la phrase qui va suivre, Stardust, car elle est importante et c'est une vérité rare : je ne suis pas triste à cause de Fallon. OK, je t'accorde que je ne suis pas ravi de la nouvelle non plus, mais les événements d'aujourd'hui ne sont pas liés à cette fille. Ils découlent de ma putain de vie bousillée, de mes putains de potes et de ma putain de façon de mélanger le travail et le plaisir comme un débutant. Je ne sais plus qui reste pour le fric et qui est là par amitié. Et pire encore : si je pouvais le déterminer, je choisirais de ne pas savoir. Parce que ça ferait trop mal. La voilà, la vérité, cette chose qu'on trouve tellement bien.

Quelque chose passe entre nous. Une sorte de compréhension muette. Alex est un menteur, car sa vérité, il la déteste. Mais il est là, devant moi, son visage si nu, si à vif, et en cet instant, peu m'importe qu'il me brise comme il a brisé Tania.

On a besoin l'un de l'autre. Maintenant. Sur cette tournée. Comme on a besoin de l'air, de l'oxygène, du cœur qui bat en nous. Pour une fois, je comprends ce qu'il dit quand il parle d'être au-dessus des lois de la gravité. Il y a un monde, là-dehors, je le sais. Mais il y a aussi un plus petit astéroïde sur lequel on vit, et c'est le seul endroit où je veux être en ce moment.

Silence.

Silence.

Silence.

Musique.

Qui vient de quelque part plus bas. Une fête dans la rue, je pense. Dès qu'elle démarre, nos lèvres se scellent et nous arrachons nos vêtements. Le son étouffé du tissu tombant sur le sol moquetté emplit mes oreilles en plus de la musique festive. Alex me soulève pour me nouer les jambes autour de sa taille, son geste signature, avant de me porter dans la chambre. Il opte toujours pour le jacuzzi, le balcon ou le moment où je suis penchée au-dessus de la table de la cuisine. Il aime quand c'est malcommode et sauvage. La version non photoshoppée, comme il dit.

Cette fois, il me lâche sur les draps froids de mon lit et je cambre le dos, surprise par le fait qu'il veuille faire ça au lit. Il promène ses dents sur ma peau et j'enroule ses cheveux autour de mes doigts, tout en lui donnant le meilleur accès possible à tout. Quand il dépose une ligne de baisers en direction de mon estomac, je commence à sentir les papillons voleter dans mon ventre, mon sexe se crispe tout seul, juste à l'idée de ce qui vient.

Il est toujours tellement content de lui, comme s'il avait le monde à ses pieds, ce qui est le cas d'ailleurs, mais jamais quand on est au lit ensemble. Quand il n'y a que nous, que ses lèvres sont sur les miennes et que son sexe imposant frotte contre mon corps, il a l'air humble, reconnaissant et en souffrance.

Sa bouche trouve mon bouton sensible et il entreprend de jouer avec. Moi je me laisse aller, j'oublie ma famille, mon cœur brisé et l'assiette de frites délaissée qui répand dans la pièce une drôle d'odeur. Il n'y a que lui et moi. Lui, moi et le plaisir.

– J'ai besoin de te prendre, murmure-t-il, sa voix vibrant et chatouillant mon clitoris. J'ai besoin d'être en toi comme tu es en moi. Si profondément que j'ai envie de m'arracher la peau pour me débarrasser de toi. Oui, j'ai besoin de me débarrasser de toi, répète-t-il.

Et mon cœur explose, ma respiration reste coincée dans ma gorge, alors même que mon clitoris se met à palpiter, ma lèvre inférieure tremblant à l'approche de l'orgasme inévitable qui menace de déferler sur moi comme une tempête. Il adore sucer mon clitoris, si fort que d'épais nuages blancs flottent devant mes yeux.

– Non.

Ma voix vacille, mon bassin ondule contre sa bouche tandis qu'il commence à enfoncer sa langue en moi, encore et encore. Il est sans pitié. Impudique et éhonté. Comme quand il passe les doigts sous mes cuisses pour me pousser d'avant en arrière afin que sa langue s'enfonce plus loin en moi. Ou quand il colle son sexe contre ma cuisse au point que sa braguette déchire mon legging à force de frottements brutaux.

– Je t'ai dit que je ne coucherai pas avec toi, je lui dis à mi-voix.

Sauf que c'est un mensonge et nous le savons tous les deux. Il n'y a aucune différence entre coucher avec lui et me laisser dévorer chaque nuit. Toucher durant des dîners publics et l'autoriser à jouer avec mes tétons lorsqu'il téléphone à Jenna, qu'il lui hurle dessus au sujet de quelque apparition qu'il n'a jamais acceptée.

Il ricane contre ma chair brûlante.

– Mais je te briserai.

Tu l'as déjà fait. Aujourd'hui. Évidemment, je garde cette pensée pour moi. Mes cuisses commencent à trembler de façon incontrôlable et ma bouche s'ouvre sur un « O » tandis que je l'agrippe plus fort par les cheveux. Je suis sûre que ça lui fait mal, pourtant il ne se plaint pas. Il ne se plaint jamais. Malgré toutes les saletés qu'il fait en dehors de la chambre, une fois nos vêtements enlevés, il me met toujours à l'aise.

À l'aise pour hurler, pour gémir et pour supplier.

À l'aise pour sucer avidement son sexe et essuyer les gouttes échappées d'un revers de main, sidérée qu'il m'ait autant excitée rien qu'en me regardant comme il me regarde. Comme si se caresser allait effacer tous nos soucis.

Je jouis sur sa langue. Fort. Il me retourne et avant que j'aie le temps de protester, il me chevauche et enfouit son sexe entre mes fesses complètement nues, et se met à aller et venir.

– Oh putain, lâche-t-il.

Il adore me faire des choses par derrière. Sans doute parce qu'il sait qu'autrement, je lis sur son visage comme dans un livre ouvert. Les soucis, la tristesse, la peur. On n'a pas de relation sexuelle à proprement parler, mais oh, là là, c'est de plus en plus dur de me convaincre qu'il ne franchit pas les limites que je me suis fixées. Il suffit que je lui cède. Que je me cède, à moi. Que je lui demande d'enfiler un préservatif et de me pénétrer. Mais ne pas craquer me donne l'impression que je garde le contrôle, une sensation qui m'excite tout autant que son corps.

Son sexe pulse entre mes fesses et je sens les premières gouttes chaudes annonçant l'orgasme, qui coulent sur mon coccyx. J'ignore pourquoi je trouve ça aussi incroyablement excitant qu'il se masturbe sur moi comme ça. Mais qu'importe, je n'hésite pas à onduler contre lui, à le titiller, à l'inciter à ruer contre moi.

Je ne sais pas ce que je fais. Pas vraiment. Je suis trop ivre de désir et soulagée par la vraie raison de sa douleur actuelle. Je ne devrais pas me réjouir de savoir qu'il est dévasté par la perte de Tania, mais au moins, ça ne concerne pas Fallon.

– Pourquoi est-ce que tu me tentes comme ça ?

Il empoigne mes cheveux et me soulève, m'obligeant à cambrer le dos. Une fois que mon ventre ne touche plus le matelas, il utilise son autre main pour jouer avec l'un de mes seins, dont il pince le téton tout en lâchant un sifflement.

– Pourquoi tu prends autant de plaisir à me rendre dingue ?

Son ton menaçant me couvre la peau de chair de poule.

– Pour être à égalité avec toi, je réponds d'une voix gutturale, suffoquée par la position qu'il m'impose, mon cou tendu et lui se frottant de plus en plus fort contre mes fesses.

Ses ruades sont presque une punition, destinée à lui tout autant qu'à moi, pour se venger de ne pouvoir me pénétrer.

– Je te rends juste la pareille, monsieur la rockstar.

– Je pense qu'on peut s'appeler par nos prénoms maintenant, Stardust.

Son sexe se met à tressauter contre ma peau et je sais qu'il est sur le point d'exploser. Ses dents s'attardent dans mon cou.

– Vu que la prochaine fois qu'on fera ça, je serai si profondément fiché en toi que ma queue va te chatouiller les poumons.

Sur quoi, il se répand sur mon dos. Je sens les rubans de sperme chaud sur ma peau. Puis Alex s'effondre sur le lit, se déconnectant de moi comme si je n'étais que le réceptacle de son plaisir. Mon visage est toujours enfoui dans l'oreiller et tant mieux, vu que je dois être écarlate. Je reste allongée là, dans la même position, à attendre qu'il dise quelque chose. Qu'il me nettoie, étant donné que je ne peux le faire moi-même. À moins d'aller sous la douche.

En fait, j'attends plusieurs choses, mais quelques minutes plus tard, j'entends la porte s'ouvrir et se refermer, et je comprends qu'il m'a abandonnée là, telle la poupée gonflable et jetable qu'il veut me donner la sensation d'être.

Car lorsqu'Alex a mal, il tient à ce que le monde entier souffre avec lui.

Or en cet instant, je suis son monde.

Je devrais être dégoûtée par ce qu'il a fait. Je devrais m'envelopper dans une serviette et me précipiter jusqu'à sa suite pour lui indiquer ma façon de penser.

Pourtant, tout ce que je fais, c'est sourire dans l'oreiller, telle la bécasse éperdue de désir que je suis.

Mon Alex.

Mon Petit Prince.

Mon étoile déchue dans les cieux noirs, si noirs.

CHAPITRE 21

ALEX

L'enthousiasme, c'est comme une maladie contagieuse. Il prend tel un feu, s'étend sans qu'on puisse rien y faire. Impossible à apprivoiser, on ne peut pas non plus doucher l'enthousiasme de quelqu'un quand il est vraiment fort. Raison pour laquelle je suis d'autant plus amer lorsque le taxi nous prend à l'aéroport d'Heathrow et nous conduit à travers Londres jusqu'à Watford.

Chacun est guilleret à la perspective de voir la famille.

Blake va dormir chez ses parents, dans la même rue que moi. Alfie campe chez un pote de Kentish Town et Lucas retrouve sa petite famille parfaite dans la grange qu'ils ont reconvertie en maison parfaite. Dans le Kent, pas à Watford. Sitôt que l'aîné des Rafferty a décroché son diplôme universitaire, ils ont déménagé dans un coin où il n'y a que des moutons et de l'air plus pur, des voisins consanguins et snobs. D'ailleurs, tous les frères et sœurs de Lucas sont mariés à des partenaires au look chevalin dotés de super boulots. Un jour, je lui ai dit que sa famille avait placé le « promis » dans le « compromis ».

C'est peut-être pour ça qu'il dédie sa vie à flinguer la tienne, ducon.

Moi, on m'a réservé deux chambres dans un hôtel londonien, proche de ma famille, mais pas assez pour que je sois obligé de les voir. Les chambres, elles sont pour Indie et moi, bien que j'aie demandé à Hudson d'en annuler une afin qu'on dorme enfin dans le même lit, elle et moi. Je ne suis pas complètement certain de mes sentiments la concernant. Tout ce que je sais, c'est qu'elle a le don d'effacer les saloperies, un peu, et ça suffit à m'apaiser.

Tania me manque.

Je me sens nu, à arpenter le monde sans elle accrochée dans mon dos. J'ai acheté une autre guitare acoustique, mais ce n'est pas pareil. Elle est rugueuse, rien à voir avec le bois doux de Tania, les cordes sont trop tendues. Elle me fait bizarre, posée sur mes genoux, comme une de ces filles si nombreuses qui me supplie de la baiser. Chaque fois que j'essaie d'en jouer dans l'avion, Stardust me jette un regard de pitié qui, d'une certaine manière, rend la sensation encore pire.

S'il y a bien une chose positive dans cette épreuve des fiançailles de Fallon et Will, c'est que maintenant j'ai moins de restrictions. Je ne parle plus à aucun des gars, juste à Indie, et encore pas trop, mais je peux aller sur Internet et regarder tout ce qui me plaît. Je sais que Stardust était au courant des fiançailles et des photos de ma queue, pourtant sa trahison ne m'est pas aussi pénible. Car elle n'est pas mon amie d'enfance, elle. Elle ne me doit rien. En fait, elle n'a même pas demandé à être embauchée par moi, si bien que j'ai moins de mal à digérer le fait qu'elle savait tout.

– Prêt à rentrer à la maison ?

Blake renifle, les yeux collés au carreau et contemple le paysage gris de Londres.

Je ne lui réponds pas. La bruine incessante me rappelle pourquoi j'adore ma ville. Elle est merdique et elle ne s'en excuse pas. *Pluvieux avec des risques de débâcle très publique.* Les gens viennent ici pour survivre, pas pour vivre. Sauf que survivre, ça vous donne l'impression d'être mille fois plus vivant.

– Je vais pouvoir prendre une journée de repos ? marmonne Indie, elle aussi le regard perdu dans le paysage. J'ai envie de monter sur le London Eye et d'aller visiter la tour de Londres. Et le Parlement aussi.

J'ignore pourquoi ça me surprend autant. Comme si je ne m'attendais pas à ce qu'elle ait d'autres projets que de baiser avec moi. Pour moi, elle est comme un cahier ouvert, prête à se laisser tacher d'encre de toutes les couleurs. Partout où elle va, elle veut toujours se promener en vélo dans les rues principales et consommer de la nourriture locale.

D'autres hommes trouveraient peut-être ça mignon, son appétit de la vie, mais sur moi, ça a juste un effet déprimant. Elle est tellement plus heureuse que moi, alors que j'ai tellement plus qu'elle.

– Je suis certain qu'on réussira à s'organiser. Pas vrai, mon pote ?

Blake ponctue sa question d'un coup de coude, le corps tourné vers moi. Depuis la perte de Tania, il déploie d'énormes efforts pour se montrer moins salaud dans la microgestion du quotidien.

Je choisis de ne pas lui répondre, une fois de plus, et passe un bras autour des épaules de Stardust, le regard rivé sur Lucas, qui me reluque comme si je venais de lui enfoncer un couteau dans l'âme.

– Bonne idée. Allons-y ensemble, ça nous fera des souvenirs, je grince.

Elle lève la tête, coule un regard sceptique sur mon visage, ma mâchoire, mes lèvres, mes yeux. Un inventaire qu'elle ne connaît que trop bien, raison pour laquelle le rose se propage sur ses joues et dans son cou, m'offrant ainsi l'évidente confirmation qu'elle pense à toutes les choses qu'on pourrait faire tout en visitant la ville.

Me frotter derrière elle au sommet du London Eye devant des touristes japonais horrifiés ou la coincer dans un coin sombre de la tour de Londres, ça m'apparaît comme un paradis. La moitié du plaisir serait provoquée par le fait de la voir agacée des réactions de son corps face à mes assauts publics.

– Et le harcèlement sexuel que te font subir les fans ? Je croyais que tu refusais d'apparaître en public pour cette raison, me taquine-t-elle.

Je hausse les épaules.

– Il se peut que je doive jouer des poings avec une adolescente ou deux. Ça pèsera sur ta conscience.

Là, Indie ne peut se retenir : elle secoue la tête et éclate de rire.

– T'es vraiment bizarre.

– Être normal, c'est largement surcoté, je maugrée.

Et je me déteste d'accorder autant d'importance à la question de savoir si elle pense que je suis bizarre au bon ou au mauvais sens du terme. Mais je ne veux pas la casser. Pas en cet instant. Pareille réaction devrait activer la sonnette d'alarme, seulement je préfère ne pas l'écouter.

Quand je finirai par lui donner un nom, il sera trop tard.

*

Si vous vous demandez quelle tête ferait Indie en apprenant que j'ai tué tous les chiots de sa rue, je peux vous le dire, car désormais je le sais. Pour qu'elle arbore l'expression correspondante, il suffit de lui annoncer qu'elle va partager sa chambre avec moi. L'idée ne lui plaît pas. Du. Tout.

Elle ne découvre l'affaire qu'une fois plantée devant la porte de notre suite présidentielle. Quand elle se tourne pour me demander sa clé.

– Quelle clé ? je lui demande, très sérieux, pour repousser encore le moment de lui dévoiler mes cartes.

Elle se frotte le nez avec sa paume ouverte, un geste que je trouve adorable, autre signal d'alerte très clair que je décide de traiter par le mépris, et incline la tête sur un côté.

– Celle de la porte de ma chambre. Qu'est-ce qui t'arrive, Alex ? Tu n'es même pas jetlaggué.

Je place la carte de notre chambre commune dans sa main et replie ses doigts dessus.

Elle dit :

– Non.

À quoi je réponds :

– Tu es au courant que le monde souffre de surpopulation et d'un immense gâchis de ses ressources naturelles ? On va économiser énormément d'eau et d'électricité, à partager la même chambre pendant une semaine.

– On va économiser beaucoup d'oxygène aussi, parce qu'il y en a un sur les deux qui va étrangler l'autre.

Sur quoi elle s'approche de la porte d'en face. Elle croit que je plaisante. Manifestement, il faut qu'on passe plus de temps à discuter et moins à se tripoter, parce que cette nana ne me comprend pas. Mais alors pas du tout. J'observe son sourire s'évanouir peu à peu chaque fois qu'elle passe sa carte-clé dans la fente et que la lumière rouge lui répond en recrachant sa carte. À la quatrième tentative, elle pivote vers moi, tape du pied et lâche un grondement animal.

– Alex.

Pour info, je lui épargne mon sourire de sale con lorsque je m'adosse contre notre porte déjà ouverte, bras croisés.

– Alex, elle répète sur un ton menaçant cette fois.

Ses prunelles indigo me supplient de la tirer de sa détresse. Je ne comprends pas. La seule différence entre le reste de la tournée et Londres, c'est qu'elle passera la nuit à mes côtés. Ce n'est pas grand-chose, d'ailleurs : je ne suis pas du genre à me coller à elle quand je dors.

Je replie le doigt et lui fais signe d'entrer. Elle reste immobile.

– Pourquoi ?

– Parce qu'on va écrire de la musique ensemble. Et se saouler de mots. Et baiser contre la fenêtre. Parce que c'est logique. Parce que je suis fatigué de tes craintes. C'est notre tournée. Notre album. Notre âme.

Le truc, quand on est un menteur compulsif, c'est qu'à un moment donné, on ne prend pas le temps de réfléchir si ce qu'on dit est vrai ou pas. Mais à ce stade, je le sais, on partage la même âme. Je suis en elle et je la lui emprunte. J'en ai besoin. Perdre Tania, ça a changé la donne. J'ai encore plus besoin de Stardust, ce sera peut-être encore vrai après Paris et je commence à accepter cet état de fait comme on accepte une sentence de mort. Avec une bonne dose de réticence.

Par-dessus mon épaule, elle jette un coup d'œil à la chambre vide, puis revient vers moi, les doigts serrés sur son sac de voyage, les phalanges blanchies.

– À une condition.

Dieu, si tu existes, je t'en prie, fais qu'elle ne demande pas des Louboutin ou une Porsche.

– J'écoute.

– Si on fait ça, je veux que tu ailles voir ta famille.

Alors voilà. Stardust et moi, on a parlé. Beaucoup. Du *Petit Prince* et de musique, certes, et aussi de nos familles respectives. On a parlé comme si nos vies en dépendaient, quand on écrivait au milieu de la nuit.

Du coup, elle sait tout sur ma mère accro au jeu, mon ivrogne de père et ma salope de sœur. Elle sait que je n'ai jamais reçu le moindre câlin, petit, et que j'écris sur l'amour comme les gens écrivent sur la science-fiction : uniquement grâce à mon imagination surmenée. Ce qui me pousse à croire qu'elle suppose ma relation avec ma famille récupérable. Ouais, je comprends. Elle n'a pas de parents. Mais vivre la relation parentale par procuration à travers moi, ce n'est pas la solution.

– Non.

Je colle mon front à la porte encore ouverte, parfaitement conscient du fait qu'elle est toujours dans le couloir. Qu'est-ce qu'on a avec les couloirs, tous les deux ? Pourquoi est-on toujours aussi réticents à laisser entrer l'autre ?

Note pour moi-même : écrire une chanson sur le sujet. Halls d'entrée. Relations. Métaphores. Fille aux cheveux bleus.

– Ben, dans ce cas, tu as intérêt à me prendre une chambre.

Elle fait volte-face et se précipite vers les ascenseurs.

Je dois la laisser partir, quelque part tout au fond de moi, je le sais. Seulement mon âme en est incapable, alors je finis par l'attraper par le poignet et la ramener vers moi d'un geste brusque.

– *Primo*, tu ne connais pas ma famille.

Une esquisse de sourire triomphal se dessine sur ses lèvres quand elle lève les yeux vers moi.

– J'en sais suffisamment. Je sais que tu en as une. Toi, Alex, tu as une famille. Tout le monde a besoin d'une famille.

– C'est des conneries. Honnêtement, tu as besoin de Craig ? Des problèmes de boisson de ce branleur qui souffle le chaud et le froid sur tes humeurs, de ses crises de violence ridicules ?

J'y crois pas : on passe notre temps à se disputer au lieu de baiser. Je n'en reviens pas non plus des points de similitude entre Craig et moi. Comment peut-elle être attirée par un type qui symbolise tous les vices qui ont fait de sa vie un petit enfer, ces dernières années ?

Elle réfléchit vraiment à ma question, elle ne se contente pas de cracher une réponse quelconque, avant de me lancer :

– Oui, j'ai besoin de Craig. Une grosse partie de l'amour qu'on porte aux gens et qu'ils nous portent est constituée par le soutien qu'on leur accorde, même s'ils vous irritent. Notre confiance en nous-mêmes et notre sentiment de sécurité se construisent non seulement parce qu'on prend soin de nous, mais aussi quand on prend soin de ceux qu'on aime. Je veux aider Craig. Pire : je veux changer Craig. Mais ça ne signifie pas que je n'ai pas besoin de lui. C'est mon frère.

À mon tour de réfléchir. Ai-je besoin de Carly ? Non. Du moins, je ne le pense pas. Elle n'a jamais été bonne à grand-chose, hormis pondre des gosses, or je n'irais pas toucher ce domaine-là, même avec une pique. Mes parents, je n'ai pas besoin d'eux non plus. Ils s'accrochent à ma fortune comme des morpions et je ne leur parle que les fois où c'est indispensable, ou pour les appels habituels à l'occasion de Noël ou des anniversaires. En revanche, j'ai besoin d'Indie, au moins sur la tournée. Je ne me fais pas d'illusions la concernant. C'est une fille avec de petits rêves et de gros problèmes et on n'a rien en commun. N'empêche, elle rend « Letters from the Dead » supportable. Il faut donc que je me la garde sous le coude jusqu'à la fin de la tournée et que je puisse lui donner ce qu'elle veut, même si ce qu'elle veut, c'est enfoncer une lame dans mon âme jusqu'à ce qu'elle se vide de sa vitalité comme de son sang. Parce que m'asseoir dans la même pièce que mes parents et ma sœur, pour les regarder boire des canettes de bière et manger de la nourriture frite méconnaissable dans un cornet en papier journal, ça me ferait cet effet-là.

– Et puis merde, je fais en agitant une main en signe de reddition. Je vais les rencontrer, OK ? Maintenant, entre là-dedans et arrête d'encombrer le hall. Sinon ils vont envoyer les vidéos de sécurité à TMZ et après, je ne serai plus seulement la rockstar has been qui montre sa bite et se came à mort, mais je deviendrai en plus celui qui doit supplier sa baby-sitter de ne pas le laisser tomber.

Elle avance d'un pas dans ma direction, avec aux lèvres un sourire aussi agaçant que surexcitant.

– Tu es trop mignon, quand tu supplies.

Je crochète de l'index son décolleté quasi inexistant et l'attire vers moi, pour planter un baiser sur sa bouche de petite maligne.

– On verra bien qui va supplier qui, ce soir.

CHAPITRE 22

INDIE

Jenna : Je ne veux pas le garder.

Indie : Parle d'abord avec Blake.

Hudson : :-o :-o :-o

Jenna : Manifestement, les hormones ont pris le contrôle de mon cerveau. J'avais oublié que Hudson était là.

Hudson : Mon bébé va avoir un bébé !

Jenna : Tu n'es pas ma mère, Hudson.

Hudson : Je parlais de Blake, en fait. Son charme à la Hugh Grant me fait mouiller.

Hudson : Non, sans déconner, ça n'a aucun sens. Bref.

Jenna : Je te jure que je te tue si tu en parles à qui que ce soit.

C'est TOP SECRET. Indie,
comment va Alex ?

Indie : Bien.

Jenna : Précise.

Indie : Il écrit régulièrement
et il semble très enthousiasmé
par son nouvel album.

Jenna : Et le morceau de dix minutes ?

Hudson : Il a décidé de le diviser
en deux chansons.

Jenna : J'ignorais qu'il te consultait
sur les sujets artistiques.

Hudson : C'est le cas. Parfois.
Quand il est aux toilettes
et qu'il s'ennuie.

Hudson : D'où tu crois que je tiens
mon surnom de Petite Merde ? LOL

Jenna : Qu'est-ce qui l'a poussé
à changer d'avis ?

Hudson : Une fille.

Jenna : Précise.

Hudson : LA fille ;-)

Je suis la première à l'admettre : parfois on repousse des trucs dans un coin de sa tête pour se protéger. Comme le souvenir de la mort de son chien. Ou comme la fois où ton premier amour te quitte. Ou que ton frère n'est pas complètement sain d'esprit, normal et bien dans sa peau.

Avant mon départ sur la tournée d'Alex Winslow, j'imaginais que mes coups de fil avec Nat et Craig constitueraient le point culminant de mes journées. Il s'avère que c'est devenu le moment le plus pénible. Chaque fois que mon téléphone cassé sonne, j'en viens presque à espérer que ce soit ma banque qui m'exhorte à me calmer. Mais c'est toujours Nat et toujours en larmes. Cette fois, elle m'a attrapée à un moment à peu près favorable. Alex est sous la douche et je suis assise sur le lit king-size devant le mur vert pâle, à me demander s'il se rend compte qu'on s'approche du fond, en matière de sentiments.

J'aurais dû lui dire « non ». Mais je suis déjà dedans jusque-là, et ce n'est pas juste mon corps qui a envie de lui. À la minute où je décroche mon téléphone, cependant, je me rends compte qu'Alex est le cadet de mes soucis. C'est Craig. Craig est toujours un souci.

– Salut, Nat.

– Pourquoi tu ne m'as pas parlé de la boîte à chaussures en haut du placard avant de partir ?

Elle renifle, l'air épuisée. Sa voix est différente. Lasse. Triste. Avant, elle parlait comme ces bonbons au sucre qui vous explosent dans la bouche. Douce, enthousiaste et ouverte, assez ouverte pour prendre le monde entier dans ses bras. Ça me met en rage que mon frère soit celui qui ait éteint la lumière de Nat.

Je fronce les sourcils. Et j'essaie de me rappeler ce que j'y ai fourré, dans cette boîte à chaussures. Je ne possède pas grand-chose d'intérêt ou de valeur. Un journal intime à la manque que je tenais gamine. Des lettres d'amour de garçons datant de l'école élémentaire, non qu'il y en ait eu beaucoup. Quelques photos… Je louche en direction de la vaste fenêtre avec vue sur Soho derrière le rideau. Et soudain, ça me revient d'un coup. Comme une gifle.

Les photos.

Oh, mon Dieu.

De maman avec le bébé des voisins dans les bras, un bambin tout mignon à boucles blondes comme Ziggy.

De papa faisant sauter Craig sur ses genoux en désignant l'objectif, tout sourire.

De tous les deux en train de faire un bonhomme de neige devant la maison à Noël, même s'il faisait si chaud que la glace achetée par maman nous fondait sur les doigts. Et une autre photo du même jour, où nous léchons tous nos doigts poisseux en riant.

Des souvenirs. De beaux souvenirs, très précieux.

Des souvenirs dont j'ai tellement peur que je les ai cachés dans une boîte à chaussures. En haut d'un placard. Un endroit où je ne les attraperai pas facilement, parce que ce voyage-là, il est toxique. Jamais je ne les retrouverai. Ils sont partis.

– Dis-moi qu'il n'a rien fait de stupide… je marmonne lentement.

L'hystérie m'agrippe la gorge. Craig n'est pas autorisé à quitter la maison. Je ne veux même pas imaginer les conséquences, s'il s'est entêté.

– Si…

Et Nat éclate en sanglots, pile au moment où Alex sort de la douche, ne portant rien d'autre qu'une serviette et un sourire satisfait. Ses cheveux bruns dégoulinent d'eau, comme pendant ses concerts, et mon bas-ventre se crispe, malgré le fait que mon cœur et mon esprit soient à un océan de là, en Amérique. Il pose sur moi un regard interrogateur, auquel je réponds en lui tournant le dos afin qu'il ne me voie pas dans un moment de complète vulnérabilité. Avec les lèvres qui tremblent et le nez qui me fait aussi mal que si on venait de le frapper.

– Où ? (Je m'éclaircis la gorge, levant les yeux au plafond pour recouvrer ma voix.) Où il est allé ? Tu le sais ? Et il est parti quand ?

Nat est sur le point de me répondre quand Alex m'arrache l'appareil des mains et le porte à son oreille. Il se dirige vers la salle de bains à toute vitesse et je bondis, lui emboîtant le pas. Mais il est rapide, ce con. Il le doit à ses longues jambes. Il irait plus vite que moi, même sur un pied.

– Natasha, vous allez appeler mon assistant personnel à L.A. Il vous aidera à le retrouver.

Alex s'immisce dans la conversation, à croire qu'il y participait depuis le début, ce qui glace quelque peu le sang bouillonnant dans mes veines.

– Oui, j'en suis sûr. J'ai assez de détectives privés pour enquêter pour moi pendant dix ans à Hollywood et suffisamment de connaissances au LAPD pour me permettre de chier sur le bureau du boss et sortir du poste sans une égratignure.

Il s'immobilise près de la porte de la salle de bains, sans ciller. Quand je tente de récupérer mon téléphone, sans y croire vraiment, jetant les bras en l'air dans l'espoir de l'attraper, il me colle une paume contre le front et me repousse. On se croirait dans la scène d'un dessin animé où le géant bloque la petite souris qui court sur place sans parvenir à bouger d'un poil. Pourtant, malgré le comique de la situation, il n'y a rien de drôle dans les sentiments qu'il éveille en moi. Il veut se rendre utile, or en ce moment, je n'ai pas envie d'accepter son aide. Il ne me doit absolument rien. Je l'ai trahi en ne lui révélant pas l'affaire Fallon-Will et le plan des garçons avec ses photos qui ont fuité, et lui, tout ce qu'il fait, c'est payer la caution de mon frère et maintenant lancer sa recherche.

– Notez, ordonne-t-il à Nat, avant de lui donner un numéro de portable, puis le code nécessaire pour le joindre.

Alex ne confie jamais son numéro à personne, d'ailleurs normalement, il n'a pas besoin de le faire. Blake et les autres sont toujours dans les parages. C'est étrange de songer qu'il n'y a que lui et moi, là, et encore plus étrange d'imaginer qu'il puisse œuvrer activement à quelque chose. Quelque chose en rapport avec moi.

– Envoyez-moi un texto quand on l'aura retrouvé, ajoute-t-il, mon téléphone coincé entre son épaule et son oreille, afin de pouvoir allumer une cigarette.

Il est à la fois autoritaire et sévère, affichant une expression si distante qu'on a du mal à imaginer qu'il a des émotions sous ce masque. Et ça, peut-être, c'est la part de lui qui signera ma perte. Il est gentil sans l'être avec moi directement. Je me cale contre le placard le plus proche face à la salle de bains et l'observe tandis qu'il raccroche et jette l'appareil sur le matelas, à l'autre bout de la pièce. Sur quoi, il fait volte-face et pointe son bâtonnet à cancer vers moi.

– Habille-toi.

Je secoue la tête en le contemplant à travers mes cils.

– Tu ne peux pas sortir. Tu es une superstar, tu te rappelles ?

– Je suis aussi une personne, merde. Deux gardes du corps sont en chemin.

Mon dos se raidit à ces mots.

– Des gardes du corps ? Mais tu détestes les gardes du corps.

Pas besoin de lui demander si c'est bien vrai, j'ai vu la façon dont il a réagi chaque fois qu'un ou deux agents ont dû le filer pendant la tournée. Apparemment, Alex Winslow est l'une de ces rares célébrités qui n'emploie pas de garde du corps à plein temps. Il déteste qu'on le traite comme un gosse. *Or moi, je suis sa baby-sitter*. La gentillesse de son comportement vis-à-vis de moi relève du miracle. Il passe près de moi à grands pas, saisit son jean slim et son marcel noir, jette sa veste en cuir par-dessus et déjà, il lace ses chaussures militaires.

– *Hey ho, let's go*[8].

– Je ne t'aurais pas rangé dans la case des fans des Ramones, je réplique.

En matière de musique, Alex est le type le plus snob de tous les temps. Surtout sachant qu'il a commis des morceaux à la Ed Sheeran, genre *Laisse-moi te prendre dans mes bras* à un moment donné de sa carrière. La lueur qui s'allume dans ses yeux me confirme que j'avais raison.

– Je ne suis pas fan des Ramones. En revanche, je suis un fan d'« Allons manger, putain de merde ».

On peut se plaindre qu'Alex soit un type irritant, excentrique et arrogant. En revanche, il n'y a pas de doute : ce mélange bizarre, il est enchanteur.

Lentement, très, très lentement, je me dirige vers la douche, où la buée chaude colle encore à la paroi vitrée. Il va vraiment sortir de l'hôtel en sachant qu'il va se faire remarquer. Il hait les foules. Et les gens. Et les paparazzis. Les seuls êtres humains qu'il veut bien tolérer, ce sont ses fans. Je crains que la situation ne provoque une crise, qui elle-même conduirait à la consommation de drogue.

8. Titre d'une chanson des Ramones.

J'hésite sur le seuil, lui jette un énième regard.

– Les paparazzis vont sans doute nous voir.

– Je sais.

– Et tu t'en fiches ?

– Me soucier de quoi que ce soit, ce n'est pas exactement mon genre.

Il hausse un sourcil, allume la télé et s'installe confortablement sur le lit.

– Allez, allez, Stardust. Fissa. Je me transforme en citrouille à minuit.

– Il est midi. Et à minuit, c'est en artiste que tu te transformes, je corrige en ôtant ma robe.

Nue devant lui, je le contemple qui me contemple. Comme s'il me comprenait. Comme si notre intimité était une entité vivante, assise là entre nous, avec ses rayons chauds ultraviolets qui me caressent doucement.

– Je suis toujours artiste. Parfois, je suis un artiste qui se fait baiser par les gros bonnets, admet-il, soufflant la fumée par les narines tel un méchant dragon et souriant au plafond. Vas-y, maintenant.

Je prends une douche rapide, avant d'essayer une dizaine de robes. Je sais qu'on n'est pas en couple. Bien sûr que je le sais. Mais je sais aussi que les tabloïds vont spéculer, alors pas question d'être la fille mal habillée aux cheveux bizarres, vêtue d'une robe bas de gamme. J'attache mes boucles en un chignon lâche, des mèches de cheveux bleu arctique retombent dans ma nuque. J'opte pour ma robe en velours bordeaux, classique. Du rouge à lèvres.

Du mascara. Petit coup de peps mental. Et me voilà aussi prête que possible.

Je sors de la salle de bains.

Alex ne réagit pas. Au départ. Il est concentré sur son téléphone, puis il lève les yeux et quelque chose attire son attention à la télé. Je reste plantée plusieurs longues secondes, le cœur bondissant dans ma cage thoracique. Pour une fois, ce n'est pas moi qui m'adresse à mon cœur, c'est lui qui parle à Alex.

Regarde-nous.

Sens-nous.

Aime-nous.

Je ne suis plus en mesure de le faire taire. Mon cœur veut qu'Alex l'aime. Tout comme le reste de moi. Alors quand sa tête tourne, presque au ralenti, que sa bouche s'ouvre, de deux centimètres pas plus, ses yeux dorés scintillent d'une lueur que je n'y avais jamais vue. À moins que je ne prenne juste mes désirs pour des réalités et qu'il n'y ait rien du tout.

– *Midnight Blue*, chuchote-t-il. Illicite et élégante à la fois.

Je coince une mèche échappée de mon chignon derrière mon oreille et m'éclaircis la voix.

– On va manger ?

Au moment où nous traversons le couloir en direction des ascenseurs, une pensée me frappe. Si évidente qu'elle me porte au bord du rire et des larmes en même temps. Alex n'a pas envie de sortir.

Il n'a pas envie de se déplacer avec des gardes du corps. Et il n'a pas plus envie de s'embarquer dans le train des rumeurs et que les gens parlent sur nous, surtout après cette fameuse photo en Grèce, dont Blake, évidemment, a affirmé qu'elle était photoshoppée chaque fois qu'on l'a questionné à ce sujet.

– Merci, je lui dis tandis que nous attendons l'arrivée de l'un des ascenseurs.

Il me répond par un grognement, sachant pertinemment à quoi je fais allusion.

Il me distrait de mes pensées de Craig.

Il m'évite de me noyer dans mes soucis familiaux.

Il n'est pas un chevalier en armure étincelante, ni un sauveur. C'est juste un garçon triste et brisé, qui a reçu un énorme cadeau, qui depuis, l'a exposé à la face du monde et à son jugement.

Et ce garçon, il m'a sauvée aujourd'hui.

Encore.

*

L'avantage, quand on se promène dans Londres avec un Londonien, c'est qu'on voit la ville à travers ses yeux. Alex connaît Londres comme une vieille copine. Chaque courbe, chaque ligne, chaque grain de beauté. Il est originaire d'une ville dans les faubourgs de la capitale anglaise, mais c'est ici qu'il a traîné ses guêtres. C'est son domaine. Et il règne dessus ainsi qu'il le fait pour tout : sans pitié et avec méthode, comme si chaque centimètre carré lui appartenait.

Pour commencer, nous sautons dans le métro, qu'il appelle le « tube ». Les gardes du corps, Harry et Hamish, sont assis à quelques sièges de nous, faisant mine de lire un journal local. Alex et moi sommes installés côte à côte, et peut-être est-ce dû à son bonnet et à ses lunettes noires, ou alors à son comportement désinvolte, en tout cas personne ne prête attention à nous. Une fois sortis avec le flot par l'escalator de la station Camden Town, nous arpentons un petit marché où nous avalons deux portions de tacos vegan chacun. C'est délicieux et épicé, et nous les faisons descendre avec un chocolat au lait acheté dans une épicerie pas loin. Puis Alex me fait visiter le coin. Il m'explique que le marché va bientôt être transformé en un immense centre commercial et qu'il est content de ne pas être là pour voir ce massacre, parce que ça revient à lui déchirer un morceau du cœur pour l'utiliser comme implant sur une starlette de Hollywood. Je ris et lui demande comment se porte son âme, ces jours-ci.

– Bien. Et elle ira encore mieux une fois que j'aurai annoncé à Jenna que je veux produire mon propre album. Plus de gros bonnets.

Nos petits doigts entrent en contact et s'enroulent l'un avec l'autre.

– Plus de gros bonnets, je répète.

Nous marchons dans les rues grises de Camden Town, passons devant des pubs qui empestent la vieille bière chaude et la cigarette. L'odeur de friture flotte par vagues continuelles, ce qui pourrait être largement moins agréable si l'air n'était pas rafraîchi par la pluie récente. Nous grimpons la colline jusqu'à atteindre le *Cambridge Castle*, un petit pub surmonté d'un immeuble de deux étages.

– C'est là que j'ai décrété que je vivrais si et seulement si je réussissais, me dit-il en désignant les appartements au-dessus de l'enseigne rouge du pub.

– Comment se fait-il que tu ne vives pas ici, alors ?

Il me jette un coup d'œil que je ne parviens pas à décoder. Un mélange de déception et d'agacement.

– Je suis un imbécile qui a perdu de vue ce qui est important. Je devrais vivre ici, c'est ce que tu insinues ?

Ça a l'air plutôt petit, vieillot et étouffant. Mais ça fait partie de son rêve, et quand la vie nous donne ce qu'il faut afin de réaliser notre rêve, il est de notre devoir de nous y atteler.

– Absolument, j'acquiesce.

Alex me prend la main et, du menton, me montre la porte en bois écaillée.

– Un cocktail ?

– *Virgin*, je l'avertis.

– Je rectifierai ça plus tard.

On prend un jus de cranberry avec des chips (on dit « crisps » en Angleterre) à une table à l'écart. Il n'y a que nous et le barman. Le type est nouveau et, même s'il ne se rappelle pas les années dorées de l'endroit quand Alex y donnait ses concerts, il demande pourtant un autographe et cinq selfies.

Après quoi, nous prenons le métro jusqu'à London Bridge, pour visiter la tour de Londres. Ça fait vraiment peur et je me retrouve à sursauter plusieurs fois ou à m'agripper au bras vêtu de cuir d'Alex. Nous effectuons la visite au milieu d'un groupe de touristes d'Europe de l'Est qui ne parlent pas un mot d'anglais, ce qui joue en notre faveur. Même s'ils demandent des autographes et des selfies eux aussi.

Nous décidons de rentrer à l'hôtel vers dix-huit heures. Nous montons dans un taxi noir, d'où nous contemplons les lumières des rues de la capitale qui défilent. Londres est magnifique et cruelle, à l'image d'Alex. Trop agitée. Trop occupée. Trop soucieuse. Trop sombre. Pourtant, je ne peux m'empêcher de l'absorber comme je le fais avec Alex. Comme si j'avais enfin trouvé la chose dont j'ignorais qu'elle me manquait.

Alex retire son bonnet pour la première fois depuis qu'on a quitté la chambre d'hôtel. Ses cheveux ondulés et hirsutes sont dressés d'un côté, ce que je trouve si adorable que je m'oblige à détourner les yeux pour protéger mon cœur.

– J'adore ton Londres, je lâche à la vitre. J'aime que les gens me bousculent en me croisant, sans jamais me regarder dans les yeux, leur attitude décontractée. J'aime que personne ne se ressemble. J'aime que la ville soit riche mais un peu lugubre. Pauvre, mais d'une beauté classique. Elle m'inspire.

– Je déteste ton Los Angeles, réplique-t-il. Je hais la façon dont cette ville ne te va pas. Je déteste qu'elle soit plate, étalée et superficielle. Sa météo agréable et ses habitants aux grandes dents. Tu mérites mieux, Stardust. Tu mérites d'être inspirée. Tout le temps.

– Peut-être.

Je ne suis pas malheureuse. Mais je ne suis pas heureuse non plus. Je ne sais pas si c'est la faute de L.A. ou au chaos général qu'est ma vie.

– Une fois que ça sera fini, peut-être que je voyagerai de planète en planète, de ville en ville pour trouver ce que je cherche.

– Tu devrais pourtant le savoir… (La voix d'Alex est triste et lointaine, comme si déjà il s'éloignait de moi.) Craig est ta rose. Il va t'enraciner sans jamais te laisser partir. J'ai le même genre de roses, à la maison. Tu n'es pas obligée de supporter les conneries de ton frère pour être présente auprès de Ziggy et Natasha. Tu dois lui dire de guérir, autrement il ne guérira jamais.

Je me tourne vers lui et l'observe en posant une main sur sa joue.

– Tu es heureux, Alex ?

– Je suis un artiste. C'est mon boulot de ne pas être heureux. C'est mon boulot de ressentir, de souffrir et d'éveiller les mêmes émotions chez les autres.

J'ai envie de lui dire qu'il se trompe. Qu'il peut créer de belles choses en s'inspirant du bonheur. Seulement, j'ignore si c'est vrai et je n'ai pas pour habitude de proférer des promesses vides, comme celles de mon frère.

Alors je me tais, même quand Alex glisse sa main dans la mienne et entremêle nos doigts.

Mon cœur bat assez fort pour qu'on l'entende malgré la circulation londonienne. Et il dit les mots que je ne peux pas donner à Alex.

CHAPITRE 23

INDIE

« La plus belle danse de ta vie,
c'est celle que tu danseras sans musique. »
Alex Winslow, *Broken Hearts Blvd*

La nuit venue, il met en action ce qu'il prêche. Chaque mouvement est une impulsion, un instinct, un besoin. Cette danse-là, on n'a pas à la répéter. C'est une nécessité, au même titre que respirer. Aussi réelle qu'il est possible de l'être.

Nous entrons dans notre suite en silence. Moi à reculons et lui en avançant, et il me coince contre le lit. La pression monte en moi et je sais qu'il est le seul à pouvoir la dénouer par un orgasme. Sa respiration haletante me balaye tandis qu'il ôte son blouson et descend la fermeture Éclair de ma robe jusqu'à mes fesses. Là, il s'arrête pour presser un doigt taquin dans la fente entre mes fesses, m'attirant ainsi à lui. Mon ventre est plaqué contre son érection palpitante. Sa peau brûle d'un désir animal et je le touche partout pour m'assurer qu'il est bien vrai. Il est si vivant sous la pulpe de mes doigts. Si terriblement humain, en dépit de son statut de demi-dieu. La pulsation entre mes jambes est déjà douloureuse avant même que ma culotte n'atterrisse au sol. Je ne me rappelle pas comment on finit nus, je me souviens juste de la sensation, de la seconde qui précède le moment où il m'allonge sur le lit.

Ultime.

Ça a l'air tellement ultime.

Comme s'il n'y avait pas moyen d'en revenir. Sans un mot, sans crier gare et sans préservatif, il me recouvre de son corps, son sexe dur contre mon ventre. Il pose ses lèvres chaudes dans mon cou et aspire avec un sourire que moi seule ressens. Alors je rive les yeux au plafond, le pouls affolé. J'ai l'impression que mon cœur a passé la vitesse surmultipliée, qu'il pompe frénétiquement le sang vers le reste de mes organes, pour tenter de me rendre aussi vivante que l'est Alex en cet instant. Il se positionne entre mes cuisses, sa langue tourbillonnant sur ma gorge, à me rendre folle. J'enfonce les ongles dans son dos, aussi fort que s'il était déjà en moi. D'une certaine manière, c'est d'ailleurs le cas.

– Préservatif.

Ma voix est à peine audible. Je dois répéter afin d'être sûre qu'il m'a bien entendue :

– Il nous faut un préservatif.

Il se redresse et me dévisage, le visage rougi. Sa poitrine se soulève et s'abaisse, et j'ai envie de croire que ça ne se passe pas comme ça pour lui avec toutes ses aventures d'une nuit. Impossible qu'Alex réagisse de la même manière face à toutes les filles qu'il roule dans ses draps. Comme si j'étais l'astéroïde, unique, sur lequel il veuille vivre. Pour toujours.

– Je me retirerai.

– Alex, merde !

– J'ai trop envie de te sentir.

– Tu me sentiras. À travers un préservatif.

– Non. Tout entière.

– Tu ne peux pas m'avoir tout entière.

Ça, même moi, je sais que c'est faux.

En le regardant ramasser son jean par terre pour en fouiller les poches en quête de son portefeuille, je me demande s'il s'attendait vraiment à ce que j'accepte de faire l'amour sans protection pour notre première fois. Il y trouve un préservatif, un seul, dont l'emballage m'a l'air froissé et usé.

Mon cœur sautille de joie à ce constat. Je le contemple pendant qu'il se couvre, concentré sur le latex qu'il déroule le long de son membre, les dents plantées dans sa lèvre inférieure. Enfin, il reporte son attention sur moi. Son érection vient se plaquer contre mon bas-ventre.

– Stardust, soupire-t-il en secouant légèrement la tête. Stardust, Stardust, Stardust.

Sur quoi, il s'enfonce en moi d'un coup. Je lâche un gémissement, mêle mes doigts à ses cheveux pour l'attirer plus bas, son front contre le mien.

– Alex.

Il replonge. Encore. Et encore. Ses mouvements sont rudes et brusques. Chaque fois qu'il m'assaille, ses hanches frottent douloureusement sur les miennes, comme s'il voulait que je ressente la même chose que lui, piégé à l'intérieur de son corps et de ses pensées. Je ne me fais aucune illusion quant à la nature d'Alex. C'est un addict et une âme torturée, il ne restera pas à mes côtés. Pourtant, cet instant me donne tout ce que je ne savais pas que je pouvais avoir. Il me pousse à me contenter du « maintenant » au lieu du « pour toujours ».

– Nom de Dieu, marmonne-t-il, ses lèvres collées aux miennes, puis à mon menton, à mon oreille et, de nouveau, à ma joue.

Nous sommes un enchevêtrement de chairs et de membres. Je sens qu'il touche quelque chose à l'intérieur de moi et mon ventre se resserre autour de lui à chaque assaut. Il me saisit une jambe, qu'il soulève pour la passer sur son épaule, et me pénètre plus profondément encore. Je pousse un cri si sonore que les autres résidents de l'hôtel m'ont entendue, j'en suis sûre.

– C'est tellement intense.

Je prends une inspiration saccadée, mais il ne va et vient que plus fort. Il sait ce dont j'ai besoin, nous savons toujours ce dont l'autre a besoin. C'est ça, le plus tragique dans notre relation : nous sommes compatibles de bien des façons et nous nous utilisons comme arme face à l'autre.

– Je vais jouir.

Mon corps tremble de l'intérieur. La chair de poule couvre ma peau tandis que des vagues de plaisir, minuscules mais régulières, commencent à déferler à travers moi, de la tête jusqu'à la pointe de mes orteils.

– Je jouis…

Je rejette la tête en arrière et frissonne dans ses bras, avec la sensation d'être une allumette enflammée.

– Putain, si on ne change pas de position, je vais jouir aussi, gronde-t-il.

Et il me retourne, à genoux, avant de se ficher à nouveau en moi.

– Ooooh…

J'ouvre grand la bouche sous l'effet du plaisir. Alex passe un bras autour de ma taille et se met à jouer avec mon clitoris, tout en mordillant mon lobe. Je sais qu'il va dire quelque chose : il prend un plaisir particulier à me parler à l'oreille comme ça, quand je ne le vois pas. *Quand je suis à sa merci.*

– Jouis encore, Stardust, souffle-il en me prenant sans relâche.

Les larmes me gonflent les paupières. C'est tellement intime, tellement plein de promesses. Or il sait ce que je pense des promesses en l'air.

– Jouis sur ma queue comme la gentille vilaine fille que tu es.

Alors je jouis encore, avant de retomber contre le matelas dans un bruit étouffé, tandis qu'il continue à m'assaillir, sans cesser de jouer avec mon clitoris. La sur-stimulation provoque des soubresauts dans tout mon corps, maintenant.

– Putain, putain, putain.

Un ultime coup de reins et il éjacule en moi tout en me frappant sur les fesses. Il s'effondre sur mon dos de tout son poids.

Il reste fiché en moi, le torse plaqué à mon dos. De petits grognements de plaisir s'échappent de ses lèvres. J'essaie de me retourner pour le regarder, mais impossible de bouger.

– Je vais te demander de me verser un loyer, si tu décides de rester sur moi plus longtemps. Tu n'es pas léger, Alex, je lui signifie doucement.

En riant, il me fesse de nouveau, taquin, et roule sur le lit, en se retirant délicatement.

– Tu devrais. Je serais prêt à payer un bon prix pour pouvoir rester dans cette position.

Il tend le bras pour attraper le paquet de cigarettes sur la table de chevet, mais je lui pose une main sur le bras, afin de l'en empêcher. Nos regards s'accrochent.

– On partage la même chambre, désormais. J'ai pensé à te le signaler tout à l'heure, quand tu en as allumé une, mais j'étais trop occupée avec l'histoire de Craig. Tu peux fumer dans le patio. Pas ici.

– C’est une blague ? me demande-t-il, l’air incrédule.

Peu importe ce qu’il paie pour cette chambre, c’est moi qui vais devoir payer la facture médicale, quand j’aurai un cancer provoqué par ce tabagisme passif.

– Je pense que j’ai plus d’humour que ça, je réplique.

Il se lève, glorieusement nu, et se dirige vers le balcon avec son paquet de cigarettes. Son sexe au repos maintenant ballote d’un côté à l’autre, ce qui serait ridicule et gênant chez n’importe qui d’autre, mais pas avec une rockstar. Non. Alex semble parfaitement sûr de lui et terriblement à son aise.

– Enfile quelque chose ! je lui crie du lit, enveloppant ma poitrine dans le drap blanc.

Il fait demi-tour et, à reculons, ouvre d’un geste fluide la baie vitrée géante, un sourire carnassier aux lèvres, toutes canines dehors.

– Pourquoi ? J’ai revêtu ce qui se peut porter de plus beau, darlin’. Mon sourire.

*

ALEX

Le problème, en ce bas monde, c’est que quand on s’amuse, les journées semblent s’agglutiner en tout petits noyaux ; quand on est malheureux, en revanche, chaque jour est une année, une île, une pièce capitonnée dont on ne peut sortir.

Trois jours se sont écoulés depuis que j'ai réussi à choper Indigo Bellamy. Trois jours durant lesquels je me suis fait un devoir de la prendre dans toutes les positions, sous tous les angles et partout dans Londres et sa grande banlieue.

On a baisé dans le jacuzzi, deux fois, sous la douche, trois fois, au lit, quatre fois et dans un taxi noir londonien, une fois. Et j'ai dû lui fourrer un tee-shirt « Attention à la marche en descendant du train » dans la bouche pendant qu'elle me chevauchait sous sa robe longue, assise sur mes genoux. On a fait les touristes. On a visité mon ancien quartier de Clapham, et d'autres fois, on est tranquillement restés dans notre chambre, à baiser ou à regarder des rediffusions de *The Mighty Bush*[9] ou *Never Mind the Buzzcocks*[10], à nous régaler ensemble. Fallon, elle, a toujours dénigré mes émissions préférées.

Enfin, pour être parfaitement honnête, Fallon est le cadet de mes soucis pendant ce séjour à Londres. Pour la première fois depuis des années, je m'amuse vraiment. Je réponds même aux appels de Blake, sans m'éterniser : toujours bref et professionnel.

---

9. Série humoristique britannique surréaliste contenant de nombreuses références à la pop culture. Les épisodes comportent souvent des numéros musicaux de différents genres.

10. Jeu télévisé humoristique britannique sur le thème de la musique pop.

Alfie est passé un jour à notre hôtel, apportant de la nourriture afghane qu'on a mangée à même le sol tout en regardant *Shaun of the Dead*. Je n'arrive pas à être en colère contre ce branleur. Il est doté de la conscience sociale d'un baume à lèvres. Et c'est un euphémisme.

Et puis, le quatrième jour, Indie m'a donné un coup de coude.

– Tes parents. Il faut qu'on aille leur rendre visite.

OK.

J'ignore ce qui m'agace le plus : la manière dont elle s'est immiscée dans le projet d'aller les voir (*Pourquoi elle ne t'accompagnerait pas, espèce de naze ? C'est ta baby-sitter, c'est son job, point barre*) ou le fait qu'elle va effectivement rencontrer ma famille en carton. Je téléphone à ma mère pendant qu'Indie est sous la douche ce matin-là et, bien entendu, ma daronne est ravie d'apprendre la nouvelle.

– J'ai lu que tu étais dans les tabloïds au Royaume-Uni, mon chéri. J'me demandais si t'allais nous appeler ou pas. J'suis contente que tu l'aies fait.

Elle éclate la bulle de son chewing-gum dans mon oreille.

Je ne m'attarde pas sur le fait qu'elle n'a pas pris la peine de m'appeler, elle, alors qu'elle me savait ici. Du moment que je leur jette de l'argent de temps en temps et que je reste en dehors de leur chemin, les membres de ma famille supportent mon existence. Je lâche un bruyant soupir et m'affale sur le lit pour fixer le lustre des yeux.

– Je ne viendrai pas seul, j'avertis ma mère.

Ma façon à moi de lui dire qu'elle va devoir se comporter correctement, pour une fois. Mes parents n'arrêtent pas de se tromper l'un l'autre. C'est tellement naturel chez eux, que « tromper » n'est peut-être pas le terme approprié. Je peux dénombrer au moins six occasions où ma mère et mon père ont lavé leur linge sale, au sens littéral, devant le voisinage tout entier, dans la rue. Ils vivent dans une maison mitoyenne sur une avenue passante de Watford, où tout le monde connaît tout le monde. Ils adorent se hurler dessus de toutes leurs forces tandis que les voisins se massent derrière leurs fenêtres ou à leur porte pour les épier à travers les rideaux. Si vous vous demandez qui compose l'assistance sur les plateaux des Ricki Lake, Jerry Springer ou Jeremy Kyle… eh bien, mes parents. Voilà. Le pire, c'est qu'ils se sont aussi trompés mutuellement avec des personnes du voisinage, du coup ça crée un sacré gros bordel de quinquas qui ont l'air d'avoir raté tous les rendez-vous chez le dentiste au cours de leur vie.

– C'est la demoiselle qu'on a vue dans les journaux ? me demande ma mère en riant de son rire de hyène.

Qu'est-ce qu'il y a de drôle ? Peut-être le fait qu'Indie soit l'exact contraire de Fallon. Fallon, grande, blonde, toute en courbes, copie conforme des mannequins de *Victoria's Secret* sur les cinq dernières années. Indie, elle, a les cheveux bleus, des robes bizarres et assez de personnalité dans son corps minuscule pour remplir cent Fallon.

– Ouais, je grogne en plissant les paupières. C'est elle.

– Elle est un peu bizarre, non ?

J'entends pratiquement ma mère peindre ses ongles en acrylique rose tout en mâchant son chewing-gum dont une bulle éclate encore. Voilà, mesdames et messieurs, pourquoi je préfère les drogues aux gens.

– J'attends de toi que tu te tiennes bien, quand elle sera là, je la mets en garde d'une voix glaciale.

– Arrête un peu de me parler comme si c'était toi le parent, d'accord ? s'écrie-t-elle, avant d'ajouter, comme si l'idée lui était venue après coup : Je devrais inviter Carly et les petits à se joindre à nous.

J'adore les gosses de ma sœur. Ils me rappellent le duo qu'on formait, avec George. Ils sont incroyablement futés et intelligents. Dwayne est une petite terreur, mais il a un bon rythme et pourrait sans doute devenir guitariste s'il tombait sur une guitare ; il en aura une, je me le promets. Et je ne l'obligerai pas à lire un livre cinq cents fois avant de la lui offrir. Chayse est doux et sensible, un peu comme je l'aurais été, si mes parents ne m'avaient pas cabossé avec un tel acharnement. Bentley, pour sa part, est un véritable comédien, alors même qu'il n'a que huit ans. Le seul détail qui me chagrine dans l'idée de ma maternelle, c'est la perspective de voir Carly, leur mère et accessoirement ma sœur.

– Ouais, je réponds néanmoins, alors qu'Indie sort de la douche, enveloppée dans une simple serviette et mon regard suit paresseusement chacun de ses mouvements. D'accord, ce sera super de la voir. Bon, j'appelle un taxi maintenant, donc… (*Nettoie la porcherie.*) Vous vous tenez prêts, OK ?

– OK.

Et sur un rire, ma mère raccroche.

– Tu es prêt ? me demande Indie avec un sourire.

– Jamais.

J'ignore pourquoi elle a ri. Ça n'était pas censé être drôle.

CHAPITRE 24

INDIE

Jenna : Indie, tu veux devenir quoi, dans la vie ?

Indie : Avoir ma boutique de vêtements d'occasion.

Indie : Pourquoi ?

Jenna : Comme ça.

Hudson : Oooh, Indie. C'est... au hasard. LOL Jenna, comment va le bébé ?

Jenna : La ferme, Hudson.

Indie : Tu en as parlé à Blake ?

Jenna : Non, mais il soupçonne quelque chose.

Hudson : Pourquoi ?

Jenna : Parce que je n'arrive pas à
m'empêcher d'être gentille avec lui.
Parce que j'ai pleuré l'autre fois
au téléphone avec lui
alors qu'il faisait des courses en ligne
pour l'anniversaire de sa nièce.

Indie : Et c'est quoi, le problème ?
Il est accro à toi, ça se voit
comme le nez au milieu de la figure.

Jenna : Ce qui se voit aussi,
c'est qu'il a onze ans de moins que moi.

Indie : Dis-lui. Je culpabilise
de ne pas en parler à Alex.

Hudson : Normal. Il est fou de toi.

Jenna : ???

Indie : ??????

Hudson : Oui. Quand il mentionne
ton nom, il ne ricane même pas.
C'est bizarre. La dernière fois qu'il a
parlé comme ça de quelque chose,
c'était de l'album Acoustic Recordings
de Jack White.

Indie : Il parle souvent de moi ?

Hudson : Un gentleman ne révèle
jamais ce genre d'infos.

Jenna : Et toi, Hudson ?
Tu sors avec quelqu'un ?

Hudson : Seulement ma main gauche
et un poster de Neil Patrick Harris.

Jenna : Triste.

Hudson : Moins compliqué
que ta situation, ma fille.

Indie : Qu'est-ce que tu voulais
devenir plus tard, quand tu étais petite,
Jenna ?

Jenna : Astronaute.

*

Le taxi noir s'arrête devant la porte rouge.

De la tête, Hamish et Harry nous adressent un « au revoir » sombre depuis les sièges avant. Alex a décidé qu'il n'avait pas besoin de s'entourer, vu qu'il rend juste visite à sa famille. Sur la route de Watford, dans le taxi, nous avons négocié l'horaire et la durée de la visite.

– Trois heures, Stardust. Une minute de plus et je te traîne dehors par les cheveux.

Il regarde par la vitre, tapant du pied par terre. Ses Wayfarer noires accentuent encore son aspect bad boy.

– Je pense que tu aimerais beaucoup ça, me traîner par les cheveux, je lui fais remarquer sans cesser de feuilleter un magazine de mode.

C'est inouï ce que de petites choses peuvent colorer ma vie. Jamais je n'aurais acheté *Vogue* à L.A. Mais maintenant, j'ai de l'argent de poche. Sans compter que Blake est très prompt à présenter sa carte de crédit en caisse chaque fois que j'essaie de payer mes achats aux kiosques des aéroports.

– Sûr, mais je ne projetais pas de le faire avant ce soir, répond-il.

Je ris. Il a tellement tort de penser qu'il n'est pas aimable. Alex est tout ce qu'il y a de plus aimable.

La cour devant la maison des Winslow est négligée, avec des parcelles sans pelouse et des canettes de bière éparpillées sur l'herbe clairsemée. Nous restons quelques secondes dans le taxi avant qu'Alex n'ouvre la portière. Je le suis et nous nous avançons, emmitouflés dans nos manteaux. La maison est déprimante. Ce qui n'est pas écaillé est cassé. Une observation que j'épargne à Alex. Après tout, je ne vis pas dans un palais non plus.

– J'adore la petite église de l'autre côté de la rue.

Je lance le pouce par-dessus mon épaule, prête à tout pour le mettre ne serait-ce que légèrement plus à l'aise. Il louche dans la direction que je lui indique, son beau visage grimace. *Cet homme, je l'ai eu en moi et je pense qu'il a une partie de moi en lui aussi.* Cette pensée, si déplacée qu'elle puisse paraître, me réchauffe le cœur.

– C'est là que le père John me tripotait.

Ses lèvres se serrent en une ligne mince. J'écarquille les yeux, sidérée par son aveu, jusqu'à ce qu'il lève les siens au ciel et me pince les fesses.

– Tu aurais dû voir ta tête !

– J'ai envie de te balancer mon poing dans la figure.

– Contente-toi de t'asseoir dessus, cette nuit. Allez, viens, qu'on en finisse.

Les parents d'Alex, Louisa et Jim, ressemblent tous les deux à des versions plus vieilles et plus bouffies de lui. Son père est blanc comme un linge avec le nez rose de celui qui a systématiquement une bouteille d'alcool fort à la main, mais il a aussi les mêmes traits acérés et fins. Mâchoires fortes et menton carré. Sa mère est ridée de partout, bronzée et ronde, pourtant ses yeux fauves sont brillants, malicieux et fascinants. La maison est remplie de trucs inutiles, des trucs qu'on commande sur la chaîne de téléshopping. Carly, sa sœur, a des mèches claires dans ses cheveux châtains et du rouge à lèvres couleur bubble-gum avec un legging assorti. Ses enfants, entre quatre et neuf ans, ne se ressemblent pas. Ce qui me facilite la tâche pour mémoriser leur prénom.

Nous nous asseyons à la table de la salle à manger où on nous sert un rôti et de la purée de pommes de terre. Louisa a préparé tout le repas au micro-ondes et toussé abondamment dedans pendant qu'elle nous servait. Ils ont ouvert quelques canettes de bière, ce qui me donne envie de pleurer pour Alex. Chaque fois que quelqu'un en prend une gorgée, je serre les poings en tâchant de respirer profondément malgré la douleur.

– Alors… Indigo…

Son père fait rouler mon nom sur sa langue comme s'il s'agissait d'une mauvaise blague. Je me redresse, le dos raide et le menton haut. Pas question que je me laisse ridiculiser à propos de mon prénom. Je ne l'ai pas choisi, pourtant honnêtement, je n'en changerais pas. C'est l'un des souvenirs les plus importants de mes parents. Point bonus : le bleu est une couleur fantastique. Surtout quand il est sombre et profond. Comme mon prénom. Comme leur fils.

– On mélange le travail et le plaisir, hein ? Ah, il sait y faire avec les filles, notre fiston, pour les prendre dans ses pattes.

Le père ricane, crachotant des morceaux de purée tout en donnant un coup de coude à Alex, assis à côté de lui et en face de moi. Ce dernier plisse les paupières, sa moue classique quand il est en colère, et repousse lui aussi son père du coude.

– Lâche-la, siffle-t-il, si bas et si froidement que j'en ai des frissons dans le dos.

– Oh, ça va, il rigole, intervient Louisa, qui empile une autre platée de purée dans l'assiette de son fils. Dis-nous plutôt : comment ça se passe ? Comment vont les garçons ? Alfie s'en sort bien, hein, c'est marrant, non ? Lui qui était incapable de sauter une nana, le pauvre gamin.

– Voilà une observation très appropriée devant des enfants, lui fait sèchement remarquer Alex.

– Le sexe, c'est naturel, rétorque sa mère.

– En parler autour d'un déjeuner familial… beaucoup moins.

Alex a pâli.

Silence.

Je tousse, espérant que quelqu'un dise quelque chose, n'importe quoi.

– Au moins, Alfie, il poste des photos sur Instagram, qu'on puisse le suivre, fait Carly, l'air vexée, tout en interrompant une bagarre entre Bentley et Chayse.

Bentley saute de sa chaise et court au salon en criant des obscénités. Le père d'Alex lâche un rot bruyant et, à moins que je ne me trompe, volontaire. Je commence à culpabiliser d'avoir demandé à Alex de venir. C'était présomptueux de ma part de penser savoir quelque chose qu'il ignorait. Il ne se sent pas à l'aise ici. Et je comprends pourquoi. Je tends la jambe sous la table et l'entremêle avec la sienne. Ça semble l'apaiser un peu, en tout cas ses larges épaules se détendent légèrement, mais il a toujours l'air sur le point de cracher du feu à tout instant pour réduire la maison en cendres.

– Les garçons vont bien, lâche-t-il.

Il gratte l'assiette de sa fourchette, produisant un son irritant, les yeux rivés sur la purée immangeable.

– Et Fallon ? Elle a appelé pour me souhaiter un joyeux anniversaire, il y a deux semaines. Et elle m'a parlé plus que les cinq minutes obligatoires, elle.

À son tour, la mère ponctue sa remarque d'un regard entendu, et je me dissous dans un nuage d'humiliation avant de m'enfuir mentalement de la table. Je m'agite sur ma chaise, frôlant son épaule par mégarde.

– Vu que tu lui parles donc plus que moi, tu n'as qu'à le lui demander, marmonne Alex, qui dessine une vallée au milieu de son assiette, pour séparer la purée et la sauce du rôti. Rectification : je ne parle plus à Fallon. Du tout.

– Ah non ? s'étonne Carly.

Ils m'ont transformée en fantôme invisible, en direct de la cuisine. Voilà un plan qui m'est bien revenu en pleine face.

– Ben ouais, on a cessé tout contact quelque temps après qu'elle a baisé avec un de mes meilleurs amis et revendu la bague de fiançailles que je lui avais offerte pour se payer une nouvelle paire de nichons.

– Alex, les gosses ! geint Carly.

– Quoi ? (Un sourire mauvais aux lèvres, il incline la tête sur le côté.) Je croyais que le sexe, c'était naturel. De toute façon, on a assez parlé de Fallon.

– Mais tu vas sans doute tomber sur elle à Paris. J'adorerais vous revoir ensemble. Vous formiez un couple magnifique, insiste sa mère, le visage décoré par un sourire sinistre.

Qui me rappelle celui d'Alex quand il harcèle les gens, sauf que sa pique à elle est dirigée contre… moi. Au vu de l'expression d'Alex, il n'apprécie pas de se retrouver visé par ce traitement au lieu d'en être l'instigateur.

– Dis donc, maman, tu n'aurais pas quelques commérages juteux à partager avec nous, qui n'aient pas à voir avec ma vie ? Car elle est chiante, ma vie, après tout. Hyper chiante, en fait. D'ailleurs à l'exception des fois où tu as eu besoin de fric, il y a deux mois, tu ne m'as pas passé un seul coup de fil depuis ma sortie de désintox. Allez, allez, je suis sûr que tu vas trouver. Raconte-nous une histoire sympa. T'as pas couché avec un autre cassos que t'aurais levé à Ladbrokes[11] ? Ou surpris papa au lit avec une nana ? Les possibilités sont infinies. Oh, je sais ! Carly est encore enceinte. Ce serait marrant, ça, non ?

La tablée se tait, tous les yeux braqués vers Alex. Il se lève tranquillement, ramasse son assiette et la pose dans l'évier de la cuisine avant de se diriger vers l'escalier. Je me lève à mon tour en m'excusant, prête à le suivre à l'étage, quand mon téléphone vibre dans ma poche. Je le sors. Si ça concerne Craig, je ne veux pas rater l'appel. Je ne souhaite pas qu'Alex pense que je le lâche, mais la situation de Craig est prioritaire.

– Je vais le prendre dehors, j'annonce en agitant la main qui tient le téléphone, avant de courir vers la porte d'entrée.

Quand je porte l'appareil à mon oreille, mes poumons lâchent une expiration étranglée par l'inquiétude.

---

11. Société britannique de paris.

– Il est là et il va bien.

Nat renifle, sa voix est larmoyante. Je me frotte le visage, allant et venant dans l'étroite allée devant chez les Winslow.

– Qui l'a trouvé ?

– Hudson. Il vient de le ramener. Ton frère a encore bu, mais heureusement, il n'a pas été violent et n'a blessé personne. Son agent de probation est en route, mais je suis sûre qu'on parviendra à calmer les choses. Hudson a appelé le gentil avocat qui nous a aidés la dernière fois, donc je pense…

– Passe-moi Craig, je l'interromps.

C'est peut-être dû à l'interaction désagréable avec la famille d'Alex, en tout cas je suis d'humeur belliqueuse. Pendant des années, j'ai eu pitié et trouvé des excuses à Craig. Pour ses opportunités perdues et ses rêves brisés. Eh bien, c'est terminé. Aujourd'hui, je plains sa femme qui l'aime, son beau bébé en pleine forme et sa sœur. *Moi.*

– Indie…

– Passe. Le. Moi. Maintenant.

Je détache chaque mot, comme Alex quand il veut que les gens se sentent bêtes. Et il ne s'en prive pas.

Quelques secondes plus tard, la respiration pénible de quelqu'un qui a beaucoup d'adrénaline, et d'alcool, dans les veines résonne à l'autre bout du fil. J'inspire profondément pour ralentir mon pouls.

– Craig Bellamy, tu es un connard. (N'obtenant pas de réponse, je poursuis.) On t'a offert plein de chances de t'en sortir, durant mon voyage bref mais stressant autour du monde, et toi, tu as tout bousillé. Ça va. Tu ne me dois rien. Vraiment pas. En revanche, à ta femme, tu lui dois le monde. Elle n'a pas signé pour ça en se mariant avec toi. Et ton fils ? Il mérite beaucoup mieux. Il mérite un papa qui l'aime et qui soit là pour lui, qui prenne soin de lui, qui lui apprenne des trucs, qui l'emmène voir des choses et lui lise des histoires. Il mérite ce que toi, tu as eu. Or tu ne lui donnes rien du tout. Tu me rends folle de rage.

Je réalise deux choses au moment où les derniers mots sortent de ma bouche : la première, c'est que je pleure comme une madeleine, et c'est nouveau. Je ne pleure pas, en général. Je suis plutôt du genre à tout garder jusqu'à l'explosion, comme fille. La deuxième chose que je remarque, c'est que je ne suis pas seule. Un homme en manteau noir et casquette se tient au coin de la rue, et ne se gêne pas pour me reluquer. Il parle au téléphone et tient quelque chose à la main. Je lui jette un regard noir, pour lui faire savoir que j'ai remarqué son manège.

– Depuis quand c'est toi qui commandes, Indie ? Traîner avec tes copains célèbres t'est monté à la tête. J'ai bien vu comment il parade avec toi : on dirait que tu es une sorte de lot de consolation après la perte de sa vraie fiancée. Tu te mets le doigt dans l'œil si tu penses que…

Sans prendre la peine d'écouter le reste de sa diatribe, je jette mon téléphone dans mon sac et avance de quelques pas pour m'appuyer au portail cassé des Winslow : trois autres hommes dans la même tenue viennent d'arriver en toute discrétion. Ils se multiplient de minute en minute, s'agglutinant près du parc et de l'église de l'autre côté de la rue.

Les paparazzis.

L'estomac noué, je ressens une envie irrépressible de traverser pour leur expliquer ma vision de la vie, une envie si frappante au sens propre que je manque de me plier en deux. Je vais le faire. Oh oui, je vais le faire. Parce qu'Alex n'a pas besoin de ça en ce moment. En même temps, l'affrontement avec ces gens-là, c'est le cauchemar assuré. Si je m'en prends à eux, ils vont enregistrer l'esclandre et l'envoyer sur tous les sites de la planète. Ce qui provoquera un chaos supplémentaire dans l'univers déjà perturbé d'Alex Winslow. Je serre les poings contre mes flancs, prends une profonde inspiration et fais demi-tour pour rentrer dans la maison. La famille d'Alex est toujours à la cuisine. Ses parents se disputent bruyamment tandis que Carly aboie sur les petits. Je grimpe à l'étage, m'engage dans l'étroit couloir à la moquette tachée et au papier peint jaune, attirée vers la chambre d'Alex comme par un aimant. La porte est entrouverte. Je me penche par l'entrebâillement et le contemple, assis au bord du lit de son enfance.

Sa chambre est petite, carrée et propre. Un lit une place, trop court et trop étroit pour accueillir sa carrure hors du commun, est poussé contre l'un des murs. Il y a un poster de Morrissey au-dessus de son oreiller, un de Cure juste à côté de son vieil ordinateur et de son bureau bon marché, et le porte-guitare dont je suppose qu'il accueillait feue Tania, nu et vide. Il se frotte la nuque en levant les yeux vers moi.

– T'es contente ?

Mon cœur se vrille de douleur, surtout au moment où les mots suivants franchissent mes lèvres :

– Ne regarde pas par la fenêtre.

Il s'approche du petit carreau, ignorant ma supplique, pour balayer le voisinage d'un regard morne.

– Oh, putain.

Je n'aurais pas mieux résumé la situation.

– J'ignore comment ils ont su.

Il pivote vers moi.

– Moi, je sais. Mes parents vont toucher un joli chèque, pour cette petite entourloupe.

Tout ce qui se produit à compter de cet instant arrive si vite, si brusquement, que j'ai tout juste le temps d'inspirer. Alex dévale l'escalier deux par deux, je le suis en lui criant de « s'arrêter », de « réfléchir » et de « ne pas réagir ». Ce qui est facile à dire, étant donné que je n'ai jamais été si profondément trahie par ma propre famille, même quand Craig est insupportable.

– Espèce de connard, grogne Alex en envahissant la petite cuisine bondée pour plaquer son père au mur, une main fermement agrippée autour de son cou.

Les enfants se mettent à hurler et, sans réfléchir plus avant, je les rassemble pour les éloigner de la cuisinc.

– Tenez, jouez avec ça.

Je vide le contenu entier de mon sac à main sur la table basse. Mon argent, mon portable, des barres chocolatées, tout étalé devant eux. Je les regarde arracher les billets de cinq et de dix livres de mon portefeuille en criant à pleins poumons. Je me rue vers la cuisine à nouveau, où je retrouve Alex penché sur son père, qui lui braille dessus comme s'il s'apprêtait à le tuer.

– Tas de merde ! Tu m'as vendu ! Encore !

– C'est à cause de ta mère, fiston. Elle veut de nouveaux nichons pour Noël. Un peu comme ceux de Fallon. Un problème de fille, quoi ! caquette son père, comme si tout ça n'était qu'une blague qu'Alex devrait plutôt prendre à la légère.

Louisa tente de les séparer, sans toutefois déployer des efforts surhumains, veillant surtout à ne pas casser l'un de ses ongles roses.

– Calme-toi, maintenant. Donne-leur juste ce qu'ils veulent et ils s'en iront, Alex. Quelques bisous avec la demoiselle devant les objectifs. Comme dans *Notting Hill*.

– Où es-tu allée pêcher l'idée que ma vie était une putain de comédie romantique ? Putain, mais qui est le con qui t'a autorisée à me ramener à la maison, quand tu as donné naissance à ma pauvre gueule ? Fait chier, bordel.

Il desserre son étreinte sur son père pour passer ses grandes mains dans ses cheveux.

– Parle pas à ta mère sur ce ton, intervient Jim.

– Tu lui parles dix fois pire, fait remarquer Alex du tac au tac.

– Oui, ben, je suis son mari, j'ai le droit.

Alex s'immobilise et dévisage son père avec l'air de voir en lui le responsable du virus Ebola, avant de ricaner méchamment.

– Tu es un porc.

– Et tu n'es pas mieux. Le seul truc, c'est que toi, t'es un porc plein de fric, du coup tu te tapes de plus jolies petites chattes, voilà.

Le poing d'Alex entre aussitôt en collision avec le nez de Jim et je bondis pour le retenir. Je m'accroche à son bras au moment où il le lance pour lui porter un nouveau coup, mais il a dû prendre un sacré élan, car son coude entre en collision avec mon œil. La douleur, vive, me fait vaciller et je tombe sur les fesses après que mon dos heurte le mur. Immédiatement, je porte les mains à mon œil gauche en grimaçant. Mince, ça fait mal. Je sens mes larmes couler librement désormais, appelées non par l'émotion mais par la douleur. Tout devient flou autour de moi, pourtant je distingue Alex agenouillé à mes côtés, une main sur mon épaule.

– Merde. Putain. Ça va ?

– Hmm. Ça va.

En fait, je n'en suis pas si sûre.

– Laisse-moi jeter un coup d'œil.

– Je te dis que ça va.

– Non, Indie, ça ne va pas.

Il décolle les doigts que je plaque sur mon œil. Les siens s'écarquillent quand il constate les dégâts. D'après ce que je lis dans son expression, je ne suis pas bonne à faire la une des magazines.

– Œil au beurre noir, grommelle-t-il.

– Vraiment ? Déjà ?

Je suis plus découragée qu'en colère. À présent, mon arcade est engourdie. Enfin, ça pique, un peu comme si mes cils s'étaient recourbés à l'intérieur de mon globe oculaire.

– Je vais lui chercher de la glace, annonce Louisa, tandis que Jim se fend d'un :

– Désolé, ma belle.

– Putain, je vous déteste tous les deux, siffle Alex en saisissant le sachet de frites congelées que sa mère lui tend pour les presser contre mon œil. Ça va faire un mal de chien, mais c'est ce qu'il faut faire.

On pourrait dire la même chose de toi.

Je hoche la tête alors que la morsure du froid sur ma peau s'intensifie à chaque seconde que passe le sac glacé contre ma peau échauffée. Alex sort son téléphone et demande à Siri d'appeler Blake.

– Il me faut un taxi pour me ramener à l'hôtel depuis chez mes parents. Maintenant.

Une pause s'ensuit, puis il ajoute :

– Une centaine ? Putain, tu déconnes.

Au regard qu'Alex jette par-dessus son épaule en direction de ses parents même pas penauds, je comprends que non, Blake ne déconne pas. Une centaine de photographes attendent dehors. Ses parents ont dû alerter la terre entière et sa banlieue qu'Alex venait leur rendre visite. Carly est assise à table, les yeux fixés sur ses mains. Je me demande quel rôle elle a joué là-dedans. Pas une seule fois elle n'a tenté de s'interposer dans la confrontation entre son frère et ses parents. Je reporte mon attention sur Alex, qui me contemple, sourcils froncés, avec un mélange d'exaspération et d'étonnement.

– Écoute, crache-t-il à Blake au bout du fil, le seul truc qui pourrait m'obliger à passer la nuit dans la baraque de Jim et Louisa, c'est d'être dans un sac mortuaire. Alors démerde-toi pour trouver une solution.

Jim et Louisa. Il ne les appelle même plus papa et maman. Je me sens vraiment hyper mal de l'avoir entraîné dans cette galère. Secouant la tête, je pose la main sur son bras. Il se détend aussitôt à mon contact. Comme s'il attendait la confirmation qu'il n'est pas un monstre absolu pour m'avoir causé un œil au beurre noir. Il n'en est pas un. Il ignorait que j'étais derrière lui.

– Si on doit rester, on restera.

Je ponctue ma phrase d'un sourire faiblard. Aïe. Ça fait mal dans toute la zone sous l'œil.

– On n’avait pas imaginé que ça ferait un tel bordel, murmure enfin Carly de sa place à table, les yeux toujours rivés à ses mains. Tu les as tout le temps sur le dos, on a cru que ce serait juste une journée normale pour toi.

Blake dit quelque chose à l’appareil, à quoi Alex répond par un soupir, avant de raccrocher. La tête basse, défait.

– Tu es d’accord ?

Sa paume enveloppe mon genou, le pouce y dessinant des cercles paresseux. Je ne sais pas à quoi il fait allusion : au fait qu’il me touche ou à la nuit que nous allons devoir passer chez ses parents pour s’assurer que la voie est libre et éviter que les paparazzis ne voient mon œil au beurre noir.

– Bien sûr.

– Harry et Hamish viendront nous récupérer devant la porte à six heures du matin. Les paparazzis auront mis les voiles d’ici là.

Oui, ça paraît logique.

Louisa ouvre la bouche à nouveau, sur le point de reprendre la parole, mais Alex la fait taire tout en me soulevant, afin de me mettre debout devant lui.

– Épargne-nous tes excuses, Louisa. C’est la dernière fois que tu me baises la gueule.

CHAPITRE 25

ALEX

Inconfortablement proche, insupportablement loin.

Voilà ce que je ressens à la perspective de passer la nuit chez mes parents.

Stardust et moi allons dormir dans mon ancienne chambre. Je ne crois pas à tous les trucs sentimentaux. Pas d'habitude, du moins. Je suis trop endurci par la vie, les circonstances et les gens mêmes avec qui je partage mon toit. N'empêche, il ne sert à rien de faire semblant : c'est quand même un peu monumental. D'avoir une fille dans ma chambre. Une fille que j'ai gratifiée d'un œil au beurre noir, par accident certes, mais putain, c'est super moche, encore plus depuis que la couleur s'étale sur sa belle peau mate. Une fille qui a accepté de dormir chez des étrangers pour moi, sans sourciller.

Pendant qu'Indie va prendre sa douche, j'observe les paparazzis qui grouillent sous ma fenêtre. L'un d'eux lève la tête et me repère. Je lui brandis mon majeur, il braque aussitôt son appareil et prend une volée de photos de moi, avant d'être imité par ses copains. Je ferme le rideau troué, de vingt ans d'âge, avant qu'ils ne réussissent à obtenir des clichés valables.

Stardust arrive, une serviette nouée autour de son corps. Ses cheveux sont mouillés, agglutinés en petits serpents qui gouttent sur la moquette beige. Elle s'essuie le menton avec un bout de tissu éponge sans cesser de me dévisager. Ses prunelles d'un bleu sans fond ne sont pas obscurcies, malgré son œil au beurre noir.

– Coucou.

Elle tente un sourire. Je déteste qu'elle soit ce mélange parfait entre la douceur et la force, parce que ça me compliquera la tâche quand il s'agira de la quitter. Or la quitter, ça n'est pas en option. Je dois reconquérir Fallon, pour la punir de ce qu'elle m'a fait, et puis, même sans Fallon dans le paysage, Stardust est tout simplement trop bien. Une fois qu'on retournera à la vie normale, où les jours et la météo et la famille comptent, à l'instar du monde en dehors de cette tournée, ce sera très facile pour elle de s'en aller. Or elle s'en ira, parce que je suis une merde, un drogué et que j'ai tout bousillé avec elle avant même que ça n'ait commencé.

Je lui ai filé un œil au beurre noir, bordel de merde.

Au lieu de lui répondre par des mots, je m'approche d'elle. Je me plante de toute ma hauteur au-dessus de sa petitesse et je *nous* en aime plus encore, puis je ferme la porte derrière son dos. Elle lève les yeux, je baisse les miens. J'entremêle nos doigts, elle ne résiste pas. J'ai pris cette fille plein de fois dans plein d'endroits. Je l'ai baisée fort, violemment même, puis doucement, et du début à la fin, j'ai plongé les doigts dans des endroits qui lui ont fait écarquiller les yeux. Pourtant, quand sa serviette se dénoue et tombe à ses pieds, quand sa peau bronzée et mouchetée de taches de rousseur, et son corps tonique dénudé apparaissent devant moi, je me surprends à ne pas vouloir la détruire comme toutes ces fois où je l'ai prise à Londres.

Mes mains dans son cou. *Tout doux.*

Elle sursaute, sans doute au souvenir de la façon dont j'ai attrapé mon père, mais fond lorsque je pose les lèvres sur son front en la poussant jusqu'au lit une-place.

Souriante, elle aspire ma lèvre inférieure entres les siennes, gonflées et pulpeuses, et suçote.

– On va devoir dormir en cuillère, dans ce petit lit.

– Je ne fais pas dans la cuillère. On va dormir en couteaux.

Son rire rauque dégouline dans ma bouche, filant tout droit dans mon sexe, qui aussitôt effectue un joli salut militaire entre ses cuisses.

– C'est comment, en couteaux ?

– C’est pareil, mais avec ça commence par un c comme cul…

– Alerte au gros mot !

Elle m’interrompt d’un baiser largement plus cochon que mes paroles.

Nous nous écroulons sur le matelas et je la laisse me déshabiller, lentement, comme elle a toujours voulu le faire. Enfin, je la laisserai faire une minute, puis je me débarrasserai de mes chaussures d’un coup de pied et j’arracherai mes vêtements afin de l’assaillir avec la délicatesse d’un marteau-pilon. Elle est allongée sur le lit de mon enfance et je suis au-dessus d’elle. En démon destructeur qui ne la mérite pas. Et pourtant toujours là, malgré tout.

– Il faut qu’on fasse doucement, tes parents pourraient nous entendre, chuchote-t-elle.

Je lui plaque les bras au-dessus de la tête et enfouis mon visage dans son abondante chevelure.

– Je m’en contrefous, de mes parents.

– Ben, pas moi.

C’est vrai. Elle ne se fout de personne. N’importe quel Tom, Harry ou Louisa compte à ses yeux. Et il va falloir que j’apprenne à respecter ça, même si je ne les respecte pas, eux.

Je me frotte contre elle, nue, sens sa chair humide et propre contre la mienne. Sa peau est dorée, ses cheveux bleus. Ses yeux… putain, ses yeux… Une incantation sombre enveloppée dans une fille douce qui a apporté une lumière phénoménale dans ma triste vie. Je pousse entre ses cuisses, sors maladroitement le préservatif dont je déchire l'emballage avec les dents. L'odeur du latex m'agresse les narines, mais ne réussit pas pour autant à me sortir de l'instant.

L'instant de pur bonheur. De l'avoir, elle, soumise et mienne, entièrement et complètement à ma merci malgré sa promesse, à elle et à moi, que nous ne dormirions plus jamais ensemble.

Je me fais l'effet d'une fleur qui a subi des semaines de grêle et de pluie et qui, enfin, éprouve le doux baiser du soleil, en sachant que d'une manière ou d'une autre, j'ignore comment, tout va s'arranger. Peut-être pas demain et certainement pas aujourd'hui, mais ça ira.

Je plonge en elle et ferme les yeux, le front collé au sien. Elle est si bonne, si étroite, si trempée, nom de Dieu. Je bouge lentement afin de lui donner une seconde ou deux pour s'ajuster à moi. Nos regards en disent long, nos expressions aussi. Ses yeux sont l'océan, les miens la terre. Elle gémit quand je m'enfonce en elle, lentement et profondément, se mord la lèvre inférieure.

– Je ne veux pas tomber amoureuse de toi, croasse-t-elle.

C'est moins une affirmation qu'une supplique.

Je fourrage plus avant, le front plissé par la concentration alors que mes testicules se contractent déjà.

– J'ai l'impression que tu n'as pas le choix, je lui réponds.

Elle gémit plus fort, détourne les yeux vers le mur, vers les Cure : Robert Smith suspendu au-dessus de nous sur un poster froissé, eyeliner, rouge à lèvres et cheveux crêpés jusqu'au ridicule.

Au bout de quelques minutes, elle se met à ruer contre moi tandis que je me répands en elle. Ça n'est pas de la baise. C'est tout autre chose et si j'étais un type bien, si j'étais ne serait-ce que la moitié d'un mec bien, j'arrêterais, je la retournerais et je la prendrais par derrière tout en lui cognant le crâne contre la tête de lit pour faire bonne mesure. Mais voilà, je ne suis pas un type bien, alors je la laisse tomber amoureuse de moi en cet instant, parce qu'elle est la seule personne à combler ma solitude.

– Je vais jouir, m'annonce-t-elle en enfonçant ses ongles carrés dans mon dos.

Je les aime bien, ses ongles courts, ils sont la quintessence de Stardust. Bien coupés et propres, toujours peints dans une couleur funky.

– Je jouis très… très fort.

Je le ressens aussi. Dans mon corps. Dans mes testicules. Dans mes veines. Le soulagement n'est pas immédiat. À l'instar de nos parties de jambes en l'air, il descend graduellement, de mon cou, le long de mon échine, mes muscles tressautent et se ramollissent alors qu'elle frémit et se resserre autour de moi. Robert Smith et Morrissey m'observent en silence pendant que je fais à Stardust ce qu'ils m'ont appris. Je la prends sous ma coupe, je m'assure qu'elle soit mienne. Je griffonne sur son corps les notes que moi seul peux jouer.

À présent que Tania n'est plus, Stardust est mon instrument principal. Et ça m'attriste, parce que je sais que je vais devoir la briser, elle aussi.

CHAPITRE 26

INDIE

Toi
J'avais perdu depuis longtemps
Quand tu as découvert le reste de moi.
Tu es venu me chercher.
Et m'as laissé me débrouiller avec la fille
que je ne pensais jamais pouvoir être

Toi
Tu as gravé ton nom dans mon cœur.
Tu me l'as arraché comme si j'étais
un poisson mort.
Tu l'as pris dans ton poing.
Et m'as laissée me noyer.

Toi
Tu m'as arraché le cœur avec les dents.
On s'est embrassés.

On s'est disputés.
Et on s'est réconciliés.

Toi
Tu disais aimer voir comment on brûle ensemble.
Alors tu as pris une allumette.
Tu nous as enflammés.
Et maintenant on brûle pour toujours.

Je fourre mon poème ridicule dans l'un des nombreux compartiments de ma valise, le cœur lourd d'émotions. Alex est encore au lit derrière moi, endormi sur le ventre, ses cheveux sauvages recouvrant son visage parfait.

L'aube est superbe, ce matin. Avec le soleil qui embrasse presque les étoiles. Je voudrais qu'il l'admire, mais je n'ai pas le cœur à le réveiller. Alors je me contente d'en prendre une photo avec son téléphone portable. Il la verra à son réveil.

Plus tard dans la matinée, nous nous faufilons jusqu'à la Mercedes. Harry et Hamish nous ont retrouvés au salon, où se tenait la famille d'Alex, tous alignés comme des soldats jusqu'à la porte. Jim, Louisa, Carly et les trois garçons, du plus grand au plus petit, qui tous nous contemplent à travers le filtre du regret et de la tragédie. Sans prêter la moindre attention à aucun des adultes, Alex tapote la tête des enfants. Il se penche vers eux pour leur dire à voix basse :

– Soyez gentils. Je reviendrai bientôt pour vous donner des trucs. Des trucs importants, c'est juré.

La tristesse de la situation me transperce l'âme à mesure que la maison rapetisse dans le rétroviseur du SUV. Le silence, étouffant et suffocant, est chargé de tous les mots que je ne veux pas prononcer devant des étrangers. Je prends la main d'Alex dans la mienne et la serre.

– Je suis désolée de t'avoir embarqué là-dedans.

– Et moi, je suis désolé d'avoir réfléchi avec ma queue et d'avoir cédé, rétorque-t-il, sur un ton ni méchant ni colérique, juste honnête. Et aussi pour l'œil au beurre noir.

Jenna : J'ai entendu dire qu'Alex
avait eu un petit accident avec ton œil.
Une dizaine de Ray Ban t'attendront
à l'hôtel. Surtout porte-les bien jusqu'à
ce que l'hématome se résorbe. Oh,
et ne t'inquiète pas pour le paparazzi
qui t'a prise en photo. On l'a payé ce
qu'il faut pour qu'il détruise les clichés.

Ah, la vie dans le monde d'Alex Winslow.

Nous nous arrêtons dans un petit café pour y prendre un bon gros breakfast à l'anglaise, avant de rentrer directement à Londres. Il est presque huit heures du matin, encore bien trop tôt pour que les magasins du quartier soient ouverts, quand nous faisons halte devant un bâtiment chic de Picadilly Circus. Alex saute du SUV et m'aide à l'imiter. Ensemble, nous traversons une entrée en arche qui conduit à l'arrière d'un immeuble. Quelqu'un actionne l'interphone qui nous permet d'entrer et, une seconde plus tard, nous sommes dans un hall moquetté de rouge.

– Ferme les yeux, m'ordonne-t-il d'une voix rauque.

– Pourquoi ?

– Parce que tout est tellement plus beau quand on ne le voit pas.

Je me mords la lèvre inférieure et autorise mes paupières à s'abaisser. Alex me prend par la main, sans délicatesse, à l'instar de tout ce qu'il fait, avec cette sorte de rudesse que j'ai appris à aimer, et me guide sur quelques mètres, jusqu'à ce que j'entende une porte s'ouvrir et se refermer.

– Tu peux les rouvrir.

Je suis envoûtée avant même d'avoir relevé complètement les paupières. *Des tissus*. Des centaines et des centaines de tissus. Dentelle. Satin. Velours. Mousseline. Organza. *Des couleurs*. Tant de couleurs sublimes, qui tourbillonnent ensemble dans un carnaval de beauté. Rouge merlot. Rose électrique. Bleu paradis. Argent métallisé. Tout est riche, doux, attirant. J'ai envie de m'enrouler dedans comme une chenille. De nager dedans. De vivre dedans. D'aimer dedans. Je cours vers un coin de la vaste pièce à l'ancienne, là où de longs rouleaux de velours sont soigneusement stockés sur des étagères.

– C'est parfait ! je m'exclame. C'est tout.

– C'est toi qui es tout, je l'entends corriger, toujours planté près de la porte.

Je me retourne. Il a les mains enfoncées dans les poches. Son regard est un peu plus chaleureux que celui de son visage habituel, plein d'indifférence. Aux yeux de certains, il pourrait passer pour un gars qui a fondu et cédé à ce que nous sommes. Mais je ne suis pas aussi naïve. Il y a du feu en lui et, un jour, ce feu le consumera. Un jour, bientôt. C'est pour ça que je lui ai écrit mon poème, ce matin.

Ce poème que je lui donnerai un jour, je le sais.

Un jour prochain, quand on se dira « au revoir ».

Un jour prochain, quand on devra oublier.

*

ALEX

Les garçons ne nous rejoignent pas avant Paris.

Ce qui est tant mieux, parce qu'à chaque minute passée seul avec Indigo « Indie » « Stardust » Bellamy, j'ai la sensation de pouvoir respirer plus profondément. Ce n'est pas que je n'apprécie pas mes potes, je les aime bien à ma façon à moi, forcément tordue. Malgré tout ce qu'ils ont fait, et peut-être même à cause de ça, je sais qu'ils me soutiennent toujours. Mais j'admets aussi que je n'ai pas été dans le meilleur état d'esprit possible.

J'avais besoin d'être apprivoisé.

Alors ils ont essayé de m'apprivoiser.

Ce qui a éveillé le monstre sommeillant en moi.

Durant le temps que je passe auprès d'Indie, le monstre reste enfermé. Certes, Stardust veille sur moi, mais elle n'est pas eux. Elle est fraîche, elle est pure. On n'est pas coincés entre les murs du passé, sur des fondations qui s'écroulent lentement mais sûrement à chaque coup de fil passé à voix basse et à chaque pieux mensonge censé me protéger.

Quand on embarque dans l'avion pour Paris, après mon concert au château de Cambridge, je ne suis même plus furax contre Blake et Lucas. Ce sentiment diffus de mépris, qui ne peut être ni acheté, ni vendu, ni trompé, ni contrôlé à coup de poudre létale ou d'ambre liquide, il m'est étranger. J'en suis heureux, sans être en mesure de le contrôler. Ça me vient en petites doses régulières, pas tout d'un coup, pas comme au bout d'un billet roulé en guise de paille, après quelques aspirations par le nez. Non, il me vient comme toutes les bonnes choses devraient arriver : avec le temps, les efforts et moult précautions.

À l'arrivée à Paris, lorsque je vois le visage de Stardust rayonner comme un millier de lucioles, j'oublie qui je suis.

J'oublie que je m'appelle Alex Winslow.

J'oublie que ça va m'exploser au visage.

Et j'oublie toutes les erreurs que j'ai accumulées au fil des années depuis mon succès.

Mais la vie va se charger de me les rappeler.

CHAPITRE 27

INDIE

Paris, France

Comment sait-on qu'on est amoureux ?

Pour moi, ça a été le baiser. J'ai su que j'aimais Alex le jour où je me suis surprise à ouvrir les yeux pendant qu'on s'embrassait. Je n'avais plus besoin de les fermer pour me concentrer, pour tirer le rideau afin de ressentir la magie, en quelque sorte. La magie, c'est Alex. Et chaque fois qu'on s'embrasse les yeux fermés, il me manque. C'est niais. Digne d'un gag, vous allez dire, n'empêche que c'est la vérité.

Ça s'est passé sous la tour Eiffel, où il m'a avoué que son existence avait changé depuis une semaine ou deux. Comme si le fait qu'il vive et qu'il respire était plus significatif, d'une certaine manière.

– Tu te rappelles à Berlin, quand je t'ai demandé de t'asseoir près de la scène, à un endroit d'où je puisse te voir ? m'a-t-il demandé.

J'ai hoché la tête et bu une gorgée de mon gobelet en carton. Le café est meilleur, à Paris. En y réfléchissant, tout est meilleur à Paris. Alex m'a attirée contre son corps par le col de mon manteau et il a ajouté, ses lèvres contre les miennes :

– La façon dont tu me regardes quand je chante et quand je joue me rappelle pourquoi j'ai commencé à faire ça, à la base. Ça me rappelle qu'il n'est rien d'autre que j'aie envie de faire ou que je puisse faire, et même si ça comporte un côté tragique, un homme avec un destin unique, toi tu m'aides à le supporter.

– Comment se porte ton âme, ces jours-ci ? je lui ai demandé en souriant.

– Elle est pure, a-t-il répondu.

Si j'avais su alors que ce serait la dernière fois qu'Alex et moi serions comme ça, paisibles, entiers et humbles, j'aurais pris quelques minutes de plus pour siroter mon café. Quelques instants supplémentaires pour l'embrasser sous le ciel d'un bleu parfait. Seulement je n'en savais rien, et on devait rentrer à l'hôtel se préparer pour le gala de charité. J'ignore s'il s'en est rendu compte, mais Alex avait le sourire aux lèvres durant tout l'après-midi. Même quand Blake l'a obligé à avaler une infusion dégoûtante censée soulager ses cordes vocales. Ou quand Lucas s'est assis entre nous deux et a posé sur lui ce regard mi-peiné, mi-furieux qu'il réserve à Alex. Il a même rigolé aux blagues déplacées d'Alfie, c'est dire.

La dernière scène dont je me souvienne de cet après-midi-là, c'est dans le hall de l'hôtel, avant que la limousine passe nous chercher pour le gala. Alfie traînait près de l'entrée en compagnie de quelques fans, Blake était au téléphone avec Jenna, et Alex, Lucas et moi, assis dans le vestibule, nous sirotions du jus d'orange dans des flûtes à champagne. Je me rappelle la façon dont Lucas m'a regardée quand Alex m'a attirée sur ses genoux à mon retour d'une brève visite aux toilettes. Il m'a enlacée par la taille, a écarté ses cuisses minces pour m'accueillir et, pendant qu'il discutait boutique avec un type qu'il appelait ouvertement « Gros bonnet français numéro 3 », ses doigts jouaient avec la couture de ma robe.

Là, je me rappelle avoir pensé que j'avais tout faux.

Je me rappelle même le bruit qu'a fait la vérité en m'explosant au visage.

Et surtout, je me rappelle avoir demandé : « Pourquoi ? Comment ? Et… combien de temps ? » J'ignorais sur le coup que je recevrais la réponse à toutes ces questions le soir même. Et que dès que je comprendrais, je n'aurais qu'une envie : les oublier. Pour toujours.

*

Do Re Mi, de Blackbear, passe sur les ondes tandis que nous franchissons les immenses doubles portes du château. Ironique, si l'on songe que cette chanson va comme un gant à l'histoire de Fallon et Alex. Fallon, la fille que je déteste sans même la connaître. On ne l'a pas encore vue, pourtant elle est partout. La pièce est emplie de sa présence et je sais que ce n'est plus une question de « si », mais bel et bien de « quand ». La soirée tout entière me fait l'effet d'un énorme doigt d'honneur à mon attention et je ne sais même pas pourquoi.

J'ai rêvé de Paris.

J'ai attendu ce bal.

Je brûlais d'arborer ma robe, la « robe Paris », comme l'appellent tous les garçons.

Tout le monde porte un masque de bal costumé. Des argentés, des dorés, des noirs et des bleus camouflent les beaux visages des riches invités. Le mien est l'un des rares à être blanc, ses dentelles s'entortillent au-dessus de mes yeux et de mon front. Alex porte un simple masque de Zorro qui met en valeur sa mâchoire carrée. Alfie, bien entendu, a opté pour un masque flamboyant avec plumes et paillettes. Son humeur joyeuse est contagieuse.

– Je dois aller aux toilettes, il faut que je trouve Blake.

Je pose la main sur le bras d'Alex, qui exerce une pression dessus pour m'inciter à lever le regard vers lui. Nous n'avons pas parlé de Fallon, ni de notre avenir très proche, mais je n'ai pas du tout envie de le perdre de vue. Ce qui est précisément la raison pour laquelle je devrais le faire.

– Je suis tout à fait capable de m'abstenir de conneries pendant cinq minutes. Vas-y, fait-il en désignant les toilettes du menton. Je te prends un truc à boire ?

J'hésite une seconde. Je ne suis pas censée le laisser sans surveillance dans un lieu où l'on sert de l'alcool, j'en suis parfaitement consciente. En même temps, je suis incapable de le traiter comme avant. Nous ne sommes plus dans une relation employeur-employée, et me comporter comme s'il s'agissait strictement d'une affaire professionnelle serait presque inhumain. Surtout qu'il est devenu tellement plus que mon employeur maintenant.

Alex doit voir le doute se peindre sur mon visage, car il prend mon menton entre ses doigts et plaque sa bouche sur la mienne. De sa main libre, il caresse le côté de ma poitrine, noyant mes pensées de désir animal.

– Va faire pipi, siffle-t-il, tandis que sa main glisse dans mon dos pour empoigner mes fesses. Je te promets que pas une goutte d'alcool ne rencontrera ma bouche ce soir. Tout ce qui va m'enivrer, c'est *toi*.

– Et Fallon ?

Je déteste lui poser cette question.

– Qu'elle aille se faire foutre, Fallon, réplique-t-il sans ciller.

La joie qui emplit mon corps en cet instant est si pure et si vraie que je pourrais m'envoler.

Vacillante, je me dirige vers les toilettes et fais la queue dix bonnes minutes. Ce qui craint, car la plupart des femmes sont là pour se poudrer le nez et c'est précisément le geste que je crains que fasse Alex en douce. Chaque minute écoulée chauffe à blanc mon angoisse, qui vire bientôt à l'hystérie, de plus en plus brûlante et de plus en plus profonde. Je réussis le pipi le plus rapide de l'histoire, me lave les mains sans savon et me rue dans le salon principal, où les convives dansent sur un sol de marbre noir et blanc, sous des chandeliers scintillants. Mon regard se pose aussitôt à l'endroit où j'ai laissé Alex.

Il n'est pas là.

Évidemment. C'est un addict et les trois substances auxquelles il est accro : l'alcool, la cocaïne et Fallon, sont en libre circulation ce soir. Je fouille la salle des yeux. Je repère Alfie qui flirte avec quelqu'un au bar, Lucas qui danse avec une fille en robe victorienne et Blake qui parle au téléphone depuis l'un des balcons avec vue sur les toits de Paris. Si Blake apprend que j'ai perdu Alex, il va m'étrangler de ses propres mains. Et il aura bien raison. Je me mets à tourner en rond à sa recherche. Smoking noir. Masque noir. Autant dire à peu près la moitié de l'assistance de ce bal de charité d'Halloween, mais consciente de tout ce qui est en jeu pour moi, mon boulot, mon salaire, mon cœur, je cours sur mes talons hauts d'un bout à l'autre de la salle, en quête de ma rockstar perturbée.

J'observe chaque visage, j'étudie chaque mâchoire avant de décider que non, il n'est pas dans la salle de bal. Alors je m'attaque aux balcons. Tous les huit. Le premier est bondé de couples en train de s'embrasser. Le deuxième est occupé par un Blake hurlant qui, fort heureusement, ne me remarque pas. Le troisième est celui des fumeurs, le quatrième est vide, sur le cinquième un couple se dispute en français… Quand j'atteins le sixième balcon, je m'immobilise. Il n'y a personne, pourtant j'entends des voix. L'une d'elles m'est familière. Souffle saccadé et accent rugueux. La raucité provoquée par un tabagisme effréné. J'efface l'espace qui me sépare de la rambarde en marbre blanc protégeant trois marches.

Et là, sur la terrasse en dessous de moi, j'ai une vue parfaite sur ma version personnelle du pire film d'horreur. Alex et Fallon sur le balcon du premier étage, face à face. Sans masque. Sans faux-semblant. Sans moi.

Cette terrasse-là est plus profonde, presque le double en taille de celle sur laquelle je me tiens, ce qui m'offre une vision impeccable du couple qu'ils forment.

Elle est plus jolie en personne que je ne l'imaginais. Ses cheveux sont blonds, longs et brillants. Sa taille de guêpe est moulée dans une robe de soie rouge. Une Juliette séduisante. La magnifique princesse de Disney dans la robe de bal parfaite. Rien que la façon dont ils se contemplent me paralyse. OK. Depuis le premier jour, je sais que ça va arriver. Ne suis-je pas le petit génie qui a réussi à coucher avec la rockstar la plus bad boy de l'univers qui, au passage, m'avait bien avertie qu'il cherchait à récupérer son ex ?

Elle avance d'un pas vers lui. Il ne recule pas. Pas un mot n'est échangé, ce qui, d'une certaine manière, rend la situation encore pire. Elle pose la main sur sa joue, lève les yeux vers lui. Il incline la tête, baisse les yeux. Et puis elle se hausse sur la pointe des pieds et l'embrasse. Doucement. Avec une lenteur à briser le cœur. Je les observe, surprise que la lune ne se décroche pas et que les étoiles ne se mettent pas à me pleuvoir dessus. J'éprouve une sensation de fin du monde, d'amertume, d'inattendu.

Soudain, j'ai du mal à respirer.

Trois.

Deux.

Un.

Trois secondes. C'est le temps qu'il lui faut pour arracher ses lèvres des siennes. Trois secondes qui me paraissent une éternité, moi qui me tiens là, dans ma robe ridicule, avec mes cheveux ridicules. Moi, la fille ridicule. Les lèvres d'Alex se déconnectent de celles de Fallon, mais ses paupières sont encore lourdes et son expression torturée. Une vague de colère déferle en moi. Comment peut-il me faire ça, dans ma ville préférée en plus ? Comment peut-il *nous* faire ça après Londres ? Après Watford ? Après ce putain de tour du monde ?

Il recule d'un pas. Elle se jette contre son torse, noue les bras autour de son cou. Il l'attrape par les poignets et se dégage, reprenant son expression habituelle et son regard glacial.

– Non.

– Pourquoi, « non » ?

– Tu as du temps devant toi ? lance-t-il avec un ricanement amer.

– Alex…

Les histoires de timing, ça peut causer votre succès ou votre perte. J'ai appris ça, la nuit où mes parents sont morts après avoir décidé de traverser la rue au moment exact où ce cinglé de chauffard est passé près… et sur eux. Ce soir, c'est sur un parfait timing qu'un morceau de tissu se détache de ma robe, pile là, sur le balcon, pour voleter telle une plume, anciennes écritures sur vieux rose. Pas besoin de lire les paroles que j'y ai recopiées pour me les rappeler par cœur. Je la connais jusqu'au moindre de ses morceaux de tissu, ma robe Paris. Ce patch-là, coïncidence ou pas, n'est pas mon favori. Il porte les paroles de l'une des meilleures chansons d'amour jamais écrites, mais par le type qui vient justement de me briser le cœur dans la ville la plus romantique au monde.

Je ne veux pas ton hier.

Et jamais je n'espérerai ton demain.

Mais si on peut voir aujourd'hui, je te montrerai le goût de l'amour.

Et peut-être, oui peut-être qu'on oubliera tous nos chagrins.

Le morceau de tissu tombe entre eux, symbole de leur infidélité, et l'air brûle autant que si l'on avait allumé un feu. Sauf qu'Alex ne m'a pas trompée. Il l'a assez répété : il me voulait pour s'amuser. Pas pour aujourd'hui, pas pour demain ni pour la semaine prochaine, pas même pour la seconde qui suivra notre au revoir dans deux semaines maintenant, à L.A.

Ils lèvent les yeux et moi, j'ai envie de partir, mais mes jambes sont clouées au sol. Une statue faite d'espoirs et de rêves brisés. De façon totalement déplacée, la fête dans mon dos se met à pétiller de rires, de musique, d'alcool.

Alex écarquille les yeux. Même dans le noir, je vois qu'ils sont bien plus ronds que d'habitude. Il n'est pas le genre de gars à paniquer, alors cette expression sur son visage, surprise, regret, crainte, elle est nouvelle. Il démarre avant que j'aie le temps de ciller, se lance à ma poursuite. Fallon reste plantée là, son regard vide m'auscultant comme on le ferait d'un grain de poussière.

Un léger sourire étire ses lèvres et mon cerveau tâche d'ordonner au reste de mon corps de coopérer et de bouger. Je sais que mon cœur est désobéissant, mais je ne pensais pas qu'il pousserait le reste de mes organes à se rebeller aussi.

– Il ne te laissera pas une longueur d'avance.

Désormais tout sourire, Fallon pivote vers la vue et pose les avant-bras sur la rambarde, me tournant ostensiblement le dos. Devant nous, Paris est illuminé de noir et d'or, la tour Eiffel ressemble à une aiguille capable de vous percer le cœur.

– Quand il veut quelque chose, il l'obtient toujours.

– Il ne t'a pas eue, toi, je chuchote.

– Il m'a toujours eue. J'attendais juste qu'il vienne me chercher. J'ai tout fait, tout ce qui était en mon pouvoir pour attirer son attention, sans jamais l'obtenir. Pas entièrement. Tu n'écoutes pas, Indigo Bellamy. Va-t'en avant qu'il ne t'attrape. Vous deux, vous n'êtes pas faits l'un pour l'autre. Nous, si.

– On n'est pas faits l'un pour l'autre, je répète.

Et c'est vrai. Il m'a harcelée, affirmé qu'il en désirait une autre, et puis à la minute où j'ai eu le dos tourné, il est allé l'embrasser.

– Tu ferais mieux de te mettre à courir.

Je sursaute, comme si l'on venait de me frapper de l'intérieur.

Je retire mes escarpins, sans réfléchir à ce que je fais, les prends dans une seule main et m'enfuis. Je cours, je cours et je cours encore. Le château est un labyrinthe très élaboré. Chaque étage comporte un long couloir desservant quantité de vastes salles. J'emprunte la cage d'escalier pour me précipiter vers l'étage du dessous, sachant qu'Alex va monter à ma rencontre, et j'entreprends d'ouvrir des portes, à la recherche de la pièce la plus grouillante de monde pour m'y cacher. L'écho assourdi des basses cognant contre le plafond reste la seule preuve qu'il y a une fête à l'étage du dessus. Mon cœur file plus vite que mon cerveau : je n'ai pas de plan. Tout ce que je sais, c'est que si je le vois maintenant, je vais accepter ses explications et peut-être même ses excuses. Je vais lui pardonner et le reprendre.

Jusqu'à la prochaine fois où Fallon pointera le bout de son nez.

Jusqu'à la prochaine tentation qui frappera à sa porte.

Alex Winslow est à la fois un addict et une addiction. Pur et sauvage. Mon incapacité à lui refuser quoi que ce soit, je l'ai dans mes os, alors je fais la seule chose dont je sois capable ce soir. *Je me sauve.*

J'entre à toute allure dans une énième pièce vide, la balaie des yeux pour voir si elle contient une cachette valable. Je n'entends aucun bruit de pas et, pour ce que j'en sais, il se peut qu'il ait abandonné pour retourner embrasser Fallon à s'en faire tomber les lèvres.

Il s'agit d'une petite pièce de maintenance, dont la porte n'est pas fermée à clé et, comme j'ai encore du réseau téléphonique, je décide de rester là jusqu'à la fin de la fête, que je puisse appeler Lucas pour lui demander quand on rentre à l'hôtel. Je referme péniblement la lourde porte derrière moi et allume la lampe de poche de mon téléphone. L'écran est cassé, mais sa lumière est tout aussi brillante, à l'instar d'Alex.

Je laisse glisser mon dos contre le mur et m'accroupis, genoux pliés et serrés contre ma poitrine, le menton posé dessus.

Tu avais raison, mon cœur.

Je suis désolée, mon cœur.

Plus jamais. Plus jamais. Plus, jamais, jamais, jamais. Ad infinitum.

Dix minutes s'écoulent. Peut-être plus. D'une certaine façon, je ne suis pas surprise quand la porte s'ouvre d'un coup et que la lumière se déverse par l'entrebâillement. Soudain il me revient, tel un rêve. Grande silhouette impressionnante, pas assurés. Une brutalité féroce émanant de sa seule présence sur cette planète. Tout ce que j'ai étudié et admiré au cours des deux mois écoulés m'assaille à l'instant où il pénètre dans l'espace étroit et sombre. Je ne sais pas à quoi m'attendre. Peut-être qu'il va s'excuser ou alors se montrer méchant, voire indifférent au possible comme à son habitude. Ou bien il va me lancer que je savais depuis le début comment ça se terminerait. Que lui et moi, c'était temporaire. Que son cœur appartient à Fallon. Que moi, je n'ai que son corps et aussi quelques nouvelles chansons qui me laissent toujours en équilibre précaire sur un fil, suspendue entre la flatterie et la colère.

– Debout.

Sa voix est un fouet. Il m'attrape la main et m'attire contre son torse d'un seul mouvement fluide. Je lâche un grognement et vais recoller mon dos contre le mur en le repoussant.

– Va-t'en.

Il essaie de me tirer vers lui, d'un geste désormais désespéré et impatient, mais je le repousse encore, plus fort cette fois.

– La robe ! (Je tâche de contrôler ma respiration saccadée.) Elle était pour toi. Chaque morceau était pour toi, dans ce patchwork. C'est pour ça que je l'ai fabriquée. À partir de tes chansons, Alex. Si tu avais regardé d'un peu plus près…

J'arrache un morceau de tissu et le lui agite sous le nez.

« Va dire à tes amis que c'est moi,
Les autres mecs ont eu leur chance,
Ton âme est mienne, un point c'est toi,
Et je me fous que tu aies baisé toute la bande. »

– Je l'ai faite pour toi. Parce que tu es multicouche, multicolore et différent et… et…

Et déchiré. Ma robe vient de tomber en lambeaux. Rien de ce que j'ai cousu ne se découd. Il fallait que ça tombe sur la robe Paris. *Sa* robe. J'inhale et ferme les paupières.

– Va… t'en.

– Pourquoi ?

– Pourquoi ?

Je ris, bataillant pour contenir mes larmes. Pas question de pleurer. Surtout pas pour lui.

– Parce que tu as embrassé ton ex-petite amie devant moi, alors que je portais cette robe que j'ai fabriquée pour toi. Parce que je suis la fille la plus crétine au monde, là, et je pense que j'ai mérité ce moment de solitude, sans public pour me regarder craquer. Tu peux au moins compatir, non ? Comprendre que je n'ai pas envie d'avoir les projecteurs braqués sur ma sale tronche larmoyante quand j'ai le cœur brisé ?

Pourquoi faut-il que je sois aussi brutalement honnête ? Ça ne va faire que caresser son ego surdimensionné dans le sens du poil. Enfin, je ne suis pas certaine qu'il soit encore tellement énorme, son ego. Au contraire, je le soupçonne d'être aussi fragile que ma santé mentale actuelle.

– *Primo*, je ne l'ai pas embrassée, c'est elle qui m'a embrassé. Et *secundo*…

Il expire et abat les deux poings dans le mur derrière moi qu'il se met à boxer avec moi entre ses bras. Je ne le repousse pas. Pour la première fois depuis notre rencontre, je n'en ai pas besoin. Il sait que je ne le laisserai pas m'avoir. Pas depuis que ses lèvres ont embrassé celles d'une autre, ce soir. Pourtant, avoir retrouvé la maîtrise de mon corps est tristement tout le contraire d'un plaisir.

– Je n'ai rien ressenti, termine-t-il.

– Tu l'aimes, j'insiste en priant pour qu'il me détrompe. Tu l'as dit toi-même.

– Je l'aime ? (Il lâche un rire ironique en secouant la tête.) Qu'est-ce qui m'a trahi, Indie ? Hein ? Les moments où, chaque fois qu'il est question de Fallon, je parle de la mettre à genoux, docile et soumise, suppliant mon pardon et mon amour revenu ? Ou le moment où je me suis lancé à ta poursuite au bout du monde ? Dis-moi, Stardust, ça ressemble à ça, l'amour ? À ce besoin de voler, puis de détruire et de bousiller l'objet de ton amour, juste histoire de pouvoir respirer une putain de seconde sans se sentir dans la peau d'un looser impuissant ? Je n'aime pas Fallon. Je ne l'apprécie même pas. Et je n'ai certainement pas envie d'elle. C'était pour toi que j'écrivais mes chansons. C'est toi la première que je vois le matin, avant même d'ouvrir les yeux, à croire que tu es gravée à l'intérieur de mes paupières. C'est toi que je vois la nuit, une seconde avant de m'endormir, comme si tu étais imprimée sur chaque putain de plafond d'Europe. Je ne veux pas que ça se termine et mes raisons sont purement égoïstes. Tu m'as fait oublier les drogues. Grâce à toi, je me souviens de l'art. Mais j'ai le sentiment de n'être pas le seul à apprécier cet arrangement. Pourquoi tout bousiller ? À cause d'un bref baiser auquel je n'ai même pas répondu ? Fallon n'est pas une menace. Fallon n'est même pas un hoquet. La seule fille avec qui j'ai envie d'être jusqu'à mon retour à L.A., c'est toi, Stardust.

Jusqu'à mon retour à L.A.

Juste un arrangement.

Mes raisons sont égoïstes.

Ça me tue de l'intérieur, de savoir que l'homme qui sait écrire les mots d'amour parmi les plus inspirants qu'il m'ait été donné d'entendre soit celui qui me sert un discours aussi maladroit, pitoyable et indécis. Et ce qui me tue encore plus, c'est que je suis quasiment prête à l'avaler. Peut-être pas ce soir, mais demain ou après-demain, une fois que mon cœur aura repris un rythme normal et ma logique du poil de la bête. Il ne m'a effectivement pas trompée. Mieux encore, il s'est dégagé et lui a dit : « Non ».

Je sens Alex sur ma peau, alors qu'il est assez malin pour ne pas me toucher. Il attend que je parle quand la porte se rouvre.

Fallon apparaît derrière son dos.

Elle a l'air horrifiée.

Et brisée.

Et… dangereuse.

Comme une maladie mortelle qui se faufile sournoisement jusqu'à votre porte sans frapper, vous demande d'ouvrir la bouche et de la laisser vous empoisonner. Mais par-dessus tout, Fallon a l'air shootée. Ses pupilles sont dilatées et aussi grandes que des soucoupes, sa peau moite est grisâtre. Les doigts tremblants, elle se jette sur Alex, essaie d'arracher les paumes qu'il a plaquées au-dessus de moi. Une sueur froide lui voile le front et ses frissons sont aussi violents que l'expression de son regard. Je suis prise d'une peur telle que, l'espace d'un instant, j'en oublie de la détester et me surprends à être inquiète au point de songer à appeler une ambulance.

– Tu n'étais pas censé la trouver, grogne-t-elle.

Les larmes lui coulent sur le visage, pourtant elle ne pleure pas vraiment. Je ne pense même pas qu'elle en soit consciente. Son visage n'exprime aucune émotion, elle a juste l'air malade.

– Quel effet tu crois que ça fait de lire de tes nouvelles dans les journaux, Alex ? Nouvel amour. Nouvel album. Nouvelles chansons. J'ai mal, moi aussi. Ne joue pas entre leurs mains. Il n'y a que nous, bébé. Toi et moi. Je n'ai pas besoin de désintox, et toi, tu n'as pas besoin d'elle. On a juste besoin l'un de l'autre.

« Leurs mains » ? De qui elle parle ?

– Fallon, aboie-t-il, plus exaspéré qu'ému, comme si elle n'était qu'une enfant embêtante qu'il essayait d'apprivoiser. On est occupés, là. Il est où, ton sex toy ? Le divin Bushell ?

Elle lève les bras au ciel.

– J'en sais rien ! Sans doute occupé à une action caritative quelconque ou à autre chose du même genre, tout aussi ennuyeux. Oh, mon Dieu, ce qu'il est ennuyeux. Comment tu as pu l'avoir comme ami ? Vous n'avez rien en commun, tous les deux. J'ai besoin de te parler.

– La seule chose dont tu aies besoin, c'est d'une bonne cure de désintox. Retourne à ton petit ami. Ton fiancé. Peu importe ce qu'il est, va-t'en.

– Ne fais pas ça, Alex. Ne joue pas leur jeu, ne les laisse pas gagner. Ce n'est pas nous, ça. Nous, on est nous. On a toujours été à part.

Je n'ai pas la moindre idée de ce dont elle parle et un regard sur le visage d'Alex m'informe que lui non plus. Il se rapproche de moi, tourne la tête et plisse les paupières en la regardant.

– Tu es fiancée à quelqu'un d'autre.

– Ils m'y ont obligée. Jenna m'a payée et j'avais besoin d'argent. Will refuse de me donner accès à quoi que ce soit tant que je n'ai pas fait de cure.

– Putain, mais de quoi tu parles ? gronde Alex.

– Ils voulaient que tu t'entiches de cette fille ! C'était leur plan ! Qu'elle te permette de m'oublier ! Et d'oublier la drogue. (Elle tape du pied, secoue les mains et me désigne.) Mais merde, tu ne vois donc pas ? Tu n'as pas besoin de chaperon, tu as Blake, qui te suit comme un toutou et puis Lucas, qui irait presque jusqu'à tuer pour toi ! crache-t-elle, de plus en plus agitée.

Je rumine ses paroles. Elle a l'air d'une folle, mais les choses qu'elle balance s'emboîtent avec une telle logique que ça m'effraie. Jenna m'a-t-elle embauchée pour faire oublier Fallon à Alex ? Ça me paraît extrêmement tiré par les cheveux, mais j'ai déjà entendu plus bizarre.

– Conneries ! hurle Alex au visage de Fallon. (Il est en train de perdre son calme lui aussi.) Qu'est-ce que tu en sais, de toute façon ? Personne de mon équipe ne t'adresse la parole. Personne !

Il avance d'un pas dans sa direction, tellement furieux que j'ai peur qu'il ne la pousse.

Je le ramène vers moi par le bras. Le seul contact de nos peaux adoucit un peu son expression. Enfin, il est toujours plus flippant que je l'aie jamais vu.

– Je le sais parce que Will était de mèche, crie-t-elle dans un vrai, gros sanglot. Il m'aime, ça, je le sais. Seulement moi, je ne l'aime pas. Je t'aime, toi. Ils refusaient de me laisser te parler. (Elle renifle.) Ils ont dit… (Elle pleure pour de vrai, cette fois, et j'ai envie de pleurer avec elle, tant les choses se sont compliquées.) Ils ont dit que j'allais te bousiller et que tu étais mieux sans moi. Qu'elle, elle était douce et bien sous tous rapports, et qu'elle t'aiderait à aller mieux.

– Mensonges, éructe-t-il en secouant la tête. Non, non, non.

– Will a toujours souhaité le meilleur pour toi. Pour moi aussi. Blake, Lucas et Alfie étaient dans le coup. Pourquoi tu penses que Lucas la draguait tant, cette fille ? Est-ce qu'elle vaut vraiment l'attention de deux rockstars ? Je veux dire, ne le prends pas mal…

Elle me toise de la tête aux pieds, et tout dans son regard veut qu'au contraire, je le prenne mal. Voire pire.

J'effectue un pas vers elle, prête à lui exposer le fond de ma pensée, mais cette fois, c'est au tour d'Alex de me retenir près de lui. La tête me tourne à force de révélations, alors que je ne suis même pas sûre que ce soit vrai.

– Si tu mens…, commence Alex, un doigt menaçant levé.

– Je ne mens pas, l'interrompt-elle en tapant à nouveau du pied, un tic récurrent qui serait plus adapté chez un jeune enfant. Pourquoi je te mentirais, merde ? Tu les connais. Will voulait me sauver et m'aimer et blablabla. Ensuite, il a culpabilisé vis-à-vis de nous, du coup il s'est ligué contre toi avec tes amis et ton agent, qui feraient à peu près n'importe quoi pour te garder sobre et productif. Mais tu n'es pas heureux, Alex, si ? Comment peux-tu être heureux sans moi ? J'ai pensé à toi tous les jours.

Alex secoue la tête.

– C'est des conneries. Will n'est pas un martyr et Waitrose pas davantage un saint, et aucun d'eux ne t'écouterait, de toute façon. Allons-y, Indie.

Alex me tire par la main et le soulagement que je ressens à l'idée de quitter les lieux est immédiat, mais Fallon l'attrape par le poignet. De près, je vois la folie qui danse au fond de ses prunelles et je me demande comment ils ont seulement pu qualifier ce qu'il y avait entre eux d'amour. S'ils étaient tous les deux shootés en permanence, ils n'ont jamais eu l'occasion d'apprendre à se connaître vraiment.

Soudain, elle lâche un rire amer, semblant perdre toute trace de self-control.

– Tu n'as jamais fait le calcul, hein ? Tu n'as jamais deviné tout seul.

– Deviné quoi ? lui demande Alex.

De guerre lasse, il s'enfonce les doigts dans les cheveux. Il en a assez d'elle, je le vois à présent.

Il n'est pas amoureux de son ex. Il était juste agacé qu'elle l'ait quitté pour un autre.

– De quoi tu parles, Fallon ?

– L'accident, répond-elle. Tu sais, le jour où tu m'as aidée ? (Elle incline la tête et quelque chose dans son regard me donne la chair de poule.) C'étaient ses parents.

Les secondes qui suivent s'écoulent au ralenti.

Je lève les yeux vers Alex.

Il baisse les yeux vers moi.

Son visage est blême. C'est la dernière chose dont je me souvienne. Cendreux, sous l'effet de la compréhension soudaine et du chagrin. Je ne me sens pas tomber. Je me vois, plutôt, tandis que les sons autour de moi se font étouffés et que leurs silhouettes se constellent de points noir d'encre. La seconde d'après, mes yeux sont rivés sur les chaussures d'Alex et la robe de Fallon. Puis ils se ferment malgré mes efforts pour rester éveillée. Plus que tout, je veux entendre ce qu'ils disent. Ils hurlent à travers le brouillard de mon étourdissement. Je tends l'oreille pour écouter.

– Putain, putain, non ! hurle Alex. Fallon, non !

– Je suis désolée, pleure-t-elle. Tellement, tellement désolée.

Je m'évanouis, faute de remonter chercher l'air dont j'ai besoin pour survivre. Tout autour de moi s'effondre. Et je m'effondre avec.

*

Hudson : Ça va, les filles ?

Jenna : Salut.

Hudson : C'est moi ou Alex était hyper
sexy à ce concert de Londres ? Indie,
tu es en charge de sa garde-robe ?
Il fait vachement moins clodo.

Hudson : Je le baiserais
quel que soit le look,
mais lui dites pas !

Jenna : Elle est où ?

Hudson : Elle nous évite. Pourquoi ?

Jenna : Indie, réponds.

Jenna : Indie.

Jenna : INDIE.

Jenna : INDIGO !

*

Je me réveille dans un lit.

Mon lit parisien.

Ou, devrais-je dire, *notre* lit parisien.

Bon Dieu, j'ai envie de vomir.

Les affaires d'Alex sont toujours dans notre chambre, comme s'il ne s'était rien passé. Je regarde autour de moi, examine la collection de bouteilles d'eau de luxe et d'encas bio sur la commode, les médiators, les carnets épars, les polaroïds d'Alex et moi pris à Londres après que nous avons trouvé l'appareil de Blake dans sa valise. La pièce est comme saturée de tromperies, gonflée de mensonges. Mon cœur tonne et j'ai envie de me lever, de me rendre dans la chambre de Blake pour lui donner ma démission.

Je suis seule.

Ravalant le goût amer de la bile qui emplit ma bouche, je m'agite dans le lit, tâchant de rassembler assez d'énergie pour me relever et faire mes bagages. Une minute après mon réveil, Alex sort de la salle de bains. Ses yeux sont rougis et ses cheveux en bataille. Il porte un pantalon de survêtement gris, bas sur les hanches, et rien d'autre. On croirait qu'il vient d'assister à ses propres funérailles. J'essaie de me hisser en position assise et cale mon dos contre la tête de lit.

– Je vais tout arranger, Stardust. Je vais…

– Arrête, je grogne, d'une voix si grave que j'ai du mal à croire qu'elle soit la mienne. Arrête de faire comme si tout allait bien entre nous. Ce n'est pas le cas. Je veux que tu me racontes tout. Tu es un menteur, Alex. Seulement cette fois, j'ai besoin d'entendre toute la vérité que tu es en mesure de me donner. C'est le moins que tu puisses faire, après tout ce qu'on a traversé.

Il s'assied au bord du lit, les yeux rivés vers ses mains, sur ses genoux. Hier, j'étais incapable de le regarder sans que mes poumons se contractent, comme s'il les serrait dans son poing. Aujourd'hui, c'est un étranger dans la tenue de l'homme que j'aimais. Oui, que j'aimais. J'étais tombée amoureuse de lui plus tôt que je ne le pensais, du moins d'une version de lui.

Il était une fois une simple mortelle qui tomba amoureuse d'une rockstar. Tu dois bien savoir maintenant que ça n'a rien d'un conte de fées. Les mortels et les dieux ne se mélangent pas.

– Il y a quatre ans, Fallon est rentrée à la maison dans un état pas possible. On venait d'emménager ensemble. J'étais clean, à l'époque. Plus ou moins. Je prenais surtout des cachets, et j'étais ce qu'on appelle un alcoolique mondain. Je ne sniffais pas de cocaïne et j'ignorais que j'avais un problème. Selon moi, je vivais à cent à l'heure et je jouais plus vite encore. Comme des tas de gens dans mon milieu professionnel. Bref, elle est rentrée, shootée à mort, mais aussi complètement bouleversée. Elle m'a raconté qu'elle avait renversé un chevreuil sur la route de Calabasas et m'a demandé d'aller jeter un coup d'œil à la voiture. Ce que j'ai fait. La bagnole était… (Il se frotte la nuque, lève les yeux au plafond et pousse un soupir.) Elle était bousillée. J'ai interrogé Fallon, à maintes reprises. Sans relâche, je lui ai posé la question : est-ce que c'était vraiment un putain de chevreuil ? Il y avait tellement de sang. Elle a maintenu sa version initiale, oui, c'était bien un chevreuil, et elle m'a supplié de l'aider à se débarrasser de la voiture. Alors je l'ai fait. J'ai… j'ai…

– Tu l'as aidée à couvrir l'accident. Alors que tu savais, au fond de toi, qu'elle mentait, je termine à sa place, braquant sur son visage des yeux qui ne cillent plus. Voilà ce que tu es en train de m'expliquer.

Il secoue la tête et se passe les doigts dans les cheveux.

– J'étais ivre. Ce n'était pas le seul truc qui ne tenait pas debout, tant de choses étaient louches. Ça venait juste s'ajouter à une longue liste. Mais je vais m'assurer qu'elle avoue, maintenant. Si elle refuse, tu peux me croire, j'irai le faire à sa place.

– Épargne-moi tes excuses.

– Je te dis que je vais réparer.

– Et tu es aussi un menteur autoproclamé.

Je sens ma lèvre inférieure trembler comme une feuille.

– Je ne te mens pas, je te le promets.

– Tu l'as laissée s'en tirer alors que c'est une meurtrière.

Ma voix est montée dans les aigus, trop haut. J'ai de nouveau la tête qui tourne. Il se penche vers moi et je repousse sa main d'une gifle quand il essaie de prendre la mienne.

– Non.

– Je ne l'aurais jamais laissée s'en tirer à si bon compte, si j'avais su. Or j'ignorais le fin mot de l'histoire. Je soupçonnais un truc, mais la moitié du temps, je voyais et je ressentais des choses qui n'existaient pas, putain. J'étais parano. Et bourré. Quels qu'aient été les dégâts sur la voiture, j'ai décidé de passer outre et d'avaler ce qu'elle me disait.

Je ferme les yeux, serrant fort les paupières en me forçant à prendre la prochaine inspiration.

Maman me manque. Papa me manque. La normalité me manque, les dîners du samedi, les fêtes de Noël, même les messes du dimanche tant redoutées. La chance et la promesse d'être normale me manquent, la possibilité d'être entière. Mon grand frère me manque, et avec lui la façon dont il prenait soin de moi. Même le super papa qu'aurait pu être Craig pour Ziggy, si Alex avait décroché le téléphone et appelé les secours quand Fallon est rentrée à la maison ce soir-là, me manque.

Ma mère aurait survécu, alors.

Je ne serais peut-être pas sur cette tournée, le cœur brisé en un million de morceaux malgré mes efforts pour le contenir, à sentir ma douleur prête à craquer au niveau des coutures, mon existence retenue seulement par une série d'épingles et d'aiguilles fixées par ma vieille machine à coudre.

– Considère ceci comme ma démission officielle, j'annonce, les yeux toujours clos.

– Non, répond-il. Non, non, non, non, non.

– Je n'insisterais pas, à ta place. Tu en as assez fait. Respecte mes souhaits et laisse-moi partir.

Maintenant j'ouvre les yeux, les plante sur lui, sur tout ce qu'il est. Un traître. J'ai ouvert la porte et l'ai volontairement laissé entrer dans ma vie. Il lui a suffi de quelques semaines pour passer du couloir à ma chambre. Il a conquis le moindre recoin de mon royaume et a utilisé ça contre moi, à mon insu. Je ne vois plus sa beauté, son sex-appeal ou son impressionnante carrure. Je ne vois plus le gars drôle, complexe et torturé que je voulais tant réparer. Tout ce que je vois, là, c'est un prince brisé aux yeux suppliants et au bord des larmes. Des larmes d'homme. Ni furieuses, ni exaspérées, ni agacées. Mais réelles, tristes et profondes.

Tous les princes brisés meurent. Ne l'a-t-il pas dit lui-même ? Il avait peut-être raison. Le plus effrayant, c'est qu'en cet instant, j'ai envie qu'il ait raison.

Je souris, à ma propre surprise. Je ne me connaissais pas cette tendance mesquine, mais il faut croire qu'Alex l'a fait émerger des profondeurs de mon être, qu'il l'a jetée sur la table de la morgue avec mon cœur. Je sais qu'une fois qu'il trouvera le poème, celui que j'ai écrit après notre nuit dans la chambre de son enfance, il comprendra pourquoi c'est terminé. Pourquoi on ne pourra jamais être ensemble.

– Si tu me quittes, dit-il, tu emportes mon âme avec toi.

– Il n'y a jamais eu que mon âme, je réplique sur un ton calme de défi. Tu n'as pas d'âme, Alex. Tu n'en as plus depuis longtemps. Tu l'as prouvé en fermant les yeux, il y a toutes ces années, le soir où tu aurais pu sauver ma mère. Tu n'as pas besoin de moi. Tu n'as besoin que de toi. Il est temps que tu fasses tes bagages et partes visiter les autres planètes. Trouve ton âme, tu ne seras jamais vraiment heureux sans elle.

CHAPITRE 28

ALEX

Elle m'a laissé un mot.

Sur une feuille de papier.

Arrachée à un carnet.

Mon carnet.

Le carnet où j'écris mes chansons, mes chansons inspirées par elle. Des chansons pensées pour elle, peut-être même adressées à elle, qui portent son empreinte, chaque parole riche de tellement plus que de son sens propre.

Son message, il est au croisement entre le poème et la lettre. Sur nous. Sur moi. Sur ce truc tordu qu'on forme. Ensuite, en dessous, souligné et écrit en rouge, il y a autre chose. De plus récent. Appuyé si fort sur le papier que l'encre a presque déchiré la feuille.

Tu es beau, Alex, mais tu es vide.
Personne ne pourrait mourir pour toi.

Et personne n'aurait dû mourir
à cause de toi.

Indie

C'est une citation tirée du *Petit Prince*, ce qui rend ses mots plus douloureux encore. *Le Petit Prince*, il est à nous. Je lui ai écrit une chanson à son sujet et elle me l'a renvoyée en pleine figure. Soudain, dans une chambre d'hôtel parisien qui ressemble à toutes les autres mais qui est aussi très différente, je comprends : je l'ai enfin trouvée. La fille qui mérite toutes les chansons que j'ai composées. Et puis je l'ai perdue. La fille dont j'ai contribué à détruire la vie.

Il y a une lumière au bout du couloir sombre de mon existence : même moi, je sais que je ne peux pas annuler le reste de la tournée « Letters from the Dead ». Jenna m'arracherait les tripes à mains nues pour me les fourrer dans le cul, si j'osais ne serait-ce qu'évoquer pareille possibilité. La compagnie d'assurance me tient à l'œil, ma maison de disques souffle l'haleine puante du monde des affaires dans mon cou, et en plus, j'effectue un come-back convenable qui permet de faire le buzz autour de mon prochain album encore sans titre. Sans mentionner mes potes, qui comptent sur moi. Des potes à qui je dois beaucoup aussi, si fort que j'aie envie de les tuer. Notre relation est bordélique, malsaine et complètement à côté de la plaque. Ils passent leur temps à me trahir dans leurs efforts pour me ramener à la vie. Et ça fonctionne.

Du moins, ça a fonctionné jusqu'à aujourd'hui.

Je me suis fait la promesse, peu importe que tout ça finisse par bien ou mal tourner, de m'assurer que Fallon fasse ce qu'il faut envers Stardust et sa famille.

Planté devant l'îlot de cuisine de ma suite d'hôtel, son mot serré si fort entre mes doigts qu'ils me font presque mal, j'inhale l'odeur d'Indie, encore présente dans mes narines, sur mon oreiller, à l'intérieur de mes tripes. Quand tout à coup, la porte s'ouvre derrière moi. Depuis vingt minutes, j'essaie de me shooter aux sels de bain, en vain, et voilà Lucas qui entre dans ma suite, refermant la porte derrière lui.

Ben ouais, j'ai recommencé. Du moins j'ai essayé. Eh merde, je ne suis même pas fichu d'être un bon drogué. C'est pas la honte, ça ?

– N'y pense même pas.

Je renifle, tente d'allumer les petits cristaux de sels. Putain, comment vous voulez qu'on se shoote avec ces trucs ? Il me faut de nouveaux copains. Plus jeunes, des loosers qui m'apprendront à me shooter avec des trucs pitoyables. Et dire que ça ne fait même pas quatre heures qu'elle est partie. Je n'ose imaginer à quoi je vais tourner d'ici une semaine. Héroïne ? Crack ? *Riverdale* ? J'en mourrai, si je deviens l'essence même de ce que j'abhorre.

– Que je ne pense pas à quoi ?

J’entends Lucas se déplacer derrière moi, mais je ne me retourne pas.

– Tout. Ma réponse est « non », quelle que soit la qucstion. Ne me parle pas. Ne t’excuse pas. Ne m’offre pas tes condoléances. Pour la dernière fois : j’ai baisé Laura longtemps avant que tu la rencontres. Tu n’avais pas besoin de bousiller mes seules relations sérieuses deux fois d’affilée.

Frustré, je lâche les sels de bain sur le comptoir et me lance la tête la première dans une conversation avec lui. Idiot. Quel idiot. Une partie de moi, quoiqu’infime, insignifiante et étouffée par le merdier général qui grouille dans ma tête, se rend compte que je l’ai bien mérité. Tout ce qui m’est arrivé. Le départ d’Indie. La manière dont Fallon se comporte, à savoir en garce complètement cinglée. Mes potes et mes agents qui me surveillent comme un bébé, me mentent, gèrent jusqu’à la moindre de mes inspirations, depuis mes amours jusqu’à mes disques, mes contrats, mes interviews et mon bien-être général. Lucas apparaît à côté de moi, balaie le comptoir en marbre d’un geste du bras, envoyant valdinguer au sol les sels à moitié cuits.

– Tu crois qu’il s’agit de Laura ? me crie-t-il au visage. T’es con ou quoi ? C’est quoi, ton problème ? Il ne s’agit ni de Laura, ni de Fallon. Même pas d’Indie. Il s’agit de toi, espèce de trouduc. (Il tremble en me crachant ses mots à la figure.) Je suis amoureux de toi.

Je me retourne complètement pour lui faire face. Ses paroles me pénètrent goutte à goutte, comme la pluie à travers un plafond fissuré. Lentement, mais sûrement. Si seulement je parvenais à les comprendre.

– Hein ?

Il me prend le bras et tire dessus. Je me laisse faire, trop abasourdi pour songer à une réplique cohérente. Nos visages sont à quelques centimètres l'un de l'autre, mais assez loin pour que je voie son expression. Torturée, presque autant que mes entrailles.

– Je suis amoureux de toi. Ça fait… ça fait combien ? Je ne sais pas, peut-être douze ans ? Tout le monde le sait. C'est évident, ça se voit comme le nez au milieu de la figure. Je me suis mis à la batterie à cause de toi, putain de merde. Tu avais besoin d'un batteur, tu n'arrivais pas à en trouver, personne ne veut être batteur, c'est un boulot solitaire et ingrat, alors je l'ai fait. Je voulais être près de toi et toi, tu ambitionnais de monter un groupe, alors j'ai appris à jouer d'un instrument. Et puis, c'est moi qui suis devenu ton instrument. Je me suis mis à ramasser tes miettes : Laura, cette crétine, Fallon et tout le monde autour de toi. Tout ça pour récolter des petits morceaux de toi. Des morceaux d'Alex Winslow, putain, le type qui, malheureusement, possédait tout. Le talent, la présence et ces yeux. Ces fichus yeux, Alex.

Il relâche mon bras et se plaque les mains sur le visage en secouant la tête d'un air exaspéré, avant de se mettre à arpenter la pièce.

J'ai envie d'unc cigarette, histoire de m'occuper la bouche ; je ne me sens certainement pas à même de parler, mais je suis trop sous le choc pour bouger. Tout le monde est au courant ? Je vis sur la même planète que mes amis, ou quoi ? On dirait qu'ils m'ont caché des tas de trucs, en tout cas.

– J'ai brisé votre couple, à Fallon et toi, non par amitié pour Will, ni pour elle, mais parce que je t'aime. Or t'aimer, ça a un prix : celui d'ignorer complètement mes propres souhaits et mes besoins. Fallon t'entraînait de plus en plus bas dans la drogue et la dépression. Elle était toxique pour toi, alors je l'ai écartée du chemin. Et je le referais si je le pouvais. Sans hésiter. Je tuerais pour toi, Winslow. Mais Indie, c'était tout le contraire. Elle t'a reconstruit. Évidemment, vous regarder ensemble me donnait envie de me pendre tous les jours. Savoir que je vous avais poussés dans les bras l'un de l'autre a bien failli me tuer. Pourtant ça ne m'a pas retenu. Pour ton bien.

Lucas se jette sur le canapé en velours noir et enfouit le visage dans les coussins. Je me demande quel genre de connard peut bien vivre sans se rendre compte qu'un de ses meilleurs amis est amoureux de lui. Moi. La voilà, la réponse.

– Tu es gay, je lâche assez bêtement, en massant mes tempes humides de sueur.

Je ne sais pas trop ce qui me met en nage, mais ça pourrait avoir quelque chose à voir avec le fait qu'engourdi comme je suis, je ne me rends même pas compte de la température infernale qui règne dans la chambre. J'étais trop occupé à essayer de me shooter et de ne pas penser à Indie. Deux tentatives dans lesquelles j'ai lamentablement échoué.

– Aussi gay qu'on peut l'être. Et je t'en prie, pas de blague à la Alfie.

Lucas se met à jouer avec la fermeture Éclair de son blouson en cuir. *En bas. En haut.* C'est bizarre de parler de lui quand mon propre univers est en ruines. Sauf que je ne peux plus me permettre d'être un ami de merde, et c'est déjà un début que de l'accepter. En plus, il a l'air d'un gosse boudeur. Triste, agacé et défait. Je m'affale sur le canapé à côté de lui et le pousse de l'épaule.

– Désolé.

Je ne sais même pas vraiment de quoi je m'excuse. De ne pas être homo ? D'avoir paradé au bras de la moitié de la population féminine d'Hollywood devant lui au Chateau Marmont ? De l'avoir obligé à jouer ma marraine la fée depuis plus d'une décennie ? De l'avoir destiné par inadvertance à devenir un putain de batteur ?

– Ne sois pas désolé. J'ai presque trente ans et je n'ai pas encore complètement fait mon coming out. Je t'ai menti pendant des années. Donc je dirais qu'on est à peu près à égalité.

Du revers de la main, il essuie la morve qui lui coule du nez et baisse les yeux. J'ignorais qu'il m'était possible d'avoir le cœur plus brisé encore après Indie, et pourtant si. Il se brise pour Lucas. Maladroitement, je l'attire dans une étreinte, le regard rivé au mur face à moi. Rien ne va, et pourtant je dois feindre que si, parce qu'Indie avait raison : je dois trouver mon âme et la montrer aux gens qui m'entourent.

– Allez… Regarde-moi.

Il renifle à nouveau et obtempère.

– Quand est-ce que tu t'es rendu compte que tu préférais les mecs ?

– On devait avoir douze, treize ans, peut-être. Je ne sais pas trop. Je me rappelle juste avoir voulu ton cœur longtemps avant de vouloir autre chose. C'était un soir de janvier. Je t'avais repéré qui faisais les cent pas dans la rue avec Tania accrochée dans ton dos, hurlant aux fenêtres closes : « Qui sait accorder une guitare ? » Et j'ai pensé : *Un jour, il va récolter des pelletées de Grammy, ce salaud-là.* Tu avais une tronche de looser, mais tu étais si complètement habité par ce que tu faisais que je ne pouvais pas m'empêcher de t'admirer. Ta voix venait d'exploser, comme ton menton d'ailleurs, avec une dizaine de boutons. Tu te rappelles ? (Il rit.) Punaise, t'étais comique.

– Je suis toujours comique.

Je ricane au souvenir de ce jour-là. Le copain de mon père, Duncan, avait enfin accepté d'accorder

Tania et m'avait appris à jouer les premières mesures de *Smoke on the Water*.

– C'est juste que je ne suis plus sûr que mon côté comique soit encore marrant.

– Si, tu es marrant, affirme Lucas en me tapant sur le torse.

Il n'a jamais eu ce genre de gestes avant. Peut-être en a-t-il toujours eu envie, sans savoir comment je réagirais. Cette pensée me déprime.

– S'il te plaît, ne replonge pas, Alex.

Il est redevenu sérieux. Mais c'est trop tard. Même si je ne me suis pas shooté ce soir, je sais avec certitude que ça arrivera. Et que je le regretterai. Et que ça m'enlèvera au moins un peu de la douleur de ce qui s'est passé avec Stardust.

– Question…

Mieux vaut changer de sujet. Avec les dents, je sors une clope du paquet qui traîne sur la table basse et l'allume, un bras toujours passé autour de son épaule, comme s'il était mon petit frère.

– Si on était ensemble, je serais au-dessus ou en dessous ?

Lucas rit de plus belle à travers ses larmes.

– Je suis toujours dessus.

– Conneries, je réplique.

– Tu vois ? T'es toujours marrant, conclut-il en posant l'index sur mon nez, un sourire triste aux lèvres.

Je continue de songer à Indie tout au long de la conversation. À me demander ce qu'elle penserait de tout ça.

CHAPITRE 29

ALEX

Alex,

Tu te rappelles, quand on a emménagé à L.A. et qu'on s'est promis qu'on ne changerait jamais ? Qu'on resterait les gars de la petite ville merdique qui détestent Manchester (Manchester United, ces enfoirés !) ? Eh bien, inutile de préciser qu'on a tous brisé cette promesse.

Je veux bien t'accorder un point : même quand on a cessé d'être potes pour devenir concurrents, c'est toujours toi qui as eu le dessus. La plus belle nana, le meilleur album et le Grammy le plus prestigieux. Tu as décroché les couvertures de *Rolling Stone* et de *NME*, tandis que moi, je me contentais du hit-parade. Les bobos ont continué à t'écouter même quand tu es passé au mainstream, alors que moi, j'étais invité aux Country Music Awards.

Et puis, tu avais tes copains. Tous. Les tiens.

Je veux t'expliquer comment a été lancée l'idée d'Indigo Bellamy et, surtout, te dire que je ne suis pas ton ennemi. Je ne l'ai jamais été et ne le serai jamais.

Je pense que je te dois une explication. Tu crois que je t'ai volé Fallon quand, en pratique, tout ce que je cherchais à faire, c'était vous sauver, tous les deux. Est-ce que je l'aime ? Oui. Est-ce que je l'aurai un jour tout entière, comme tu l'avais, toi, comme tu possèdes tout ? Non. Le soir où Fallon a été impliquée dans l'accident, elle rentrait de ma fête à Calabasas. Toi, tu étais à la maison, malade. Elle avait consommé de la drogue et prenait le volant.

Je le savais.

J'ai laissé faire.

J'en assume l'entière responsabilité.

Il y avait tellement de gens que je ne faisais plus trop attention aux allées et venues. Mais le lendemain de l'accident, elle m'a contacté. M'a cherché. Elle paniquait et elle savait que tu la quitterais si elle n'allait pas direct chez les flics.

À partir de ce moment-là, Fallon et moi avons entamé une relation toxique. On s'est rapprochés et moi, je suis tombé de plus en plus amoureux d'elle, alors qu'elle sombrait de plus en plus dans la drogue.

On t'a trompé et puis le truc a fini par exploser. Je ne te reproche pas de m'avoir exclu de ta vie. Au contraire, c'est sans doute mieux qu'on reste éloignés l'un de l'autre. En revanche, je savais depuis le début, pour les parents d'Indigo Bellamy. Et je sais aussi que ça risque de me revenir en pleine face, mais voilà, c'est vrai. Je suis en partie responsable. Et j'en ai honte, terriblement honte.

Une fois que tout a été révélé avec Fallon, Alfie, Lucas et Blake ont dit qu'ils ne m'adresseraient plus jamais la parole. Pourtant, ils l'ont fait. À peu près au moment où tu as viré ta huitième baby-sitter, j'ai contacté Jenna Holden, qui a ordonné une réunion avec Alfie, Blake et Lucas. Et on est tous tombés d'accord : tu repartais en vrille et c'était moi, l'imbécile qui avait suivi Indigo et Craig un peu partout, qui me sentais coupable et dégoûté par ce que Fallon avait fait sans être punie, et puis aussi, leur vie à eux était bien merdique. J'ai dit que ce serait un plan parfait et ils en ont convenu.

Je voulais que tu tombes amoureux et que tu ailles mieux. Je voulais un vrai rival pour les Grammy, pas dans mes cauchemars. Je savais que ça améliorerait ta vie, celle d'Indigo et, si tout se passait comme prévu, celle de Craig aussi. Indigo ignorait qui avait entouré l'annonce à laquelle elle a fini par répondre. Elle a cru que c'était son frère ou sa belle-sœur. En fait, c'est Hudson qui a glissé le prospectus dans son panier à vélo pendant qu'elle faisait des courses.

Pas une seconde je n'ai pensé que Fallon était encore à ce point accro à toi. Si férocement amoureuse de toi. Quel genre de personnes confesse un crime tel que le sien ? Une droguée et une désespérée, voilà.

Toi, tu vas peut-être considérer ça comme une trahison, mais tes potes voulaient juste faire au mieux pour toi. Et moi aussi. Je suis désolé que ça n'ait pas fonctionné et, d'une certaine façon, je suis presque soulagé, bien qu'assez terrifié aussi, de t'avoir tout avoué. Fais-en ce que tu souhaites. J'en ai assez de me cacher. Assez de jouer le rôle du destin. Assez de bousiller ma vie et celle des autres.

Mais ne t'en prends pas à ton équipe. Ils t'aiment. Ils t'ont choisi.

Tu as gagné.

Bien à toi,

William George Bushell

PS : Je continue à cracher par terre chaque fois qu'on mentionne le nom d'Alex Winslow.

*

C'est ça, le truc avec l'addiction : il suffit qu'un connard d'ami revienne se faufiler dans ta vie quand t'es au trente-sixième dessous, et paf ! Mon addiction repointe le bout de son nez, parce que je n'ai plus rien pour l'expulser. Plus de raison de bien me comporter, depuis qu'elle n'est plus là. Tout me paraît sans espoir, nul et définitif.

Tellement. Définitif. Putain.

J'ai découvert des tas de choses, au cours des trois semaines qui ont marqué la fin de la tournée. La première étant que lorsque tu as envie de mettre la main sur des narcotiques, tu peux, même si le monde entier et sa sœur te surveillent. J'ai fait entrer des groupies en douce dans ma loge, le soutif rempli de coke. Je ne les touchais pas, en revanche la drogue, ça oui, j'y ai touché. J'ai descendu une bouteille de vodka, planqué dans des toilettes au Canada et avalé des Xanax à New York. Quand on a atterri au Tennessee, je suis passé dire bonjour à un chanteur de country que j'avais coaché sur une émission de téléréalité, j'ai bu une bouteille de whisky dans sa chambre. C'était pitoyablement facile, à ma grande surprise.

J'ai eu mes chances du début à la fin, j'ai juste choisi de ne pas les saisir. Peu importe pour quelle raison. Non, en fait, la raison, elle est claire comme de l'eau de roche maintenant. C'est *elle*. Stardust. Avec elle, j'étais shooté à quelque chose de bien plus fort que la coke. Même avant que je pose les mains sur son petit corps, elle était là pour me titiller, me répondre avec toupet, me divertir.

Addict un jour, addict toujours.

Le pire, c'est qu'on n'appréhende pas la sévérité de son addiction avant qu'elle n'ait cinq mètres d'avance et qu'elle courre vers la ligne d'arrivée, prête à ruiner ta vie. J'ai des moments de répit entre les lignes et les bouteilles d'alcool, du coup j'essaie de me convaincre que je suis encore relativement sobre, et quand je suis relativement sobre, je l'appelle. Chaque fois. Jamais elle ne décroche. J'ai obtenu son adresse mail auprès de Blake et lui ai envoyé des messages. Des mails idiots. Des mails flippants. Des messages qui auraient pu me mettre dans un sacré pétrin.

À : Indiebell1996@gmail.com

Objet : J'ai besoin de toi

J'ai rencontré Jésus sur Times Square après un concert et il m'a dit qu'on allait tous mourir et que je ferais bien de remercier le ciel pour les bonheurs de ma vie. Finalement, je n'en ai compté qu'un et c'est toi.

Tu es encore en colère contre moi ? Non, ne réponds pas. On en discutera quand j'arriverai. Je ne devrais pas te contacter. Blake pense que c'est un mail d'excuses et sans doute que c'est le cas, mais je ne vais pas m'en tenir là. Jenna et lui vont me tuer s'ils l'apprennent, mais toi et moi, on est plus grands qu'eux. Plus grands que ça.

Jenna est enceinte de Blake, au fait. Elle m'a ordonné de n'en parler à personne, du coup je te le dis. Parce que tu es mon quelqu'un. Bon, je crois que je vais revenir en arrière et effacer ce paragraphe plus tard. Trop cliché. Tu savais que l'album que j'ai fait produire par ce type issu d'un boys band est celui qui s'est le mieux vendu ?

Mouais.

Je vais peut-être garder cette phrase, après tout.

Alfie est dans une phase d'alcool triste. Il dit qu'il s'inquiète pour moi et que c'est son exutoire. Blake dort avec son portable collé à l'oreille. Lucas ne me parle presque plus. Et moi… Moi, je bois. Ça a commencé par une bouteille de vodka l'autre jour. Tu me manques. J'ignorais ce qu'avait fait Fallon, cette fameuse nuit. Je te le jure. Elle est en désintox. Je lui ai posé un ultimatum pour qu'elle arrête la drogue.

S'il te plaît, réponds à mes appels. Ou… pas.

Et ne dis rien à Blake.

A.

À : Indiebell1996@gmail.com

Objet : Comment ?

Je n'arrive pas à croire que ça arrive pour de vrai.

Stardust. Comment peux-tu ne pas me répondre ? Comment peux-tu ne pas avoir besoin de moi comme j'ai besoin de toi ? Je t'ai trouvée, tu m'as trouvé et on sait tous les deux pertinemment combien c'est rare, ce qu'on a. Pourtant, malgré tout ça, tu me laisses en plan ? Tu trouves ça juste ?

Comment je fais, moi, sans toi ?

Question stupide, je ne fais pas.

Encore deux semaines. Je vais rentrer te chercher.

Tu le sais.

Bien à toi (même si tu crois que tu n'as plus besoin de moi),

A.

À : Indiebell1996@gmail.com

Objet : J'ai écrit une chanson

Ça fait comme ça :

Réponds-moi.

Réponds-moi.

Réponds-moi.

Réponds-moi.

Tout et tout le monde s'effondre. Le concert de Chicago a été merdique. J'ai oublié la plupart des paroles. Ne me demande pas pourquoi, Stardust. Tu le sais.

Hudson est venu sur la tournée pour m'empêcher de chier sur ce qui reste de ma carrière, parce que Blake est rentré à L.A. pour jouer les papas gâteaux. Je pense que Lucas et lui sortent ensemble. Lucas et Hudson, je veux dire. Pas Blake. J'espère que oui. C'est bon signe, non ? Que je souhaite le meilleur à des gens bien ?

Au fait : Lucas est gay.

Sache que j'ai réfléchi : même si je joue à guichets fermés, j'adore les morceaux un peu rugueux du nouvel album. Il transpire ta personnalité et j'ai hyper hâte de te partager avec le monde. De partager ton âme. Tu avais raison. C'est ton âme, mais je t'avais prévenue que je te l'emprunterais. Ça ne te dérange pas, j'espère ?

Je rentre à L.A. dans une semaine.

A.

À : Indiebell1996@gmail.com

Objet : Il était une fois un prince...

Tu te rappelles, dans *Le Petit Prince*, quand le renard demande au garçon de l'apprivoiser afin qu'ils restent toujours ensemble ? Je pense que c'est ce que tu as fait avec moi. Tu m'as apprivoisé. J'avais besoin de toi et tu m'as relâché dans la nature, une fois domestiqué et estampillé « à toi ». Et maintenant, je ne sais plus ce qu'il faut faire pour survivre, putain.

Ce qui, tu l'admettras, je pense, est plutôt ironique. Sachant ce que l'on sait et tout ça.

Je suis dans un bus de tournée, sur la route entre Chicago et l'Oklahoma. Tu aurais bien aimé. On a interdit toute nourriture mexicaine à Alfie. Je pense beaucoup à toi. Je me branle beaucoup devant nos polaroïds. Je n'ai pas touché une fille depuis ton départ. OK. Totale franchise : j'ai pris un sein dans ma paume pendant un selfie avec une fan. Mais elle venait de se les faire refaire, les seins, et c'était pour son anniversaire. En plus, j'ai même pas aimé. Du tout.

C'est trop bizarre d'être là, de faire ça, de ne pas te courir après contrairement à ce que me hurlent tous les os de mon corps. Blake me conseille de t'accorder du temps, mais qu'est-ce qu'il y connaît, lui, aux relations ? Jenna et lui sont une catastrophe ambulante.

J'ai vu un écureuil, aujourd'hui. Sa queue était coupée. Elle était encore touffue, mais… plus courte. Tu as déjà vu une queue d'écureuil de près ? C'est assez magnifique. J'ai eu mal pour lui, et puis, je me suis dit qu'il ne savait sans doute pas que sa queue était coupée. Soudain, j'ai compris que c'était moi, cet écureuil, Indie.

C'est moi, le putain d'écureuil qui courait partout avec sa moitié de queue. Mais comme personne ne m'avait rien dit, je vivais dans une bienheureuse ignorance. Et voilà que tu débarques, que tu repars et, devine quoi ? Maintenant, je sais. Je suis incomplet et mon âme, que je croyais mourante, est en ce moment à L.A., perchée sur un vélo français dans une robe rigolote.

Je sais que je ne parle que de moi, que tu traverses pas mal de merdier en ce moment, mais il faut croire que les drogués sont comme ça.

Or j'en suis un. À nouveau.

Quatre jours, Indie. Toi. Moi. Nous. Toujours.

*

Blake revient du rendez-vous hebdomadaire de Jenna chez le gynéco. Quand il se rend compte de ce que je fais, il me reprend l'ordinateur portable qu'Indie a laissé derrière elle et me supplie d'arrêter. Ce qui, naturellement, m'a incité à appeler Indie de plus belle, et j'ai ordonné à Jenna et Hudson, qui a ramené ses fesses de mauvais gré à L.A., de prendre de ses nouvelles toutes les semaines. Ils disent qu'elle va bien. Nouvelle qui, forcément, me déglingue encore plus. J'ai envie qu'elle ait mal comme moi et je n'ai même pas honte de le penser. Or c'est un problème.

Oklahoma, Texas, et puis direct à L.A. À ce stade, je suis conscient que mon addiction à la cocaïne et à l'alcool est à son maximum, mais j'ai un problème plus important à gérer : reconquérir la fille.

Tout le reste, la drogue, l'alcool, l'addiction, sera réglé après. L'amour conquiert tout, etc., etc.

Les concerts se passent bien, la came me permet de tenir. En revanche, je n'écris plus de chansons et ne donne plus à la foule le spectacle électrique dont elle a entendu parler lors de ma tournée en Europe. « Letters from the Dead » est officiellement portée par un cadavre… Haha, je devrais noter ça quelque part.

Le vol de retour à L.A. se passe sans un mot et la première chose que je fais en sortant de l'aéroport LAX, c'est de donner l'adresse d'Indie au chauffeur. Je me contrefiche que les autres aient envie de se faire déposer chez eux. Qu'ils aillent se faire voir. Ils n'avaient qu'à pas foutre ma vie en l'air en me présentant une voleuse d'âme aux cheveux bleus.

Je ne suis pas venu les mains vides. J'ai bien, bien réfléchi, avant de lui dénicher le cadeau parfait. Je trouve qu'il symbolise à la perfection ce que je souhaite lui dire. Hélas, mon cadeau est potentiellement mortel. Je n'ai pas de temps à perdre.

Indie habite un immeuble merdique dans un quartier encore plus merdique. Comme il y a un club de striptease sous son appartement, il faut contourner le bâtiment par une allée afin d'atteindre l'escalier en métal rouillé qui monte chez elle. Je frappe à sa porte à trois reprises et appuie sur la sonnette pour faire bonne mesure. Je sais qu'elle est à la maison. Il est dix-huit heures et elle n'a nulle part où aller. Elle n'a pas de boulot, je l'ai fait vérifier par Hudson.

Une grande blonde ouvre la porte. Natasha. Je la reconnais pour l'avoir vue durant les appels visio avec Indie. Elle hausse un sourcil et me dévisage comme si je venais de chier sur son paillasson « Bienvenue ».

– Je peux vous aider ?

Vu qu'elle se comporte comme si on n'avait jamais plaisanté ensemble sur Skype, je me demande ce que Stardust lui a raconté.

Elle lui a tout raconté, espèce de couillon. Qu'est-ce que tu t'imagines ?

– Je cherche Indie.

– Indie ne souhaite pas vous voir.

– Indie va devoir me voir à un moment ou à un autre, parce que je vais continuer à la harceler jusqu'à ce qu'elle accepte et qu'il va lui falloir demander une ordonnance restrictive contre moi si elle envisage sérieusement de m'exclure de sa vie. Morceau bonus, j'ajoute en agitant le poing qui tient son cadeau, histoire de signaler à Natasha que je ne suis pas venu les mains vides, je lui ai préparé quelque chose. Dont elle comprendra le sens.

Nat fixe un instant mon cadeau des yeux, l'air déchirée et gênée pour moi. Même moi, je suis un peu gêné du spectacle que j'offre. Je ne suis pas loin de la supplier, à ce stade, et bordel, je dois avoir l'air d'un sacré imbécile avec mon cadeau dégoulinant et à moitié mort.

– Indie ! C'est lui, crie-t-elle à travers le petit appartement.

L'interpellée apparaît à la porte un instant plus tard. Alors il suffisait de ça ? Je suis perplexe. Puis je découvre l'expression de son visage et la joie de la revoir après trois semaines entières s'évapore complètement. Ses yeux… ses yeux bleus si expressifs qui brillaient quand je jouais de la guitare, se plissaient aux commissures chaque fois qu'elle jouissait sur mes doigts, ma langue ou mon sexe, ses yeux sont éteints. La femme que j'ai devant moi n'a rien de la présence et de la vie qu'exsudait la fille qui m'a quitté en Europe.

Je tends le bras pour lui donner le cadeau avant qu'elle n'ait le temps de parler.

– « C'est le temps que tu as perdu pour ta rose qui fait ta rose si importante », je cite du *Petit Prince*, mot pour mot parce que ça me semble important, sans que je sache trop pourquoi.

Elle contemple les roses emprisonnées dans ma paume, pas en colère, mais pas touchée non plus, loin de là.

– Les roses n'ont pas de gène bleu, je lui explique, on ne les trouve pas dans ce coloris. C'est un fait. Je te les ai teintes en bleu. Ça m'a pris des heures.

Je suis d'un œil avide les réactions sur son visage, tentant de décoder ses sentiments, mais je ne décèle rien. Alors je poursuis à la vitesse grand V, trébuchant sur les mots.

– Tu vois, j'ai pris du temps. Pour les roses. Parce que je tiens à toi. Et je crois que ce que j'essaie de te dire, c'est que je mérite une seconde chance.

Je ne suis pas peu fier de mon petit laïus. Ce qui, avec le recul, montre bien à quel point je suis à côté de la plaque. Je suis incapable de comprendre la situation et encore moins de lire ce qui est écrit sur son visage. On n'est pas dans une comédie romantique, où le problème se résoudrait grâce à quelques roses et une boîte de chocolats. Elle continue à regarder mon bras tendu et mon présent qui tremblote au bout, puis, au moment où je pense qu'elle va accepter mes roses, elle retire la main et les laisse tomber entre nous dans un bruit mat.

– Hein ?

Ouais, je lui ai dit : « Hein ? ». Sans déconner. Parce que dans mon cerveau crétin et dysfonctionnel, elle reste ma petite amie secrète. Et c'est une querelle d'amoureux que nous traversons, qui ne va pas tarder à se résoudre et contient en elle-même une réconciliation imminente sur l'oreiller, genre « c'est maintenant ou jamais, on va baiser avec l'intensité du désespoir ».

– Tu as bu et sniffé combien, aujourd'hui ? elle me demande d'une voix plate.

Elle est jolie, dans sa robe kimono couleur émeraude.

– Pas grand-chose, je hoquette, sans me rendre compte qu'elle doit sentir l'alcool dans mon haleine de là où elle est. J'ai besoin de toi.

Elle secoue la tête et lâche un rire moqueur.

– Ouais. Écoute-moi, Alex, et écoute-moi bien parce que tu peux toujours menacer de venir ici tous les jours du reste de ta vie, ça ne changera rien. Je ne veux plus entendre parler de toi. Tu es l'être le plus autocentré, le plus égoïste que j'aie rencontré. Ne te fatigue pas à repasser demain, car je ne serai pas là. Et où que je sois, tu ne seras pas le bienvenu ici. Merci pour lcs flcurs.

Sur quoi elle les repousse du pied devant la porte. Et me la claque au nez.

Puis verrouille de l'intérieur.

En me laissant seul.

*

Quand j'étais gamin, âgé d'à peu près six ou sept ans, ma sœur m'avait obligé à regarder *La Belle et la Bête* avec elle. Ce que j'avais accepté, simplement parce qu'elle était plus âgée et savait comment faire du popcorn au micro-ondes, et qu'à mes yeux, regarder un film, c'était un peu le Saint-Graal.

Il y a une partie du film qui m'a vraiment marqué, et je l'ai questionnée dessus pendant des jours après ça. Quand Gaston trouve le château de la Bête, quand ça se met à déconner à mort et qu'ils sont engagés dans une bagarre, il y a un moment où la Bête… abandonne. Et permet à Gaston de remporter le combat.

– *Pourquoi ?* je demande à ma sœur pour la millième fois.

– *Oh, bon sang, petit bouffon. Qu'est-ce que tu comprends pas là-dedans ? Il a perdu la fille ! Sa vie a plus de sens ! Il préfère mourir plutôt que vivre comme un vieux naze solitaire. Sans elle, il restera un monstre pour toujours.*

Je n'ai jamais entendu paroles plus vraies depuis, alors même que les mots en question ont été prononcés par la fille qui se verrait affublée plus tard du surnom douteux de « TGV », parce que tout le monde lui était passé dessus sauf le train. Autrement dit, ma sœur ne faisait pas vraiment autorité en matière de romance.

Je ne pense pas avoir jamais raconté cette histoire à Indie et la pensée que je n'en aurai plus l'occasion m'étouffe.

J'ai déjà bien entamé mon deuxième paquet de cigarettes de la journée et je commence à me demander quel est l'intérêt de tout ça. Garder les yeux rivés sur le néant à observer le temps et l'air en mouvement, malgré leur invisibilité, tout en me traînant avec le corps mort et lourd qu'on doit se trimballer partout. Je suis shooté à la cocaïne et saoulé au whisky.

Et j'ai des questions. Tellement. Toutes mauvaises.

Où est Indie ?

Que fait-elle ?

Comment vais-je réparer ça ?

Est-ce qu'il me reste seulement une chance ?

J'ai eu une conversation téléphonique avec Fallon : si elle n'allait pas raconter ce qui s'était passé, eh bien j'irais, moi, elle pouvait compter là-dessus. Alors Fallon a tout balancé à la police. Elle a reçu la visite de flics en civil pendant sa désintox.

Et Will était là pour lui tenir la main. On lui a offert l'opportunité de terminer son processus de désintoxication avant d'être emmenée en garde à vue. Blake affirme que légalement parlant, je suis hors de cause. Comme si ce n'était pas le cadet de mes soucis. Comme si j'en avais quelque chose à foutre, putain.

J'ai textoté les infos à Indie au sujet de Fallon, même si Blake et Lucas me l'ont déconseillé. Elle n'a pas répondu. J'ignore si ça améliore ou si ça empire les choses à ses yeux. D'un côté, j'ai rouvert sa blessure, mais de l'autre, je lui ai permis de tourner la page.

La sonnette retentit à la porte. Trois fois. L'ancien Alex, c'est-à-dire l'Alex de la tournée, aurait froncé les sourcils. Le nouvel Alex est la Bête qui s'en fout de voir débarquer Gaston. Y en a qui m'ont l'air décidés, aujourd'hui. Tous les gars ont une clé de l'appartement que j'ai loué à mon retour à L.A. pour être proche d'Indie. J'en déduis donc que ça doit être un livreur d'UPS pressé de poursuivre sa tournée. J'ai commandé quelque chose ? Je ne m'en souviens pas.

Deux coups de sonnette de plus et ça frappe. Je me décolle du canapé, ce qui revient en l'occurrence à essayer de soulever la brique de cent tonnes pesant sur mes épaules. Depuis quand mon corps est devenu si lourd ? Je n'ai pourtant pas mangé grand-chose depuis Paris, j'ai même dû perdre quelques kilos. Conclusion : la sensation doit être purement psychologique.

– J'arrive, je grogne en me traînant jusqu'à la porte.

Je jette un coup d'œil dans l'œilleton, par pure habitude, qui me révèle un type châtain clair aux traits doux. Il est en survêtement et pull-over et me fait l'effet d'un cinglé complet. Bête ou pas, je n'ai pas l'intention de lui dérouler le tapis rouge dans le couloir pour l'inviter à me découper en rondelles.

– C'est qui ? je demande.

C'est encourageant de constater que je possède encore une once ou deux de bon sens.

Relevant d'un seul coup la tête, il hurle littéralement, directement dans l'œilleton comme s'il s'agissait d'un micro :

– Craig Bellamy.

Le grand frère de Stardust. Dans mon esprit, il existait jusqu'à présent tel un fantôme, l'instrument fondamental de notre rapprochement, à Indie et moi, quand il avait merdé afin que je puisse venir nettoyer derrière lui à plusieurs reprises. Je n'avais pas pris la peine de me demander s'il était vraiment réel. Je me contentais d'apprécier qu'il joue le rôle du gros con au comportement encore pire que le mien. Je dois ouvrir la porte, je le sais. Même s'il envisage de m'assassiner ; ce serait compréhensible, je considérerais même cette réaction comme une sorte de justice poétique. Peut-être, je dis bien peut-être qu'il me permettra de découvrir où elle est. Punaise, je suis presque ravi à l'idée de me faire casser la gueule par une personne qui a le même ADN que Stardust.

Bref, j'ouvre la porte et lui sors le truc le plus stupide qui ait jamais franchi mes lèvres.

– Où est-elle ?

Sans prêter attention à ma question, Craig me repousse à l'intérieur de mon appartement. Je le laisse faire, bien que nous soyons de la même taille, il se peut que je sois un peu plus grand en fait et à peu près de la même corpulence. Pour ma part, je dois avoir l'air du gars qui vient de se faire rouler dessus par tous les camions de l'état, mais lui… on le croirait tout droit sorti d'une grotte humide au fin fond des montagnes afghanes, où il aurait passé les deux-trois dernières années. Décidément, Indie mérite mieux que les hommes qui peuplent sa vie.

– Tu sais quoi ? Ma sœur ne s'ouvre pas à grand monde. Elle est d'une nature méfiante. Quand on était ados, chaque fois que j'organisais une fête ou invitais des amis à la maison, elle s'enfermait non seulement dans sa chambre, mais dans son placard. Où elle écoutait de la musique en cousant. Parmi les musiques qu'elle écoutait, il y avait la tienne.

Tout en parlant, il marche sur moi, m'oblige à reculer. Je ne sais pas comment réagir à ça, mais, de toute façon, Craig n'attend pas de réponse. Il me donne un nouveau coup d'épaule et, cette fois, je trébuche en direction de la cuisine.

– Or des fêtes, j'en organisais presque toutes les semaines pour oublier mon chagrin, pourtant jamais elle ne s'en est plainte. Ça te dit à quel point elle est gentille, Indie. Même quand j'ai mis Nat en cloque et abandonné la fac il y a trois ans et demi, quand j'ai tout fichu en l'air, elle est restée à mes côtés, m'a tenu la main et a continué à me regarder comme si j'étais quelqu'un d'important.

Sa troisième poussée m'écrase le bas du dos contre l'évier. Je grimace à peine, trop focalisé sur son histoire et le point où il veut en venir. Il est si près de mon visage, désormais, que je discerne les petits poils de ses narines. Il sent l'alcool, la sueur et le genre de désespoir que je reconnais, parce que je le porte comme une eau de toilette depuis des années.

– J'ai su qu'elle te donnerait la totale à la minute où elle a signé le contrat. C'est ma sœur tout craché, ça, le bon samaritain. Faut toujours qu'elle s'attache. Et moi, j'ai pensé : « Fait chier. Il va bien falloir qu'elle apprenne les leçons toute seule, non ? » Je me disais que tu allais jouer avec elle, puis la jeter, mais que je serais là pour ramasser les morceaux. Au bout du compte, elle passerait à autre chose et se trouverait un gars bien. Tu ne serais qu'une petite incartade dans son existence, une bonne histoire à raconter à ses copines lors d'une sortie entre filles. Jamais je n'aurais imaginé que tu la détruirais aussi profondément. Et pas juste elle, nous tous. Toi et ta connasse de nana, vous avez pris une famille, vous l'avez déchiquetée et vous avez jeté tous les projets et les rêves qu'on faisait ensemble à la poubelle, avant de revenir à l'assaut pour ajouter un peu de chagrin. Alors dis-moi, Winslow, tu réagirais comment, à ma place ?

Nous nous dévisageons. Ses pupilles sont d'une teinte plus claire que celles d'Indie. Plus bleues. Plus banales. Plus douces. Il leur manque cette petite touche d'intelligence que possèdent les artistes. Soudain, j'éprouve le besoin irrépressible qu'il me fasse mal. Il est comme une extension d'Indie et je veux qu'elle expurge ainsi toute la merde que je lui ai fait subir.

– Je me tuerais, je réponds d'une voix posée et sèche. Ou peut-être que je ne me tuerais pas vraiment, ce serait une plaie d'aller en taule, mais je m'infligerais sans aucun doute des traces indélébiles. Parce que moi, j'en ai laissé de belles sur votre famille.

Je ne suis même pas sûr d'avoir pu aller au bout de ma phrase avant que le premier coup de poing ne m'atteigne au visage. Ça fait exactement l'effet que j'imaginais : d'abord le choc, puis vient la brûlure et enfin la douleur. La chaleur du sang qui me goutte de la narine droite me pousse à me lécher la lèvre supérieure, alors je me redresse. En position.

– Tu sais quoi ? (Il rit pour lui-même en secouant la tête.) Ma mère aurait pu être sauvée. Elle n'est pas morte sur le coup. Si seulement un certain connard égoïste avait eu pitié, elle pourrait être en vie aujourd'hui.

Deuxième coup de poing, dans l'estomac cette fois. Je me plie en deux, tousse l'oxygène que j'avais dans les poumons. Merde. Le mec est costaud. Je titube en arrière, les yeux brouillés. Je le vois toujours, je pourrais encore me défendre. Je pourrais peut-être même le battre. Les paroles de ma sœur reviennent me hanter.

J'ai perdu la fille.

Je suis un monstre.

Et c'est ainsi qu'Indie me verra. Jusqu'à la fin de notre vie.

Craig me tacle au niveau de l'abdomen et me fait tomber sur le côté Je ne fais aucun effort pour le repousser, je le laisse me cogner au visage à plusieurs reprises, jusqu'à ce que je ne sente plus rien à partir du cou jusqu'au sommet du crâne. À ce stade, il n'est plus qu'un gros machin rouge et enflé qui crache des sons animaux, et sa figure est contractée par la douleur. Je me demande s'il se rend compte à quel point on est vivants. Combien nous aimons la même fille, chacun à notre manière, certes, et combien cette même fille nous aime et veut nous sauver, surtout de nous-mêmes.

– Où elle est ? je répète en crachant du sang.

Leur mère aurait pu être sauvée. Je l'ignorais, à l'époque. Et si je l'avais su… est-ce que ça aurait changé ma réaction quand Fallon est rentrée ce soir-là ? Oui. Oui.

Je l'ai suppliée de m'avouer la vérité. « Dis-moi, chérie, on peut réparer n'importe quelle merde, mais j'ai besoin de savoir. » Je me suis repassé les événements de cette nuit-là un nombre incalculable de fois depuis. Même avant qu'Indie et Craig n'entrent dans ma vie. La réponse a toujours été la même : j'aurais compromis ma relation avec ma petite amie et je serais allé directement au poste de police le plus proche pour faire une déposition. Je n'aurais pas pu faire plus, elle était formelle, elle n'avait blessé personne. Si ça se trouve, elle était assez shootée pour le croire elle-même sur le moment. En tout cas, je ne l'aurais pas laissée s'en tirer sans rien faire, parce que c'est à partir de là que la spirale infernale a commencé.

Ça a été le pas ultime vers l'abysse. Après ça, tout s'est cassé la figure et écroulé comme un très joli château construit avec des putains de cartes.

J'ai commencé à sniffer de la cocaïne.

Et à prendre du speed.

Et à boire encore plus qu'avant.

J'ai pris mes distances avec Fallon, pas encore tout à fait prêt à la quitter, mais assez déprimé pour ne plus vouloir la toucher.

Je n'écrivais plus. Du moins, plus rien de bon.

Cock My Suck, mon album minable, était censé être un énorme doigt d'honneur aux gros bonnets avec qui je travaillais, alors qu'en fait, ça n'était qu'une énorme merde furieuse que je chiais sur ma propre carrière. Car il était plein de morceaux rageurs, vides et sans âme.

Avec le recul, c'est peut-être moi qui ai incité Will Bushell à me prendre Fallon. Est-ce que je peux vraiment lui reprocher de l'avoir choisi, lui ? Je refusais de la toucher, j'étais toujours trop occupé pour me soucier d'elle. Et lui, il était responsable, intelligent, sobre et malin. Mais bon, ça, c'est de l'histoire ancienne et maintenant, j'ai assez de problèmes avec mon avenir.

– Je te déteste tellement.

Craig me crache les mêmes paroles que sa sœur m'a jetées au visage, sans davantage répondre à ma question. C'est bizarre, cette sensation de ne plus sentir ma propre peau, mais d'avoir conscience de sa salive chaude qui me coule sur la joue.

– Je sais.

Malgré tout, ça fait mal de l'entendre. Non que je m'en soucie en général : j'entends des gens me dire que je suis une honte pour la musique, d'autres qui fabriquent des poupées vaudoues à mon effigie et des abrutis prêts à m'attaquer physiquement. D'habitude, leur existence à tous m'indiffère. Mais là, ce n'est pas pareil. Il s'agit du frère de la fille que j'aime.

C'est la première fois que cette pensée me frappe de plein fouet, telle une balle en plein cerveau, qui le découpe d'un coup pour lui donner la forme d'Indie. Je suis amoureux. Je le savais, je le sentais, mais utiliser les mots précis à cet instant précis, ça rend toute la situation plus claire.

– Faut que t'ailles à l'hôpital, renifle Craig en se redressant à l'aide d'un tabouret de cuisine près de l'îlot.

Je me contente d'un vague « humpf » en guise de réponse, sans prendre la peine de bouger. Le sol m'apparaît bien assez confortable, pour le moment.

– Où elle est ? je redemande.

Il secoue la tête comme on le ferait face à une cause perdue.

– Sérieux, mec, c'est quoi ton problème ? Pourquoi tu t'es pas défendu ?

Il revient peu à peu dans mon champ de vision. Il a vraiment une sale tête, mal rasée et sa sueur amère goutte sur les plaies ouvertes de mon visage. Mais bon, il m'a posé une question, alors il est normal que je lui donne une réponse.

– Parce que je l'aime.

Il n'y a pas à s'inquiéter, quand on dit la vérité. La vérité est factuelle, or les faits sont des choses qu'on ne peut ni changer ni tordre à sa guise.

– Parce que j'aime ta sœur et que je méritais une branlée, je précise.

Craig s'accroupit et louche sur moi comme si j'étais le truc le plus ridicule qu'il ait jamais vu. Ce qui est peut-être le cas.

– Tu aimes ma sœur ?

– Sans doute plus que j'aime le sexe, les Smiths et ma Gibson Les Paul réunis.

J'essaie de ponctuer mon aveu d'un hochement de tête. Grave erreur : ça fait un mal de chien.

– Ben alors, qu'est-ce que tu fous là à chialer comme une gonzesse ? Vous n'écriviez pas de bonnes vieilles chansons d'amour, vous, les Anglais, à la belle époque ? Prends-toi en charge, va en désintox. Arrête de picoler. Va la trouver. Rampe. Reconquiers-la. Et aime-la.

– En désintox, je répète.

Mon plan, c'était plutôt de la récupérer d'abord. Quel type a le temps de partir en cure quand il est amoureux ?

– En désintox. (Il m'adresse un hochement de tête sec.) En tout cas, c'est ce que je vais faire, moi. Je ne peux pas perdre ce que j'ai. J'avais juste besoin de te flanquer ta raclée, autrement dit de faire une bonne grosse dernière connerie avant de commencer à redresser la situation.

Ses mots remplissent mon ventre de… quelque chose. C'est peut-être un organe interne qui a explosé, mais c'est peut-être aussi de l'espoir. Vous allez me taxer d'optimiste, mais peu importe, moi je soupçonne que c'est la seconde option.

Craig se relève.

– Je t'appelle une ambulance, il annonce d'une voix détachée.

Je secoue la tête, ce qui suffit à me tirer une grimace. Il m'a brisé le cou ou quoi ? Non, je ne réussirais pas à respirer, si c'était le cas. J'essaie de me dire que c'est l'un de ces épisodes dont on rira à l'avenir. Quand Indie sera enceinte de notre enfant et qu'on fera un barbecue dans le jardin de quelque ami commun. « Tu te rappelles la fois où tu as failli me briser le cou ? Haha, oh putain. J'en avais vraiment besoin, de cette désintox. »

– Non, n'appelle pas d'ambulance, je grogne en essuyant enfin sa salive de ma joue. Je mérite bien une heure de geignements supplémentaires par terre. En revanche, tu veux bien m'apporter mes clopes ?

Il sort en claquant la porte.

Et je me mets à rire.

Comme un hystérique.

Comme un fou.

Sans aucune logique.

La Bête a trouvé sa raison de se réveiller demain. Enfin, si elle survit jusque-là.

CHAPITRE 30

INDIE

Trois jours après le retour d'Alex à L.A., je reçois une visite. Pas de lui, il ignore toujours où je me trouve, en l'occurrence je suis chez Clara, dans sa maison de Santa Monica. Non, mes visiteurs sont Jenna, Blake, Lucas et Hudson.

Jenna arbore un petit ventre arrondi qui me fait bondir de joie et de tristesse à la fois. Blake a la tête du gars qui vient de gagner au loto, quand il la tient par la main, et toutes les peines du monde à réprimer le large sourire qu'il a pourtant conscience de devoir effacer, sachant que ma situation est loin d'être aussi enviable que la sienne. Lucas ressemble à Lucas et Hudson… Pour faire bref, Hudson ressemble au quatrième frère Jonas qui aurait reçu trop de bons de réduction pour le salon de bronzage. Clara, qui se repose à l'étage, m'a dit de faire ici comme chez moi, ce à quoi j'obéis en leur proposant un thé au lait avec des cookies. Nous nous installons dans le salon.

– Bel endroit, commente froidement Jenna en frottant son petit bidon, addition à sa silhouette par ailleurs mince.

Elle porte un costume blanc impeccable, avec blazer et tout. Blake lui sourit comme si elle était l'astre solaire et, à nouveau, je me surprends à brûler qu'on me regarde avec cet air-là. Alex, ça ne compte pas vraiment, il est complètement drogué à l'heure actuelle, alors qui sait si ce qu'il ressent pour moi est vraiment sincère.

– Merci, je réponds en coinçant mes mains entre mes cuisses. Qu'est-ce qui vous amène ici ?

Ils m'expliquent qu'ils sont venus à cause de l'histoire avec Fallon. Ils veulent que Craig et moi sachions qu'elle sera jugée pour son crime. Je les remercie, sincèrement, soulagée que Lankford soit confrontée à la justice. En même temps, je n'ai pas la force d'être vraiment heureuse.

– Au fait, on attend un bébé, annonce Blake.

Je souris.

– J'étais au courant.

– Ah bon ?

– Ouais.

– Pourquoi tu ne m'en as rien dit ?

Ses joues rosissent et, en cet instant, il ressemble lui-même à un enfant.

– Oh, ben les mensonges ont fait tourner la tournée, pas vrai ? je lance, avant de prendre une gorgée de mon thé. « Letters from the Liars[12] », voilà comment elle aurait dû s'intituler.

– Au fait, je suis homo.

Lucas tente d'alléger l'ambiance, levant le bras en agitant les doigts.

– Ça aussi, je le savais.

Lucas pousse un soupir.

– Alex ?

Je secoue la tête.

– J'ai vu comment tu le regardais à Paris. De la même façon que je le regardais, moi. Genre, je serais prête à tuer pour lui. Je savais que j'en étais capable, en plus.

D'ailleurs, n'est-ce pas là le comble de l'ironie ? L'idée que j'aurais pu tuer pour l'homme qui est en lien avec la mort de mes parents ? Je préfère ne pas y penser sous cet angle. J'ai reçu un cadeau, celui d'aimer entièrement et complètement, et c'était bon, le temps que ça a duré.

– Et je suis gay aussi, ajoute Hudson, imitant la main levée de Lucas.

Nous éclatons de rire à l'unisson. Sur quoi, Blake demande aux autres s'ils peuvent nous accorder un moment et m'entraîne dans le patio de Clara. Nous sommes plantés devant les bosquets à feuilles persistantes quand il ouvre son blazer pour sortir une enveloppe de sa poche intérieure.

– Ton chèque.

---

12. Lettres de menteurs.

– J'ai déjà été payée, je réplique en plissant le nez. De la totalité, d'ailleurs. Alors que je les ai lâchés trois semaines avant la fin de la tournée. Enfin, pour des raisons évidentes, personne n'a songé à me le reprocher.

– Oui, eh bien considère ça comme un bonus en compensation des souffrances infligées par toute cette folie, ironise-t-il.

– Tu veux dire que c'est pour acheter mon silence, histoire que je n'aille pas m'épancher sur la connexion entre Alex et l'affaire, je réplique avec un sourire faussement bienveillant.

Quelque part durant cette tournée, je suis devenue cynique. Selon Craig, c'est une bonne chose, il pense que j'avais besoin de ça pour grandir.

Blake incline la tête, les sourcils froncés.

– Pas du tout. Il ne m'en a jamais dit un seul mot, et pourtant il parle de toi tout le temps. Il y a une chose que tu dois savoir, Blue : il t'aime. À sa manière tordue et dysfonctionnelle, mais il t'aime. Cette tournée l'a transformé. Il y a été nettement plus présent qu'au cours des sept années depuis le début de son succès. Et je ne suis pas ici pour te faire changer d'avis, d'ailleurs, je ne suis même pas persuadé que ce serait préférable pour toi. Alex est un drogué et, en dessous, une âme bousillée. En revanche, ne regrette pas un instant ce qui s'est passé. C'était vrai, Indie. C'est ce dont sont faits les grands albums.

Je lui répète que je ne peux pas accepter le chèque.

Puis j'ajoute qu'à mon avis, il fera un super papa, ce qui le fait rougir. Blake qui rougit ! Si, si ! Il m'informe tout bas qu'il a acheté une bague. Je souris. Ils vont former une belle famille, très fonctionnelle et extrêmement soudée.

J'embrasse tout ce petit monde, surtout Hudson, à plusieurs reprises, avant qu'ils ne s'en aillent. Quand Lucas me serre dans ses bras, il me chuchote à l'oreille :

– Je sais que je ne peux pas l'avoir, du coup ça ne me dérange pas si c'est toi. Mais si tu le reprends un jour, s'il te plaît, rends-le heureux.

Je lui signifie que jamais je ne reprendrai Alex et Lucas porte son index de son œil à sa bouche, comme pour m'indiquer qu'il en est triste. Moi aussi, je suis triste.

Après leur départ, je prends mon téléphone, mon nouveau portable, pas le cassé, car je ne peux plus regarder quoi que ce soit de cassé sans penser à Alex, et j'appelle Craig. Ça fait un bon moment que j'en avais l'intention, mais la visite de la petite bande a renforcé ma résolution.

– Allô ? tousse Craig à l'appareil.

– Alex est de retour à L.A.

Je prends une inspiration saccadée. Craig dormait quand Alex est passé me rendre visite quelques jours plus tôt et j'ai demandé à Nat de ne pas lui en parler, mais elle lui garde sa loyauté. Toujours.

– Je sais. L'air empeste déjà son arrogance égocentrique.

– Ne fais rien de stupide, je l'avertis.

– Trop tard. Tu pensais vraiment que je n'irais pas le trouver ? Il m'a fait autant de mal qu'à toi, et Nat savait que je méritais d'être au courant.

Il a tort, mais argumenter sur ce point est inutile.

– Punaise, Craig, qu'est-ce que tu as fait ?

– Je l'ai un peu secoué. T'inquiète pas, ton petit chéri survivra. Tu m'appelles pour quoi, Indie ?

Sa voix est froide. Sans émotion.

Je cille pour retenir mes larmes et lève les yeux vers le patio, les bosquets, la beauté du monde. *Je fais ça pour toi, Craig. Et tu viens juste de rendre ma décision bien plus facile à prendre.*

– Remplis un sac, tu pars en désintox lundi matin à la première heure.

– Ah ouais, et qui l'a décrété ?

Le ton est ironique, pourtant il n'essaie pas de me dissuader. Je sais qu'il taquinait déjà l'idée. Nat me l'a dit. Mais je sais aussi que Craig a besoin que je le pousse. Il a besoin de se rebeller contre moi, rien que pour la beauté du geste.

– La fille qui te virera à coups de pied dans le cul de l'appartement qu'elle cessera de payer pour toi si tu ne vas pas en cure. En l'occurrence moi.

*

Tout compte fait, je me suis bien réveillé ce matin.

Je me suis réveillé et, au lieu de haïr le monde, et ma vie, les gros bonnets, et même Indie de ne pas être avec moi, je me suis efforcé de lancer un petit « merci » (Intérieurement, bien sûr que je ne l'ai pas fait tout haut, putain !) avant d'appeler un taxi pour me conduire à l'aéroport d'où je vais m'envoler pour Bloomington, dans l'Indiana.

Là, j'attends devant le portail en fer forgé fermé de l'immeuble super chicos, mes Wayfarer et mon rictus bien en place quand je le vois. Simply Steven : blogueur, icône de la mode et accessoirement poison de ma vie. Il sort d'un pas nonchalant, les mains enfoncées dans ses poches et l'air inquiet, anxieux, coupable.

Sur le dernier point, j'ignore pourquoi. Pour ce que j'en sais, c'est quand même moi qui lui ai envoyé mon poing dans la figure. À ma décharge, sa tronche est mieux comme ça, du point de vue du look, non qu'il soit moche, mais parce qu'il a toujours cet air content de lui. Vous voyez, le genre tête à claques. Non, vraiment, je lui ai rendu service. Je ne demande pas qu'il me remercie, mais une arrestation, c'est abusé.

Contrairement à ce que croient les gens et *Us Weekly*, ce qui m'a fait perdre les pédales avec Simply Steven, en vérité, c'est qu'il m'a demandé ce qu'on ressentait en voyant sa fiancée se faire baiser par son meilleur ami. Ah non. C'était plus tard, quand il m'a hurlé que mon dernier album était déprimant alors que « la musique, c'est censé nous amuser ».

Sur quelle planète la musique est-elle censée amuser ? Ce type parle comme les mecs de MTV depuis que les gros bonnets l'ont tuée pour en faire une chaîne de téléréalité à destination des ados boutonneux. Non, la musique, c'est censé être puissant, intense et émouvant à vous briser.

Alors je l'ai frappé. Et maintenant, il me déteste. Ce qui pose l'éternelle question : c'est quoi le problème, putain ?

– La clinique de chirurgie esthétique, c'est en bas de la rue.

Je me racle la gorge et crache par terre. J'ai toujours l'impression que mon dos est nu et trop léger, sans Tania. Punaise, comment je vais supporter la désintox sans elle ?

– Haha. Je suis ici pour toi.

Il passe d'une jambe sur l'autre et donne un coup de pied dans un caillou qui vient heurter ma chaussure.

– Ouais, ouais, je réponds d'une voix plate, en allumant la clope que je viens de coincer entre mes lèvres. Tu veux quoi ?

– Mon sponsor dit que je te dois des excuses.

– T'as un sponsor ? Tu es devenu accro à quoi, aux extensions de cils ?

– Toujours aussi marrant, Winslow. Mais oui, c'était… c'était… à l'héroïne.

Je ne m'attendais pas à ça. M'enfin, peu importe. La ville tout entière est bâtie sur la poudre et des couches épaisses de maquillage. Plus rien ne m'étonne, si ce n'est de rencontrer quelqu'un dont l'âme est intacte, comme Indie. Je tapote sur ma cigarette, un coup d'œil en biais. *Il est où, ce taxi ?*

– Excuses acceptées.

– Tu ne sais même pas de quoi je m'excuse, argue-t-il en passant la tête entre les barreaux du portail comme un crétin de chiot.

Et comme si ça ne suffisait pas, il a l'œil triste. Son corps maigrichon, ses cheveux trop brillants et ses dents blanchies me dépriment et je me demande si j'ai la même allure. Parfaitement pitoyable.

– Tu t'excuses de quoi ?

Sérieux, il est où, ce taxi ?

– Hé, tu t'es fait tabasser ?

Il louche vers les hématomes bleus et violets sur mon visage, faisant branler le portail tel un prisonnier. Je reste un moment immobile, avant de lui ouvrir la porte pour le laisser entrer. C'est peut-être moi qui me suis fait botter les fesses, mais c'est lui qui est pathétique.

– Ça te regarde pas.

– T'as une sale tête, mec.

Il pénètre sur la propriété.

– Ben disons que le karma est un salopard et que son frangin, le destin, ne vaut guère mieux, je marmonne.

– Bref…

Il se passe les doigts dans ses cheveux dorés. Nous discutons réellement ensemble, nous sommes peut-être sur le point d'avoir une conversation sérieuse mais nous sommes chacun dans notre monde.

– L'alcool qu'on a envoyé dans tes chambres d'hôtel… c'était moi. Je te détestais, Winslow. Toujours, d'ailleurs. Tu m'as humilié devant le monde entier, tu m'as fait passer pour une mauviette. Te rendre la monnaie de ta pièce s'est avéré presque facile. Le personnel des hôtels ferait n'importe quoi pour de l'argent. Mais ce n'était pas bien et je m'en excuse.

Je sors enfin de ma tête, de mon chagrin, de mes doutes et de mon inquiétude sur tout ce qui tourne autour de Stardust, pour accorder mon attention pleine et entière au connard en face de moi.

– C'est toi qui as envoyé l'alcool ?

La tête me tourne. J'étais tellement certain que c'était Will. Et voilà que non, ça non plus, ça n'était pas sa faute. Du coup, il est responsable de quoi, Will, en termes de bousillage de ma vie ? De m'avoir pris Fallon, c'est tout. Et même ça, finalement, ça a été une immense faveur.

– Oui. Je voulais que tu replonges. (Il se frotte la nuque en soupirant.) Je voulais que tu sois mal. Comme moi.

– Espèce de petit…

Le taxi choisit cet instant pour arriver et le chauffeur klaxonne devant le portail. J'attrape mon sac de voyage et le jette sur mon épaule.

– Va te faire foutre.

Je ponctue mon injonction d'un index planté dans son torse et je me détourne.

– Alex… il appelle derrière moi.

Je lui pardonnerai, mais plus tard. Pas aujourd'hui.

J'appelle Blake sur le trajet de l'aéroport, sachant qu'il transmettra l'info à Lucas et Alfie.

– On devrait le dénoncer à la police, me dit-il. Après tout, c'est ce qu'il a fait, lui.

– Non, je suis au-dessus de cette petite merde.

Mais cette fois, ça n'est pas encore vrai. En revanche, je sais que je dois devenir meilleur que lui et meilleur que la plupart des gens, afin de me racheter.

Alors je m'y emploie.

*

Ma seconde désintox est différente. Je le sais, parce que cette fois, j'y prête attention. J'avais des raisons de vraiment essayer la première fois, mais j'étais juste trop centré sur mon nombril et plein de mots tels qu'« intégrité » et « processus artistique » et « Iggy Pop ». Et puis, je n'avais absolument rien pour me distraire. Mon dernier album en date avait fait un flop digne d'un film de Lindsey Lohan,

Fallon sortait avec Will, Blake et Jenna éteignaient tous les feux que j'allumais sur mon passage et tout ce qu'on me demandait, vraiment, c'était d'en ressortir en un seul morceau.

Cette fois, j'ai un album énorme entre les mains, mon plus grand chef-d'œuvre, qui attend d'être produit et sorti, et je dois m'asseoir dessus. J'ai une fille à reconquérir, Stardust, et l'incertitude de savoir si oui ou non elle acceptera ne serait-ce que de m'entendre, consume chaque milliseconde de mes journées. N'empêche, je sais que la cure est importante.

Alors j'écoute.

J'assiste à toutes les séances.

Je donne la main à des inconnus. À des mamans de banlieue devenues accro aux médocs, au fils d'un prédicateur tombé dans les bras de l'héroïne et à la fille d'un oligarque russe qui, comme moi, a sniffé des kilos de cocaïne pour oublier que le monde peut se refermer sur vous de tous les côtés. J'écris des lettres à tous mes amis, aux membres de ma famille. Des lettres de colère. Des lettres d'excuses. Des lettres drôles. Et puis je les brûle toutes. Je suis incapable d'écrire une ligne à Stardust, en revanche.

Tout ce que j'ai à lui confier, la moindre excuse, je dois le lui dire en face.

Malgré ma hâte de la reconquérir, mais aussi pour ça, j'ai pris le programme de désintox extensif ; je l'appelle « le programme de ceux qui n'en ont pas rien à foutre » et ce, même en sachant que chaque fois que je repousse la sortie de mon album est un jour qui me fait perdre de l'argent, des sponsors, des auditeurs, des fans et Dieu sait quoi encore.

Trois mois s'écoulent. Je sors de désintox.

Blake voulait passer me chercher, mais je ne tenais pas à revivre la dernière sortie. Je redoute que ça ne bousille tout le processus, une pensée ridicule en soi, à laquelle je me conforme pourtant. Je prends donc un taxi directement pour l'aéroport et atterris à New York quelques heures plus tard. Je mange un sandwich de station-service. Eh oui, il y a des trucs qui ne changent jamais. Puis je dors quinze heures d'affilée. Je dors comme je n'ai jamais dormi de ma vie. Comme si j'avais travaillé dans un putain de champ de maïs pendant les trois mois passés. À la suite de quoi je me réveille, je prends le métro juste histoire de me sentir à nouveau humain, mon bonnet et ma capuche enfoncés sur la tête, et je me pointe au studio d'enregistrement.

Deux mois s'écoulent. J'enregistre l'album.

Encore trois mois de promotion, d'interviews, de couvertures de magazines et de unes sur « Le come-back de l'année ! », sur « Alexander Winslow : un artiste, un poète et un homme nouveau » et sur « Devinez qui est de retour ? » ou sur « Will Bushell ? Qui ça ? »

J'ai l'impression que le temps me file entre les doigts, mais Blake me dit que ce n'est pas grave. Qu'elle se rappellera quand même. Que le véritable amour ne meurt jamais. Que je dois lui prouver que je suis clean depuis assez longtemps pour qu'elle y croie.

Alors, que je vous raconte un truc au sujet de mon album : *Midnight Blue* bat le record de l'album le plus vite enregistré dans l'histoire du studio de Williamsburgh, à savoir une semaine pour produire douze morceaux.

1. *The Little Prince*
2. *Chasing Asteroids*
3. *Under Darker Skies*
4. *Maybe It's You*
5. *Was She Worth It ?*
6. *Perfectly Paranoid*
7. *Oh, But You Are*
8. *A Different Kind of Love*
9. *Seek and Kill*
10. *Why Now ?*
11. *Fool For You*
12. *Midnight Blue*

Midnight Blue est le premier single à sortir. Jenna et Blake prennent un vol pour New York le week-end de sa sortie, histoire de rappeler à mon ego fragile et à mon égocentrisme que tout ça reste un processus. Qu'au départ, les stations de radio vont passer le morceau à l'essai sur différentes plages horaires, histoire de voir comment ça marche. Que faire monter le buzz, ça demande du temps et de la patience, et surtout beaucoup de léchage de bottes. Mais avec *Midnight Blue*, je n'ai besoin de rien de tout ça. La chanson explose, pour ainsi dire, à l'instar de ma carrière, la première fois que je suis apparu dans les classements quand j'avais vingt et un ans et que j'ai grimpé à la première place comme si les charts m'attendaient gentiment depuis leur création.

Et c'est agréable. Et rassurant. Et complètement sans importance au niveau de l'univers. Attention, ne me faites pas dire ce que je n'ai pas dit : j'ai enregistré cet album parce que je le voulais. Il fait partie d'un projet plus vaste, d'un plan précis, à long terme et très calculé. Elle n'est ni un coup d'un soir, ni un secret soigneusement gardé, ni une erreur. Elle n'est pas une fille de tournée que j'ai grimpée tous les soirs parce qu'elle était présente et disponible.

Elle est ma muse.

Elle est ma vie.

Elle est mon tout.

Je remonte dans un avion pour L.A. neuf mois après mon retour à New York. Je suis clean, au top de ma forme et prêt à récupérer ce qui m'appartient.

Sauf qu'Indie ne m'a jamais appartenu. Au contraire, elle était la seule et unique chose qui n'ait jamais été ma propriété puisque je ne la méritais pas. Mais j'ai enfin compris ce que Will, Lucas et Blake ont voulu faire. Plus effrayant encore, je suis heureux qu'ils l'aient fait, car s'ils ne l'avaient pas jetée dans ma vie, jamais je ne serais retourné en cure de désintox, jamais je n'aurais écrit *Midnight Blue* et surtout, jamais je n'aurais saisi le sens de ce truc qui me fait gagner des millions et des millions : l'amour.

– Alex Winslow ! Tu as l'air en forme, mec.

Un paparazzi me saute dessus à LAX, suivi par une grappe de camarades photographes. Ils arborent tous une casquette, des vêtements noirs et des sourires au croisement entre le taquin et le carrément ironique.

– Je ne me suis jamais senti aussi bien, je réponds en souriant.

Ce qui est en partie vrai et en partie complètement, mais alors complètement faux. Je me faufile à travers les contrôles de sécurité, deux gardes du corps inconnus à mes côtés. Je ne les utilise pas, en général, je compte sur mes potes pour écarter d'éventuels harceleurs ou autres fans trop agressifs, mais là, je dois faire ça tout seul.

Je me glisse au volant d'une voiture de location, pas de chauffeur ni quoi que ce soit qui fasse luxueux, même un peu, et rentre l'adresse d'Indigo dans l'appli Waze.

Je sais qu'elle est retournée vivre dans son ancien appartement, même si elle en a loué un mieux pour Craig, Natasha et Ziggy. Parce que voilà, elle est comme ça. Généreuse. Ça fait tellement longtemps qu'on ne s'est pas vus qu'une pensée me traverse au moment où je sors de l'immense parking pour m'insérer dans la circulation dense et ininterrompue de L.A. : peut-être qu'elle ne va pas me reconnaître.

Non, c'est totalement ridicule comme idée. Indie ne peut pas avoir oublié le premier homme avec qui elle a couché, vraiment couché, le premier homme à qui elle a donné son cœur, le premier qui l'a brisée sans même le vouloir et le premier qui a gâché sa vie.

Ça fait beaucoup trop de premières fois. Des bonnes et des mauvaises.

Tout le long du trajet qui me conduit vers elle, je suis sur les nerfs et prêt à exploser dans la voiture. Mon pied ne cesse de tressauter sur la pédale de frein, ce qui me vaut des coups de klaxon de la part des conducteurs qui m'entourent, ainsi que quelques majeurs dressés.

– En amour, il ne faut rien précipiter[13] ! je leur lance, la tête passée par la vitre, un rire forcé aux lèvres.

– Merde, maman ! C'est Alex Winslow ! hurle une midinette à la fenêtre d'une Toyota Corolla qui roule à côté de la mienne dans l'embouteillage.

Quand enfin je bifurque dans son quartier, mon cœur se met à battre comme un dingue. J'ignore ce qui se passe, mais je crains une crise cardiaque. En tout cas, ça ne doit pas être trop bon. Déjà que j'ai une tête atroce, avec mes poches sous les yeux à force de bosser non-stop et ma tignasse qui avait besoin d'une coupe il y a deux mois et qui aujourd'hui oscille entre la crinière ébouriffée et le quasi-chignon. Enfin entendons-nous bien, pas question que j'attache un jour mes cheveux avec

13. Référence à la chanson des Supremes : *You can't Hurry Love*

un élastique. C'est presque aussi inacceptable que de faire de la musique country. Bref, non seulement j'ai l'air débraillé, mais en plus, maintenant, je sue comme un porc. Génial.

Viens un peu par ici, Indie. Viens chercher ton ex-drogué transpirant aux yeux cernés. Le rêve de toute fille.

Il me faut vingt minutes avant de trouver une place où me garer, un temps que j'accueille en fait avec une satisfaction pathétique, car il me permet de repousser LE moment. Il m'offre la chance de songer à ce que je vais lui dire. On aurait pu penser que j'arrivais préparé, mais on aurait tort : la conversation que je souhaite avoir avec elle peut prendre tellement de chemins différents que je ne cesse de changer d'avis quant à la manière de l'aborder.

Je me gare.

Sors de la voiture.

Les pieds lourds. Le cœur lourd. Je grimpe les marches, animé par un espoir irrationnel et un désespoir écrasant à la fois. Je frappe à la porte. Les yeux rivés au pan de bois, je sens une goutte de sueur qui me dégouline de la tempe jusque dans l'œil droit. Mais je ne bouge pas d'un pouce. Je tente d'écouter les sons en provenance de l'intérieur, malheureusement l'endroit semble mort. Je sais que je pourrais rester ici, dans le couloir, c'est d'ailleurs ce que je vais faire. L'attendre. En plus, il y a quelque chose de symbolique là-dedans.

Mais la vérité, c'est que je ne supporterai pas d'attendre une minute de plus.

Je l'ai attendue en désintox.

Je l'ai attendue pendant que j'enregistrais *Midnight Blue*.

Je l'ai attendue dans chacun des avions que j'ai pris, pendant chaque interview que j'ai donnée, avec chaque fan que j'ai enlacée, à chaque heure que j'ai passée loin d'elle. Chaque goulée d'air que j'ai inspirée sans savoir ce qu'elle faisait. J'ai payé mes dettes.

Je frappe à nouveau. Pour la troisième fois. Ensuite j'appuie sur la sonnette.

Elle n'est pas là.

Je décide de sortir du bâtiment et de faire un tour. Elle est peut-être allée à l'épicerie du bas de la rue. Je vais peut-être la croiser en chemin, alors ses grands yeux bleus vont s'écarquiller et elle courra vers moi au ralenti... On s'embrassera lentement et profondément et on n'aura même pas besoin de se parler de toutes les conneries qui se sont passées entre nous.

Mes jambes me portent dans sa rue. Je dépasse l'épicerie, le salon de thé israélite, le salon de manucure coréen. Je les connais, ces endroits, parce qu'il se peut, ou pas, que j'aie traîné dans son quartier deux fois ou douze avant de transporter ma pauvre carcasse en désintox. Je m'arrête à un embranchement qui donne sur un petit parc avec quelques bancs éparpillés autour de deux ou trois balançoires et toboggans. Le square est minuscule, vraiment, et jamais il n'aurait attiré mon attention si je n'y avais distingué un landau bleu arrêté près d'un banc.

Un banc sur lequel est assise ma « Blue » à moi, Indie « Stardust » Bellamy.

Qui roucoule à l'attention du bébé dans le landau.

Un bébé.

Pas un petit enfant comme Ziggy. Un nouveau-né.

Elle porte une grande robe blanche ample et ses cheveux bleus sont tressés et jetés sur une épaule, comme je les aime. Je me fige, incapable d'approcher pour mieux la voir. Mais elle fait le boulot pour moi en faisant rouler le landau d'avant en arrière. Quand elle l'éloigne d'elle, j'obtiens une assez bonne vue de la créature qu'il contient.

Il ou elle est minuscule.

Mon cœur s'arrête de battre. Littéralement… Et oui, je sais ce que signifie le mot « littéralement ». Il est trop tôt dans la journée, après de trop longues heures passées dans un avion, pour que je parvienne à calculer. Est-ce mon bébé ? Celui de quelqu'un d'autre ? Bon Dieu. Putain. Non, ça ne peut pas être celui d'un autre. Ce bébé est le mien. Seigneur. J'ai un bébé. Indie a un bébé. Et elle n'a rien dit. Pas un coup de fil. Pas une lettre. Que dalle.

Elle avait tellement de moyens de me contacter. Je me suis assuré que tout mon personnel soit disponible pour elle. Blake a pris de ses nouvelles toutes les semaines pour s'assurer qu'elle allait bien.

Jenna se serait chargée avec plaisir de n'importe quel message qu'elle aurait voulu me transmettre. Surtout maintenant qu'elle est mère et ressemble à un être humain chaleureux et sympathique. Si, si, je vous assure ! Sans compter qu'Indie a mes deux numéros de téléphone, mon adresse mail et accès à mon compte Facebook secret, celui que je n'ai donné qu'à dix personnes dans le monde.

Une vague de colère me balaie.

Et maintenant je recommence à bouger.

Comme l'abruti fini que je suis, j'arpente le trottoir de la rue animée. Elle ne m'a pas encore vu, mais ça ne tardera pas. Et alors je vais lui dire quoi ? Merci de m'avoir informé que je suis père ? Enfin bon, elle a une excellente raison d'être furax contre moi…

Merde. *Merde.*

On va gérer, c'est décidé. On va gérer le bébé. Il ou elle est tellement petit, de toute façon, qu'il ou elle ne se rappellera même pas que je n'étais pas présent dans sa vie les premiers mois ou semaines. Tout va bien. On va reprendre là où on a laissé les choses. En fait, ça devrait inciter Indie à m'accorder une autre chance, non ? Je suis sobre, plus riche que Crésus et follement amoureux d'elle. En plus, je suis prêt à changer les couches et à me charger de tous les trucs merdiques que des tas de mecs rechignent à faire. Merde, je déteste envisager ce bébé comme un moyen de pression sur elle. Je pense à nouveau comme l'Alex shooté et manipulateur d'avant, or je veux vraiment l'avoir laissé derrière moi en désintox, le jour où j'en suis sorti.

J'avance d'un pas à l'intérieur du parc en même temps que quelqu'un d'autre. Sauf qu'il est plus rapide, lui, pas ralenti par le choc et l'horreur de la découverte que je viens de faire.

Il me dépasse.

Se dirige vers elle.

Lui passe un bras autour des épaules.

L'embrasse sur la joue…

Scientifiquement, il est impossible de mourir d'un cœur brisé. Je le découvre en cet instant, car si c'était le cas, je serais déjà mort. Fini. *Out*. Voilà à quel point j'ai mal en les voyant. Je les observe. Elle lui sourit tandis qu'il s'assied.

Elle est si belle.

Et lui si… pas beau.

Cheveux bruns normaux. Vêtements normaux. Taille normale. Poids normal. Tout normal. Non, mais pour qui il se prend ? D'entrer dans sa vie, avec sa normalité, pour ramasser les morceaux, les miens et jouer le papa avec ce bébé. Le mien. Je brûle d'aller lui casser la gueule. Et je m'en fous si j'ai un casier judiciaire et si la dernière fois que j'ai été arrêté pour conduite en état d'ivresse et avoir insinué que je voulais baiser un officier de police, mon avocat m'a averti que les États-Unis d'Amérique en avaient plus qu'assez de ma putain de personne. Autrement dit, que la prochaine fois où je me mettrais dans le pétrin, je risquais la reconduite à la frontière.

Tu ne peux pas te permettre d'être expulsé, imbécile. Tu as un bébé auquel tu dois penser, maintenant.

OK. Je ne vais pas lui casser la gueule. En revanche, il faut que je fasse quelque chose.

J'aimerais être doté de la vertu de la patience. Car alors, j'aurais peut-être réfléchi. Pris quelques pas de recul, passé un coup de fil, à Blake ou à Jenna ou même à Lucas, pour leur demander comment réagir quand ton ex, (considérons qu'Indie est mon ex, pour la démonstration présente) a eu un bébé de toi et qu'elle l'élève avec un connard inutile. Je serais même peut-être allé jusqu'à leur demander comment, malgré tous les progrès que j'ai effectués, ils ont pu ne pas me faire confiance et, de ce fait, me cacher l'existence de ce bébé. Parce qu'il est impensable qu'ils ne soient pas au courant. C'est obligé. Blake, Hudson et Lucas sont en contact avec Stardust. Je le sais.

Hélas, je n'ai au creux du ventre qu'un millier de soleils qui me disent que je vais finir brûlé vif si je ne m'approche pas. Alors je me lance.

Je les rejoins au petit trot, furieux et soulagé à la fois.

Indie lève brusquement la tête quand j'arrive à peu près à un mètre de son banc, reportant son attention du bébé qu'elle tient dans ses bras et nourrit… sur moi.

Je m'immobilise, incapable de terminer mon voyage. Son regard me paralyse, mais c'est surtout son expression qui cause ma perte. Elle a l'air… désolée. Comme si je lui avais manqué. Comme si, elle aussi, avait des tas de choses à me dire. Pourtant, elle ne bouge pas non plus, du coup on reste plantés là, à se dévisager, tels les personnages d'un vieux film, figés sur une scène. Le connard à côté d'elle lève les yeux aussi, les muscles de son visage sont détendus en une expression heureuse.

– Qu'est-ce qui se passe ? fait-il. Tu connais ce type, Indie ?

Ce « type » ?

Ce type ?

Il a plutôt intérêt à ne pas avoir touché mon bébé, cet enfoiré, sinon je vais être obligé de le tuer, raccompagnement à la frontière ou pas. Non, mais il entend quoi par : « ce type » ? Elle ne lui a donc pas dit qu'elle portait le bébé d'Alex Winslow ? Je ne suis pas le premier mec venu, bon sang. Même à supposer qu'il ne sache pas qui je suis, les chances sont minces, mais y a des gens qui ont des goûts de chiottes en matière de musique, elle a quand même dû mentionner que je suis, en fait, un musicien célèbre ou un truc du genre.

– Oui, je… dit-elle lentement, le bébé toujours serré contre sa poitrine.

– Non. (J'avance d'un pas, débarrassé de l'effet de surprise.) Ne nous minimise pas. Pas maintenant, et surtout pas après ce que je vois.

– Ah oui, et qu'est-ce que tu vois, exactement ?

Elle soutient mon regard. Comment peut-elle dire ça ? Tout en tenant le produit de ce que nous représentons l'un pour l'autre ? Est-ce moi qui transforme les femmes de ma vie en garces froides, ou est-ce que je suis naturellement attiré par elles et qu'Indie était juste très douée pour le cacher jusqu'à présent ?

– Il faut qu'on parle.

Je souffle lentement par le nez, vraiment très lentement, tout en essayant de mettre en application chacun des conseils que j'ai reçus en désintox. Personne ne m'a averti que le monde extérieur dans lequel on me renvoyait avait été complètement chamboulé pendant que j'étais assis en cercle, à applaudir chaque fois qu'un couillon se vantait d'avoir résisté à l'envie de se shooter avec le bain de bouche de sa belle-mère pendant qu'elle était de passage en ville.

– Ce n'est peut-être pas une très bonne idée.

Elle lâche un soupir. Punaise, mais c'est quoi ce bordel ? Elle ne veut même pas en discuter ?

– Non. (Nouveau pas en avant.) Stardust, écoute-moi. J'ai traversé l'enfer, ces derniers mois. Pour toi. Je ne demande pas de médaille, ni même ton pardon. Je te demande juste gentiment, avec respect, je te supplie de m'écouter.

Elle repose le biberon sur le banc et berce le bébé contre sa poitrine. Il est mignon. Mignon, mais il ne lui ressemble pas et je commence à être extrêmement perplexe. D'une part, il a plus l'air d'un bébé d'un an que d'un nouveau-né. Et d'autre part, je ne suis pas très expert en matière de génétique, mais ce petit bonhomme a une touffe de cheveux corbeau, or Indie et moi, on est plutôt châtain, dans des teintes différentes. Moi, c'est plus foncé et elle, sa couleur originale s'approche du miel, tirant sur le blond. Je le sais, parce que parfois, elle oubliait de s'épiler la… Bref, peu importe comment je le sais, il se trouve juste que je le sais.

– Le moment est mal choisi.

Sa voix est calme, le ton méfiant, et pourquoi diable le type à côté d'elle ne m'a-t-il pas encore mis son poing dans la figure ? Si j'étais à sa place, le premier coup serait parti à l'instant où l'autre aurait ne serait-ce qu'approché ma nana. Ma nana. Est-ce qu'elle est sa nana ? Je vais vomir.

– Et ce serait quand, le moment bien choisi ? je lui demande, toujours trop près et la regardant trop attentivement.

Elle tourne les yeux à droite, puis à gauche, souffle sur une mèche de cheveux échappée de sa tresse.

– Je ne sais pas, vingt heures ? Tu seras encore dans les parages ?

Si je serai encore dans les parages ? Je n'ai pas la moindre intention de bouger d'ici avant qu'on ait eu une longue conversation. Je hoche la tête et désigne le bébé. Je le dois. Même si je sais que je vais détester sa réponse, quelle qu'elle soit, pour des raisons différentes.

– Je t'attendrai devant ta porte. Juste un truc, Indie. Il est de moi ?

Elle baisse les yeux vers le bébé, lui sourit et le mioche lui sourit. Oh, putain, elle fait une mère parfaite et épanouie. Elle ouvre la bouche pour me répondre, mais sans le lâcher des yeux.

– Non.

*

INDIE

Je sais qu'il sera là, alors je traîne.

Alex n'a jamais été doué pour l'attente. Tout lui est donné rapidement et facilement. J'ai envie de voir s'il a changé. C'est bête, c'est petit et mesquin, mais c'est aussi nécessaire.

Je garde le petit-fils de Clara, Grayson. Étant rentré du travail de bonne heure, le père du petit, Ollie, nous a rejoints au parc. Ça n'est pas inhabituel de sa part, en revanche je ne m'attendais nullement à ce qu'Alex se pointe.

Peu après son retour aux États-Unis, alors que j'avais trouvé refuge dans un endroit où il ne viendrait pas me chercher, Clara m'a appelée pour m'annoncer qu'elle s'était cassé la hanche et ne pouvait plus s'occuper de Grayson pendant un mois. Elle m'a demandé si je voulais reprendre ce travail, vu que j'étais une amie de la famille et que je m'entendais bien avec son fils et sa femme, Tiffany, à quoi j'ai aussitôt répondu « oui ». Non que j'aie particulièrement besoin d'argent, mais de compagnie, si, ainsi que d'un logement temporaire avant qu'Alex ne sorte de désintox.

J'aime bien mon boulot, ce qui ne signifie pas que j'aime ma vie.

Je la déteste. Ma vie est privée d'Alex, et c'est la pire manière de vivre, une fois qu'on a inhalé une dose de ce rocker.

Je songe à ça en me rendant tranquillement à pied au marché fermier, où je regarde mais ne touche à rien parmi les rangées de fraises, pêches, des pots de confiture faite maison. Cela fait deux semaines seulement que j'ai cessé de me réveiller en pleurs, à me haïr qu'il me manque autant.

Parce qu'il me manque. Tous les jours.

Il me manque, l'homme qui savait, ou du moins qui soupçonnait fortement que son ex-petite amie avait pris des vies, cette funeste nuit.

L'homme qui a couvert le crime de son ex en toute connaissance de cause.

L'homme qui aurait peut-être pu sauver ma mère, s'il avait plus insisté, s'il avait été plus entêté et moins blasé, moins saoul et fatigué de la vie. Car je sais qu'il ne l'a pas fait par amour pour Fallon.

Quand on aime, on cherche à réparer.

Quand on aime, on n'aide pas à détruire.

Or n'est-ce pas ce qu'Alex essaie de faire en ce moment ? De réparer les choses entre nous ?

Mon frère et ma belle-sœur ne m'en voudront pas de l'écouter, je le sais. Je sais même qu'Alex fait tout son possible pour prendre soin de moi. Il m'envoie un chèque chaque mois. Un chèque que je déchire et jette à la poubelle. Blake m'appelle une fois par semaine, Jenna aide Craig à obtenir un boulot de maintenance dans son immeuble de bureaux. Le jour où Craig, Nat et Ziggy ont déménagé, Lucas est venu m'installer un nouveau système d'alarme à l'appartement et m'aider à repeindre les murs. Quant à Hudson, il passe un vendredi sur deux pour partager avec moi des sushis et des épisodes de *Gossip Girl*.

Ils veulent bien faire, tous autant qu'ils sont.

Même Fallon, elle ne voulait pas faire de mal, même si Dieu sait qu'elle en a fait, raison pour laquelle elle est en attente de jugement à l'heure actuelle. J'ignore ce que Will pense de toute l'affaire et parfois, quand je songe à lui, je le plains aussi.

À dix-neuf heures trente, je jette l'éponge et rentre à la maison. Je n'ai pas réfléchi à ce que j'allais dire à Alex et pas décidé non plus si j'allais lui pardonner ou pas. Ce qui, en soi, est irresponsable et dangereux pour mon pauvre cœur.

Il m'attend dans le couloir, ses longues jambes pliées devant lui par manque d'espace. Il est long, mince et complètement sublime, comme je me le rappelais. Je m'immobilise et serre la rampe, au point que mes jointures blanchissent, tout en tâchant de rassembler mes pensées.

Dès qu'il me remarque, il se met debout et nous nous tenons face à face, à nous dévisager.

– On se croirait à minuit, commente-t-il.

Je ne veux pas sourire, mais je ne peux m'en empêcher.

– Tu vas bien ? je chuchote.

– C'est vraiment vrai qu'il n'est pas de moi ?

Ses yeux brillent.

Je secoue la tête.

– Non, il est avec son papa, maintenant, je réponds en faisant référence à Grayson.

– OK. OK. Tu as écouté…

– Oui, je le coupe.

Comment aurais-je pu passer à côté de sa chanson sur moi, quand il s'agit du morceau le plus joué sur les stations de radio généralistes à travers l'Amérique ?

Deux âmes entrent en collision sur le sol trop sombre d'un cimetière d'étoiles

C'est drôle, quand tu es entrée dans ma vie, je pensais que ce serait moi, qui laisserais des cicatrices dans tes voiles

Pas un instant, je n'ai cru qu'on finirait à deux

Des pièces de puzzle et j'ai plongé dans tes yeux

Et à minuit, le ciel est devenu bleu

La nuit nous appartenait, il n'y avait plus que toi et moi

Et à minuit, tu m'as déshabillé de mes peurs

J'ai dévoré tes émois

Les secondes se sont illuminées comme des années

Et à minuit, j'ai embrassé ta peau, tes yeux, tes lèvres

Tu brillais dangereusement, ma petite éclipse de terre

Et à minuit, je t'ai brisé le cœur

Et toi, tu as brisé le mien

On a eu peur.

Il était une fois, un homme qui voulait devenir chevalier blanc

Il était une fois, un homme qui a cru voir la lumière

Et soudain tu as fait irruption dans ma vie, tombée du ciel en poudre bleue

Tu m'as appris que jamais je n'avais aimé vraiment

Tu as pris mon cœur entre tes dents

Tu m'as enseigné les sentiments et les gestes de l'être cher

Et à minuit, j'ai mordu dans ta chair.

Tes murs sont tombés un à un, même si tu prétendais faire ça pour l'argent

Et à minuit, j'ai pris ton corps, ton cœur, ton âme

L'ironie, c'est qu'aujourd'hui, c'est moi qui dois revenir en rampant

Et à minuit, on s'est brisés ensemble

À même le sol

Bousillés à jamais.

Il a même réutilisé une phrase que je lui ai écrite. Une phrase que j'ai vue ailleurs plus tard. Reprise à l'infini sur Internet.

– C'est comme ça que tu vois notre relation ?

Ma gorge se serre. Zut, je ne devrais pas avoir envie de l'écouter, mais je ne peux pas non plus m'en empêcher.

Il opine du chef.

– Sans vouloir passer pour un connard, je préférerais poursuivre cette conversation à l'intérieur, après que tu m'auras offert un verre d'eau, parce que j'ai encore la bouche sèche à la pensée que ce bébé aurait pu être le nôtre et que tu serais en train de l'élever avec un type que je ne connais même pas. Mais juste pour écarter le sujet une bonne fois pour toutes, je vais l'élever comme s'il était de moi, du moment que tu veux bien m'en donner la chance.

L'élever comme le sien ? Je fronce les sourcils et incline la tête sur un côté, avant de comprendre enfin. Et là, je me mets à rire comme une folle. Oh, là là. Il a cru que Grayson était notre fils. Mon fils. C'est hilarant et effrayant à la fois, et tellement typique d'Alex, de tirer des conclusions aussi hâtives et drastiques.

Je déverrouille ma porte et il me suit à l'intérieur. La tension est prégnante dans l'air raréfié, quand je vais sortir deux bouteilles d'eau du frigo, une pour lui, une pour moi. Je m'appuie au comptoir tandis qu'il reste sur le seuil de ma petite cuisine étouffante, à me dévisager.

– Je suis la baby-sitter de Grayson. Il n'est ni de toi ni de moi. C'est l'enfant de Tiffany et Ollie. Le petit-fils de Clara, je clarifie.

– Oh, putain ! Tu aurais pu commencer par là, au lieu de te moquer de moi. (Souriant, il colle son front contre le réfrigérateur.) Merci, mon Dieu. Enfin, il est mignon, ce gosse, mais bon. Merci quand même, mon Dieu.

Je me remets à rire et lui aussi, avant qu'on ne recouvre tous les deux notre sérieux.

– Tu sais, je suis clean maintenant, me dit-il.

Il fait allusion à la fois où il est revenu à L.A., furieux et comme fou, perdu, essayant de m'attirer à tout prix dans ses bras, sans reconnaître un seul instant ma tragédie mais ne faisant que mettre la sienne en lumière.

– J'ai fini ma tournée. Ça fait neuf mois que je n'ai rien pris. Je voulais attendre un mois entier avant de me pointer, mais je n'ai pas réussi à me retenir. J'avais peur que tu sois passée à autre chose.

– Je sais que tu es clean.

Je me mords la lèvre inférieure, puis bois une gorgée d'eau, histoire d'occuper mes mains et ma bouche. Blake m'a tenue au courant, alors même que je lui avais dit ne pas vouloir aborder le sujet. J'étais contente qu'Alex se fasse aider, mais je ne souhaitais pas être dans la boucle, pour ne pas nourrir mon obsession de lui. *Parce que non, je ne suis pas passée à autre chose.*

– Je suis heureuse pour toi, Alex. Très heureuse.

Il déplace son corps pour venir l'aligner face au mien et me regarde de toute sa hauteur, tel le prédateur par lequel je brûle d'être dévorée.

– Ça a été le truc le plus dur que j'aie entrepris de toute ma vie. Et je ne parle pas de l'aspect physique. Ça, c'était du gâteau, à vrai dire. Mentalement, c'est une autre histoire. Prendre la décision consciente de ne plus jamais consommer une goutte d'alcool ou une ligne de cocaïne. Me trouver si loin de toi, sachant que tu ne m'accepterais pas autrement, mais aussi, de façon plus inquiétante, supposant que peut-être tu ne voudrais pas de moi non plus, malgré tous les changements consentis. Je ne suis pas venu te faire des promesses, le risque est trop grand qu'elles soient brisées. Je suis là pour t'annoncer des faits, un par un.

Il prend une profonde inspiration, ferme les paupières et les rouvre, comme s'il venait de remonter du fond de l'océan en quête d'air.

– Premier fait : je t'aime, Indigo Bellamy. Mon amour pour toi est pareil à un blouson de cuir piqué de clous et porté à l'envers : il s'enfonce dans ma poitrine, affamé de sang. Et je suis prêt à tout pour toi, pas parce que tu es mon infirmière ou ma salvatrice ou mon meilleur coup, non, parce que tu es en moi, comme un organe, comme un truc vital sans lequel je ne peux pas fonctionner. Je n'ai même plus envie de toi, à ce stade. J'ai *besoin* de toi. C'est différent, c'est charnel et complètement indispensable à mon existence. Fait numéro deux…

Il avance d'un pas vers moi et je m'efforce de ne pas grimacer, parce que c'est bien trop tôt pour se toucher, même s'il vient d'écarter une mèche de cheveux de mon visage.

– J'admets, à présent, que je t'ai brisé le cœur. J'étais tellement consumé par mon désir de toi que je me souciais de ne pas te perdre bien davantage que de te réconforter. Sache que j'en suis profondément, complètement, affreusement désolé. Qui que tu sois pour moi, l'amour de ma vie ou une fille sans nom que je ne rencontrerai jamais, j'aurais quand même dû faire ce qu'il fallait vis-à-vis de toi, si j'avais su ce qui se passait quand Fallon est rentrée à la maison, le soir de l'accident. Mais je n'en ai rien fait. Pas sur le moment, du moins. Tu dois comprendre ça, Indie, parce que je ne pourrai pas survivre en ce monde si tu crois que j'aurais pu sauver tes parents mais que j'ai décidé de ne pas le faire.

Autre pas en avant, la distance entre nous s'efface, remplacée par sa chaleur corporelle, sa familiarité. L'intimité qu'on ne peut jamais feindre, non, jamais. Celle qui vient avec l'amour.

– Fait numéro trois : j'ignorais qui tu étais. Je n'ai pas eu pitié de toi. Je trouvais triste que tu sois orpheline, mais pas plus triste que la manière dont j'avais vécu ma vie, moi, sans famille. Dans mon esprit, nous étions deux astéroïdes tournant l'un autour de l'autre. Je me visualisais comme le soleil et toi comme la terre, mais maintenant, j'ai compris que j'avais tout faux. Tu es le soleil, depuis le début. Encore aujourd'hui, quand je te regarde, je ne vois ni regret, ni douleur, ni souffrance. Je vois ma plus grande chance, ma plus douce promesse, la route que je dois prendre.

Nous sommes orteils contre orteils cette fois. Il pose ses paumes sur mes joues et mes yeux picotent, mon cœur bat follement. Je ne le repousse pas. Même la douleur qu'il m'a infligée est spéciale, parce qu'elle vient de lui. Je comprends exactement ce qu'il entend quand il affirme avoir besoin de moi. J'ai besoin de lui aussi. Ma vie est vide sans lui. La plupart des jours, j'ai l'impression d'exister, sans plus, en tout cas pas de vivre.

– Fait numéro quatre : peu importe ce qui ou qui nous a mis en contact tous les deux, c'est arrivé et on ne peut pas le défaire. C'est là, impossible de revenir en arrière. En te voyant avec le bébé, cet après-midi, la première chose que j'ai eu envie de faire, c'est de vous prendre, tous les deux, de vous emmener pour qu'on s'enfuie tous les trois. Et par-dessus tout, j'ai eu peur de n'avoir pas peur, pas du tout peur, à l'idée d'avoir un gosse avec toi. Ça en dit long. Merde, Stardust, ça dit tout. Tu tiens mon monde entre tes mains délicates couvertes de taches de rousseur, et tout ce que je te demande, c'est de ne pas le jeter contre le mur pour le casser en mille morceaux.

Puis sa bouche se referme sur la mienne, ses lèvres déposent leur message sur les miennes comme en braille, comme s'il tentait de lire ma réaction dessus. J'aspire de l'air et m'ouvre à lui, on s'embrasse si lentement et si doucement que j'ai l'impression d'une berceuse enivrante. Enfin, c'est moi qui aspire sa langue dans ma bouche et gémis et je commence à lui enlever sa veste en cuir. Je veux croire qu'il est sobre et qu'il va le rester, car au fond de moi, je lui ai déjà pardonné.

Alex Winslow m'a fait perdre une partie de mon cœur.

Seulement, il l'a aussi raccommodé, en morceaux un peu dépareillés, un peu moches, mais il est entier à nouveau. À sa façon imparfaite mais fonctionnelle.

– Je t'aime, je gémis contre sa bouche, avant d'interrompre notre baiser pour ajouter quelque chose d'important : avant de mourir, ma mère m'a dit que pour savoir si on est amoureux, il fallait établir la liste de toutes les bêtises qu'on avait commises pour la personne. J'ai dressé une liste, Alex. Elle n'est pas jolie. Sur le papier, je suis une crétine.

Il me dévisage une seconde, puis un coin de sa bouche s'étire, révélant une rangée de dents parfaites, comme dans les films. Ses yeux scintillent d'un bonheur nouveau.

Maladroits, nous nous dirigeons vers la chambre. Je ris quand nous trébuchons sur ma machine à coudre neuve. Il me soulève et m'enroule autour de sa taille, son geste signature, et nous sommes à nouveau ensemble, à Moscou, en Pologne, en Allemagne, à Londres et à Paris.

Il me lèche la joue comme un chien.

– À moi. J'ai marqué mon territoire.

Avec un grand sourire, je lèche sa mâchoire piquante d'un début de barbe.

– À toi. Jusqu'à la toute dernière note.

ÉPILOGUE

ALEX

– Et le Grammy pour le meilleur album de l'année est attribué à...

Son enveloppe à la main et un sourire content d'elle aux lèvres, Bella Jordin fait durer le suspense. J'aimerais croire que je n'irai jamais envoyer mon poing dans la figure d'une femme, seulement la boule de tension qui obstrue ma gorge semble indiquer le contraire. Elle se croit mignonne ? Est-ce que Bella Jordin pense vraiment qu'il y a des couillons, aux Oscars, aux Grammy ou aux Emmy Awards, qui ont passé une année entière… Oubliez ça, mettons la formule au pluriel : des années… à bosser sur leurs albums, films ou spectacles, et trouvent adorable sa façon d'étirer le temps comme s'il s'agissait d'un chewing-gum ? J'aimerais bien lui faire pareil, la prochaine fois qu'elle va se faire tester pour une MST.

– Attends encore… encore un peu plus longtemps, Bella. C'est génial, cette tension qui monte, qui monte, hein ?

Jenna exerce une pression sur mon biceps et jette un coup d'œil à ma jambe qui tressaute.

Tap. Tap. Tap, tap, tap, tap, tap.

Le type devant moi, producteur de RnB, un jeunot qui a dû écrire deux chansons pour Justin Bieber et se prend désormais pour Dieu, se retourne et m'adresse un regard létal.

– Et le Grammy est accordé à… Alex Winslow ! Pour *Midnight Blue* ! couine-t-elle dans le micro.

La caméra zoome aussitôt sur moi et je fais le truc habituel de la surprise feinte en pointant le doigt sur moi-même. Puis je me lève, me faufile devant Jenna et Blake, qui se tiennent la main. Blake est au téléphone (Surprise !), sans doute en train de tarabuster la baby-sitter pour savoir comment va leur fille, Cecilia. Alfie est assis à côté avec sa cavalière, une fille issue du *Big Brother* anglais, et Lucas et Hudson en sont presque à se peloter derrière. En chemin vers la scène, je tapote l'épaule de Will Bushell, qui me répond par deux pouces levés. Ça ne signifie pas que je l'apprécie, en revanche je ne le déteste plus, c'est certain. Surtout, je suis soulagé qu'il ne m'ait pas volé celle qui compte vraiment.

Enfin, si Fallon avait été Indie, je n'aurais pas sombré à ce point. Je serais resté à la surface, au cas où elle aurait eu besoin que je la protège.

Je grimpe sur scène. Ici, on éprouve toujours cette sensation étrange que le monde entier te regarde, dans l'attente que tu foires un truc. Genre tomber sur le cul, roter dans le micro ou faire dans ton froc. La cérémonie des Grammy d'il y a deux ans a été un véritable désastre. Au point qu'il a été rapporté que la Première ministre du Royaume-Uni a secoué la tête en marmonnant : « Oh, Dieu du ciel » en regardant la vidéo de moi, indigne représentant de notre belle nation. Aujourd'hui, j'ai hâte d'en terminer au plus vite.

Souriant à Bella, je prévois déjà de lui accorder l'habituel baiser sur la joue, genre enchanté-de-te-voir-mais-steuplaît-on-s'attarde-pas. Je me saisis du Grammy et approche les lèvres du micro. C'est un peu la maison, le micro : le contact métallique sur mes lèvres. Sauf que la seule maison qui m'intéresse, en cet instant, se trouve à l'autre bout de la ville et je suis pressé d'y retourner.

– Félicitations, Alex. J'ai adoré votre tournée « Back to Life ! ». Pour moi, ça a été la meilleure.

Bella m'embrasse une deuxième fois sur la joue et maintenant, je lui adresse mon sourire j'ai-entendu-ta-musique-et-je-ne-suis-pas-certain-de-prendre-ça-comme-un-compliment, narquois donc, avant de me tourner vers le micro.

– Il y a deux ans, je me suis ridiculisé, sur cette même scène. En arrachant une statuette qui ne me revenait pas des mains d'un autre, qui la méritait, lui. Ouais, mon pote, faut croire qu'il n'était pas si mal que ça, ton album, après tout, j'ajoute en désignant Will.

Il lâche un rire discret en secouant la tête. Sa cavalière, une fille qu'il a rencontrée en construisant une école à Madagascar ou un truc du genre, lui tient la main de la même façon qu'Indie fait souvent. Après sa sortie de désintox, Fallon a été condamnée à cinq ans de travaux d'intérêt général, elle a écrit des lettres d'excuses sincères aux Bellamy et vit à présent avec son petit ami de photographe en Géorgie, où elle exerce l'activité de prof de yoga, loin des lumières d'Hollywood.

– Mais les choses ont changé depuis. D'abord, j'ai fait une cure de désintoxication. (Pause.) La seconde sera la bonne, comme on dit. (Les gens applaudissent, ricanent, certains opinent du chef en connaissance de cause.) La deuxième chose qui m'est arrivée, c'est que j'ai écrit un album dont le mérite ne me revient aucunement. *Midnight Blue* ne m'appartient pas, il lui appartient, à elle. Et ça me conduit au troisième point : j'ai rencontré une fille, je suis tombé amoureux d'elle et elle de moi. J'ai pris ses mots, son âme et la moindre pensée originale qu'elle m'a donnée, toutes ces magnifiques paroles, en croyant pour commencer que je ne lui devais rien en retour. Sauf que cette fille, c'est pour une bonne raison qu'elle est devenue ma muse : pour me botter les fesses, car je me comportais comme un connard égoïste. Cette femme ne peut être présente ici ce soir, car elle se trouve en salle d'accouchement, où elle est en train de m'offrir un autre cadeau que je ne mérite pas. Cette fois, cependant, je vais tâcher de m'approcher de la perfection pour elle et pour notre bébé. Je suis venu ce soir récupérer cette statuette parce que je n'avais pas pu assister à la précédente cérémonie : j'étais trop occupé à ramper et à me désintoxiquer dans l'espoir de la reconquérir. Mais maintenant, je dois retourner à son chevet. Car voyez-vous, ma femme est si généreuse qu'elle m'a dit : « Si tu ne vas pas à ta fête, je te quitte. » Or il est totalement exclu que ça se produise, vous comprenez bien. Alors voilà, Stardust, je conclus en levant le Grammy en direction de la caméra, je nous rapporte une autre décoration moche pour la salle de bains. Je peux rentrer maintenant ? J'aimerais bien économiser l'argent de la thérapie de la gamine, quand elle apprendra que j'étais aux Grammy au moment où elle venait au monde.

Les rires éclatent dans la salle et tout le monde se lève pour m'applaudir. Pourtant, même si c'est agréable, j'en ai assez, des trucs agréables. Je n'ai plus besoin qu'on flatte mon ego, plus rien à prouver à personne. Je saute sur la moto de Craig : il m'attend en double file dans la rue derrière la salle et nous filons à travers les embouteillages de L.A. vers la seule chose qui compte.

*

Poppy a les yeux de son père. Marron, pailletés de vert et d'or, ils me fixent avec un mélange d'espièglerie et de curiosité qui m'annoncent de longues années de soucis. Elle serre ses poings et bâille de sa bouche sans dents avant de refermer les yeux. Et moi, je n'arrive pas à cesser de l'admirer.

Poppy Elizabeth Winslow est un nouveau départ. Elle en a l'air, l'odeur, elle l'est de toutes ses fibres. On fait tous l'expérience de la tragédie, à un moment donné de nos vies, mais on n'a pas tous la chance de recevoir de merveilleux cadeaux, à côté de ces pertes.

Moi, si.

Je suis plus que chanceuse.

J'ai perdu mes parents mais gagné un mari et un bébé. Une famille qui n'est pas faite de morceaux épars, comme ma robe Paris, mais qui est résiliente, comme Alex et moi.

Tous les vendredis, j'invite Nat, Craig, Ziggy, Blake, Jenna, Cecilia, Alfie, Lucas et Hudson à dîner chez nous. On rit, on mange, on joue à des jeux de société comme si on était en 1993 et que ces gens n'étaient pas des rockstars. À mes yeux, ils n'en sont pas. Ce sont juste… des gens.

Ça va sans doute être un peu triste, de quitter cet appartement pour emménager dans notre nouvel appart, le « flat », comme disent les Anglais, au-dessus du château de Cambridge. Mais on l'adore.

Il est plein d'âme et à seulement cinq minutes de la boutique de fripes dont j'ai pris la gérance il y a quelques mois et qui est en cours de restauration.

Alex Winslow m'a demandée en mariage trois jours après qu'il a redébarqué dans ma vie et dans mon appartement minable. J'aurais dû m'en douter. En définitive, il fait tout de façon spectaculaire et avec beaucoup de gestes grandioses. Sa proposition, il me l'a adressée sur le sol de mon appartement délabré, juste après avoir fait l'amour dans la cuisine. Je laissais le carrelage frais apaiser ma peau douloureuse en admirant un arbre par la fenêtre quand il m'a dit :

– Tu sais, on pourrait faire la même chose sur un sol plus confortable, si on emménageait ensemble.

J'ai posé un bras sur mon visage pour étouffer mon rire.

– Ah ouais ? Tu penses qu'on serait mieux dans un hôtel particulier chicos au milieu de la circulation du centre-ville ?

– Non, j'envisageais plus un endroit gris et maussade au milieu de Camden Town. Proche du métro. Grouillant de gens, de vie et de musique. Un appart avec des fenêtres à double-vitrage.

– Pourquoi double-vitrage ?

J'ai tourné brusquement la tête vers lui. Il avait l'air repu, il transpirait, il était délicieux. Il s'est passé une main dans ses boucles châtain et a haussé une épaule.

– Faudrait pas effrayer les touristes, avec tes gémissements.

Je lui ai donné une tape sur le torse et c'est lui qui s'est mis à rire.

– Sérieux, la moitié du temps on croirait que je t'attaque à la tronçonneuse, quand on est ensemble. Alors, tu en dis quoi, Stardust ? (Il a roulé sur le flanc, la tête posée sur sa main.) Tu emménages avec moi ?

J'ai ouvert la bouche, avec l'intention d'accepter, parce que la vie est bien trop courte pour ne pas faire ce dont on a envie, mais il m'a coiffée au poteau.

– Non, finalement, oublie. Je reprends ma proposition.

– Tu la reprends ?

J'ai cillé, stupéfaite.

– Ouais. (Il s'est mis à genoux.) Emménager, ça n'est pas assez. Je veux tout. Et je veux que ce soit couché sur le papier, merde. Épouse-moi, Indigo « Stardust » Bellamy. Deviens ma femme. Porte mes enfants. On pourra même les circoncire, si tu y tiens. Enfin, peut-être pas les filles. Là, j'opposerai mon veto. Ou peut-être qu'on ne voudra pas d'enfants. Qu'est-ce que tu penses des enfants, toi ? Peu importe. Je m'en fous. Je veux juste me marier avec toi. Fais de moi un salopard heureux, Indie. Dis « oui ».

Je n'ai pas *dit* « oui », je l'ai gloussé.

Je lui ai aussi appris que mon deuxième prénom est Elizabeth, comme Poppy, et pas Stardust, pour info.

On s'est mariés dans une roseraie du Kent. Où les roses étaient teintes en bleu. J'avais rempli son jet privé de tous les gens que j'aime : Natasha, un Craig très sobre qui avait posé des jours à l'université, où il s'est inscrit, Ziggy, Clara, Tiffany, Ollie, Grayson et le reste de nos copains de la tournée, y compris Jenna et Hudson. Je portais une robe de mariée Bohemian Forest et Alex avait un sourire jusqu'aux oreilles qui continue d'illuminer ses traits depuis. Tomber enceinte n'était pas prémédité. Plutôt un instant de folie. On a toujours utilisé des préservatifs, jusqu'à une nuit où on a décidé de s'en passer. Alex avait promis de se retirer au dernier moment, ce qu'il a fait, j'avais le ventre couvert de sperme pour le prouver, mais il faut croire que ça n'a pas suffi, car un mois plus tard, j'ai commencé à réagir violemment aux odeurs de cigarette et de café.

J'ai arrêté le café.

Il a arrêté les cigarettes.

Et maintenant, on a Poppy.

– Mec, je suis content que tu l'aies eue avec la personne adéquate. T'avais vraiment besoin d'un peu de beauté pour compenser ta tronche. Poppy est magnifique, commente Alfie, venu me rendre visite à l'hôpital.

Poppy dort dans mes bras. Alex répond à son copain par un coup de coude dans les côtes, avant de tendre les bras vers moi. Je suis toujours alitée, mais je me sens mieux depuis qu'il m'a aidée à prendre une douche. Poppy a le visage fourré dans mon cou et mon cœur est au bord d'exploser à force d'amour.

– Je peux aller la montrer ?

Il m'adresse son magnifique sourire, à la fois content de lui et timide. Celui qui n'apparaît que tous les quelques mois, alors je m'en délecte.

Trois.

Deux.

Un.

– Bien sûr.

Je te l'avais dit, mon cœur.

On va y arriver, mon cœur.

Regarde déjà tout le trajet parcouru, mon cœur.

Ce n'est pas la première fois qu'il prend notre fille dans ses bras et la contemple comme si elle était un monde nouveau qu'il veut protéger et nourrir, mais c'est la première fois que ce constat si fort sur le papier que l'encre . Notre foyer. Le seul endroit où nous voulions être.

C'est ça le truc, avec les princes brisés : ils ne sont pas forcément obligés de mourir. Si leur âme est entière, parfois ils survivent.

Parfois, ils vivent même assez longtemps pour devenir rois.

Comme le mien.

FIN

Composition et mise en pages
Nord Compo à Villeneuve-d'Ascq